Ford Madox Ford
PARADE'S END
3

서양편 · 779

Ford Madox Ford

PARADE'S END
퍼레이즈 엔드

3

포드 매독스 포드 지음
김일영 옮김

남자라면 일어설 수 있다

한국문화사

서문

『퍼레이즈 엔드』(Parade's End)의 작가 포드 매독스 포드(Ford Madox Ford)는 20세기 영미 시에 지대한 영향을 끼친 에즈라 파운드(Ezra Pound)의 문학적 스승이었을 정도로 영문학에서 중요한 위치를 차지하는 소설가이며, 20세기 영국의 대표적인 모더니즘 소설가인 조셉 콘래드(Joseph Conrad)와 함께 『후계자들』(The Inheritors), 『로맨스』(Romance) 등의 작품을 저술하기도 하였다.

그의 4부작 『퍼레이즈 엔드』는 랜덤 하우스(Random House)에서 20세기 세계 영문학 100선에 선정되었으며, 2012년에는 영국 BBC 방송과 케이블TV 방송 제작사인 HBO의 합작으로 5부작 드라마로 제작되기도 하였다. 이러한 사실은 이 소설이 문학적으로도, 대중적으로도 가치가 있음을 증명하고 있다.

이 작품은 문학적·상업적 가치뿐만 아니라, 시대적·역사적 가치를 가지고 있다. "앞으로 일어나게 될 모든 전쟁들을 막기" 위해 썼다는 이 작품은 포드가 웰링턴 하우스(Wellington House)에서 1차 세계 대전 당시 복무한 경험을 고스란히 녹여 보여주고 있으면서, 전쟁의 참상과 전쟁을 일으키고 이를 하나의 게임처럼 수행하는 일그러진 인간 군상들의 모습을 적나라하게 파헤치고 있다.

또한 이 소설의 중심에는 시대의 변화가 불러오는 가치의 문제가 자리 잡고 있다. 영국의 빅토리아 시대와 그 이후에 도래한 에드워드

(Edward) 왕조 시대에 영국 사회의 변화와 그 변화의 물결 속에 영국인의 가치관이 어떻게 변화하였는지 이 작품은 잘 보여주고 있다. 이를 위해 이 소설은 "마지막 토리주의자"(Tory)를 자처하는 크리스토퍼 티전스(Christopher Titjens)라는 보수적 인물과 그의 보수적 가치관에 저항하는 그의 아내 실비아(Sylvia), 그리고 진보적 성향의 사회 운동가이자 여성 권익을 위해 싸우는 발렌타인 워놉(Valentine Wannop)이라는 인물 사이의 관계를 중점적으로 파헤친다. 포드는 이들을 통해 정말로 중요한 인간의 가치는 무엇인지, 특히 티전스가 대변하는 전통 귀족 사회에서 말하는 전통 혹은 체면과 명예 같은 것이 어떠한 의미인지를 팜 파탈의 전형인 실비아와 남성 우월주의를 거부하는 워놉과의 관계 속에서 보여주고자 하였다.

  1차 세계 대전을 배경으로 한 이 소설은 가치관의 대립 혹은 전통적 가치와 새로운 인간관의 충돌을 넘어 인간 심리의 근원을 파헤친다. 스스로가 17, 18세기적인 보수적 사고를 가졌다고 자처하는 이 작품의 주인공 크리스토퍼 티전스는 실비아가 자신의 아이(본인도 자신의 아이인지 확신하지 못하는)를 가졌다는 이유만으로 실비아와 사랑 없는 결혼을 하였고, 아내에게 이혼을 요구하는 것은 신사답지 못하다는 생각에 아내 실비아가 그 어떤 행동을 하여도 이를 빌미로 이혼하려 하지 않는다. 하지만 실비아도 티전스처럼 자신의 감정을 억누르며 살기는 마찬가지다. 실비아는 티전스를 사랑하면서도 자신의 그러한 마음을 직접 드러내지 못한 채, 남편이 자신에 대해 관심을 갖도록 하기 위해 의도적으로 다른 남자와의 외도를 시도하였고, 더 나아가 남편에 대한 거짓 소문을 퍼트려 명예를 훼손하고자 한다. 이 두 사람의 이러한 행동을 전형적인 '히스테리'와 '강박'에 의한 것으로 정신 분석의 관점에서 살펴보아야 할 이유가 여기에 있다. 더 나아가 전쟁 중 티전스가 겪게 되는 트라우마는 이 소설이 인간 심리의 근원적인 문제와 더불어 혼란한 시대를 살아가는 어느 누구나 겪을 수 있는 정신적 상처의 문제를 다루고 있음을 시사한다. 이런 점에서 티전스라는 주인공이 가족으로부터, 사회로부터, 전쟁으로부터 겪게 되는 상처와 트라우마는 오늘날 우리가 겪을 수 있는 트라우마로 티전스의 이야기는 오늘날 우리의 이야기가 될 수 있는 것이다.

전쟁을 다룬 이 소설에는 군사 용어와 군인들의 말투, 그리고 비속어가 많이 나온다. 군대 용어는 우리나라식의 군대 용어로 바꾸었고, 비속어는 우리말 중 가장 느낌을 잘 전달할 수 있는 용어로 번역하였다. 하지만 문화적으로 다르기 때문에 그 느낌을 정확히 전달하는 것은 불가능하다고 생각한다. 그리고 이 작품에는 다른 작가의 글을 인용한 부분이 많이 나온다. 그 인용 부분에 대한 번역본이 있을 때는 번역본에서 가져왔지만, 대부분 번역본이 없어서 새로 번역할 수밖에 없었다. 어떤 인용문은 맥락을 파악할 수 있어 맥락에 맞게 번역하였지만, 맥락을 알 수 없는 부분 인용은 직역할 수밖에 없었다.

무엇보다 독자들은 이 책을 읽으면서 이해할 수 없는 구절이나 문구를 자주 접하게 될 것이다. 총 4권으로 구성된 이 소설은 시간적 순서에 따라 쓰인 것이 아니기 때문에 본문에 나오는 많은 문구들이 뒤에 나오는 혹은 묘사되는 상황을 알아야만 이해할 수 있기 때문이다. 따라서 작품을 다 읽어야만 앞에서 읽었던 내용이 어떠한 상황을 혹은 사건을 지칭하는지 알 수 있게 되며, 퍼즐 조각을 맞출 수 있게 되는 것이다.

　이 소설에는 기존 소설과는 다른 독특한 점이 있는데 그것은 언어 구사에서 찾을 수 있다. 포드가 20세기의 시인 에즈라 파운드의 문학적 스승이었다는 사실에서도 짐작할 수 있듯이, 포드는 이 소설에서 암시적이고 추상적이며 동시에 함축적인 표현을 많이 사용하였다. 따라서 이 소설을 번역할 때 역자는 그런 부분은 시적으로 혹은 압축적인 표현으로 번역하고자 하였다. 그러는 것이 저자의 의도라고 생각해서였다.

　4부작인 이 소설은 4권의 소설이지만 사실상 하나의 방대한 소설이다. 1차 세계 대전이 발발하기 전의 영국 사회와 전쟁으로 인해 폐허가 된 영국 사회, 그리고 전쟁이 끝난 뒤의 영국 사회가 어떠한 변화를 겪게 되었는지 보여주는, 즉 영국인의 삶의 파노라마를 보여주는 작품이다. 이런 점에서 이 작품은 전쟁 뒤 유럽 사회가 어떻게 변모하였는지, 더 나아가 어떤 방향으로 변모하게 될지 보여주는, 사실적이면서 동시에 예지적인 작품인 것이다.

　마지막으로 이 소설 작품이 워낙 방대하여 같은 용어를 일관성 있게 같은 우리말로 바꾸는 것도 쉽지 않았다. 이처럼 번역상의 일관성을 유지하는 것뿐만 아니라 번역 글의 오탈자를 찾아내는 것도 워낙 작품이 길어 쉽지 않아 여러 번의 교정 작업을 하여야 했다. 이 교정 과정에서 성균관 대학교 박사과정의 정나리 양의 도움을 상당히 컸다. 이에 정나리 양에게 고마움을 표한다.

차례

Parade's end

3권
남자라면 일어설 수 있다

서문 · 5
제1부 · 11
제2부 · 87
제3부 · 273

Parade's end

1권
어떤 이들은 하지 않는다

제1부 · 11
제2부 · 289

2권
더 이상의 퍼레이드는 없다

제1부 · 11
제2부 · 171
제3부 · 289

4권
일과 종료 나팔 소리

제1부 · 11
제2부 · 205

제1부

1

거리에서 나는 소리와 운동장에서 커다랗게 울려 퍼지는 참기 어려운 소리가 들려오는 가운데, 전화기 앞에 선 발렌타인은 몇 년 전에 그랬던 것처럼, 전화기가 알 수 없는 운명의 여신의 초자연적 장치로 느껴졌다.

사람을 기발하게 괴롭히기 위해서인지, 전화기는 칸막이 없는 커다란 교실 구석에 놓여 있었다. 발렌타인은 아스팔트 운동장에서 여자애들을 일렬로 세워놓고 있던 긴장된 순간에, 전화 받으라는 다급한 호출을 받았다. 수화기를 귀에 대자마자 발렌타인은 곧장 어렴풋이 기억날 것 같은 어떤 목소리가 전해주는 이해할 수 없는 소식을 접하게 되었다. 말 중간 중간에 이런 소리가 들려 왔다.

"… 좋아하지 않을지 모르겠지만, 그 사람은 통제를 받아야 할 것 같아요!" 그다음에 다시 소음이 나, 상대방 목소리가 잘 들리지 않았다.

그 이야기를 듣는 순간 발렌타인은 세상 사람 모두가 통제받을 필요가 있다는 생각이 들었다. 그녀는 자신도 스스로를 통제하고 있다는 것을 알고 있었다. 하지만 자신에게는 특별히 통제해야 할 남자 친척이 없었다. 남동생을 말하는 건가? 하지만 남동생은 소해 정선에서 근무하고 있었고, 당시 그 배는 선거(船渠)에 있었다. 그리고 이제는… 영원히 안전하다! 발렌타인에게는 한 번도 본 적 없는 나이 많은 종조부도 있었다. 어딘가에서 대성당 주임 사제를 하신다는데… 헤리퍼드[1]인가? 엑세터[2]에선가? … 하여튼 어딘가에서였다… 방금 자신이 안전하다고 말했었나? 발렌타인은 기뻐서 몸을 떨었다!

발렌타인은 전화기에 대고 말했다.

"발렌타인 워놉입니다… 이 학교에서 체육교사를 맡고 있습니다."

그녀는 온전한 모습을 보여줘야 한다고 생각했다… 적어도 온전한 목소리라도 말이다!

전화기에서 들리는 생각이 날 듯 말 듯한 목소리는 이제는 더욱 더 누구 목소리인지 알 수 없게 되었다. 동굴에서 들리는 듯한 그 목소리는 아주 빠르게, 치찰음 소리를 강하게 내뱉듯이 말했다.

"그 사람 형이,이,이 폐렴에 걸렸어요. 그런데 간호할 형의 정부, 부,부,도 부재중이라…"

목소리가 사라졌다. 그러더니 다시 들려왔다.

"그 사람들은 이제 화해했다는군요!"

그때 운동장에서 나는 여자애들의 날카로운 외침소리와 공장 사이렌 소리, 연이어 나는 수많은 폭죽 소리에 그 목소리는 한동안

---

[1] Hereford: 잉글랜드 서부의 도시.
[2] Exeter: 잉글랜드 남서부 데본셔(Devonshire)의 주도.

묻혀 버렸다. 학교가 있는 이 지저분한 시골 거리에 사는 사람들이 도대체 어디서 저 폭죽을 구한 거지? 무슨 배짱으로 저런 끔찍한 소동을 벌이는 거야? 불그스레한 갈색 상자 같은 작은 집에서 이 재미없는 사람들은 겉으로 보기엔 대영제국의 국민이 아니었다.

전화기에서 흘러나오는 쉬쉬하는 목소리는 악의적으로 계속해서 말을 내뱉었다. 수위의 말에 따르면 그의 집에는 전혀 가구가 없었고, 그 사람은 수위도 알아보지 못하는 것 같다고 했다… 전화기에서 나오는 소리는 밖에서 나는 소음 때문에 절반가량은 들리지 않았지만, 전화기에서 들리는 목소리 톤은 상대방에게 고통을 주려는 의도가 있는 것 같았다.

그렇지만 전화를 즐겁게 받지 않을 수도 없었다. 수십 킬로 떨어진 곳에서, 몇 분 전에 서명을 틀림없이 했을 것이기 때문이다. 발렌타인은 거대한 전선을 따라 마지막으로 불만을 품은 대포가 발사되는 소리를 상상해 보았다.

발렌타인 워놉은 "무엇을 원하시는지, 그리고 누구신지 전혀 모르겠네요."라고 전화기에 대고 소리쳤다.

발렌타인은 레이디라는 말을 들었다… 레이디 누구… 아마도 레이디 블라스도일지도 모른다. 발렌타인은 학교에서 근무하는 여교사가 이 경사스러운 날을 축하하려고 준비한 놀이의 일환으로 뭔가를 주문하려는 건 아닌가 하고 생각해 보았다. 여자 교사나 다른 교사들도 축하하기 위해 학교가 무언가를 하길 바랐다. 유머 감각이 부족하지 않은 교장 선생은(절대 부족하지 않다!) 30분 동안 인내심을 가지고 이야기를 듣고 난 후, 이 레이디란 여자를 자신에게 넘긴

게 틀림없을 것이다. 와노스트로흐트 교장 선생은 모두가 숨을 죽이며 서 있는 운동장으로 사람을 보내, 자신이 생각하기에 미스 워눕이 받아야 할… 전화가 왔다고 전했으니 말이다… 그렇다면 와노스트로흐트 교장은 이 레이디라는 사람이 한 말을 분명 알아들었을 것이다. 하지만 그건 10분 전 일이다. 폭죽이 터지기 전이나 사이렌이 울리기 전 말이다… "수위는 그 사람 집에 가구가 전혀 없었고, 그 사람은 수위 자신도 알아보지 못하는 것 같다고 했어요… 그래서 통제를 받아야 할 것 같다고 했어요! …" 발렌타인은 잠정적으로 레이디 블라스도라고 추정하는 사람에게서 들은 이 사실을 마음속으로 다시 정리해 보았다. 발렌타인은 이 레이디가 발렌타인이 체육 교사로 이 학교에 고용되기 전, 이 학교에 근무하다가 퇴직한 훈련담당 하사관을 걱정하고 있는 것은 아닌가하고 생각해 보았다. 발렌타인은 검은 수위 복장에 여러 개의 훈장 리본을 달고 있는 덕망 있는 신사의 모습을 상상해 보았다. 그는 지금 빈민 구호소에 있는지도 모른다. 학교 운영위원들이 거기 가도록 했는지도 모른다. 그래서 갖고 있는 가구를 모두 저당 잡은 게 틀림없을 것이다…

발렌타인 워눕의 몸이 아주 뜨거워졌다. 정말로 자신의 눈이 불타고 있다고 상상했다. 지금이 바로 그 순간인가?

발렌타인은 그 소리가 폭죽 소리인지, 대공포 소리인지, 아니면 사이렌 소리인지 알 수 없었다. 그 소리가 무엇이든, 운동장에서 지하통로를 통해 이 악의에 찬 전화를 받으러 오는 동안, 그 소리가 났다. 그래서 발렌타인은 그 소리를 듣지 못했던 것이다. 전 세계 사람들이 몇 년 동안, 아니 한 세대 동안 기다려온 그 소리를 듣지 못했다. 영원히. 그녀는 아무 소리도 듣지 못했다. 운동장을 떠났을 때, 거기는 침묵만이 있었다. 모든 사람이 기다리고 있었다. 여자아이들은 운동화 고무 밑창으로 발목을 비비고 있었다.

그 후… 기다리고 있던 수백만 명이 경험한 그 커다란 기쁨을 워놉은 여생 동안 기억할 수 없게 될 것이다. 그 기쁨을 기억하지 못하는 사람은 발렌타인 이외에는 없을 것이다… 그 기쁨은 칼로 찌르듯 마음을 흔드는 기쁨이었을 것이다. 혹은 불을 빨아들일 때처럼 숨이 막히는 듯한 기쁨이었을 것이다! … 이제 끝났다. 그들은 이제 어떤 방식으로 어떤 것에 영향을 미치는 그런 상황에 놓이게 된 것이다.

발렌타인은 전직 훈련 담당하사관으로 추정되는 사람에게 폐렴에 걸린 형이 있는데, 그 형을 돌볼 정부가 부재중이라는 내용의 말을 들은 게 기억났다…

발렌타인은 자신의 운은 그와는 다르다는 사실을 상기하며 "난 운이 좋지!"라고 기분 좋게 중얼거렸다. 기복은 있지만 대체로 운이 좋았다. 한때는 걱정이 많았지만 말이다. 하지만 근심이 없는 사람이 어디 있겠는가! 하지만 건강하다. 어머니도 건강하고 남동생은 무사하다… 걱정거리, 그래 있다! 하지만 그렇게 잘못된 일은 없었다.

그런데 이것은 예외적으로 닥친 불운이었다! 앞으로 일이 잘못될 수도 있다는 걸 의미하는 혹은 보통 사람들이 다 하는 경험을 자신은 못 할 수도 있다는 조짐일지도 모른다. 말하자면, 절대 결혼하지 말라던가 혹은 출산의 기쁨도 알지 말라는 등의 조짐 말이다. 출산이 즐거운 것이라면 말이다! 하지만 그건 즐거울 수도, 즐겁지 않을 수도 있다. 어떤 사람은 이렇게 이야기하고 또 어떤 사람은 저렇게 이야기하니 말이다. 어쨌든 그건 모든 사람이 하는 필요한 경험을 자신은 하지 못하게 될 거라는 조짐은 아닐 것이다! … 카르카손[3]을 절대 보지 못할지도 모른다… 지중해를 전혀 보지 못할지도 모른다. 지중해를 보지 못한다면, 제대로 된 사람이 될 수 없다. 티불루스[4]의 바다, 명시선에 나오는 바다, 그리고 사포[5]의 바다 말이다. 심지어 파란색의, 믿을 수 없을 만큼 파란 바다 말이다!

이제 우리는 여행을 할 수 있게 되었다. 믿기 힘든 일이다! 믿기 힘든 일이다! 믿기 힘든 일이다! 하지만 여행할 수 있다. 다음 주엔 할 수 있을 것이다! 택시도 부를 수 있을 것이다! 채링크로스[6]에 갈 수도 있다! 짐꾼도 부를 수 있다! 모든 짐꾼을 부를 수 있을 것이다! … 날개, 비둘기 날개들. 그것만 있다면, 날아갈 것이다. 날아가서 거대한 푸른 빨래터[7]에서 석류를 먹을 것이다. 믿기 힘들지만, 이 모든 것을 이제는 할 수 있다!

그녀는 다시 열여덟 살로 돌아간 느낌이었다. 안하무인의 나이 말이다! 과거 여성참정권 모임에서 그녀를 막던 사람들에게 소리쳤을 때와 같은, 금속성의 런던 토박이 같은 목소리로, 발렌타인은 전화기에 대고 소리쳤다.

---

[3] Carcassonne: 프랑스 남부 랑그도크루시용 주 오드 데파르트망(Department)의 수도.
[4] Tibullus(54~19 B.C.): 로마의 시인.
[5] Sappho: 기원전 600년경의 그리스의 여류 시인.
[6] Charing Cross: 런던 도심의 트라팔가 광장 동쪽 번화가.
[7] 푸른 바다를 지칭.

"당신이 누구시든, 그들은 했어요! 그들이 했다는 것을 폭죽으로 알렸나요, 아니면 사이렌으로 알렸나요?" 발렌타인은 이 말을 세 번이나 반복했다. 그녀는 상대가 레이디 블라스건, 레이디 블라스트 뭐뭐건 상관치 않았다. 발렌타인은 이 오래된 학교를 떠날 것이고 율리시즈[8]의 아내인 페넬로페가 빨래했던 바위 그늘에서 석류를 먹을 것이다. 물속에 잠긴 푸른 빨래! 물속에 잠긴 속옷이 모두 푸른 것은 바다색 때문일까? 자신은 그렇게 할 수 있을 것이다! 그렇게 할 수 있을 것이다! 할 수 있다! 어머니와 남동생과 햇감자를 먹을 수 있는 곳으로 갈 것이다… 12월의 바다는 푸를 것이다… 사이렌[9]은 어떤 노래를 할까…

발렌타인은 레이디들에게 다시는 존경을 표하지 않기로 작정했다. 재정적으로 독립된 젊은 여자였지만, 발렌타인은 학교와 와노스트로흐트 교장에게 해가 되지 않도록 여태까지는 존경을 표해야 했다. 하지만 이제는… 다시는 그 누구에게도 존경을 표하지 않을 것이다. 자신은 시련을 겪어 왔다. 온 세상이 시련을 겪어 왔다! 더 이상 존경을 표하진 않을 것이다!

하지만 예상이라도 했다는 듯이 거만하다는 이유로 발렌타인은

---

[8] Ulysses: 그리스어로는 오디세우스(Odysseus)로 트로이(Troy) 전쟁에 참여한 그리스 이타카(Ithaca)의 왕이다. 트로이와의 전쟁이 끝난 뒤 고향으로 돌아오는 도중에도 그는 많은 모험을 겪어 고향을 떠난 지 20여년 만에 돌아 올 수 있었는데, 그의 아내 페넬로페(Penelope)는 수많은 구애자를 물리치고 그를 기다리고 있었다.

[9] Sirens: 그리스 신화에 등장하는 아름다운 여성의 얼굴과 새의 몸을 지닌 인물. 바다에서 노래를 불러 선원들을 홀림으로써 배를 난파시켰다고 전해진다.

바로 안 좋은 일을 겪게 되었다!

전화기에서 쉬쉬거리는 소리가 듣고 싶어 하지 않는 주소를 말했다.

"링컨스.스.스…스인!"

죄악이다! 악마 같다!

그 목소리는 발렌타인에게 상처를 주었다.

그 잔인한 목소리는 이렇게 말했다.

"나는 지금 거기서 전화를 하고 있어요!"

발렌타인은 용기를 내어 말했다.

"위대한 날이에요. 환호하는 소리에 나처럼 잘 들리지 않나 보네요. 무얼 원하는지 들을 수가 없어요. 하지만 상관없어요. 오늘은 환호해야 하는 날이니까요!"

발렌타인은 그러고 싶었다. 하지만 그래서는 안 되었다.

목소리가 들려왔다

"칼라일[10] 기억하죠…"

그 말은 발렌타인이 정말로 듣고 싶지 않은 것이었다. 수화기를 귀에 바짝 대고, 그녀는 커다란 교실을 둘러보았다. 그 교실은 교장이 학교 방침을 연설하는 동안, 수천 명의 소녀들이 조용히 앉아서 그 연설을 듣도록 만들어진 공간이었다. 억압적이다! … 그 공간은 비국교도[11] 예배당 같았다. 아무것도 없는 높은 벽에 달린 고딕양식

---

[10] Thomas Carlyle(1795~1881): 스코틀랜드 출신의 사회 사상가 겸 비평가.
[11] 영국 성공회 이외의 종교를 지칭하는 말.

의 창문들이 소나무 송진을 바른 천장까지 뻗어 있었다… 억압, 이 것이 이곳의 분위기다. 요즘에는 별 인기가 없는 그런 곳이다… 가 죽 주머니로 경관의 헬멧을 치면서 거리를 돌아다녀야 한다. 이것이 바로 런던 토박이들이 할 일이다. 이것이 런던 토박이들이 자신의 마음을 표현하는 방식이다. 경관들은 경직되었기 때문에 슬쩍 쳐주어야 한다. 그러면 경관들은 이런 애정 표시에 당황해하면서도, 기뻐하는 군중들을 멀리서 바라보며 같이 몸을 흔들 것이다. 하찮은 식물에 밀린 포플러 나무처럼 그럴 것이다.

발렌타인은 토머스 칼라일의 소화불량[12]이 생각났다.

"오!" 발렌타인은 전화기에 대고 소리쳤다. "이디스 에텔이군요!" 이디스 에텔 두쉬민, 물론 지금은 레이디 맥마스터다! 하지만 워놉은 그녀를 레이디라고 생각해본 적이 없었다.

이 세상에서 가장 가까이하고 싶지 않은 사람, 바로 그런 사람이었다! 발렌타인은 자신과 이디스 에텔 사이는 끝났다고 이미 오래 전에 마음먹고 있었기 때문이다. 그녀는 에텔에게 다가갈 수가 없었다. 에텔은 그녀 말마따나 어둠 속에서 어두운 생각을 갖고 만든 모든 것, 자신에게 즉각 도움이 되지 않는 것은, 악의를 갖고 인정하려 들지 않았기 때문이다.

미적인 감각으로 옷을 입고 몸도 호리호리한 에텔은 상황에 따라 적절히 사용할 일련의 인용문들을 알고 있었다. 사랑에 관해서는 로세티[13], 그리 자주는 아니지만, 낙관주의에 관해서는 브라우닝[14],

---

[12] 칼라일은 평생을 소화불량에 시달렸다고 한다.

이국적인 산문도 안다는 것을 보여주기 위해서는 월터 새비지 랜더[15]의 글, 그리고 야단법석한 분위기를 가라앉히고자 할 때는 칼라일[16], 새해 축하와 테 데움[17], 승리, 기념일 등등에 사용하기에 적합한 인용문들을 알고 있었다… 그런 인용문이 지금 전화기를 통해 들려오고 있었다.

"…그리고 그때 나는 오늘이 구세주의 탄생일이라는 사실이 기억났다!"

발렌타인은 그 말을 잘 알고 있었다. 병영 근처에 살았던 첼시의 한 현인의 일기에 나오는 이 구절을 이디스 에텔이 아이저인 자만심을 가지고 자주 읊었으니 말이다.

그 구절은 이렇다. "오늘 난 구석에 있는 선술집에서 평소보다 많이 취해 있는 군인들을 보았다. 그때 난 오늘이 구세주의 탄생일이라는 사실이 기억났다!"

첼시 현인은 그때까지도 그 날이 크리스마스였다는 사실을 알고 있지 못했다니 그는 얼마나 우월한 존재인가! 이디스 에텔 역시 자신이 얼마나 우월한지 보여주고자 했던 것이다. 그녀는 발렌타인

---

[13] Dante Gabriel Rosetti(1828~1882): 19세기 영국 화가 겸 시인. 중세적인 주제와 분위기 등을 연출하며 신비적이면서도 육감적인 시를 쓰고 그림을 그렸다. 라파엘 전파의 대표적인 시인이기도 한 그는 자신의 아내와의 사랑으로도 널리 알려졌다.
[14] 19세기 영국의 시인 로버트 브라우닝(Robert Browning)은 낙천주의자로 알려져 있다.
[15] Walter Savage Landor(1775~1864): 영국 시인 겸 산문 작가.
[16] Carlyle은 엄격한 청교도주의적인 사상가로 물질적이고 향락적인 것을 경계했다.
[17] Te Deums: 사은(謝恩) 찬미가. 성부와 성자를 찬양하는 라틴어 찬미가.

워놉이 자신에게 그날이 대중들이 축제를 하는 날이라는 사실을 상기시켜주기 전까지는, 그런 것을 의식하지 못했다는 사실을 증명해 보이고 싶었던 것이다. 정말로 에텔은 그날이 그런 날인지 의식하지 못했을 것이다. 비평가 빈센트 경과 함께 황홀한 은둔 생활을 하며, 고귀한 것만 보아서 폭죽 같은 것은 거들떠보지도 않았을 것이기 때문이다. 또 그들은 꽤 놀랄 만한 초판 컬렉션을 가지고 있었으며, 공식 직함이 있는 친구도 있었다. 그들은 자신들 이름으로 집에서 모임도 가졌다.

그러나 발렌타인은 자신이 그 신비스러운 이디스 에텔 두쉬민의 발 앞에 앉아 (그 시절은 다 어디로 갔나?), 그녀의 순교자적인 결혼 생활과 가구에 대한 취향 그리고 영적 간음에 대해 공감한 적이 있다는 사실이 기억났다. 그래서 발렌타인은 전화기에 대고 쾌활하게 말했다.

"내가 아는 그 이디스 에텔이에요? 무슨 일이에요?"

발렌타인은 자신의 온화한 목소리에 놀랐고, 또한 너무나 자연스럽게 그런 목소리가 나와서 역시 놀랐다. 그때 발렌타인은 소음이 사라지고, 정적이 흐르더니, 외침소리가 먼 곳으로 이동하고 있다는 사실을 깨달았다. 그 외침 소리는 먼 곳에서 한데 모일 것이다. 운동장에서 나던 여자아이들의 소리는 더 이상 들리지 않았다. 교장이 여자애들을 내보낸 것이다. 물론 지역 주민들은 더 이상 골목에서 폭죽을 터트리지 않을 것이다… 발렌타인은 혼자 있었다. 정말로 같이 있을 법하지 않은 사람과 함께 격리된 채!

레이디 맥마스터는 그녀를 찾았고, 발렌타인 워놉은 지금 레이디 맥마스터에게 선심을 쓰고 있는 중이다! 왜 전화했을까? 레이디 맥마스터는 자신이 무엇을 하길 원하는 것일까? 맥마스터를 배신할 생각으로 (물론 그럴 수 있기를 바라겠지만) 발렌타인에게 순진한 구즈베리[18] 혹은 제자 역할을 부탁하기 위해, 혹은 알리바이를 만들어 달라기 위해 전화를 한 것은 아닐 것이다. 그것이 무엇이든 구스(goose)란 단어는 아주 적절하다… 분명히 맥마스터는 그 누구가 그의 부인이 되건 그의 부인이 배신하고 싶어 하는, 혹은 배신해야 할 그런 부류의 사람이다. 그는 키가 작고, 검은 수염을 기른, 눈을 내리깐 채 비난만 해대는 전형적인 비평가다! 그러니 모든 비평가의 아내는 남편 몰래 바람을 피우기 마련이다. 그들에겐 창의적인 재능이 부족하다. 그것을 무엇이라 불러야 하나? 젊은 여자가 입에 올리기엔 적절하지 않는 단어다!

발렌타인의 마음은 억제되지 않은 런던 토박이 여자애처럼 이리저리 뛰었다. 그 마음을 멈춘다는 것은 불가능했다. 그날을 축하하기 위한 날이니 말이다. 경관의 머리를 툭치는 장난을 일시적으로 하지 못하게 되었기 때문에, 발렌타인은 국가에서 부여한 권위를 갖고 있는, 즉, 통계청 총 비서이자 『월터 새비지 랜더, 비평 논문』과 따분한 작가 시리즈에 22개의 논문을 실은 빈센트 맥마스터 경을 정신적으로 경멸했고, 수많은 스코틀랜드 문인들의 에게리

---

[18] gooseberry: (젊은 여성 등을) 시중드는 사람이란 의미. 하지만 이 단어에 들어 있는 goose에는 거위라는 뜻 이외에도 '바보'라는 뜻이 있다. 따라서 발렌타인은 과거 레이디 맥마스터가 맥마스터와 결혼하기 전, 그와의 밀회를 감추기 위해, 자신을 이용한 일을 떠올리며 자신을 goose(바보)라고 한 것이다.

아[19]인 레이디 맥마스터를 멸시하며 깔보고 있는 것이다. 더 이상 존경하지 않을 것이다! 이것이 이 세상에 닥쳤던 대재앙의 결과인가? 최근의 대재앙 말이다! 10분 전부터 최근의 대재앙이라고 부를 수 있게 되다니, 신이여 감사합니다.

그녀는 전화기 앞에서 킥킥거리며 웃고 있었다. 반면 레이디 맥마스터는 발렌타인이 자신이 하는 말에 별다른 주의를 기울이지 않는다는 사실을 안다는 듯, 진지하고도 달래는 듯한 어조로 말했다.

"발렌타인! 발렌타인! 발렌타인!"

발렌타인은 무관심한 듯 대답했다.

"듣고 있어요!"

사실 그녀는 듣고 있지 않았다. 사실 발렌타인은 그날 아침 교장의 사실에서 엄숙하게 열렸던 여교사 회의에서 논의된 것에 대해 더 큰 의미를 두고 생각하고 있는 중이었다. 교장이 제일 상석에 앉아 시작한 이 회의에서 여교사들이 두려워한 것은 폭죽이 터져 난장판이 되면, 여교장들, 여교사들, 남자 교사들, 목사들(이들에 소속되지 않은 발렌타인은 기타 등등으로 표현된다)은 더 이상 존경받지 않게 될 거고, 그러면 세상은 엉망이 될지도 모른다는 것이었다. 그건 생각만 해도 끔찍하다고 했다! 교장 선생이 억제하라는 연설을 하는 동안 여자애들은 비국교도 강당에서 더 이상 아무 말 없이 앉아 있지 않을 수도 있을 거라고 했다….

---

[19] Egeria: 샘의 여신(女神)으로 제사(祭祀)와 왕의 상담역을 맞았기 때문에 여성 조언자의 의미를 갖게 되었다.

흰 피부에 금발인 몸이 호리호리한 교장은 팔꿈치를 직각으로 구부린 채, 전날 오후 "위대한 공립 학교의 자랑거리"라는 문구가 담긴 연설을 강당에서 하면서, 여자아이들이 그 전날 기쁘다며 한 일을 다시는 반복하지 말라고 심각하게 요청했다. 그 전날 정보를 듣고, 학생들은 끔찍하게도 이런 노래를 불렀다.

카이저 빌[20]을 하얀 사과나무에 매달자
그리고 영광, 영광, 영광, 티타임 때까지!

연설을 하고 있던 교장은 전날 소문이 헛소문으로 밝혀지는 바람에 학생들은 스스로가 바보 같다고 느끼고 있을 거라고 생각했다. 그래서 교장은 그들이 느껴야 할 진정한 즐거움이 무엇인지 알려주었다. 그들을 조용히 집으로 돌아가게 할 억제된 즐거움 말이다. 더 이상 피를 흘리지는 않을 것이다. 이는 중요한 교훈이자 즐거운 사실이다. 하지만 승리는 없을 것이다. 전쟁을 멈추었다는 사실 자체가 승리를 불가능하게 하기 때문이다…

놀랍게도 발렌타인은 자신이 승리감을 언제 느낄 수 있을지 생각 중이었다… 여전히 싸우고 있는 중이라면 승리감을 느낄 수 없을 것이다. 이겼을 때는 더 이상 싸우면 안 된다. 그렇다면 언제 영광을 느낄 수 있는가? 교장은 여자아이들에게 장차 영국, 아니, 재결합된

---

[20] Kaiser Bill: 영국의 빅토리아(Victoria) 여왕의 손자이자 독일의 황제(1888~1918)로 1차 세계 대전의 원인 제공자로서 비난받았다. 그를 처형하라는 노래 가사는 이 사실에 연유한 것이다.

유럽의 미래의 어머니로서 계속 공부를 해야지, 패배자[21]의 형상을 가지고 거리를 돌아다니면 안 된다고 말했다. 교장은 여성 문화 (그들은 절대로 그것을 잊어선 안 된다고 말했다)의 빛을 재 교화된 대륙에… 비추는 것이 그들의 역할이라 했다… 이제는 잠수함이나 공습에 대한 두려움이 없기 때문에 그렇게 할 수 있다고 하였다!

그리고 발렌타인은 반란을 일으키고 싶은 이 순간에 자신이 왜 승리감을 느끼고 싶어 하는지… 그리고 어떤 사람이 승리감을 느끼길 원하고 있는지 생각해 보았다. 그는… 그들은 승리감을 느끼길 무척 원했다. 잠시만이라도 그들은 그것을 느낄 수 없는 것인가? 설령 그것이 잘못된 것일지라도? 혹은 천박한 것일지라도? 누군가 전에 말했듯이, 인간적인 것이 수많은 십계명보다 더 소중하니 말이다!

하지만 그날 아침 여교사 회의에서, 발렌타인은 그들이 정말로 두려워하는 것은 다른 생각이라는 것을 깨달았다. 그건 분명 공포스러운 것이다. 서로 생각이 다르고, 역사의 테이블에 이런 균열이 생긴 지금, 학교가 (세계가 그리고 유럽의 미래 어머니들이) 통제를 벗어난다면, 다시 제 자리로 돌아 올 수 있겠는가? 당국은, 전 세계의 당국은 그것을 두려워하고 있었다. 다른 무엇보다도 그것을 두려워하고 있었다. 국가가 부여한 권위를 가진 사람과 신성시되는 경험을 더 이상 존경하지 않을 가능성이 있지 않겠는가?

근심 걱정으로 찌든, 초췌하고, 영양실조에 걸린 여자들이 두려

---

[21] 세계 대전을 일으킨 독재자를 지칭.

워하는 것을 듣고 있을 때, 발렌타인 워놉은 이렇게 생각했다.

"더 이상 존경하지 않겠어… 적도! 미터법. 워터 스콧 경! 조지 워싱턴! 아브라함 링컨! 7번째 계율[22]! 모두!"

발렌타인은 금발의, 수줍은 듯이, 팔꿈치를 직각으로 들어 올린 채 연설하는 와노스트로흐트 교장이 기만자에게 속아 넘어가 얼굴을 붉히는 모습을 상상해 보았다… 그것이 바로 그녀가 겪는 슬픔의 원인이다. 여자아이들을, 대중을, 모두를, 당신은 통제해야 한다고 생각한다. 일단 그들을 내버려두면 그들이 우리를 어디로 이끌지 알 수 없기 때문이다. 마치 파도가 이끌 듯 말이다. 누가 알겠는가! 우리는 무엇이든 될 수 있다. 사업가, 이윤을 위해 상상도 할 수 없던 온갖 것들을 파는 신사 계급이 될 수도 있다!

내심 즐거워 웃던 발렌타인은 그날 아침 여자아이들을 체조시키기 위해 운동장에 집합시키기로 회의에서 결정할 거란 것을 깨달았다. 발렌타인은 부스스한 머리를 한 공부 전담 부서 사람들이 이런 식으로 생색내는 것을 견딜 수 없었다. 하지만 발렌타인 자신이 고전 공부를 많이 하였기 때문에, 공부 전담 부서가 상위 부서라는 점은 인정할 수밖에 없었다.

저명한 학자였던 아버지는 건강한 체력을 유지하는 데 세심한 주의를 기울여야 한다고 늘 강조했기 때문에 발렌타인은 단지 도움을 주고자 이곳에 왔다. 발렌타인은 지난 얼마 동안 이들에게 도움을

---

[22] Seventh Commandment: 모세의 십계명 중 일곱 번째 계율은 "간음하지 말라."라는 것이다. 워놉은 유부남인 티전스와의 육체관계의 가능성을 염두에 두고 있는 것이다.

주기 위해 이곳에 왔다. 하지만 발렌타인은 여전히 자신의 자리를 지켰고, 여교사 회의에서 지금까지 한 번도 목소리를 높인 적 없었다. 와노스트로흐트 교장이 옅은 분홍색 카네이션 두 송이로 장식된 책상 뒤에서, 희망에 가득 찬 어조로 이렇게 말했을 때, 세상은 이미 뒤집혔다!

"워놉 선생, 학생들을… 그게 뭐랄까 차렷 자세로, 가능한 한… 있게 해야 합니다. 발표가… 날 때까지요. 그다음에 학생들은 만세 삼창을 해야 할 겁니다. 그다음에 학생들을 질서 정연하게 교실로 돌아가게 하세요…"

발렌타인은 절대로 그렇게 할 수 없다고 확신했다. 한 줄로 세운 600명의 소녀 한 명 한 명을 감시한다는 것은 정말 불가능한 일이다. 하지만 시도는 해볼 요량이다. 발렌타인은 흥분해서 제정신이 아닌 600명의 여자아이들을 역시 흥분해서 제정신이 아닌 사람들로 가득 찬 거리로 보내는 건 합당하지 않을 수 있다는 사실을 수긍하기 시작했다. 할 수 있다면 학생들을 나가지 못하게 하는 편이 나을 것이다. 하지만 한번 시도해 보고 싶었다. 발렌타인은 기뻤다. 자신이 그 일을 수행하기에 체력적으로 적합하다고, 그것도 아주 적합하다고 느꼈기 때문이었다. 언제든 그녀는 400미터 경주도 할 수 있을 정도의 체력은 있었다! 그리고 덩치 큰 골치 덩어리 유대계 여자아이나 앵글로튜턴계 아이가 대열을 이탈하려고 한다면, 턱을 한 대 때려 줄 것이다. 이건 교장 선생이나, 근심걱정에 가득 찬 영양실조 걸린 선생들은 할 수 없는 것이다. 발렌타인은 이런 사실을 그들이 인정해주어서 기뻤다. 발렌타인은 폭죽이 터지기 전까지 세상이 뒤집혀서는 안 된다는 점을 인정하고 있었다. 발렌타인은 이렇게 말했다.

"물론 시도해 보겠어요. 그러나 질서를 지키기 위해, 와스트로흐트 교장 선생님과 여교사 한두 분이 도와주신다면, 질서를 유지하는 데 도움이 될 거예요. 물론 교대로 말입니다. 아침 내내 모든 선생님이 다 나오실 필요는 없어요…"

2시간 반쯤 전이었다. 세상이 변하기 전, 8시 30분에 열렸던 회의에서였다. 그 이후로 발렌타인은 여자아이들을 꽤 지치도록 뛰게 한 다음, 지금 여기에 와 국가가 부여한 권위를 가진 사람에게 무례하게 굴고 있는 중이다. 직함도 있고, 시골 저택도 있으며, 목요일 오후에 열리는 참석률이 매우 높은 모임을 주관하는 어느 부서의 장의 아내[23]를 빼 놓고선, 누구에게 존경을 표할 수 있겠는가?

이디스 에텔이 빈센트 경의 상태에 대해 말하고 있었기 때문에 발렌타인은 그녀의 말에 귀 기울이지 않았다. 과로할 정도로 통계일에 몰두한 나머지 곧 신경 쇠약에 걸릴 것 같다고 했다. 그리고 돈 문제로 걱정이 된다고 했다. 세금이 끔찍할 정도로 많아 그렇다고 했다…

발렌타인은 에텔이 하는 이야기의 요지를 최소한 알고 있었을 와노스트로흐트 교장이 왜 이런 뒤죽박죽 이야기를 듣도록 자신을 불렀는지 의아스러웠다. 와노스트로흐트 교장은 틀림없이 알고 있었을 것이다. 판단을 내릴 수 있을 정도로 충분히 오랫동안 이디스

---

[23] 레이디 맥마스터를 지칭. 그녀의 남편 맥마스터는 통계청 간부이고 작위를 부여받았으며, 목요일 모임을 개최하고 있기 때문이다.

에텔의 이야기를 들었을 테니 말이다. 그렇다면 이건 틀림없이 중요한 문제일 것이다. 운동장에서 학생들을 통제하는 일이 교장에겐 몹시 중요한 사안이라는 점, 더 나아가 학교 역사상, 그리고 유럽의 미래의 어머니들의 역사상 중요한 일이라는 점을 고려해 볼 때, 이 문제는 긴급한 일일 것이다.

그렇다면 레이디 맥마스터의 연락이 누구에게 생사에 걸린 만큼 중요한 일일까? 자신에게 중요한 일인가? 그럴 리는 없다. 운동장 밖에서의 자신의 삶에 영향을 미칠 수 있는 중요한 사건은 자신에게는 없다. 어머니는 안전하게 집에 계시고, 남동생은 펨브룩 도크[24]에 있는 연안 소해정에 안전하게 있으니 말이다…

그러면… 레이디 맥마스터 자신에게 중요한 일인가? 그렇다면 어떻게 중요한가? 레이디 맥마스터를 위해 자신이 할 수 있는 것은 무엇인가? 빈센트 경이 신경 쇠약에 걸리지 않도록 운동을 가르쳐 달라는 것인가? 그래서 건강해지면 시골저택을 담보로 받은 대출 자금을 갚을 수 있다는 말인가? 자신이 알기에, 일어나지 말아야 했던 전쟁의 결과로, 세금이 엄청 많아졌기 때문에 그 시골집은 그들에게 엄청난 부담이 되었을 것이다.

자신에게 그런 일을 부탁하기 위해 전화했다고 생각하는 것은 참 터무니없다! 터무니없는 일이다… 자신은 건강과 힘, 유머가 넘치고 활력도 넘친다. 질서를 유지하기 위해서라면 자신은 덩치가 큰

---

[24] Pembroke Dock: 사우스 웨스트 웨일즈(South West Wales), 펨브룩셔(Pembrokeshire)에 있는 마을.

레아 헬덴스탐의 턱 옆을 계속 때릴 수도 있고, 온 세상 사람들이 즐기는 향연을 위해 정감 어린 방식으로 경관들을 당황스럽게 하는 데 일조할 수도 있다. 자신은 현재 일종의 비국교도 수도원 같은 곳에 있다. 수녀같이 말이다! 진짜로 수녀같이 말이다! 세상의 갈림길서 말이다!

발렌타인은 조용히 휘파람을 불었다.

"맙소사." 그녀는 차분하게 외쳤다, "이건 다시 재건되는 세상에서 내가 남은 여생 동안 수녀처럼 살게 될 거라는 조짐은 아니겠지!"

발렌타인은 잠시 심각하게 자신의 위치를, 인생에 있어서 자신의 모든 위치를 하나하나 따져보기 시작했다. 정말로 그때까지의 자신의 삶은 수녀 같은 삶이었다. 자신은 스물셋, 아니 거의 스물넷이 되었다. 그리고 아주 건강했고 깨끗했으며, 키는 신을 신은 상태에서 160센티미터였다. 아무도 자신과 결혼하고 싶어 하진 않았다. 자신이 너무 깨끗하고 건강해서였을 것이다. 누구도 자신을 유혹하려고 하지 않았다. 그것은 자신이 순수하기 때문이었을 것이다. 자신은 분명하게 선임하사관 같은 팔자수염과 고롱고롱 울리는 목소리를 지닌 신사에게 (그걸 그 사람이 뭐라고 불렀지?) 영적인 행복을 약속하겠다고 하지 않았다! 그리고 절대 그러지도 않을 것이다. 자신은 결혼하지 않으려 할지도 모른다. 그리고 절대 유혹에 넘어가지도 않을 것이다!

수녀같이 말이다! 자신은 평생 전화기 옆에서 차렷 자세로 서 있어야 할지도 모른다. 운동장에서 들려오는 세상 사람들이 외침 소리를 들으며 텅 빈 교실에서 말이다. 이젠 운동장에서 더 이상 외침

소리가 들려오지 않는다. 모두 피커딜리로 간 것이다!

이런, 자신은 지금 재미있고 싶다! 지금 말이다!

몇 년 동안 자신은 수녀처럼 살았다. 비국교도의, 실제로 비종파적인 여자공립 학교에 다니는 편도선이 부은 여자애들의 폐와 몸을 돌보면서 말이다. 그리고 어린 런던 토박이들이 팔을 뻗을 때 어떻게 호흡해야 하는지 가르쳤다… 움직일 때 숨을 율동적으로 쉬어서는 안 된다. 아니야. 아니야. 아니야! … 첫 번째 움직일 때 숨을 내뱉지 말고, 두 번째 움직일 때, 숨을 들이마시지 말아! 자연스럽게 숨을 쉬어! 나를 봐! … 자신의 호흡법은 완벽했다!

몇 년 동안 그랬다! 이건 친독파나 반전주의자에게 부여된 일종의 군역이었다. 그래, 자신은 수년 동안 그런 사람이었다. 자신은 그런 사람이 되는 걸 원치 않았다. 윗사람들의 태도가 마음에 안 들었고, 자신도 그런 윗사람이 되고 싶지 않았기 때문이다. 이디스 에텔과 같은 윗사람 말이다!

그러나 지금은! 그건 분명하지 않는가? 자신은 진심어린 마음으로 아무와 손을 잡고, 행운을 빌 수 있다! 진심어린 마음으로! 그 자신과 그가 하는 일에 말이다. 자신은 돌아왔다, 우리 안으로, 심지어 국가 안으로 말이다. 자신은 입을 열고 자신의 생득권인 런던 토박이 사투리를 외칠 수 있을 것이다! 자신은 자신의 힘으로 살아갈 수 있는 자유인이 될 수 있을 것이다!

소중하고, 축복받은, 혼란에 빠진 아주 저명한 어머니에게는 이제 우울해 보이는 비서가 있다. 그래서 자신은 운동장에서 하루 종일 완벽한 호흡법을 가르친 뒤, 밤새 타자를 칠 필요가 없게 되었다… 남동생과, 단정치 못한 검정색과 연보라색 옷을 입은 어머니, 그리고 단정치 못한 검정 옷을 입은 비서 모두 갈 수 있을 것이다. 그리고 모조 걸스카우트 유니폼을 벗고 하얀 모슬린이나 해리스 트위드 옷을 입은 자신은 아말피[25]의 잣소나무 아래서 요리에 대해 런던 토박이 사투리로 논의할 것이다. 지중해에서… 그러면 아무도 자신이 페넬로페[26], 크라쿠스 형제의 어머니[27], 델리아[28], 레즈비아[29], 나우시카[30], 사포의 바다를 보지 못했다고 말하지 못할 것이다.

'싸이페 떼 인 쏨니스 비디!'[31]

발렌타인은 이렇게 소리쳤다.

"맙소사…"

전혀 런던 토박이 억양이 아니라, 말로 할 수 없는 제안을 받은 선량한 토리주의 영국 신사의 억양으로 이렇게 소리쳤다. 그것은 말로 할 수 없는 제안이었다. 전화기에서 들려오는 목소리는 맥마스터의 재정 상태에 대해 아주 장황하게 이야기한 후, 상당히 느릿느

---

[25] Amalfi: 이탈리아의 캄파니아주에 있는 해안 도시로 절경으로 널리 알려져 있다.
[26] Penelope: 그리스 이타카의 왕 오디세우스의 아내로 그의 귀환을 기다리며 정조를 지킨 것으로 널리 알려졌다.
[27] 기원전 2세기 후반에 호민관으로 일하던 로마인 크라쿠스 형제를 키운 그들의 어머니는 코넬리아 아프리카나(Cornelia African, 195~115 B.C.)를 지칭. 그녀는 정조를 지킨 로마의 여인으로서 널리 알려졌다.
[28] Delia: 고대 그리스의 델로스(Delos)에서 행해진 아폴로(Apollo)의 축제.
[29] Lesbia: 고대 로마의 서정시인인 카툴루스(Gaius Valerius Catullus, 82~52 B.C.)가 자신의 애인을 지칭하기 위해 사용한 가명.
[30] Nausicaa: 난파한 오디세우스(Odysseus)를 자신의 아버지의 궁전으로 안내한 공주.
[31] Saepe te in somnis vidi: 라틴어로 '나는 종종 당신을 꿈에서 봅니다'란 의미.

릿하게 이렇게 말했다.

"발[32], 그래서 내 생각에, 옛 시절을 생각해서… 간단히 말해, 내가 다시 두 사람을 만나게 해 준다면… 내 보기에 서로 서신왕래도 하지 않은 것 같은데… 거기에 대한 보답으로… 발렌타인도 알겠지만, 지금 그 액수가 엄청나니…"

---

[32] Val: 발렌타인의 애칭.

2

10분 뒤에 발렌타인은 와노스트로흐트에게, 맹렬하게는 아니지만 단호하게 물었다.

"교장 선생님, 그 여자가 뭐라고 말하던가요? 나는 그 여자가 싫어요. 그 여자를 인정하지도 않고요. 그래서 그 여자 말을 듣지도 않았어요. 하지만 그 여자가 뭐라고 했는지는 알고 싶어요!"

와노스트로흐트는 자신의 개인 방안에 있는, 니스 칠을 한, 리기다소나무로 만든 문 뒤에 있는 옷걸이에서 얇은 검정 옷을 꺼내다가, 상기된 얼굴로 다시 옷걸이에 걸고는, 돌아섰다. 가냘픈 몸의 그녀는 약간 경직되고, 상기된 얼굴로, 궁지에 몰린 것처럼 서 있었다.

와노스트로흐트가 말했다. "내가 이 학교 교장이란 사실을 명심해요." 그녀는 늘 하던 식으로 가느다란 왼쪽 손바닥으로 암갈색 머리를 눌렀다. 이 학교 여선생들 모두 최근 몇 년 동안 잘 먹지 못했다. 그녀는 말을 이었다. "그것은 수단이 어떻든지 간에 정보를 모두 얻어내려는 본능에서 나온 거예요. 나는 발렌타인을 아주 좋아해요. 사적으로 내가 그렇게 불러도 좋다면 그렇게 부르죠. 내가 보기에 발렌타인의 상황은 지금…"

"뭐라구요?" 발렌타인이 물었다. "제가 위험에 빠졌다고요? 아님 곤경에 처했다고요?"

"워놉 선생도 알겠지만," 와노스트로호트가 대답했다. "그… 사람은 나에게 워놉 선생에 관해 이야기를 하고 싶은 것 같았어요. 워놉 선생에게 전화를 건 표면적인 이유는 소식을 전해주려는 것이었지만 말이에요. 다…른 사람에 관한 소식이었어요. 워놉 선생이 과거에… 알고 지내던 사람이 다시 나타났다고 해요."

"아," 발렌타인은 소리쳤다. "그 사람이 다시 나타났다고요. 그래요? 나도 그 정도까지는 알아들었어요." 발렌타인은 자신이 그 정도까지 자신을 통제할 수 있다는 사실에 기뻤다.

자신이 걱정할 필요는 없을 것이다. 10분 전의 자신의 모습과 지금의 모습이 달라졌다고 말할 수는 없을 것이다. 마음속에서 잊었으면 하는 남자가 다시 나타났다고 해서 말이다. 그는 자신에게 "모욕을 준" 남자다. 어떤 방식으로든 그는 자신에게 모욕을 줬다!

하지만 자신의 모든 상황은 변했다. 이디스 에텔이 전화기에 대고 불가능한 말을 하기 전에 자신이 앞으로 하겠다고 생각한 일은 푸른 바다 옆에 있는 무화과나무 아래에서 가족소풍을 하는 것이었다. 그리고 그렇게 할 수 있는 확률은 아주 높았다! 어머니는 검정색과 보라색 옷을 입고, 어머니 비서는 장식이 없는 검정색 옷을 입을 것이다. 호리호리하지만 근육질 몸매의 로맨틱하게 생긴 (동생이 로맨틱하다고 하면 안 되나?) 남동생은 흰 플란넬 옷을 입고, 넓은 진홍색 띠를 두른 채, 한 발은 모래사장에, 다른 한 발은 찰랑거리는 물에 살포시 떠 있는 자그마한 소형 보트 안에 들여 놓을 것이다.

멋진 남동생은 최근 해군에 복무했기 때문에 자그마한 소형 보트를 잘 다룰 수 있을 것이다. 이제 우리 모두는 내일 떠날 것이다… 아니, 오늘 오후 4시 20분차로 떠날 수도 있을 것이다.

그들은 배도 구했고, 선원도 구했다,
또 돈도 있다!

돈이 있다니 천만 다행이다!
체링크로스에서 발롬브로사[33]로 가는 그 배는 분명 2주 후에 운항할 것이다. 짐꾼도 구할 수 있을 것이다. 어머니와 어머니 비서, 그리고 남동생과 함께 여행하면서 짐꾼이 없다면 편안하게 여행할 수 없다… 배급으로 받는 버터에 관해 이야기하다니! 그게 짐꾼 없이 여행 가려는 것과 무슨 상관인가?
발렌타인은 마음속으로 1850년대인가, 1870년대인가에 나온 반러시아적이며 애국심을 고취하는 영국 군가 (그녀의 어린 친구 중 하나가 자신의 조국이 얼마나 역사적으로 잔인했는가를 입증하기 위해서 최근에 찾아낸 노래였다)를 흥얼거렸다.

우리는 전에 곰[34]과 싸웠지,
그래서 다시 싸울 것이다!
러시아인들은 콘스탄티노플을 가지지 못할 것이다…

---

[33] Vallombrosa: 이탈리아 중부, 플로렌스 부근의 휴양지.
[34] 중세 서유럽인들이 러시아인들을 가리켜 '세례받은 곰'이라 불렀기 때문에 여기서 곰은 러시아를 상징하는 것이다.

발렌타인은 갑자기 "오!" 하고 소리쳤다.

발렌타인은 "오, 빌어먹을!"이라고 소리치려 했으나, 15분 전에 전쟁이 끝났다는 생각이 갑자기 들어 "오!"라고만 외쳤던 것이다. 전쟁 때 쓰던 말투는 이제 그만 사용해야 한다! 다시 젊은 숙녀가 되어야 한다. 평화 시에도 영국 국토 방위령은 있다. 발렌타인은 자신을 모욕한 곰[35] 같은 남자를 생각하고 있었다. 자신이 다시 싸워야 하는 남자다! 하지만 따스하고 관대한 마음으로 발렌타인은 이렇게 말했다.

"그를 곰이라고 부르는 건 참 부끄러운 일이야!" 하지만 '다시 나타났다'는 그 사람은, 흔들리는 회색 어깨를 하고 있는 그 사람은 여러 문제점이 있어, 내 문제는 전혀 생각지도 못하게 하는… 심각한 문제 말이야…"

이디스 에텔, 그러니까 레이디 맥마스터가 그 참을 수 없는 말을 한 즉시, 교장을 만나러 가던 도중 발렌타인은 학교 강당에서 이 모든 것을 생각하였다.

오랫동안 생각하였다… 10분이나 말이다!

그녀는 자신이 거의 잊었다고 자부해온, 끔찍했던 걱정거리 중 하나를 대략 정리해 보았다. 몇 년 전 이디스 에텔은 청천벽력처럼, 자신이 그 남자의 아이를 가졌다고 비난했다. 하지만 자신은 그를 남자로 생각하지 않았다. 당시 자신은 그를 흰 머리의 지적이고 사색

---

[35] 발렌타인은 티전스를 종종 회색 곰에 비유했다. 따라서 이 노래 가사에 나오는 곰이란 단어에 발렌타인은 티전스를 떠올렸던 것이다.

적인 사람으로만 생각했다(하지만 지금은 수위도 알아보지 못한다고 하니, 미친 건 틀림없을 것이다. 아마도 지금 링컨스 인의 텅 빈 집 덧문 뒤에서, 어슬렁거리고 있을지도 모른다). 그는 그 이하도 아니다. 그건 분명하다! 그 집에 가 본 적은 없었지만, 출입구에 서 있는 자신과 덧문 사이로 부서져 나오는 빛을 받으며, 어깨 너머로 자신을 바라보는 거대한 곰 같은 그의 모습을 상상해 보았다. 언제든지 달려들어 숨 막히게 할 태세가 되어 있는 곰 말이다!

발렌타인은 그 황당한 이디스 에텔이 '편'을 든 (그런데 이제 에텔은 "두 사람을 다시 만나게 해주도록" 노력하겠다고 한다… 그 사람 부인이 이디스 에텔의 티 파티에 자주 가지 않아서 일지 모른다. 아니면 그곳에 있을 때 눈부시게 눈에 띄어서 인지도 모른다. 아마 후자일 것이다!) … 그 남자의 부인 대신에 에텔이 발렌타인에게 분개하면서, 그러한 주장을 한 지 얼마나 흘렀는지 생각해 보았다. 몇 년 전이었지? 2년? 그렇게 오래 되진 않았다! 그럼, 18개월인가? 분명히 더 된 것 같다! … 분명히, 분명히 더 오래 되었다! … 그 당시의 어느 특정한 때를 생각하면, 아주 작은 글자를 읽어 피곤해진 눈처럼 마음이 무기력하게 흔들렸다… 그는 분명 가을에… 갔다. 아니다, 그가 가을에 간 건 처음 갔던 때다. 1916년에 간 건 남동생 친구 테드였다. 아니면 말라키였나? … 많은 사람이 갔다가 돌아왔다. 갔다가 돌아오지 않는 경우도 있었을 것이다. 혹은 신체의 일부분이 돌아오지 못하는 경우도 있었다. 코가 사라지거나, 양쪽 눈이, 아니면 빌어먹을! 발렌타인은 손톱을 손바닥에 대고 주먹을 쥐었다 - 신경 쓰지 말자!

이디스 에텔은 그 사람이 수위도 알아보지 못했고, 그 사람 집에는 가구가 없다고 한다. 그때… 기억이 났다…

와노스트로흐트와 면담하기 10분 전, 그리고 수화기에서 떨어져 나온 지 10초 후, 자신은 다리가 검은 쇠로 된, 니스 칠한 소나무 벤치에 앉아 있었다. 그 벤치는 회색 수성 도료를 칠한 회 반죽 벽에 붙어 있었다. 자신은 10초 동안… 그 모든 것을 생각했던 것이다… 하지만 그것이 정말이라면 어떻게 그럴 수 있는가!

이디스 에텔이 이렇게 말한 순간에 말이다.

"그 액수는 진짜 엄청나…" 발렌타인은 레이디 맥마스터가 자신의 남편이 발렌타인이 생각하고 있던 어떤 남자에게 진 빚에 관해 이야기하고 있다는 사실을 깨달았다. 그리고 동시에 이디스 에텔이 그에 관한 소식을 전해주고 있다는 사실이 떠올랐다. 그 사람은 새로운 곤경에 처해 있다. 완전히 망가지고, 부서지고, 빈털터리가 되었다… 하지만 무너진 상태에서… 그것도 홀로… 자신을 부르고 있다!

발렌타인은 심지어 그의 이름조차 기억할 여유(아니 견딜 수가)가 없었다. 아니, 그녀의 의식 속으로 파고들려고 하는, 그의 납빛 얼굴, 그의 투박하고 네모난, 허지만 믿음직한 발, 그의 육중한 몸, 의도적으로 꾸민 경직된 표정, 완벽하게 압도적이지만, 진정한 의미의 박식함… 그의 남성성, 그의… 그의 무시무시함을 마음속에 떠올릴 수 없었다!

이제, 그는 이디스 에텔을 통해 (그는 이디스 에텔보다 더 적절한 사람을 찾을 수 있었을 텐데 그랬다) 숨 막힐 정도로 복잡한 그의 세계로 들어오라고 자신을 부르고 있다. 그가 먼저 첫 번째 단계를 취하지 않았다면, 이디스 에텔조차 감히 그에 관한 이야기를 하진 못했을 것이다…

그것은 생각할 수도, 참을 수도 없는 제안이었다. 그런 제안을 한 목소리가 자신을 들어올려, 벽에 붙어 있는 벤치에 올려놓은 것 같았다… 그런데 그게 어떤 제안이었나?

"내가 두 사람을 만나게 도와준다면, 보답으로 발렌타인은…" 나 보고 무엇을… 무엇을 하란 말인가?

그 회색 덩어리 같은 남자에게 말해 빈센트 매마스터 경에게 금 전채권을 이행하라고 요구하지 않게 하라는 말이겠지. 그러면 나와 그 회색 덩어리는… 오늘날의 윤리에 대해 논의하러… 맥마스터의 거실을 출입할 수 있게 될 거야. 바로 그거다!

발렌타인은 여전히 숨을 헐떡였다. 전화기는 계속해서 시끄럽게 지껄였다. 발렌타인은 그 소리를 멈추게 하고 싶었지만 너무나도 힘이 없어 벤치에서 일어나 수화기를 전화기 고리에 걸 수 없었다. 발렌타인은 그 소리가 멈추기 바랐다. 이디스 에텔의 머리 타래가 그녀의 회색 은둔처에 역겹게 침투하는 기분이 들었다. 바로 그런 기분이었다!

그 회색 덩어리는 금전 채권을 집행하지 않을 것이다… 그 사람들은 자신들이 돈을 뜯어내는 대상이 어떤 사람인지도 모른 채 수년 동안 무자비하게 그의 돈을 뜯어냈다. 그래서 그들은 더 측은하다. 갚지 않아도 될 빚을 면하기 위해 뚜쟁이 짓을 하겠다고 저렇게 아우성치니 말이다…

이제, 링컨스 인(아마 거기로 갔을 것이다)의 빈방에 있는 그 남자는 회색 안개 덩어리 혹은 덧문이 잠긴 텅 빈 방을 우울하게 어슬렁어슬렁 다니는 회색 곰이다. 회색 골치덩어리다. 자신을 부르는!

더럽게 많은 것을… 아차… 아주 많은 것을 이라고 해야지! … 10초 동안 생각하다니! 이제는 아마 11초가 됐을 것이다. 나중에 발렌타인은 자신이 무슨 생각을 했는지 깨달았다. 커다랗고 무감각한 팔이 자신을 전화기에서 데려와, 위대한 공립 학교에서 사랑받는 회색 수성도료를 칠한 벽에 붙어 있는, 쇠다리가 달린 벤치에 앉혔다. 그 후 10분 동안 발렌타인은 지난 2년 동안 (아니 2년까지 되지는 않았을 수 있다) 한 것보다 더 많은 생각을 했다.

그것은 놀랍지 않을 수도 있다. 2년 동안 수성 도료에 대해 생각하고 있지 않다가, 그 후 10분 동안 거기에 대해 생각한다면, 바로 그 10분 동안 생각할 수 있는 모든 것을 생각할 수도 있을 테니 말이다. 물론 수성 도료는 가난한 사람들과 달리, 항상 자신과 같이 있었다. 최소한 그것은 항상 그 회랑에 있었다. 영적으로는 아니지만 말이다. 반면에 자신은 늘 자신과 함께 있다!

하지만 자신은 자신과 늘 영적으로 함께하지 않을 수도 있다. 자신은 자신이 이끌고 있는 삶이 자신에게 어떠한 영향을 미치는지에 대해 생각하지 않고, 어떻게 호흡해야 하는지 설명만 했다. 어디에 영향을 미칠까? 불멸의 영혼? 영기(靈氣)? 인간성? … 하여튼 무엇인가이다!

음, 2년 동안… 그래, 2년이라고 하고 일단 넘어가자! … 자신은 어떤 상태에 놓여 있었던 게 틀림없다. 그걸 가사상태라 부르고, 그것도 넘어가자. 그건 일종의 금지 상태다. 자신은 스스로에 대해 생각하는 것을 금지했다. 그게 옳지 않았을까? 친독파 사람들이 호전적이고 요란스러운 나라에서 무엇을 생각해야 한단 말인가? 특히 자신도 친독파를 좋아하지 않는 마당에 말이다. 고립된 상태에 있었다. 폭죽에 의해서만 벗어날 수 있는! 정지 상태에 있었다!

하지만… 자신에게 솔직하자. 그 전화로 충격을 받았을 때, 자신은 모욕을 당한 것은 아닌지 2년 동안이나 생각하지 않으려 했다는 사실을 깨달았다. 그런 생각을 하지 않으려 했다는 사실을 말이다. 다른 것은 없었다!

물론 정지 상태가 아니라, 보류 상태였다. 만약 그가 신호만 보냈어도… 이디스 에텔은 "내가 이해하기로 당신 두 사람은 편지 왕래가 없었다죠."라고 했다. 아니면 "서로 연락하지 않았죠?"라고 말했을 수도 있다… 어쨌든 둘 다 서로 연락하지 않았다…

어쨌든, 그 회색 골치 덩어리가, 얽힌 회색 소모사 뜨개질 실 덩어리 같은 사람이 신호를 보냈다면 자신이 모욕당한 것은 아니라는 것을 알았을 것이다. 하지만 그게 무슨 의미가 있겠는가?

만약 같은 종의 남자와 여자가 한 방에 있는데도 남자가 하지 않았다면… 그것은 모욕일까? 그것은 누군가가 그런 생각을 불어넣어 주지 않는다면 여자는 할 수 없는 생각이다. 하지만 일단 그런 생각이 머릿속에 들어가면, 그것은 분명한 사실이 된다! 발렌타인의 머리에 그런 생각을 집어 넣어주었던 사람은 당연하게도 이디스 에텔이었고, 이디스 에텔은 똑같이 당연하게도, 자신은 그런 생각을 믿지 않지만, 그것은 음… 그래, 그 남자의 아내의 견해라고 했다. 놀랄 정도로 날씬한 몸매에 키가 큰, 누구누구 경의 둘째 아들인 무슨 무슨 경과 함께 로우의 난간을 따라 성큼성큼 걷는 사진이 삽화가 있는 잡지의 반들반들한 종이 위에 실린 그 사람의 아내 말이다. 이디스 에텔이 좀 더 세련되었다. 그녀는 직함이 있지만, 그 남자의 아내는 없다. 에텔은 사색적이다. 그녀는 자신이 월터 새비지 랜더의 글을 읽었다는 사실을 보여주었고, 최근에는 후기 라파엘 전파들이 즐겨 차던 짙은 색 호박 팔찌를 더 이상 차지 않았다. 에텔은 삽화가 있는 잡지에 절대 나오진 않지만 거기 나오는 사람들보다 더 세련된 견해를 갖고 있었다. 에텔은 그 잡지에 나오는 사람들과는 다른 부류의 남자들도 있다고 말한다. 그들 모두는 이디스 에텔이 점심으로 앙트레를 주었던 사람들이었다. 에텔은 그들의 에게리아였다. 세련된 영향을 미치는 에게리아 말이다!

 그렇다면 그 여자의 남편은? 그 사람은 이디스 에텔의 거실에 출입할 수 있는 허락을 받았었다. 하지만 지금은 아니다… 상황이 나빠진 게 틀림없다!

 발렌타인은 날카로운 어조로 더 이상 허튼 소리는 하지 말자는 기분이 들어 이렇게 중얼거렸다.

 "집어쳐! 너는 지금 사교계에서 거론되는 여자와 결혼한 유부남과 사랑에 빠졌어. 그리고 직함 있는 레이디가 당신들은 '다시 함께 할 수 있어, 10년 후에'라고 한 말 때문에 속상해하고 있는 거야."

 하지만 스스로 즉시 이의를 제기했다.

 "아냐. 아니야. 아니야! 그렇지 않아. 분명하게 표현하는 것은 괜찮아. 너무 거칠게 표현하는 것이 잘못된 거지."

그 여자가 말한 "함께 한다"는 것은 무슨 의미일까? 언뜻 보기에 그건 단지 불운한 기계공이 자신이 찬 벨트가 기계에 낀 바람에, 돌아가는 바퀴에 끌려들어가, 모든 살점이 뼈에서 떨어져 나가는 것처럼, 그 남자의 끔찍한 걱정거리에 끌려들어가는 것을 의미하는 것에 지나지 않는다는 생각이 들었다. 그것이 첫 번째로 든 생각이었다. 발렌타인은 두려웠고, 두려웠고, 두려웠다! 발렌타인은 갑자기 수녀 같은 은둔 생활의 이점을 깨달았다. 게다가 11월 11일[36]을 축하하는 행사에 참여해서 가죽 주머니로 경관들을 툭 쳐주고 싶었다.

그 사람은 가구가 없다. 현관 수위도 알아보지 못할 정도로 정신도 나갔다. 정신이 나갔고 도덕적으로 너무 타락하여 직함 있는 레이디의 응접실(이곳을 빈번하게 드나드는 사람들은 충분한 자극을 받지 않으면 절대 사랑의 행위를 하지 않는 사람들이다. 설령 단둘이 있어도 말이다…)에 들어갈 수도 없다.

발렌타인은 고통스러웠다.

"오, 그것은 공정하지 않아!" 그녀는 말했다.

부당함에는 여러 측면이 있다. 이 전쟁이 일어나기 전, 그리고, 물론, 그 사람이 자신이 가진 모든 돈을 빈센트 맥마스터에게 빌려주기 전, 그 회색 곰[37]은 이디스 에텔 두쉬민의 시골 목사관 응접실에 들어갈 자격이 있었다. 그리고 거기서 열렬한 환영을 받았다…. 하지만 전쟁이 끝난 후, 돈도 다 고갈되고, 마음도 지쳤을 때 (그는

---

[36] 1차 세계 대전은 1918년 11월 11일에 끝이 났다.
[37] 크리스토퍼 티전스를 지칭한다.

가구도 없었고 수위도 알아보지 못할 정도가 되었다), 그러니까 전쟁이 끝나고 돈도 고갈된 그는 런던에서 유일하게 살롱을 가지고 있는 레이디 맥마스터의 살롱에 들어갈 자격이 없어진 것이다. 그건 소위 말해 사다리를 걷어차인 꼴인 것이다![38]

분명 그렇게 할 수밖에 없었을 것이다. 그와 같은, 귀찮은 전쟁 영웅들이 너무도 많아, 그들을 살롱에 들인다면, 그것은 더 이상 살롱이 아닐 것이다. 특히 그들에게 빚이 있다면 말이다! … 이것은 절박한 국가적 문제다. 그것은 이제 (20분 후에, 폭죽이 터진 후에) 엄청난 문제가 될 것이다. 가난한 전쟁 영웅들이 돌아올 것이기 때문이다. 무수히 많은 영웅들이 말이다. 그래서 하녀에게 집에 없다고 이야기하라고 시켜야 할 것이다. 약 700만 명에게 말이다!

하지만 잠깐… 그들의 지금 위치는 어디인가?

그는… 하지만 18세의 여학생처럼, 순수한 어린 마음에 자신이 좋아하는 배우를 생각하면서, 그 남자를 계속 "그"라고 부를 수는 없다… 그를 뭐라고 불러야 할까? 서로 알고 지냈을 때도 그를 미스터 누구누구라고 부르는 거 이외의 다른 호칭으로 부른 적이 없었다. 마음속으로도 그의 이름을 말할 수 없었다… 이 회색 존재를, 어머니 서재에서 익숙하게 보아 왔던 이 존재를, 티파티에서 자주 본 이 존재를 부를 때, 성 이외의 다른 이름으로 부른 적이 없었다… 한 번인가 밤새 내내 이륜마차를 탔을 때 그의 이름을 말한 적이

---

[38] Kick down the ladder: 사다리를 걷어찬다는 말은 출세에 도움을 준 친구를 저버린다는 의미. 따라서 티젠스는 맥마스터가 출세하는 데 도움을 주었지만 이제 그에게 버림을 받았다는 의미다.

있다! 그때를 생각해 보자! … 달이 비치는 안개 속에서 서로 돌아가면서 티불루스의 시를 낭송했다. 자신은 그때 그가 자신에게 키스하기를 바랐다(달이 비치는 안개 속에서, 실질적으로, 진짜 아주 낯선 곰 같은 그 사람이 말이다!).

물론 그럴 수는 없었다. 하지만 자신이 얼마나 떨었었는지 기억난다. 덜…덜… 덜… 하고 말이다.

발렌타인은 몸을 떨었다.

그 후에 에드워드 캠피언 장군 경의 차와 충돌했다. 빅토리아 십자 훈장인지 뭔지 받았다는… 그 장군은 그 당시 독일에서 광천수를 마시고 있다는 그 남자 부인의 대부였다… 그 여자의 대부가 아니라, 그 사람의 대부였는지도 모른다. 하지만 빛나는 갑옷을 입은 기사처럼 장군은 그 사람 부인의 옹호자였다. 요즘 장군들은 넓은 빨간 줄이 있는 바지를 입는다. 참 많이 변했다. 시대라는 게 얼마나 중요한 건지!

그것은 1912년이었다… 7월 1일이었나? 정확한 날짜는 기억나지 않는다. 건초를 만들기 전이거나 만들 때쯤으로 여름 날씨였다. 그때 여성참정권에 대해 토론하며 호그의 포티 에이커라는 곳을 걷고 있었다. 거기 자란 풀들은 키가 높았는데, 걸을 때 빽빽한 풀들의 씨앗달린 윗부분을 손으로 쓸면서 갔다… 그때가 1912년 7월 1일인 거 같다.

지금은 11월 11일이다… 몇 년도? 물론 1918년이다!

그러니까 6년 전이다! 세상이 진짜 많이 변했다! 대재앙이다! 혁명이다! … 모든 신문과 싸구려 잡지들이 한결같이 외치는 소리를 들었다.

　하지만 빌어먹을! 사실이다! 6년 전에, 자신이… 이륜마차에 탄, 자기 옆에 앉아 있던 그 회색 덩어리에 키스했다면, 그건 어린 여자애의 들뜬 변덕 때문에 그랬을 것이다. 하지만 오늘 자신이 그에게 키스한다면, 그들을 만나게 해 준 레이디 맥마스터 초대에 의해 (멀리 떨어져 있으면서 서로 서신왕래도, 서로 연락도 하지 않은 채, 그런 일은 불가능하기 때문이다)… 하여튼 오늘… 오늘… 자신이 오늘… 키스한다면, 그것도 11월 11일에. 오늘은 얼마나 근사한 날이 될까? … 이건 자신의 말이 아니다. 레이디 맥마스터가 좋아하는 시인의 누이 동생인 크리스티나 로세티가 쓴 구절이다… 그 여자는 직함이 있기 때문에 좀 더 근사한 시인들을 발견할 수 있을 것이다. 갈리폴리[39]에서 죽은 시인… 제랄드 오스본이었나? 이름이 기억나지 않는다!

　하지만 6년 동안 자신은 그… 삼각관계의 멤버였다. 프랑스어를 모른다고 하더라도 그것을 아 메나지 아 트루아[40]라고 부를 수는 없을 것이다. 우리는 함께 살지 않았으니 말이다! … 장군의 차가 이륜마차를 치었을 때 우리는 거의 죽을 뻔했다. 빌어먹을 거의 죽을 뻔했다! (전쟁 동안 사용하던 이런 용어를 더 이상 쓰면 안 된다. 이런 습관은 고쳐야 한다! 폭죽을 기억해야지[41]!)

---

[39] Gallipoli: 터키의 서쪽 끝, 갈리폴리반도 남안에 있는 도시. 제1차 세계 대전 중 연합군이 독일과 동맹을 맺고 있던 터키를 통과하여 러시아와 연락을 취하려고 갈리폴리(겔리볼루)반도 상륙을 감행함으로써 이곳에서 전투가 벌어지게 되었다.
[40] a ménage a trois: (프랑스어) 삼각관계.

바보 같은 짓이었다! 어린 여자애를, 그것도 허락받을 나이를 막 지난, 그런 여자애를 이륜마차에 태우고 밤을 보내다니. 그리고 빨간 줄무늬 바지를 입은, 빅토리아인가 뭔가 하는 십자 훈장을 받은 장군의 차와 충돌했다! 남자라면 그건 피했어야 하는 것 아닌가!

대부분의 남자는 여자만 대가를 치른다는 사실을 잘 안다… 여자 아이들도 안다!

하지만 두 사람 다 대가를 치렀다… 이디스 에텔 두쉬민이, 그때 막 레이디 맥마스터가 되었나? 아닌지도 모른다, 하여튼 에텔이 남편이 죽어, 저 작고 비참한… (이 단어를 사용하면 안 되겠지만 말이다!) 사람과 결혼했을 때, 그들의 신중하면서도 참으로 칭찬받을 만한 간통의 증인이기도 했던 나는 그들 결혼의 유일한 증인이었다! … 그 날은 맥마스터가 기사 작위를 받는 날이었다. 이디스 에텔이 축하 파티에 나를 초대하지 않은 변명을 늘어 놓았던 날이니 말이다. 그날 에텔이 나에게 미스터 누구누구의 아이를 가졌다고 비난했을 때… (하늘이 유일한 증인이겠지만, 미스터 누구누구가 어머니의 한결같은 조언자이긴 하지만, 나와는 안면만 있는 사이라, 그를 부를 때 성으로 불렀다) 그러니까 레이디 맥마스터가 남미에 있다는 라마처럼 침을 튀기며, 내가 어머니의 조언자의 아이를 가졌다고 비난했을 때 (그건 나에게 몹시도 놀라운 일이었다. 하지만 그건 이륜마차와 자동차, 그리고 그 차 안에 타고 있던 장군과 장군의

---

[41] 폭죽은 전쟁이 끝난 것을 기념하는 축하 행사로 터트린 것이다. 즉 전쟁이 끝난다는 것을 명심하고 더 이상 전쟁 중에 사용하던 과격한 용어를 사용하지 말아야겠다는 의미다.

누이인 폴린인지, 아니면 클라우딘이었나? 그래, 레이디 클라우딘, 그리고 로튼 거리의 난간을 따라 늘 산책을 하던 사교계 부인들이 만들어 낸 결과물이었다), 다시 말해 청천벽력처럼 그런 비난을 받았을 때, 마음속에 가장 먼저 떠오른 것은 (빌어먹을, 이 생각은 계속되었다!) 내 평판이 아니라, 그 사람의 평판에 대한 걱정이었다…

그것이 바로 그가 얽히게 된 일의 본질이었다. 그는 끝도 없고 풀리지 않는 (아니다, 풀리는 혼란이다) 끔찍한 혼란 속에 빠졌다. 그가 넋이 나간 상태에서 더 많은 혼란을 겪고 있는 사이, 다른 사람들은 그 때문에 고통받았다! 이륜마차를 들이받은 장군의 모습은 장군을 상징적으로 나타낸다. 장군은 절대적으로 옳은 쪽에 있다는 의미이다. 장군을 태운 극악무도한 자동차가 미친 듯이 날뛸 때, 이륜마차에 있는 것은 그 사람다웠다! 그럴 땐… 여자만 대가를 치른다! … 이번 경우에 진짜 내가 그 대가를 치렀다. 그 대가는 우리가 몰던 어머니의 말이었다. 장군에게서 보상금을 받았지만, 말 값은 그 두 배였다… 그리고 내 평판은 남자와 단둘이 새벽녘에 이륜마차 안에 있었다는 사실로 인해 나빠졌다… 그가 나를 모욕했을 가능성은 없다. 오, 그 달콤한 꿈같은 밤에… 내가 그의 아이를 가졌다는 소문이 돌았다. 그때 나는 그의 오랜 명성에 흠집이 갈까 봐, 너무나 걱정이 되었다… 그 일은 물론 그에게도 끔찍한 일이었을 것이다. 여자는 그렇게 젊고 순진한데, 게다가 여자의 부친은 가난하지만 아주 저명인사로, 그 남자 부친의 가장 친한 친구였으니 말이다. 이런 말들이 오고갔을 것이다. "그는 그러면 안 되는 거였어! 진짜 그러면 안 되는데 …" 사람들이 여전히 그렇게 이야기하는 소리가 들린다.

하지만 그 사람은 그렇지 않았다! … 하지만 나는 어떤가?

그 마법과도 같은 밤. 동트기 바로 직전이었다. 마차를 몰고 있을 때 안개가 거의 목까지 차올랐다. 하늘은 박명 속에서 희미해졌고, 거대한 별 하나가 보였다. 그 거대한 별 하나만 기억난다. 역사적으로 볼 때 스러져가는 달도 있었지만 말이다. 그 별은 나의 최고의 남자였다. 나의 희망이었다… 우리는 시를 인용하고 있었다. 내 기억엔 논쟁을 벌이면서였다.

발렌타인은 갑자기 소리치듯 시를 읊었다.

> 해는 지고 저녁별 반짝이는데
> 날 부르는 맑은 소리 들려온다.
> 항구의 모래톱에선 한탄의 소리는 없었으면
> 내가 할 때[42]…

발렌타인이 말했다.

"오, 하지만 당신은 그러면 안 되죠, 내 사랑! 그것은 테니슨 이야기예요! 당신과는 상황이 달라요!"

---

[42] 19세기 영국 빅토리아 시대의 대표적인 시인인 테니슨(Alfred Lord Tennyson)의 "Crossing the Bar"에 나오는 구절. 본문은 이렇다.
Twilight and evening star
And one clear call for me
And may there be no moaning at the bar
When I…

그러곤 이렇게 말했다.

"그렇지만, 그건 미숙한 여자애의 장난밖에는 안 되었을 거야… 하지만 이제 내가 그 사람이 나에게 키스하도록 허락한다면, 나는…" 자신은 뭐더라… 간통녀가 될 것이다… 사통하는 여자란 표현이 더 낫다! 훨씬 더 낫다. 간통하는 사람이라는 표현은 안 될까? 그것은 안 된다. 나는 "냉담한 간음녀"가 되어야 하니 말이다! 그렇지 않으면 도덕이 무너진다.

오, 하지만 확실히 냉담한 것은 아니다! … 그땐, 의도적이었다! … 그것은 어떤 목적을 이루기 위한 과정을 나타내는 단어도 아니다. 입맞춤을 하기 위한! … 웃기는 것들이다, 단어들은. 감정 상태를 표현할 때 말이다!

하지만 자신이 지금 링컨스 인에 가고, 그 골치덩어리가 팔을 내민다면… 그것은 "의도적"일 것이다. 진짜 그 용어의 의미대로 행동하는 것일 것이다.

발렌타인은 빠르게 중얼거렸다.

"이래서 미치게 되는 거야." 그러고는 이렇게 말했다.

"참 바보 같은 소릴 했네!"

자신은 2년 전에 어떤 남자와 연애 같은 일을 한 적이 있었다. 그건 괜찮다. 나이가 24살이나 25살이나 된 교사 중 그런 일도 없는 교사는 있을 수 없으니 말이다. 일주일 동안 매일 오후 찻집에 와서 자두 케이크 한 조각을 시키고 무례하게 쳐다보더니, 다음에는 사라진 남자와의 일이라도 말이다… 하여튼 적어도 '그럴 수도 있었겠다'라는 사람은 최소한 하나쯤은 있어야 한다. 그렇지 않으면 여교사나, 정부 부처에서 일하는 여자, 혹은 존경받는 지문법 연구가 일을 할 수 없을 것이다. 우리는 그때의 기억을 마음속 깊이 간직했다가, 제대로 된 저녁 식사를 먹기 전인 일요일 아침, 끄집어내어 공상에 잠긴다[43]. 그리고 그 공상 속에서 불타는 시선으로 뒤를 돌아보면서 캐스터네츠[44] 박자에 맞추어 멋지게 엉덩이를 흔드는 스페인 여인이 되기도 한다… 그런 비슷한 공상을 한다.

자신은 이 정직하고 단순한 사람과 연애 같은 일이 있었다! 정말 좋은 사람이었다! 말로 표현할 수 없을 만큼 좋은 사람이었다… 여왕의 부군인 돌아가신 알버트처럼 말이다! 그 사람은 유혹하지 말아야 했던, 정말로 무기력하고, 아무것도 못 하는 사람이다. 그것은 길들인 비둘기를 총으로 쏘는 것 같았다! 그 사람의 아내는 삽화가 있는 잡지에 늘 나오는 사람이지만, 그 사람은 집에 앉아 통계자료를 보고 결론을 도출하거나, 정신 산만한 우리 어머니를 찾아가 차를 마시며, 어머니가 쓴 기사 내용을 고쳐주는 일만 했으니 말이다. 그래서 어떤 여자가 그를 유혹했지만, 그 사람은 먹지 않았다![45]

하지만 왜 그랬을까? … 그가 좋은 사람이라서?

십중팔구 그럴 것이다!

아니면 … 그것은 사상누각을 쌓는 데 필요한 것들과 함께 자신이 마음속에 꽁꽁 숨겨둔 견디기 힘든 생각이었다! 정말로 그가 무

---

[43] build castles in Spain: 공중누각을 세우다, 공상(백일몽)에 잠기다.
[44] castanetted: 캐스터네츠 박자에 따라 춤추는.
[45] 여기서 '했다', '먹었다'는 의미는 성적인 관계를 맺었다는 의미로 사용되었다.

관심해서 그랬던 것일까?

　우리는 티 파티에서 서로의 주변을 맴돌았다. 정확히 말해 그가 내 주위를 맴돌았다. 이디스 에텔 파티에서 나는 항상 차 탕관과 컵 뒤에 꼼짝도 않고 앉아 있었기 때문이다. 그러나 그는 책의 뒷면을 보면서 멍하니 방을 돌아다녔다. 때때로 손님들에게 권위 있게 말하면서 말이다. 하지만 떠돌아다니다가도 늘 내가 있는 쪽으로 와 한두 마디 사소한 말을 했다… 누구누구 백작의 둘째 아들과 로튼 거리를 활보했던 아름다운, 너무도 아름다운 그 사람의 부인은…

　그래, 1912년 7월 1일에서 1914년 8월 4일까지 그랬다!

　그 이후 그 사람의 상황은 좀 더 뒤죽박죽이 되었고 위험해졌다. 승인되지 않은 곳을 찾아가 분란을 겪었다. 상당한 분란에 처했다. 상관과의 분란을 겪었고, 불필요하게 독일군이 쏘는 발사체와 통신, 진흙 문제로 골머리를 앓았으며, 돈과 정치 문제 때문에 곤란을 겪었다. 그 누구도 그에게 좋은 말 해주는 사람 없이, 그 사람은 그렇게 멍하니 살아갔다. 그러다가 절대 해결할 수 없는, 나까지 끌어들이게 된 해결되지 않는 혼란이 벌어졌다…

　그는 내 정신적 지지가 필요했던 것이다! 지난 전쟁 동안, 전선에 가지 않았을 때, 그는 훨씬 일찍 내가 있던 티 테이블로 와, 평소보다 훨씬 더 오래 머물렀다. 모든 사람이 가고 난 뒤, 그와 나는 높다란 난로 망에 나란히 앉아, 토론을 벌였다… 전쟁의 옳고 그름에 대해!

　나는 그에게 이 세상에서 이야기를 나눌 수 있는 유일한 사람이었기 때문이었다… 그와 나는 아주 실질적인 두뇌를 가지고 있었고, 낭만적 기질은 별로 없었다… 하지만 그 사람은 약간 낭만적 기질이 있었다. 그렇지 않았다면 늘 이런 혼란에 빠지진 않았을 것이다. 그는 자신이 가진 모든 것을 그것을 요구하는 사람에게 주었다. 그것도 좋다. 하지만 그에게서 돈을 뜯어간 사람들이 그를 끔찍한 혼란에 빠뜨리는 것은… 그건 옳지 않다. 사람은 그런 일을 당하지 않도록 스스로를 방어할 줄 알아야 한다!

왜냐하면… 스스로 방어하지 않는다면, 그가 점점 더 많이 주면서도 더 큰 곤란한 상태에 빠지는 동안, 곤경에 처한 그를 동정하는 그의 가장 가깝고 소중한 사람들을 그 곤경에 끌어들이게 되기 때문이다. 이번 경우 그의 가장 가깝고 소중한 사람은 나, 발렌타인이었다… 아니면 나, 발렌타인이었을 것이다! 이런 생각이 드니 신경이 곤두서고, 미칠 것만 같다… 2년 동안 소식도 듣지 못한 그 사람이 아직까지도 나에게 연락을 하지 않았다면… 그 사람이 그 레이디(빌어먹을 여자 같으니!)에게 '자신들이 다시 함께하도록' 해 달라고 요청했을 거라고 나는 바보처럼 당연시했다. 그 사람이 이디스 에텔에게 그렇게 해달라고 부탁하지 않았다면, 아무리 이디스 에텔이라도 뻔뻔하게 나에게 전화하진 않았을 거라고 생각했기 때문이다!

하지만 그렇게 생각할 만한 근거는 없었다… 나약하고 여성성에 지나치게 집착하는 바보지만 내 마음은 단번에 결론에 도달했다. 그가 자신에게 다시 돌아와 자신의 정부가 되어달라고… 혹은 그가 다시 건강해질 때까지 그의 엉망이 되어버린 건강을 돌보아 달라고 나에게 요청한 것이라고 결론 내렸던 것이다…

명심하자. 나는 수락하겠다고 말하지 않았다. 하지만 그가 정말로 이디스 에텔을 통해서 자신의 생각을 말하고 있다고 생각하지 않았다면, 나는… 그의 지독한 자기만족적 완벽함에 … 대해 생각하지 않으려 했을 것이다.

그가 나에게 전화를 걸었다면, 나에게 편지를 쓰지 않았던 지난 2년 동안 그는 당연히 다른 여자들과 놀아나지 않았을 거라고 나는 생각했을 것이기 때문이었다… 아, 하지만 그는 전화를 안 했다!

그런데, 그게 말이 되나? 그러니까, 2년 전, 프랑스로 떠나기 바로 전날 밤, 거의… 거의 … '나를 유혹했던' 남자가 있었다… 그 후로 그에게서 어떠한 연락도 받지 못했다! … 그 사람은 경이적이면서 명석한 광인이라고 부르는 편이 나을 사람이었다. 회색 코트를 입은 존 필, 순수 혈통의 토종 영국 신사, 그리고 약간은 성자 예수 그리스도… 그는 이 모든 것이었다. 하지만 젊은 여자를 유혹하고는, 홀로 지옥으로 가지는 않는 법이다. 2년이 지나도록 미스바[46] 사진이 있는 그림엽서 한 장 보내지 않아, 여자의 삶을 지옥으로 만들면서 말이다. 진짜 엽서 한 장 안 보냈다! 안 보냈다!

만약 보냈다면, 그의 성격이 바뀐 게 분명하다. 그는 자신을 데리고 노는 것을, 그 이후로도 루앙이나 다른 군사기지에서 육군 여자 보조 부대원들과 놀아나는 것을 당연시하는 그런 사람으로 바뀌었

---

[46] MIZPAH: '망대'라는 뜻. 야곱이 밧단 아람에서 가나안으로 귀향하던 중 외삼촌 라반과 언약을 맺기 위해 세운 돌기둥에 붙여진 이름이다. (「창세기」 31장 49절 참조)

을 것이다.

물론 돌아왔을 때, 그가 나에게 전화를 건다면… 혹은 직함이 있는 레이디를 시켜 전화를 건다면… 세상 사람들이 보기에 혹은 최소한 내(마음이 부드러운 여자라면)가 보기에, 그는 괜찮은 사람으로 판단될 것이다.

하지만 그가 그랬나? 과연 그랬나? 이디스 에텔이 부탁받지 않은 일을 할 정도로 뻔뻔하지는 않다고 생각하는 건 터무니 없다! 이자뿐만 아니라 3,200파운드를 절약하기 위해서라면(그 돈은 빈센트가 그에게 진 빚이다), 이디스 에텔은 달콤한 웃음을 띠고 죽어가는 사람들로 가득 찬 병동에서 베개를 모두 회수해 달라고 요청할 사람이니 말이다… 사실 그 여자가 옳다. 자기 남자를 구해야 하니 말이다. 자기 남자를 구하기 위해서는 그 어떠한 치욕도 감당해야 한다.

하지만 그런 생각은 나, 발렌타인 워놉에겐 도움이 안 된다!

발렌타인은 벤치에서 벌떡 일어났다. 손바닥에 손톱이 파고들도록 주먹을 꽉 쥐었다. 그러곤 밑창이 얇은 신발을 신은 발로 이상하리만치 탄성이 없는 코크스 분으로 된 바닥을 구르며 외쳤다.

"젠장, 그 사람은 내게 전화 걸어달라고 그 여자에게 부탁하지도 않았어. 그 사람은 그 여자에게 부탁하지 않았어. 부탁하지 않았다고!" 발렌타인은 계속 발을 굴렀다.

발렌타인은 쏙독새 소리처럼 길고 양철통 두드리는 소리가 나는 전화기로 곧장 걸어가, 단번에 초록색과 파란색으로 꼬여 있는 전화선에서 수화기를 잡아 당겼다… 부서졌다! 만족스러웠다!

그리고 말했다.

"보병 3연대를 진정시켜라!"⁴⁷ 이는 학교 기물을 파괴한 것에 대한 뉘우침에서 나온 말이 아니었다. 보병 3연대가 실리적이고 로맨틱하지 않았기 때문에(보병 3연대는 참 훌륭한 연대다), 발렌타인이 자신의 생각을 보병 3연대라고 부른데서 기인한 말이었다…

물론 전화기를 망가트리지 않았다면 자신은 이디스 에텔에게 전화를 걸어 자신들이 다시 재회할 수 있도록… 그 사람이 에텔에게 부탁했는지 안 했는지를 물어볼 수 있었을 것이다… 고통스러운 의문을 해결할 수 있는 유일한 수단을 부숴버린 것은 자신다운 행동이었다.

하지만 그것은 실제로 자신다운 모습은 아니었다. 자신은 아주 실용적인 사람이기 때문이다. 자신이 전화기를 부셨던 이유는 이것이 이디스 에텔과의 연결을 끊는 것 같았기 때문이었다. 혹은 양철통 두드리는 것 같은 소리를 내는 쏙독새를 싫어했기 때문이었다. 절대로 이디스 에텔에게 전화를 걸어 물어 보는 일은 없을 것이다.

"그가 당신을 시켜 나에게 전화하라고 했나요?"

이렇게 묻는 건 그들의 친밀한 관계에 이디스 에텔을 끼워 넣는 것이 될 것이기 때문이었다.

발렌타인은 잠재의식 속에 내재한 자유 의지에 따라 홀 끝에 있는 커다란 문들을 향해 발걸음을 옮겼다. 그 문들은 고딕 양식의

---

[47] Steady the Buffs: 이 표현은 주로 '진정하라, 질서를 지키라'는 의미. 여기서 buffs는 영국 보병 3연대를 지칭한다.

소나무 문으로 니스 칠이 되어 있었고, 브런즈윅의 검은 주철로 만든 주석 덮개와 띠들로 검소하게 장식되어 있었다.

발렌타인이 말했다.

"그 사람의 가구를 치운 사람이 그 사람 아내라면, 그 사람은 연락하고 싶어 했을 것이다. 그들은 헤어질 것이다… 하지만 그 사람은 남자가 여자에게 이혼을 요구하는 것은 옳다고 생각하지 않고, 그 사람 아내도 이혼하려 하지 않을 것이다."

커다란 문 옆에 있는 끈적끈적한 뒷문을 통과 (나무로 만든 그 문은 니스 칠 때문에 끈적끈적해 보였다!) 할 때 발렌타인은 이렇게 말했다.

"알게 뭐야!"

중요한 것은… 하지만 발렌타인은 그 중요한 것이 무엇인지 명확히 말할 수 없었다. 우선 무엇을 먼저 할지부터 정해야 한다.

3

 결국 발렌타인은 분홍색 카네이션 두 송이가 놓인 테이블 뒤에 앉아 있는 와노스트로흐트를 찾아가 말했다.
 "의식적으로는 귀찮게 해 드리고 싶지 않았지만, 제 발의 정령이 어떻게 된 건지 아는 사람에게 끌고 갔네요⋯ 셸리[48] 시에 나오는 구절이죠?"
 발렌타인은 학교 홀에 있는 동안 심지어 전화기를 부셔버리기 전에, 무의식적으로 알았다. 와노스트로흐트 교장은 자신이 알고 싶어 하는 것을 말해줄 수 있으며, 서두르지 않으면 만나지 못할 수 있다는 것을. 여자애들이 가버렸기 때문에, 교장도 퇴근할 수 있을 테니 말이다. 그래서 워놉은 격자들 사이사이로 분홍색 유리창이 비치는 고딕 양식의 창문들이 있는 복도를 서둘러 지나갔다. 사람이 거의 없는 라커들이 늘어선 어둑어둑한 탈의실이 지름길이라 그곳을 통과하던 워놉은 검은 옷을 입은 촌스럽고 주근깨가 난 여자아이를 보고는 그 앞에서 잠시 멈춰 섰다. 여자아이는 한쪽 다리의 발목을

---

[48] 퍼시 비시 셸리(Percy Bysshe Shelley, 1792~1822): 영국의 낭만주의 시인.

다른 쪽 다리 무릎 위에 올려놓은 채 의자에 앉아 칙칙한 검은 부츠의 끈을 엉성하게 묶고 있었다. 이유는 알 수 없었지만, 발렌타인은 "안녕, 페티걸!"이라고 말하고 싶은 충동을 느꼈다.

15살 정도 된, 여드름으로 얼굴이 울퉁불퉁한 이 촌스러운 여자아이는 이 학교 상황을 잘 보여주는 상징적인 인물이었다. 다소 건강한 편이지만, 아주 건강하지는 않고, 다소 정직하지만 지적인 정직을 갈망하지 않는, 예기치 않은 신체 부위의 뼈대가 굵고… 촌스럽게 엉엉 우는 바람에 얼굴이 다소 지저분하게 보이는 이 아이 말이다. 사실 "다소"라는 말이 이 학교를 잘 설명해주는 말이다. 그들은 모두 다소 건강했고, 다소 정직했고, 다소 투박한, 12살에서 18살 정도의 소녀들로 최근 제대로 영양보충을 하지 못해 예기치 않은 신체 부위의 뼈대가 굵어보였다. 또한 다소 감정적이었으며 히스테리를 부리기보다는 징징 우는 편이었다.

이 여자아이에게 작별인사를 하는 대신 워놉은 이렇게 말했다. "잠깐!" 여자아이의 다리가 너무 많이 드러나 있었기 때문에, 워놉은 여자아이의 짧은 치마를 끌어내린 뒤, 탄력 없는 정강이에 탄력 없는 부츠 끈을 묶기 시작했다… 틀림없이 왔다가 틀림없이 가버리는 꽃다운 청춘을 보낸 뒤, 이 여자아이는 유럽의 보통 어머니가 될 것이다. 결혼은 꽃다운 청춘 때 하는 것이니 말이다… 그날 되찾게 될 정상적인 상황에서라면 말이다. 물론 그렇게 되지 않을 수도 있다!

미지근한 눈물 한 방울이 발렌타인의 오른쪽 손가락 관절에 떨어졌다.

"사촌오빠 밥이 그저께 죽었어요." 소녀의 목소리가 워놉의 머리 위에서 들려왔다. 교육기관에서 효율적이고 현명하게 일하고자 하는 교사는 정신적으로 특이한 행동을 접하게 될 때 인내심을 가져야 하고, 또 보여주어야 한다. 발렌타인은 바로 그런 인내심을 가지고 부츠 위로 머리를 더 숙였다… 이 여자아이에게는 밥이란 사촌오빠가 없었다. 페티걸과 페티걸의 자매, 즉 페티걸 2와 3은 모두 미망인인 어머니 외에는 그 어떤 일가친척도 없었기 때문에, 아주 적은 학비를 내고 이 학교에 다니고 있었다. 그들의 아버지는 봉급을 절반만 받는 소령이었으나 전쟁 중에 전사했다. 모든 여교사는 이 촌뜨기 자매의 정신 상태에 대해 보고서를 제출해야 했기 때문에 모두 이 정보를 갖고 있었다.

"사촌 오빠가 전쟁에 나가기 전에 강아지를 보살펴 달라고 나에게 주었어요." 여자아이가 말했다. "그런데 그건 옳지 않은 거 같아요!"

발렌타인은 몸을 바로 세우면서 말했다.

"내가 너라면, 나가기 전에 세수 먼저 하겠다. 그렇지 않으면 사람들이 널 독일 사람이라고 생각할지 몰라!" 워놉은 그 여자아이의 촌스러운 블라우스의 어깨 부분을 잡아당겨 펴주었다.

그리고 이렇게 덧붙였다. "누군가 막 돌아왔다고 상상해봐라. 그럼 어떻게 해야 하는지 쉽게 알 수 있어. 그렇게 하면 더 매력적으로 보일 거야!"

복도를 따라 총총걸음으로 걸어가며 워놉은 중얼거렸다. "주님, 도와주세요. 제가 더 매력적으로 보일 수 있을까요?"

워놉이 예상했듯이 교장은 풀햄⁴⁹(매력적이지 않은 교외지만 주교의 관저와 가까운 거리에 있어서 교장이 살기에는 적절한 곳으로 보였다)에 있는 자기 집으로 가기 위해 막 나가려던 참이었다. 교장은 주교와 같은 마음가짐을 갖고 있었지만, 교외 아이들이 겪게 되는 우여곡절(그중 몇 가지는 정말 놀랄 정도의 일도 있었다)에 대해 경험상 많이 알고 있었다.

교장은 발렌타인이 한 세 가지 질문에 답을 할 때 약간 궁지에 몰린 사람의 자세로 책상 뒤에 서 있었다. 하지만 발렌타인이 셸리의 시 구절을 인용하기 바로 직전, 자리에 앉았다. 반새울 준비가 되어 있다는 태도로 말이다. 발렌타인은 계속 서 있었다.

와노스트로흐트는 아주 온화하게 말했다. "오늘은 자신의 전 인생에 영향을 미칠… 그런 조치를 취할 수 있는… 날이에요."

발렌타인이 대답했다. "그게 바로 제가 교장 선생님을 찾아온 이유에요. 제가 조치를 취하기 전 제가 지금 어떤 상황에 있는지 알기 위해, 그 여자가 교장 선생님에게 무슨 이야기를 했는지 알고 싶어요."

교장이 말했다.

"학생들을 돌려보내야 했어요. 난 워놉 선생이 내게 아주 소중한 사람이라고 주저하지 않고 말할 수 있어요. 블느와 경에게서 급보(急報)를 받았는데, 학교 운영위가 내일을 공휴일로 지정하라고 했

---

⁴⁹ Fulham: 런던 남서쪽에 있는 헤머스미스(Hammersmith)와 풀햄에 있는 런던 자치구.

대요. 정말 일관성이 없죠. 하지만 그러한 조치는 모두…"

교장은 말을 멈췄다. 발렌타인은 생각했다.

"나는 남자들에 대해 아는 게 하나도 없어. 하지만 여자들에 대해서도 아는 건 거의 없어. 지금 교장이 무슨 말을 하려는 거지?"

워놉은 계속 생각을 이어갔다.

"교장은 지금 긴장하고 있어. 본인 생각에 내가 좋아하지 않을 무엇인가를 말하고 싶어 하는 게 틀림없어."

교장은 용기 있게 말했다.

"오늘 같은 날엔, 그 누구도 여자아이들을 가둘 수 없어요. 누구도 경험해 보지 못한 일이니까요. 오늘 같은 날이 이전엔 전혀 없었잖아요."

피커딜리에는 어깨를 나란히 맞댄 군중들이 모여 있을 것이다. 워놉은 꽉 들어찬 군중들 사이로 넬슨[50] 기념비가 그 모습을 확연히 드러낸 것을 본 적이 없었다. 군중들은 스트랜드가[51]에서 황소를 통째로 구을 것이다. 화이트채플[52]은 군중들로 들끓고, 에나멜을 칠한 철 광고판 아래에는 수백만 명의 중절모를 쓴 사람들이 모여 있을 것이다. 지저분하면서도 거대한 런던이 그녀의 시야 아래로 펼쳐져 있는 것 같았다. 뇌조가 헤더 꽃을 볼 때 느끼는 것처럼, 워놉도 런던을 보고 그런 느낌을 받았다. 워놉은 분홍 카네이션 두 송이를 응시하면서 텅 빈 교외에 있는 것 같았다. 아마 물을 들인 것으로

---

[50] 넬슨(Horatio Nelson, 1758~1805)은 영국의 해군제독이었다.
[51] Strand: 영국 런던의 호텔·극장·상점이 많은 거리.
[52] Whitechapel: 런던의 이스트엔드(East End)에 있는 자치구.

불느와 경이 와노스트로흐트 교장에게 바친 것일 것이다! 이런 색깔을 지닌 자연산 카네이션을 본 적이 없으니 말이다!

워놉이 말했다.

"그 여자, 그러니까 레이디 맥마스터가 교장 선생님께 뭐라 말했는지 알았으면 해요."

와노스트로흐트는 자신의 손을 내려다보았다. 그녀는 손등을 맞대어 새끼손가락끼리 깍지를 끼었다. 이는 1897년에 거튼 대학[53]에 다니던 사람들이 하였던 유행 지난 제스처일 거라고 발렌타인은 생각했다. 당시의 만화 신문이 생각에 잠긴 금발의 아름다운 여자 졸업생이라고 칭한 사람들이 즐겨 하던 제스처였다. 교장이 이런 제스처를 하는 건 오래 앉아 있을 거라는 사실을 의미했다. 발렌타인도 이 문제를 대충 넘기지 않을 작정이었… 이런 표현은 프랑스에서 온 것이다. 하지만 어떻게 다른 식으로 표현할 수 있겠는가?

와노스트로흐트가 말했다.

"나는 워놉 선생의 부친을 사사(師事)했어요!"

"그것 봐!" 발렌타인은 중얼거렸다. "교장은 뉴넘 대학[54]이 아니라 옥스퍼드에 다녔던 게 틀림없어!" 발렌타인은 1895년이나 1897년에 옥스퍼드에 여자대학이 있었는지 기억나지 않았다. 하지만 분명히 있었을 것이다.

---

[53] Girton: 1869년에 세워진 옥스브리지(Oxbridge)의 최초 여성 대학으로 거튼(Girton) 지역에 설립되었다. 거튼 지역은 남자 대학이 많이 있는 다른 지역에서 멀리 떨어져 있다.

[54] Newnham: 1871년 창설된 케임브리지(Cambridge) 대학에서 두 번째로 오래된 여자 대학.

"가장 훌륭한 선생님… 세상에서 가장 영향력 있는 분이셨어요." 와노스트로흐트가 말했다.

발렌타인은 참 이상하다고 생각했다. 이 여자는 자신이 이 여자 공립 학교 체육교사로 있는 내내, 자신에 대해, 자신의 쟁쟁한 집안에 대해 모두 알고 있었던 것이다. 그러나 와노스트로흐트는 장군이 하사관에게 표할 법한 예의 이외에 그 어떤 예의도 갖추지 않았으며, 식사 시중을 드는 상급 하녀에 대해 가질 법한 관심 이상을 자신에게 보인 적도 없었다. 교장은 아무런 간섭도 하지 않았으며, 발렌타인이 원하는 대로 체육 프로그램을 편성할 수 있도록은 해주었다.

와노스트로흐트가 말했다. "우리는 선생님이 워놉 선생과 워놉 선생 남동생과 이야기할 때 라틴어로 하는 것을 들어 왔어요… 사람들은 선생님이 특이하다고 생각했지만, 선생님이 옳았다는 게 증명되었네요! … 홀 선생은 워놉 선생이 가장 뛰어난 라틴어 학자라고 말하더군요."

"그렇지 않아요." 발렌타인이 말했다. "저는 라틴어로 생각하지 못해요. 라틴어로 생각할 수 없다면 진정한 라틴어 학자가 될 수 없어요. 물론 아버지께서는 그러셨지만."

"워놉 선생도 부친께서 그러셨을 거라곤 생각하지 않을 거예요." 교장은 젊은 시절의 분위기를 희미하게 발하며 대답했다. "선생님은 세상사에 아주 밝은 분이었어요. 아주 빈틈없는 분이셨죠!"

"제 동생과 저는 아주 특이했을 거예요." 발렌타인이 말했다. "그런 아버지를 두어서… 물론 우리 어머니도 그렇고요!"

와노스트로흐트가 말했다.

"오… 워놉 선생의 어머니라…"

즉시 발렌타인은 와노스트로흐트가 젊었던 시절, 자신의 부친을 흠모한 여자애들이, 일요일에 옥스퍼드 대학 나무 아래를 걷던 자신의 아버지와 어머니를 염탐하는 모습을 떠올려 보았다. 아버지는 아주 쾌활하고 빈틈이 없었고, 큰 체격에 옷자락을 끌며 걷는 관대했던 어머니는 주변에 대해 신경 쓰지 않았을 것이다. 워놉은 이 여자애들이 자신들이 선생님을 돌보아 드릴 수 있도록 선생님이 허락해 주신다면 얼마나 좋을까라고 말하는 것을 상상해 보았다… 발렌타인은 약간 악의적인 어조로 말했다.

"교장 선생님께서는 우리 어머니의 소설들을 읽지 않으셨죠? … 아버지의 글을 모두 썼던 사람은 어머니였어요. 아버지는 글을 쓰시지 못해요. 참을성이 너무 없어서요!"

와노스트로흐트가 소리쳤다.

"아니, 그렇게 이야기하면 안 되죠!" 교장은 자신의 개인적 평판을 옹호하려는 사람처럼 고통스럽게 말했다.

"제가 왜 그렇게 이야기하면 안 되는지 모르겠군요." 발렌타인은 말했다. "본인에 대해 그렇게 맨 처음 말한 분은 바로 아버지 자신이셨거든요."

"그분 역시 그렇게 이야기하지 말아야 했어요." 와노스트로흐트는 달래는 듯한 어조로 부드럽게 대답했다. "그분은 자신의 업적을 위해서라도 본인의 평판에 대해 좀 더 신경을 쓰셔야 했어요!"

발렌타인은 이 가녀리고도 열광적인 노처녀에게 얄궂은 호기심이 생겼다.

"물론, 교장 선생님이 여전히… 여전히 우리 아버지를 스승으로 모신다면," 워놉은 수긍한다는 듯이 말했다. "우리 아버지 명성에 대해 신경 쓰실 권리가 있겠죠… 그건 그렇고, 그 사람이 전화로 교장 선생님께 뭐라고 했는지 알려주셨으면 해요!"

와노스트로흐트는 갑자기 열성적으로 탁자 가장자리로 몸을 움직였다.

교장은 이렇게 말했다. "워놉 선생과 먼저 이야기를 하고 싶었던 게 바로 그 때문이었어요… 워놉 선생이 좀 고려했으면 하는 것은…"

발렌타인이 말했다.

"제 아버지의 명성 때문에… 그 사람, 그러니까 레이디 맥마스터가 교장 선생님이 나인 줄 알고 이야기를 했나요? 우리 이름이 비슷하니 그럴 수도 있었을 거예요."

와노스트로흐트가 말했다. "워놉 선생은 여성의 교육에 대한 선생님의 철학이 맺은 가장 훌륭한 결실이에요. 그리고 만약 워놉 선생이… 나는 워놉 선생에게서 건전한 신체에 건전한 교육을 받은 사람의 정신을 볼 수 있어서 무척 만족스러웠어요… 그리고… 돈을 벌 수 있는 능력도 있고요. 상업적인 가치를 말하는 거예요. 물론 워놉 선생의 부친께서는 절대로 완곡하게 말씀하시지 않았으니까요…" 그녀는 말을 이어갔다.

"레이디 맥마스터와 이야기를 나누다 보니… 하지만 레이디 맥마스터는 워놉 선생이 비난할 수 있는 그런 부류의 사람은 확실히 아니에요. 레이디 맥마스터의 남편 글을 읽어 본 적 있어요. 워놉 선생도 그렇게 생각하겠지만 그 글은 과거 문화의 불꽃을 간직하고 있어요."

발렌타인이 말했다. "그 사람은 라틴어를 하나도 몰라요. 라틴어를 썼다면, 그건 학생용 주해서에 나온 걸 인용한 걸 거예요… 난 그 사람이 어떤 방식으로 작업을 하는지 잘 알고 있으니까요."

처음에 이디스 에텔이 와노스트로흐트를 워놉인 줄 알았다면 젊은 여성을 교육하는 사람으로서 워놉 부친의 평판에 대해 와노스트로흐트가 걱정하는 데에는 분명한 이유가 있을 거라고 발렌타인은 생각했다. 워놉은 가구도 없고, 수위도 알아보지 못하는 남자의 상황에 대해 이디스 에텔이 교장에게 갑작스럽게 설명하는 모습을 상상해 보았다. 이디스 에텔이 워놉과 그 사람 사이에 존재한다고 말했을 수도 있는 둘 간의 관계는 중산층 여자아이를 교육시키는 공립 학교 교장으로서 상당한 걱정거리가 될 수도 있을 것이다. 분명 이디스 에텔은 워놉이 과거에 임신한 적이 있다고 말했을 것이다. 불쾌감과 분노가 치밀어 올랐다…

홀에서 우연히 떠올랐던 생각이 다시 떠오르자 그 불쾌감과 분노는 갑자기 모호해졌다. 그것은 따뜻한 파도처럼 아주 생생하게 발렌타인을 엄습했다… 그 사람의 가구를 옮긴 사람이 정말로 그 사람의 부인이었다면 그와 자신을 떼어놓는 것은 무엇일까? 북해 연안의 저지대(低地帶)에서 영국 원정군으로 복무하면서 자기 집의 가구를 저당잡거나, 팔거나, 혹은 태울 수는 없었을 것이다! 그렇게 하는 건 정말 어려울 것이다! 그렇다면… 그와 자신을 떼어놓아야 하는 것은 무엇일까? 중산층의 도덕성? 지난 4년 동안의 피비린내 나는 축제? 지금 이 떠들썩한 축제 바로 뒤에 다가온 사순절[55]인가? 분명 그렇게 바로 뒤에 다가온 것은 아니다! 따라서 만약 서두른다면⋯ 도대체 자신은 자신도 모르게 무엇을 원하는 것인가?

발렌타인은 거의 흐느끼듯이 말했다. 분명히 몹시 흥분한 상태였다.

"전 이 모든 것이 못마땅해요. 우리 아버지가 나를 이렇게 만든 것도요! 저 사람들⋯ 그러니까 훌륭한 빅토리아 시대 사람들은 항상 허튼소리만 늘어놓아요. 그들은 어떤 것을 가지고 이론을 만들어 낸 뒤 거기에 대해 미친 듯이 열광해요. 아주 무모하리만큼⋯ 첫 번째 페티걸을 보셨나요? ⋯ 격렬한 체조와 머리 쓰는 일을 동시에 할 수 없다는 생각은 든 적이 없었나요? 저는 이 학교에 있으면 안 돼요. 그리고 전 지금의 제가 되어서도 안 되었어요!"

와노스트로흐트의 혼란스러운 표정에 워놉은 이렇게 중얼거렸다.

"도대체 내가 왜 이 소리를 하고 있는 거지? 내가 이 학교를 떠나려고 한다고 생각하겠네!"

하지만 발렌타인은 계속 말을 이어나갔다.

"폐가 너무 많이 산소를 처리하게 되요. 그건 자연스러운 게 아니에요. 그래서 뇌가 손상되게 되죠. 첫 번째 페티걸이 바로 그 경우예요. 그 아이는 내 말대로 체조도 진지하게 했고, 공부도 진지하게

---

[55] Lent: 재의 수요일(Ash Wednesday)부터 부활절 전날까지의 40일로 이 기간에는 단식과 참회를 한다.

했어요. 그래서 지금은 바보가 되었죠. 지나치게 많은 산소 처리로 아이들 대부분이 바보가 되고 있어요."

워놉은 그 사람의 아내가 그를 떠났을 거라는 상상만으로도 자신이 이처럼 말을 술술 내뱉는 게 믿기지 않았다. 독창적인 이론을 술술 말한 자신의 아버지와 똑같이! … 신체적인 삶과 정신적인 삶을 동시에 살면 위험할 수 있을 거라는 생각이 실제로 한두 번 마음속에 떠오른 적 있었다. 지난 4년간 군사 훈련의 발달로 신체적 가치는 과대평가 되었다. 워놉은 이 학교에서 지난 4년간 자신이 의사와 성직자를 대신하진 않지만, 그들을 보완할 수 있는 존재로 간주되어왔다는 사실을 인식하고 있었다… 하지만 그렇다고 해서 페티걸이 거짓말을 한 게 지나치게 많은 산소 처리를 했기 때문이라는 이론을 전개하는 건 너무 나간 것이다…

아직도, 워놉은 국가적인 축제에 참여할 수가 없었다. 이디스 에텔이 자신에 관한 스캔들을 와노스트로흐트에게 이야기했다는 것은 분명했다. 에텔이 과장해서 그 이야기를 할 권리는 있다!

와노스트로흐트가 말했다. "워놉 선생 생각에 동의는 하지만 지금 우리 학교 전체의 교과 과정을 검토할 수는 없어요. 그런데 첫 번째 페티걸에게 무슨 문제라도 있나요? 난 그 여자아이가 괜찮은 아이라고 생각하고 있는데. 그런데 워놉 선생의 친구의 부인이, 그러니까 워놉 선생의 옛날 친구의 부인이 지금 요양원에 있는 것 같아요."

발렌타인이 소리쳤다.

"오, 정말 끔찍하군요!"

와노스트로흐트가 말했다. "상황이 아주 복잡한 것 같군요." 그러더니 이렇게 덧붙였다. "하지만 달리 표현할 말이 없는 것 같아요."

그 소식에 발렌타인은 앞이 안 보이는 것 같았다. 그 여자가 요양원에 있다는 사실에 오싹 소름이 끼쳤다. 그렇다면 그 여자의 남편을 보러 가는 것은 정당하지 않을 것이기 때문이다!

와노스트로흐트는 말을 이었다.

"레이디 맥마스터는 워놉 선생의 생각을 몹시 알고 싶어 했어요. 워놉 선생 친구의… 권리를 챙겨줄 수 있는 다른 유일한 사람인… 그 사람의 형은…"

발렌타인은 그 문장 중 뭔가 놓쳤다. 와노스트로흐트는 너무 술술 빨리 이야기했기 때문이었다. 상대방이 충격적인 소식을 제대로 이해하기를 원한다면, 긴 문장을 사용하지 말아야 한다. 대신 이렇게 말해야 한다.

"그 사람은 미쳤고 돈 한 푼 없어요. 그의 형은 죽어가고 있고, 그의 아내는 막 수술을 받았다고 해요." 이렇게 이야기해야 한다! 그러면 상대방은 무슨 말인지 알아들을 수 있을 것이다. 설령 상대의 마음은 통 안에 갇힌 고양이처럼 날뛴다 해도 말이다.

와노스트로흐트는 종잡을 수 없는 이야기를 계속했다. "그의 형과 같이 지내는 여자는… 기꺼이 도와주려고 하는 것 같지만, 실제로 그렇게 할 수는 없는 것 같아요… 그리고 워놉 선생의 친구는 전쟁 중 겪은 일로 상당히 정신 상태가 불안정해져서… 그렇다면, … 워놉 선생 생각에 누가 그 사람의 권리를 챙겨줄 책임이 있을 것 같아요?"

발렌타인은 이렇게 말했다.

"나예요!"

그러곤 이렇게 덧붙였다.

"내가 그 사람을 돌볼 거예요. 그 사람이 어떤 권리가… 있는지는 모르겠지만요!"

그는 가구조차 없다는 것 같은데, 다른 것은 가지고 있을 수 있을까? 발렌타인은 와노스트로흐트가 '인 것 같다'라는 단어를 사용하지 않았으면 좋겠다고 생각했다. '인 것 같다'라는 단어는 사람을 짜증 나게 만들고… 전염되는 것 같기 때문이다. 좀 더 지설적으로 말하지는 못하나? 그러나 그렇게 한다면 누구도 분명한 진술을 하지 못할 것이다. 그리고 이 일은 이 빈혈기 있는 노처녀에겐 아주 불분명한 일일 것이다.

이 불분명한 일 가운데에서도 명확한 진술이 있었다면, 자신과 그 사람의 부인과는 어떤 관계인지 알았을 것이다. 그들이 자신과 그 부인과의 관계에 대해 명확한 진술을 하지 않는 것은 발렌타인 자신과 발렌타인의 모든 친구들의 터무니없는 행동 방식 때문이리라. 분명하게 이야기할 수 있지만, 장사꾼 기질을 갖고 있어 진실을 말할 수 없는 이디스 에텔을 제외하고는 말이다. 이디스 에텔조차도 이번에 그 사람의 부인이 그 사람을 다뤘던 방식에 대해 절대 말하지 않았다. 에텔은 발렌타인에게 자신이 그 부인의 "편"이라는 사실을 분명히 전했다. 하지만 에텔은 그 사람의 부인이 좋은 아내라는 말까진 하지 않았다. 발렌타인은 사실을 알고 싶었다.

와노스트로흐트는 물었다.

"워놉 선생이 '나예요'라고 했을 때, 그 남자를 워놉 선생이 돌보겠다는 말인가요? 믿기지가 않네요."

왜냐면… 그 여자가 좋은 아내라면, 발렌타인은 이 일에 끼어들지 못했을 거다… 아버지의 딸로서, 조금 더 어머니의 딸로서 그럴 순 없었을 것이다… 언뜻 보기에 로튼 거리나, 부유층이 이용하는 리조트의 길을 늘 걷는 사람은 통계학자의 좋은, 그러니까 가정적인 아내가 될 수 없다고 말할 수 있을 것이다. 반면에 그 사람은 꽤 똑똑한 남자다. 지배 계층으로 명문가 사람이다. 그래서 그 사람은 자신의 아내가 사회생활에서 두각을 나타내기를 바랄 수도 있을 것이다. 어쩌면 그렇게 하도록 강요하고 있는지도 모른다. 그는 정말로 그렇게 할 수 있는 사람이다. 그 사람의 아내는 내성적이며 부끄러움을 많이 타는 사람일지도 모른다. 하지만 그런 것 같지는 않다. 하지만 다른 것과 마찬가지로 그것도 가능하다.

와노스트로호트가 물었다.

"티전스 대위와 같은 환자들을 위한… 군대 요양원… 같은 기관은 없나요? 부도덕하게 살아서가 아니라 전쟁 때문에 그렇게 망가졌는데 말이에요."

발렌타인은 말했다. "정확히… 전쟁 때문에 그렇게 됐어요…"

워놉은 말을 마칠 수 없었다.

와노스트로호트가 말했다.

"사람들이 워놉 선생을 반전론자라고들 하는데… 아주 극단적인 반전론자 말이에요!"

"티전스 대위"라는 말을 듣고 발렌타인은 깜짝 놀랐다. 열병에 걸린 상태에서 갑자기 땀이 쏟아지는 것처럼 말이다. 왜냐하면 그것은 해방과도 같았기 때문이다. 발렌타인은 그 이름을 자신이 먼저 말하지 않겠다고 비이성적이지만 그렇게 하기로 결심하고 있었기 때문이었다.

와노스트로흐트의 어조로 봐서 그녀는 처음부터 티전스 대위를 혐오할 작정을 하고 있었다. 어쩌면 이미 증오하고 있는지도 모른다.

그녀는 이야기를 시작했다.

"남자들이 겪을 고통이 견딜 수 없다는 이유로 극단적인 반전론자가 된다면, 바로 그 이유로 그 반전론자는 완전히 망가진 어떤 불쌍한 사람이…"

하지만 와노스트로흐트는 일단 자신의 장광설을 시작했기 때문에, 그들의 목소리는 동시에 들렸다. 자갈길을 따라 불협화음을 내는 기차처럼. 하지만 와노스트로흐트의 목소리가 이겼다.

"… 아주 처신을 잘못 했네요."

발렌타인은 흥분해서 말했다.

"교장 선생님은 레이디 맥마스터 같은 여자가 한 말을 근거로 그렇게 믿으시면 안 돼요."

와노스트로흐트는 완전히 말을 멈추었다. 의자에 앉아 있던 그녀는 입을 약간 벌린 채 앞으로 몸을 숙였다. 발렌타인은 이렇게 생각했다. "정말 다행이야!"

발렌타인은 이디스 에텔의 비열함을 입증하는 새로운 증거가 무엇인가를 생각해 내기 위해 혼자만의 시간이 필요했다. 그녀는 자신이 몰랐던 자신의 어떤 부분이 분노하고 있음을 느낄 수 있었다.

발렌타인은 자신이 그처럼 소인배 같은 구석이 있을 거라곤 생각지 못했다. 사람들이 자신에 대해 뭐라고 하든 그건 중요치 않다. 그녀는 이디스 에텔이 자신에 대해 많은 사람에게 아주 나쁘게 말한다는 생각을 자주 했다. 하지만 이건 믿지 못할 정도로 무모한 행위다. 우연히 전화를 받은, 알지도 못하는 사람에게 1, 2분 후면 전화를 받게 될 사람에 대해 나쁜 말을 한다는 것 말이다. 전화를 받게 될 사람은 처음 전화를 받은 사람에게서 상대방이 무슨 말을 했는지 곧 듣게 될 것인데도 말이다… 이것은 거의 제정신을 넘어선… 악의적으로 말하는 사람들의 무모한 행위가 분명하다… 아니면 이것은 발렌타인 워놉에 대한 경멸을 보여줌과 동시에, 보복으로 자신이 어떻게 할 수 있는지 보여주려는 것일 것이다. 발렌타인은 그러한 사실이 몹시 참기 힘들었다.

발렌타인은 갑작스럽게 와노스트로흐트에게 말했다.

"교장 선생님은 지금 저에게, 제 부친의 딸인 저에게 친구로서 말하는 건가요, 아니면 교장 선생님으로서 체육교사에게 말하는 건가요?"

어느 정도 양의 피가 교장의 분홍색 얼굴에 몰렸다. 교장은 자신이 말할 때 발렌타인이 계속 이야기를 해 분명 화가 난 것 같았다. 발렌타인은 교장의 호불호에 대해 거의 아는 바 없었지만, 교장이 공식적인 이야기를 할 때 누군가 방해를 하면 얼굴에 싫어하는 표정을 역력하게 짓는 것을 한두 번 본 적이 있었다.

와노스트로흐트는 아주 냉정하게 말했다.

"난 지금 워놉 선생보다 훨씬 나이가 많은 사람으로서 워놉 선생 부친의 친구로서 말하고 있는 거예요… 요컨대, 나는 워놉 선생 부친이 가르치신 결과의 표본으로서 워놉 선생이 어떻게 해야 하는지 상기시켜 주려고 하는 거예요."

자신도 모르게 발렌타인은 입술은 모아, 믿기지 않는다는 듯 휘파람을 불었다. 그녀는 생각했다.

"어림없지! 나는 추잡한 사건의 중심에 있어… 이것은 전문적인 대질 심문 같아."

교장은 말을 이었다. "워놉 선생이 그렇게 생각하니 기쁘군요… 내 말은 티전스 부인을 탓하는 레이디 맥마스터의 말이 틀렸다고 그처럼 강하게 말하는 것 말이에요. 레이디 맥마스터가 티전스 부인을 싫어하는 것 같지만, 나는 레이디 맥마스터가 옳은 것 같아요. 내 말은 레이디 맥마스터가 티전스 부인을 싫어하는 게 타당해 보인다는 거예요. 레이디 맥마스터는 진지한 분이에요. 하지만 일반 사람들의 평판을 보면 티전스 부인은 그와는 정반대 같아요. 워놉 선생이… 친구 편을 들고 싶은 것은 당연하지만…"

발렌타인이 말했다. "우리는 점점 극도의 혼란에 빠지고 있는 것 같군요."

그리곤 이렇게 덧붙였다.

"교장 선생님이 생각하시듯이 전 티전스 부인 편을 들고 있는 게 아니에요. 그럴 수도 있겠죠. 언제든지 그럴 수도 있어요. 전 티전스 부인이 아름답고 친절한 사람이라고 늘 생각했으니까요. 하지만 전 교장 선생님이 '아주 처신을 잘못했다'라고 하시는 말을 듣고는 선생님이 티전스 대위가 그렇다고 생각하시는 줄 알았어요. 하지만 그건 틀렸어요. 그리고 티전스 대위의 부인이 그랬다고 말씀하신 거라 해도 전 그렇지 않다고 말했을 거예요. 제가 알기로, 그 부인은 아주 훌륭한 분이에요… 그리고 제 어머니도… 제가 알기에는 그렇게 생각하시고요…"

발렌타인은 이렇게 중얼거렸다.

"지금 내가 왜 이런 말을 했지? 헤카베[56]가 도대체 나에게 뭐라고?" 그러고 나서 다음과 같이 말했다.

"물론, 제가 이러는 것은 그분의 명예를 옹호하려는 거예요… 저는 티전스 대위가 훌륭한 저택과 마구간, 사냥개집, 배우자, 그리고 자식이 있는 완벽한 시골 영국 신사라는 사실을 알리려고 노력하고 있어요… 그렇게 하고 싶어 하는 게 기이하게 보이긴 하겠지만요!"

깊은 숨을 쉬고는 와노스트로흐트가 말했다.

"그 말을 들으니 몹시 기쁘군요. 레이디 맥마스터는 티전스 부인이 적어도 아내로서의 일을 게을리 한다고 했어요… 허영심이 많고, 게으르고, 옷도 지나치게 화려하게 입는다고 했어요… 그런데도 워놉 선생은 티전스 부인 편을 드는 것 같네요."

"티전스 부인은 상류층 사회에서도 아주 세련된 여자로 통하는 사람이에요." 발렌타인이 말했다. "하지만 남편의 동의하에서 그런 거예요. 그리고 그럴 권리도 있고요…"

와노스트로흐트가 말했다. "워놉 선생이 계속해서 내 말을 막지

---

[56] Hecuba: 트로이(Troy)의 왕 프리암(Priam)의 아내. 트로이 함락으로 남편과 아들들이 목숨을 잃고 딸들이 희생제물이나 노예가 된다. 이 때문에 비극적인 여성상을 상징하는 인물이다.

만 않는다면 우리는 워눕 선생이 말한 그 극도의 혼란에 빠지진 않을 거예요. 워눕 선생은 화초같이 보호받고 자란 경험이 없어서 몰라요. 자신의 의무를 게을리 하는 부인을 가진 남자보다 더 위험한 사람은 없다는 게 내가 말하려고 한 거예요!"

발렌타인은 말했다.

"말을 막아 죄송해요. 하지만 그건 교장 선생님 일이 아니라, 제 일이에요."

와노스트로흐트가 재빨리 말했다.

"그렇게 말하면 안 돼요. 워눕 선생은 몰라요. 얼마나 열렬히…"

발렌타인이 말했다.

"알아요… 우리 아버지에 대한 기억과 모든… 것에 대한 교장 선생님의 열정… 하지만 우리 아버지는 제가 화초같이 보호받는 삶을 살도록 하진 못했어요… 전 하층민 여자들이 하는 경험도 해봤어요… 틀림없이, 그건 우리 아버지가 하도록 한 거예요. 하지만 오해는 하지 마세요."

발렌타인은 이렇게 덧붙였다.

"전 교장 선생님에게 검시당하는 시체 같네요. 그래서 교장 선생님한텐 더 재미가 있을 거예요."

와노스트로흐트는 약간 창백해졌다.

그녀는 약간 더듬거리며 말했다. "만약, 만약… 그 '경험'이라는 것의 의미가…"

"그런 건 아니에요." 발렌타인은 소리쳤다. "그리고 선생님은 그 여자와 나눈 이야기를 근거로 그런 식으로 추론할 권리는 없어요.

그리고 런던에서 가장 입이 더러운 그런 사람과 이야기를 나누지도 말아야 했어요… 제가 한 말은 부친이 돌아가신 후 몇 달 동안 생활비를 벌려고 제가 하인으로 일했단 의미에요. 그게 바로 우리 아버지가 절 교육시킨 결과란 말이에요. 하지만 전 자립할 수 있게 되었어요… 결과적으로요…"

와노스트로흐트는 의자에 다시 몸을 묻었다.

"하지만…" 그녀는 소리쳤다. 그녀는 몹시 창백해졌다. "기부금을 모았는데… 우리는…" 그녀는 다시 말을 이었다. "우리는 알고 있었어요. 부친께서 하지 않앗…"

발렌타인은 말했다. "교장 선생님은 아버지 장서들을 사서 그것을 어머니에게 증정하려고 기부금을 내셨죠… 하지만 우리 어머니는 제가 허드렛일을 하는 하녀로 받는 월급을 빼 놓고는 수입이 없었어요." 교장이 창백해지는 것을 보자, 워놉은 좀 관대한 어조로 말했다. "물론 기부자들은 아주 자연스럽게, 우리 아버지에 대한 기억을 보존하고 싶어 했을 거예요. 책은 그 책을 쓴 사람의 인격이니까요. 그러니 그렇게 하셨던 것은 옳았어요." 워놉은 이렇게 덧붙였다. "하여튼 전 그런 훈련을 받았어요. 교외에 있는 지하 방에서요. 그래서 교장 선생님이 제게 인생의 어두운 면에 대해서 가르쳐 줄 수 있는 부분은 많지 않을 거예요. 저는 일링에 있는 미들섹스 카운티 의원의 집에서 일했어요."

와노스트로흐트는 작게 말했다.

"정말로 끔찍하군요!"

"정말로 그렇진 않았어요!" 발렌타인이 말했다. "허드렛일을 하는 하녀치고는 대우가 나쁘지 않았어요. 안주인이 늘 몸져누워 있지 않았거나 요리사가 늘 취해 있지만 않았다면 더 나았을 거예요… 그 이후에 전 사무실에서 일을 했어요. 여성참정권 운동가들을 위해서였죠. 그것은 티전스 씨가 해외에서 돌아와 자신이 소유한 신문에 어머니가 글을 투고하도록 한 다음이었어요. 그래서 우린 어떻게든 생계를 이어갈 수 있었어요. 티전스 씨는 아버지의 가장 친한 친구이셨으니까 아버지가 우리에게 큰 힘이 되어준 셈이죠. 지금 한 말이 선생님에게 위로가 된다면 말이에요…"

와노스트로흐트는 발렌타인에게 자신의 얼굴을 약간이라도 숨기기 위해서거나, 짐작건대 눈을 피하기 위해, 얼굴을 아래로 숙였다.

발렌타인은 계속 말을 이었다.

"사적인 의무와 공적인 업적이 어떻게 충돌하는지 알고 있어요. 하지만 아버지가 화려한 업적을 조금만 덜 추구하셨다면 아버지가 돌아가셨을 때 우리 형편이 훨씬 더 나았을 거예요. 저는 군대 하사관과 상급 하녀 사이의 중간 계층이 되고 싶지 않았어요. 물론 하급 하녀가 되고 싶지도 않았고요."

와노스트로흐트는 고통스럽게 "오!"라고 소리치고는 재빨리 말했다.

"워놉 선생을 우리 학교로 오게 한 건 단순히 운동을 잘해서가 아니라 도덕성 때문이었어요… 워놉 선생이 신체에… 그렇게 높은 가치를 둔다고 생각하지 않았기 때문이었어요…"

"저를 여기 오래 있게 하실 순 없을 거예요." 발렌타인이 말했다. "전 그만둘 수 있을 때 즉시 그만둘 거니까요. 전 앞으로…"

발렌타인은 중얼거렸다.

"그런데 난 앞으로 무엇을 하지? … 난 무엇을 원하지?"

발렌타인은 조수 간만이 없는 푸른 바다 옆에 해먹을 치고 누워 티불루스를 생각하고 싶었다… 그건 터무니없는 생각이 아니었다. 자신은 지적인 추구에 몰두하고 싶지 않았다. 그런 훈련도 받지 않았다. 하지만 다른 사람들의 화려한 지적 산물을 즐길 작정이었다… 이것이 그날의 교훈인 것 같았다!

몇 분 정도 와노스트로흐트의 숙인 얼굴을 자세히 바라보면서 워놉은 역사상, 이런 날이 과거에 있었는지 궁금해졌다. 예를 들어, 한 남자가 돌아온다는 의미를 와노스트로흐트가 과연 알고 있을까? 수백만 명이 돌아오는 이 소란 속에서 말이다! 느슨해지고 싶은 충동이 생긴다! 거대한 충동이! 마음을 유연하게 하는!

와노스트로흐트는 분명 워놉의 부친을 사랑했을 것이다. 분명 다른 50명의 처녀들과 함께 말이다. 그들 모두는 이 일을 통해 집단적으로 흥분했을까? 교장 말마따나 대의명분을 내세우며 그게 가능했을 수도 있다. 자신에게 불만족스러운 아내가 있는 남자와 관계를 맺는다는 것은 좋지 않은 결과를 가져올 수 있다고 경고한 것은… 의무감에 사로잡힌 50명의 처녀들이, 당시 희끗희끗한 머리를 했지만 명석한 애송이 청년의 모습을 한 자기 부친에게 그의 아내는 불만족스러운 사람일 것이라고 생각했기 때문이었을 것이다… 그들은 짐밖에 안 되는 단정치 못한 아내만 없었다면, 워놉의 부친은… 그중 한 명과 함께… 무엇이라도 되었을 거라고 생각했을 것이다! … 무엇이든지 말이다! 의회에서 어떤 중책을 맡는 사람이 되었을 거라 생각했을 것이다. 총리도 될 수 있을 거라고 생각했을 것이다. 자신의 부친은 교수법 이론에 통달했을 뿐만 아니라 정치적으로도 활동하고 있었으니 말이다. 부친은 디즈레일리[57]와의 친분도 갖고 있었고, 영원히 남을 만한 유명한 연설문 자료도 제공해주었다(이는 역사적인 일이었다). 그리고 베일리얼에 있던 다른 사람이 먼저 하지 않았다면 제국의 식민지 총독들의 수석 트레이너가 되었을 것이다… 하지만 그렇게 되지 않아 부친은 여성 교육을 전문으로 할 수밖에 없었던 것이고 프림로즈 부인회를 창설했던 것이다…

그래서 와노스트로흐트는 무시당하는 아내가 애정을 가진 젊은 여자들에게 어떤 해로운 영향을 미치는지 자신에게 경고했던 것이다. 그것은 아마도 해로운 영향이었을 것이다. 실비아 티젼스가 정말로 나쁜 아내였다고 생각했다면 발렌타인 자신은 지금 어떤 위치에 있는 걸까!

와노스트로흐트는 갑자기 걱정스러운 듯 말했다.

"앞으로 무엇을 하려고 한다고요? 무엇을 할 작정이에요?"

발렌타인이 말했다.

"이디스 에텔과 이야기를 하셨으니, 교장 선생님은 제가 여기 있기를 바라지 않으실 겁니다. 제가 도덕적으로 그리 좋아 보이지 않을 테니까요!" 발렌타인은 격렬한 분노에 휩싸였다.

발렌타인은 말했다. "제가 준비가 되었다고 생각한다면…"

---

[57] Disraeli(1804~1881): 영국의 정치가이자 소설가로 영국 수상을 지내기도 했다.

잠시 말을 멈추고는 발렌타인은 말을 이었다. "이제부터는 말하지 않을 거예요. 하지만 교장 선생님께서는 곧 짜증나게 될 거예요." 그리곤 이렇게 덧붙여 말했다. "제가 교장 선생님이라면 첫 번째 페티걸의 상황에 대해 조사해 보겠어요. 이런 큰 학교에서 그런 일은 전염되기 쉬우니까요. 그리고 우리는 지금 어떤 상황에 처해 있는지 알아낼 방법도 없고요!"

제2부

1

 수개월 전 크리스토퍼 티전스는 백색 도료가 칠해진 특정 물체와 자신의 머리가 수평이 되기를 강하게 열망하며 서 있었다. 그는 마음속으로 만일 머리가(나머지 몸통과 팔은 물론이고) 지금 자신이 밟고 있는 건널판 위로 공중 부양을 해 공중에 떠 있게 된다면, 자신은 신성불가침의 영역에 있게 될 거라고 확신했다. 이런 확신은 계속해서 들었다. 그는 계속해서 그 백색 도료가 칠해진 물체의 옆과 위를 훑어보았다. 건강한 수탉의 볏 모양을 한 그 물체는 자갈이 깔린 비탈길에 난 지붕 없는 가느다란 수로를 따라 이제 막 비치기 시작한 햇빛에 반짝거렸다. 그것은 황폐한 주변 환경에 있을 때보다는 깜빡거리는 어스름 속에서 더욱 잘 보였다.
 티전스는 지난 수 분 동안 사방을 점검하기 위해 쇠고기 통조림 케이스로 보강된 사수의 디딤판 위에 두 번 올랐다. 디딤판에서 내려올 때마다, 참호에서 보이는 빛이 더 밝지는 않아도 더욱 뚜렷하다는 사실에 놀랐다. 그래서 한낮에 갱도 밑바닥에선 별을 볼 수 있는 것이다. 바람이 북서쪽으로 약하게 불었다. 패전한 군인들이 느끼는 피로감이 느껴졌다. 항상 다시 새날을 시작해야 한다는 피로감 말이다⋯

옆과 위를 흘끔 살펴보았다. 인광을 발하는 그 닭 볏[58]을 말이다⋯ 무언가 알 수 없는 어떤 힘이 자신의 관자놀이를 그 닭 볏으로 몰아가는 걸 느꼈다. 전날 밤 그것이 철근 콘크리트 조각이라는 사실을 확인한 것은 아닌지 의문스러웠다. 필시 그것을 확인하고도 잊어버렸을 수 있다. 하지만 확인하지 못했다. 그러니 이렇게 생각하는 것은 말도 안 된다.

포화 속에, 그것도 아주 격렬한 포화 속에서 납작 엎드려, 머리 위에 종이 봉지를 하나만 써도, 아무것도 쓰지 않은 것보다 훨씬 안전하게 느껴진다. 마음이 안정된다. 그것과 필시 같은 것일 거다.

사방이 어둡고 조용했다. 이제 45분 남았다. 44분⋯ 43분⋯ 결정적 순간이 오기 전까지 42분 30초 남았다. 금속으로 된 소형 파인애플이 담긴 암청색 케이스[59]가 그 골치 아픈 곳에서 아직 오지 않았다. 그곳을 책임지고 있는 사람이 있기나 한지 모르겠다.

그날 밤 두 번 전령을 되돌려 보냈다. 하지만 아직 결과가 오지 않았다. 그 골칫거리 친구가 자신을 대신할 사람을 남기는 걸 까먹었을 수도 있을 것이다. 하지만 그럴 것 같지는 않다. 주의 깊은 친구니 말이다. 머리가 돈 사람이라면 잊어버릴지도 모른다. 그러나 그럴 것 같지는 않다! ⋯

마치 구름이 산꼭대기를 올러대듯이 이런저런 생각이 자신을 위

---

[58] cockscomb: 수탉 벼슬 모양을 한 풍향계를 가리킨다.
[59] 파인애플 형태의 포탄을 의미한다.

협했지만, 당장은 독일군이 접근하지 않았다. 주위는 고요했고, 축축하고 시원한 공기는 상쾌했다. 요크셔에서 느낀 그런 가을 아침이었다. 신체의 톱니바퀴들이 부드럽게 움직였고, 지난 수개월 동안 그랬던 것보다 가슴이 더 편해졌다.[60]

상당히 먼 거리에서 들려오는 거대한 포격 소리가 무언가를 말했다. 잠을 깨운 것에 대한 항의로 뭔가 뾰로통한 말을 한 것 같았다. 하지만 무언가를 시작하는 신호는 아니었다. 그러기엔 너무 육중한 소리였다. 아주 먼 곳에 있는 어떤 것을 향해 발사하고 있는 듯했다. 파리나, 북극, 혹은 달을 향해 발사하는지도 모른다! 그자들은 충분히 그럴 수 있는 자들이니 말이다!

달을 맞춘다면 정말 놀랍도록 무시무시한 일일 것이다. 상당히 위세를 떨칠 수는 있겠지만 부질없는 짓이다. 그들이 무슨 일을 벌이려는 건지는 알 길이 없다. 어리석고 무의미한 짓을 하려고 한다는 것밖에는 말이다. 그래서 몹시 지루하다… 지루하게 하는 것은 잘못이다. 클럽에서 따분한 사람을 쫓아내듯, 사람들은 그 지루한 사람을 없애기 위해 싸움을 하는 것이다.

비록 현지에 있는 사람들은 그렇게 부르지 않지만, 그건 총이라기보다는 대포라고 부르는 게 더 알맞을 것이다. 75구경, 혹은 기병대의 포라고 불러야 맞다. 이동 가능한 장난감같이 생겼지만, 그래봬도 그 거대한 물체들은 대포였다. 그 음울하게 생긴 대포의 주둥이는 항상 쳐들려 있었다. 성당의 고위 성직자나 집사들처럼 부루퉁

---

[60] 티전스는 폐가 좋지 않아서 평소 가슴에 답답함을 느낀다.

한 모습으로 그랬다. 마치 달, 파리 혹은 노바 스코샤[61]를 겨냥한 듯 위로 쳐들려 있는 대포의 총구멍에 비해 두툼한 포신은 거대해 보였다.

대포는 자신의 소리를 내는 것 이외에 그 어떤 것도 예고하지 않는다! 일제 사격이 시작되지는 않았다. 우리 병사들도 그 소리를 잠재우기 위해 총을 쏘진 않았다. 대포는 항의하듯 단지 자신의 존재를 알리려 '캐－넌'[62]이라고 말하는 것 같았다. 아주 높이 솟구쳐 올라간 포탄이 아직 떠오르지 않은 태양의 빛을 받아 반짝였다. 반짝이는 원반[63], 날아가는 후광 같았다… 아주 멋지다! 장식을 위한 하나의 멋진 모티브, 푸른 하늘 위에 작고 예쁜 비행체들이 반짝이는 후광 사이를 날았다! 성자들 사이를 날아다니는 잠자리들처럼… "천사들과 대천사들!"과 함께… 하여튼 우리는 그것을 목격했다!

대포… 그렇다, 그렇게 부르는 게 맞다. 어렸을 때 퍼레이드에서 보았던, 거꾸로 세운 그 녹슨 물건을 불렀던 것처럼 말이다.

아니, 일제 사격 신호는 아니다! 좋은 징조다! 사격이 늦게 시작될수록, 덜 오래 지속될 테니 말이다. '덜 오래 지속된다'는 말은 두운[64]이 별로다. 빨리 끝이 날수록 더 낫다… 틀림없이 8시 반에

---

[61] Nova Scotia: 캐나다 남동부의 반도로 주도는 핼리팩스(Halifax)다.
[62] 본문에는 'CAN…NON'이라고 표기 되어 있다. 이 단어를 합친 cannon은 영어로 '대포'란 의미다.
[63] 하늘을 향해 쏜 포탄을 지칭.
[64] 두운(법)은 일련의 몇 단어를 같은 음 또는 같은 알파벳으로 시작하는 압운법(押韻法)을 말한다. 원어로 이 문장은 'Less long it lasted'로 되어 있다. 즉 이 문장은 L(Less, Long, Lasted)로 시작하는 두운을 사용한 것이다.

그 지겨운 놈들은 늘 하듯 바로 저 위에서 탁하고 떨어뜨릴 것이다… 분명 그들은 30초 간격으로 12발을 세 번에 걸쳐 발사할 것이다. 그러니 일제 사격이란 말은 맞지 않다. 저 빌어먹을 놈의 포들!

도대체 왜 저자들은 저런 짓을 하는 것인가! 매일 아침 8시 반과 오후 2시 반에 말이다. 아마도 자신들이 아직 살아 있고 여전히 따분하다는 것을 보여주기 위해서 그러는 것일 것이다. 참 체계적이다. 그것이 그들의 비밀이다. 그들이 지루해하고 있다는 비밀 말이다. 그들을 죽이려는 것은 비정치적 클럽에서 당의 정치학을 논하려는 자유 당원을 막으려는 것과 같다. 하지만 그래야 한다! 그렇지 않으면 식사 후 낮잠을 자지 못할 테니 말이다! … 이것이 바로 단순한 싸움의 철학이다! … 40분이다! 옆으로, 그리고 위로 인광을 발하는 수탉의 볏처럼 생긴 것을 흘끗 보았다! 그리고 마음속으로 자신이 거기에 떠 있기를 바랐다…

티전스는 한 번 더 사격 디딤판을 밟고 쇠고기 통조림 위로 올라갔다. 그러고는 조심스럽게 머리를 들었다. 황량한 회색 비탈길이 아래로 멀리 이어졌다, 투.투.투.투! 부드럽게 그르렁 거리는 소리가 들렸다!

티전스는 자동적으로 건널판으로 내려왔다. 아침 식사로 먹은 음식이 가슴을 거북하게 했다. 티전스가 말했다.

"이크! 간 떨어질 뻔했네!" 웃음이 나왔지만 참았다. 그의 뱃속이 요동쳤다. 그리고 간담이 서늘했다!

푸딩 그릇처럼 생긴 철모를 쓴, 서퍽 출신들의 금발 머리를 한 병사가, 티전스 뒤에 있는 부대로 만든 커튼을 젖히고, 머리를 불쑥

내밀었다. 그는 걱정스러운 목소리로 말했다.
"그놈의 저격병은 없습니까? 없었으면 좋겠습니다. 병사들에게 경고하는 일도 너무 지긋지긋합니다."

티전스는 그놈의 종달새가 자기 입속에 들어올 뻔했다고 말했다. 선임상사는 이곳에 있는 종달새들이 사람을 아주 놀라게 한다고 열변을 토했다. 그는 한밤중에 기습을 시도하려고 엎드려 기어가다가 종달새 둥지에 손을 넣은 일이 기억난다고 했다. 그런데 그 종달새는 손이 닿을 때까지 둥지를 떠나지 않았고, 자신을 어지간히 놀라게 하고서야 날아올랐다고 했다. 그는 결코 그 일을 잊지 못할 거라고 했다!

운반차에서 소포 꾸러미를 끌어내듯이 조심스러운 태도로 그는 부대(負袋)로 만든 커튼 뒤쪽에서 카키색 군복을 입은 병사 둘을 끌어냈다. 긴 총과 총검을 옆에 들고서 그들은 하품을 하며 똑바로 서려 했다. 선임상사가 말했다.

"갈 때 머리를 숙이고 가게. 혹시 모르니 말이야!"

티전스는 그중 한 명인 일병에게 방독면 노즐이 깨졌다고 알려주었다. 그는 자신의 방독면도 살펴보았나 하는 생각을 했다. 떨어져 나간 노즐 조각이 그 병사의 가슴께서 깐닥깐닥 움직이고 있었다. 티전스는 그에게 가서 다른 병사의 것을 빌려오라고 했다. 그리고 나머지 병사에게도 당장 새 방독면을 구해오도록 하였다.

티전스는 시선을 거두어 옆과 위를 살펴보았다. 아직도 무릎이 약했다. 만약 자신이 그것 높이만큼 공중으로 뜬다면, 다리를 사용할 필요가 없을 텐데 하고 생각해 보았다.

나이 든 선임상사는 종달새에 대해 계속 열변을 토했다. 그는 종달새들이 우리 인간을 놀라울 정도로 신뢰하고 있다고 했다. 주위가 심하게 흔들리고 종달새들을 밟기 전까지 종달새들은 결코 둥지를 떠나는 법이 없다고 했다.

흉벽 위와 앞에서 종달새 한 마리가 날카롭게 인정사정없이 소리를 질러댔다. 그건 분명 티전스를 놀라게 한 바로 그 종달새였다.

선임상사는 여전히 열을 올리며, 소리가 나는 방향으로 손을 가리키며 말했다. 종달새들은 포격이 있는 아침마다 노래를 하며, 인간에 대해 놀라운 신뢰를 갖고 있다고 했다. 그러면서 전능하신 신이 그 깃털 달린 가슴에 놀라운 본능을 넣어주었다고 하면서 "전쟁터에서 누가 그런 종달새에게 총을 쏘겠습니까?" 하고 반문하였다.

혼자 있던 병사가 개머리판에서부터 칼끝까지 진흙이 묻은 총검이 부착된 긴 소총 옆에 쓰러졌다. 티전스는 선임상사에게 동물에 대해 잘못 알고 있다고 부드럽게 말했다. 티전스는 그에게 종달새의 수컷과 암컷을 구분해야 한다고 하면서, 암컷은 알에 집착해 집요하게 둥지에 앉아 있는 데 반해, 수컷은 둥지 위로 날아가 근방의 다른 수컷들에게 계속해서 욕설을 퍼붓는다고 했다.

티전스는 의사에게 브롬화 칼리[65]를 달래야겠다고 혼잣말을 했다. 자신도 모르는 사이에 신경 상태가 아주 나빠졌던 것이다. 새 때문에 아직도 속이 울렁거렸다.

"셀본[66]의 길버트 화이트[67]는 암컷의 행위를 '스토르게'[68]라고 불

---

[65] bromide: 진정·최면제로 사용되었다.

렀네. 아주 적합한 말이지." 티전스가 선임상사에게 말했다. 하지만 인간에 대한 종달새의 신뢰에 관해 이야기하자면, 종달새는 우리 인간에 대해 아무 생각도 하지 않는다고 했다. 인간은 종달새에게는 단지 풍경의 일부분일 뿐이라고 했다. 새들이 둥지에 앉아 있는 동안 그 둥지를 파괴하는 것이 어떤 것이든, 그것이 고성능 폭탄이든, 혹은 쟁기 날이든, 새에게는 매한가지라고 했다.

선임상사는 돌아온 일병에게 말했다. 이제 그는 진흙투성이가 된 가슴 위에 방독면을 제대로 걸고 있었다.

"이제 자네는 A초소에서 기다리게." 선임상사는 참호를 따라 걷다가 다른 참호로 이어지는 곳에서 기다리라고 했다. 거기는 반쯤 묻힌 골함석 위에 백색 도료로 커다랗게 A라고 쓰여 있다고 했다. "일병, 자네는 낫 놓고 ㄱ자도 모르는 건 아니지?" 그는 인내심을 가지고 말했다.

선임상사는 밀스 수류탄이 오면, 병사를 A중대 참호로 보내, 수류탄을 가져오도록 하겠다고 했다. 하지만 A중대도 자기들 분량은 챙길 수 있을 거라고 했다.

만약 밀스 수류탄이 오지 않으면, 일병이 직접 만들어야 할 거라며, 만들 때 절대 실수하면 안 된다고 했다!

일병이 "알겠습니다, 선임상사님!" 하고 대답했다. 참호 벽을 잡

---

[66] Selborne: 영국 잉글랜드 남부 햄셔(Hamshire)에 있는 길버트 화이트의 탄생지.
[67] Gilbert White(1720~1793): 새 관찰에 선구자 역할을 한 목사이자 박물학자.
[68] storge: 핏줄에 의한 천륜적 사랑을 말한다.

고 몸의 균형을 잡으며 판자가 깔린 길을 따라 종작없이 몸을 흔들며 걷는 두 사람의 회색 실루엣이 보였다.

"장교님이 말한 걸 들었지? 일병." 선임상사가 일병에게 말했다. "다음엔 무슨 말을 할지 모르겠어! 전쟁터에 있는 종달새가 사람을 신뢰하지 않는다니! 이런!" 다른 병사도 한탄하듯 투덜거렸다. 그들의 목소리가 서서히 들리지 않았다.

도료가 칠해진 수탉 모양의 물체는 순식간에 티전스의 모든 관심사가 되었다. 동시에 티전스는 마음속으로 확률을 계산하기 시작했다. 자신과 관련된 확률 말이다! 마음속으로 그런 계산을 한다는 건 좋지 않은 신호다. 포탄에 직접 맞을 확률, 소총 총알, 수류탄, 아니면 총알이나 수류탄 파편에 맞을 확률, 금속 파편이 부드러운 살을 뚫을 확률. 티전스는 자신이 쇄골 뒤 부드러운 신체 부위에 맞게 될 거라는 것을 알고 있었다. 그는 오른쪽 그 부위를 의식하고 있었다. 나머지 신체 부위에 대해선 아무런 느낌이 없었다. 생각이 그런 식으로 걷잡지 못하게 이어지는 것은 좋은 징조가 아니다. 브롬화 칼리가 필요하니, 의사는 그것을 주어야 한다. 군의관 생각이 나자 즐거워졌다. 키 작고 쾌활한 군의관은 하찮은 계급 출신이지만 자신이 해야 하는 일을 잘 알고 있는 사람이었다. 그는 유쾌하게 술을 갖고 다닌다. 진짜 유쾌하게 말이다!

티전스는 군의관을 보았다. 분명하게 말이다! 그것은 아마 이 전체 쇼에서 가장 분명한 것일 것이다, 몸이 호리호리한 의사는 말이 높은 담장을 뛰어넘듯 흉벽 위로 뛰어올랐다. 이른 아침 햇살을 받으며 흉벽 위에 서서, 세상엔 관심 없다는 듯, <오프린 신부>[69]란

아일랜드 민요를 읊조렸다. 그러곤 햇볕을 받으며, 겨드랑이에 군인의 산책용 지팡이를 끼고 어슬렁거리며, 독일군 참호로 곧장 나아갔다… 그러곤 참호 아래로 자신의 모자를 집어던지고는, 걸어서 돌아왔다! 철조망에서 삐져나온 철 가닥들을 교묘하게 피하면서 말이다!

군의관은 장교의 당번병으로 보이는 독일군 한 명을 만났는데, 그는 앞치마를 무릎 위에 놓고 승마용 부츠를 닦고 있었다고 했다. 그런데 그 독일군이 자신에게 구두 솔을 던져서 자신도 그 독일군에게 모자를 던졌다고 했다. 군의관은 그를 '눈 껌뻑이는 독일군'이라고 불렀다! 그 독일군은 틀림없이 눈을 껌뻑였을 것이다!

그런 상상도 할 수 없는 일을 하고도 무사할 수 있다는 것은 의심의 여지가 없다!

의심의 여지가 없었다. 인사불성으로 완전히 취했다면 말이다! … 하지만 아무리 발버둥을 쳐도 군대에서는 틀에 박힌 생활을 하게 마련이다. 고요한 아침에 술 취한 의사가 흉벽을 따라 어슬렁대리라고는 그 누구도 예상하지 못했을 것이다. 게다가 독일군의 최전선은 아주 빈약하게 유지되고 있었다. 놀라울 정도로 말이다! 그 구두를 닦던 독일군 병사가 있던 반경 800미터 내에는 총을 든 독일군이 없었는지도 모른다.

만일 티젠스의 머리와 그 수탉 볏 모양의 물체와 수평을 이루는 곳에 티젠스가 서 있다면, 그는 발사체가 들어올 수 없는 공간에

---

[69] "Father O'Flynn": 아일랜드 민요의 하나.

있게 될 것이다.

티전스는 자신이 한 말에 병사들이 종종 충격을 받는지 선임상사에게 아무렇지도 않은 듯 물었다. 선임상사는 얼굴을 붉히며 이렇게 대답했다. "그런 말씀을 하시긴 합니다. 이를테면 얼마 전 말씀하신, 종달새에 관해 말씀하신 것 같은 거 말입니다! 병사들이 믿는 게 한 가지 있다면, 그건 작은 생명체들이 갖고 있는 본능이니까요."

"그래서 다들 나를 무신론자로 보는 모양이군." 티전스가 말했다.

티전스는 관측대로 힘겹게 기어 올라가, 흉벽 너머를 다시 살펴보았다. 그것은 아주 성급한 행동이었고, 전문적인 관점에서 보면 비난받을 일이었다. 하지만 자신은 1,080명의 군인으로 편성된 연대와 333명으로 구성된 대대, 그리고 75명으로 구성된 중대를 지휘하고 있다. 두 개의 중대는 소위들이 지휘하고 있었는데, 그중 한 명이 사라졌다… 4일 전에… 자그마치 80쌍의 눈이 그가 둘러보는 것을 지켜볼 것이다. 15쌍의 눈이 지켜본다고 해도, 부담은 마찬가지일 것이다! … 숫자는 깔끔하고 때론 위안을 가져다준다. 독일군이 쳐들어온다면 그날 포탄 파편에 맞을 확률은 14대 1이다. 그들보다 더 나쁜 상황에 처한 대대도 있다. 6대에는 116명만 남았다!

포격을 맞은 비탈길은 400미터가량만 보였고 그 너머는 안개 속으로 사라졌다. 독일군의 최전선은 달 사진에서 보이는 것처럼 그림자가 드리워진 물결 모양의 골처럼 생겼다. 그곳은 이틀 전 밤까지만 해도 우리 참호의 방호벽이었다. 독일군들은 흉벽을 쌓으려고 하지도 않는 것 같았다. 실제로 그랬다. 그들은 공격을 감행할 것이다. 그들은 항상 최전선을 아주 드문드문 유지했다… 이렇게 말하는 것이 맞는 표현인가? 아니, 영어는 맞나?

그림자에 덮인 독일군 최전선 위로 안개가 구불구불 움직였다. 그러더니 우산 모양으로 솟아올랐다. 마치 눈 덮인 소나무 모양처럼 그랬다.

그런 안개를 자세히 살펴보는 것은 유쾌한 일이 아니었다. 속이 뒤집혔다. 그 부대(負袋)들 때문이었다. 약간 오른쪽으로 200미터 가량 떨어진 곳에 젖은 납작한 부대들이 다소 무질서하게 싸여 있었다. 참호에 사용할 부대를 실은 차가 포탄에 맞은 게 분명했다. 아니면 부대를 운반하던 병사들이 부대를 팽개치고 달아난 건지도 모른다. 티전스는 그날 아침에 이미 4번이나 그 흩어진 부대 더미를 보았다. 볼 때마다, 속이 뒤집혔다. 엎드린 사람을 닮은 모양새가 소름 끼쳤다. 적군이 기어오르고 있는 모습 같았다… 그것도 200미터 전방에서. 속이 뒤집혔다. 매번 마음의 대비를 했는데도 말이다.

대지가 포격을 너무 많이 받아 아주 납작해졌다. 대지에 구멍은 났지만 솟아 오른 흙더미는 없었다. 그래서 대지가 오히려 부드럽게 보였다. 땅은 고르지 않은 비탈이 되었다. 대부분의 시체가 땅에 얼굴을 묻고 있었다. 왜 그럴까? 그들 대부분은 지난 반격 때 밀려난 독일군들일 것이다. 그들 대부분의 바지의 엉덩이 부분이 보였다. 바지의 엉덩이 부분이 보이지 않았더라면, 그들이 깊은 휴식을 취하고 있다고 말했을 것이다! 수사적으로 그런 비슷한 말을 했을 것이다! 그런 깊은 휴식을 표현할 다른 방법은 없기 때문이다. 아주 깊은 휴식이라고 말하는 것밖에는!

그것은 잠과는 다르다. 끔찍스러워하는 영혼이 지친 육체와 헐떡이는 폐에서 벗어날 때, 분명 이럴 것이다… 이런 말을 계속 할 수는 없다. 신체 내부가 무너지게 될 것이기 때문이다. 거리에서 파는 쟁반에 올려진, 죽어가는 돼지처럼 말이다. 전쟁을 묘사하는 화가란 사람들은 그런 친숙한 느낌을 절대로 표현할 수 없을 것이다. 전쟁터에 있는 사람들에게는 친숙하지만 화이트홀에 있는 사람은 절대 알 수 없는… 아마 그 화가들은 살아 있는 모델을 보고 그림을 그리고, 그들에게서 인간의 형태가 어떤지 아이디어를 얻었을 것이다… 그러나 여기 있는 것들은[70] 인간의 다리도, 근육도, 몸통도 아니다… 그것들은 암회색, 또는 진흙 색깔의 관 모양의 물체들을 모아놓은 것처럼 보였다. 그것들은 전능한 신이 던져버린 것인가? 그것들은 신이 납작하게 만들려고 높은 곳에서 떨어뜨린 물체처럼 보였다… 자갈흙은 좋았고, 경사면은 비교적 말라 있었다. 이슬도 맺히지 않았다. 밤은 뒤덮였다…

전장의 새벽… 제길, 왜 비웃나? 전장의 새벽이었다… 문제는 이 전쟁이 아직 끝나지 않았다는 것이다. 결코 끝나지 않았다. 전쟁은 111년 9개월 27일 동안 벌어질 것이다… 아니다. 그 누구도 숫자로 그 끝없이 단조로운 노력을 표현할 수 없을 것이다. 또 '끝없이 단조로운 노력'이라는 말로도 그 느낌을 표현할 수는 없을 것이다… 그것은 마치 검은 커튼이 쳐진 어두운 회랑을 들여다보려고 몸을 숙이는 것 같다. 구름이 뒤덮인 하늘 아래서, 안개 속에서…

두려움에 내키지는 않았지만, 어둠위에 드리워진 유령 같은 안개

---

[70] 산산조각 난 시체들을 지칭.

를 다시 바라다보았다. 티전스는 마음을 추스르며 망원경으로 안개 속을 살폈다. 그들은 기괴하게 인상을 찌푸렸다. 검은 그림자를 드리우는 그들은 회색 집단 같았다. 그들은 엄청난 수의 시체를 배열하는 기이하고도 끔찍한 일을 하고 있었다. 침묵 속에, 하지만 서로 합심하여 그들은 생각할 수도 없는 그 일을 하고 있었다. 그들은 독일군이었다. 바로 이것이 공포. 그것은 저 아래서 아무 말 없이 일에 몰두하고 있는 독일군의 곡괭이질 소리가 들리는 참호 안에서 느끼는, 그 조용한 칠흑 같은 밤에 대한 친숙한 공포다. 너무나 위협적인… 하지만 그것은 '공포'가 아니다.

사실 그것은 사생활에 대한 욕망이다. 병사들이 목욕을 하도록 조처를 취하고, 그들을 위해 참호 안에서 그들의 은행 지점장에게 편지를 써 주는 일상적 시간에, 티전스가 두려워하는 것은 자신이 미저리코디아 형제회 사람들과 같은 사람들에 의해 둘러싸여 있으면서도, 아무 상처도 받지 않는다는 것이었다[71]… 그들은 자신들의 임무에 무관심하며, 티전스의 존재조차도 의식하지 않기 때문이었다. 언덕 중턱은 눈구멍을 낸 희끄무레한 회색의 긴 카굴[72]을 쓴 수많은 병사로 가득했다. 후두에 난 눈구멍으로 그들은 티전스를 종종 바라다보았다… 포로!

자신은 포로가 될 수도 있다. 육체적으로 통제되고 심문당할 수 있는 포로 말이다. 그건 사생활 침해다!

---

[71] 미저리코디아 형제회(brothers of Misericordia) 사람들은 머리에 두건을 쓰고 다니는데 여기서는 얼굴을 가리는 후드나 방독면을 쓴 독일군을 지칭한다.
[72] cagoules: 젖는 것을 방지하는 모자 달린 얇은 코트.

사실상 그렇게 많이 나간 말은 아니다. 보기보다 그리 황당한 말은 아니다. 그저께 밤 독일군이 아주 가까이 왔었기 때문이다. 독일군들은 늘 그랬던 것처럼 여러 모양의 방독면을 쓰고 있었다. 방독면이 부족한 게 틀림없을 것이다. 짓무른 눈에, 뻐딱한 후드를 입고 아무것도 보이지 않을 것 같은 눈구멍과 마우스피스, 그리고 주둥이처럼 생긴 코걸이가 달린 방독면을 쓴 그들은 돼지 고블린[73]처럼 보였다! 그들은 얼굴을 찌푸리고 찡그리면서 틀림없이 방독면 속에서 소리를 지르고 있을 것이다!

독일군은 놀랄 정도로 갑자기 나타났다. 신경 쓰지도 못할 정도로 너무나도 요란한 소음이 들리는 가운데, 그들은 초자연적 정적을 유지한 채 나타났다. 하얗게 터지는 조명탄 불빛 속에서, 혼란의 비호를 받아 정적을 유지한 채 그들은 여기 나타났다. 몹시 비좁은 공간에서 나온 그들은 두건을 쓰고, 아마추어처럼 (사실은 아마추어가 아니었다) 긴 소총을 들고, 바짝 경계하며 나타났다. 그들이 쓴 두건과 하얀 불빛 때문에 그들은 눈 속에 있는 캐나다 덫 사냥꾼처럼 보였으며, 불쌍한 새앙쥐 같은 우리 더비 출신의 병사들에 비해 강인해 보였다. 돼지 고블린들의 머리가 포탄에 의해 생긴 구멍에서, 찢긴 대지의 틈에서, 오래된 참호에서 나타났다. 진지를 얻기 위해 싸우고 또 싸웠다. 그때 티전스의 병사들이 반격했다. 한 떼의 무질서한 집단이 무질서한 또 다른 집단을 헤치고 나아갔다. 또 다른 무질서한 집단은, 무슨 일이 일어날지 모르는 가운데, 앞서의 무질서한

---

[73] goblin: 악귀, 도깨비.

집단이 자신들의 교체 병력이라는 사실을 서서히 깨닫고는, 그들이 나아가는 것을 몹시 반겼다. 어딘지 모를 곳에서 나타난 한줄기 빛이 번쩍이는 어둠 속에서 그들은 재빨리 우리를 지나 앞으로 전진했다. 반면, 우리는 명령에 따라 후퇴한다는 사실에 만족스러웠다. 무슨 일인지 의문스러워하면서도 그랬다. 하지만 무슨 일이 벌어지고 있는 것일까? 앞으로 무슨 일이 벌어질까? … 도대체 무슨 일인가?… 도대체…

엄청 큰 포탄들이 휭 하고 떨어지기 시작했다. 포탄에 맞아 사방으로 흩어지기 시작하는 철조망 사이를 통과하여 나가는 방법을 누군가가 티전스에게 보여주었다. 티전스는 상당한 양의 서류철과 책들을 운반하였다. 한 시간 전에 철수해야 했다. 아니면 독일군이 한 시간 동안 그 구멍에서 나오지 말아야 했다… 하지만 대령은 너무나… 의기양양했다. 너무나도 그랬다. 그는 명령을 받았지만 철수하지 않을 작정이었다! … 맥케츠니가 결국 티전스에게 명령을 내리라고 애원했다… 명령 따위가 중요한 게 아니었다. 병사들은 10분 이상 버틸 수 없을 것이다. 독일군들이 참호 안으로 들어올 것이다. 중대 지휘관들은 퇴각하라는 사단의 지시가 있다는 것을 알고 있었기 때문에 그들은 죽기 전에 자신들의 부관에게 그 명령을 분명히 전달했을 것이다. 설령 중대에 명령을 전달할 사람이 아무도 없었다 치더라도 총사령부는 퇴각 명령을 제 시간에 내렸어야 했다. 그래야 실제로는 쫓겨 가는 것이지만 이를 공식적으로 작전상 후퇴로 말할 수 있기 때문이다… 빌어먹을 알량한 사단 참모들이 그런 일을 맡는다. 장기가 장기판에 꼭 맞듯이, 그들도 자신들을 기다리고 있는 멋지고 깨끗한 새 참호에 딱 들어맞았다. 영국 해협으로 가게 될 패배한 군대에게는 아주 좋은 일이다. 무엇이 그들을 견디게 하였는가? 대체 무엇이 그들을 끝까지 버티도록 했단 말인가? 그들은 정말 놀랍다.

다리에 마비가 왔다. 살짝, 아주 살짝 왔다! 여기서 내려와야 한다. 안 그러면 나쁜 선례를 보이게 된다. 잘 만든 참호에는 효율적으로 내다볼 수 있는 구멍이 만들어져 있다. 티전스는 그 구멍을 혐오했다. 망원경을 보고 적이 쏜 총알이 그 구멍을 통과해 자신의 오른 눈을 맞출 수도 있으니 말이다! 누가 알겠는가! …

허물어진 철조망의 기울어진 축에 세 개의 바퀴가 아직 붙어 있었다. 그 무너진 철조망은 이슬에 젖어, 마치 창문에 난 서리처럼 여러 모양을 이루었다. 그들의 철조망은 (그 철조망 너머로 온전한 마을이 보였다) 손상당하지 않았다. 독일군은 빼앗긴 참호 400미터 앞에 철조망을 세웠다. 그 사이는 정말 미로 같았다. 지난번 독일군들이 일제 사격을 했는데 어떻게 박살나지 않은 것일까? 두 전선 중간에는 요정이 사는 오두막같이 생긴, 서리를 맞은 세 개의 구조물이 있었다. 그리고 마치 그래야 하는 것처럼, 거기엔 세 개의 누더기와 짓이겨진 까마귀처럼 보이는 아주 거대한 것이 매달려 있었다. 어떻게 그 친구는 그런 모습으로 으깨졌을까? 있을 수 없는 일이다. 다른 것도 매달려 있었는데, 신파조에 나오는 인물처럼, 머리를 뒤로 젖혀 하늘을 처다보고 있는 자세였다. 월터 스코트[74] 소설에 나오

---

[74] Walter Scott(1771~1832): 19세기 스코틀랜드의 소설가로 스코틀랜드를 배

는 하일랜드[75] 장교가 자신의 병사에게 손짓 하듯이, 한 팔을 들어 올린 채였다. 이제는 존재하지 않는 칼을 휘두르는 듯이… 바로 철조망 때문에 그들은 그 기괴한 자세로 있을 수 있었던 것이다. 심지어 죽었을 때조차도! 그 끔찍한 시체 말이다! 사람들은 그 시체가 콘스탄틴 중위라고 했다. 그럴 수 있다. 그저께 밤 티전스는 사령부 대피호 안에 있던 장교를 모두 둘러보았다. 그들은 마지막 회의를 하려고 그곳에 모였다. 티전스는 그중 누가 죽을지 점을 쳐 보았다. 귀신같이 맞추었다! 그들은 모두 죽었다. 심지어 그보다 더했다. 하지만 콘스탄틴 중위가 철조망에 걸려 죽게 될 것까지는 예측하지 못했다. 콘스탄틴이 아닐지도 모른다. 결코 알 수 없을 것이다. 만일 여단 사령부가 경고한 공격이 시작된다면, 독일군은 티전스가 점심시간에 서 있던 그 자리에 있게 될 것이다. 하지만 공격이 없을 수도 있다…

전반적으로 전율을 느끼게 하지 않는 풍경에 대한 마지막 인사로, 티전스는 자신의 집게손가락을 입에 넣어 적신 다음, 위로 쳐들었다. 그의 뒤편으로 기분 좋은 선선한 바람이 불어왔다. 가벼운 바람이 병사들의 얼굴을 스쳤다. 단지 새벽바람이리라. 그러나 바람이 약간이라도 더 강해지거나, 멈춘다면, 부템베르그[76] 사람들은 그날 참호에서 절대로 나오지 않을 것이다. 그들은 가스 없이는 공격하지 않는다. 그들 또한 상당히 약해져 있을 것이다… 사람들은 전통적

경으로 많은 역사 소설을 썼다.
[75] Highland: 스코틀랜드 북부 산악 지방.
[76] Wurtembergers: 독일 남서부 지방.

으로 부템베르그 사람들을 존경하지 않는다. 그냥 우스꽝스러운 모자를 쓴, 온화하고 둔한 사람들이라고만 생각한다. 그런데 맙소사! 전통이 무시되고 있다!

티전스는 참호로 내려왔다. 얇게 벗겨진 부싯돌 조각과 분홍색이 감도는 자갈이 깔린 붉은 토양에 얼굴을 가까이 대니 친근한 느낌이 들었다.

선임상사가 말했다.

"그렇게 하시면 안 됩니다. 오싹합니다." 그러고 나서는 고참 장교 없이는 버틸 수 없다고 눈물을 글썽이며 말했다. 더비 출신의 선임상사들은 참 괴짜들이다! 그들은 기회주의적인 선임상사의 태도를 취하려 했지만 그렇게 하진 못했다. 그래도 칭찬할 만하지 않다고 하진 못할 것이다.

그렇다. 참호의 모습은 친근했다. 또 이상하지만 호전적이지도 않았다. 참호를 바라볼 때, 참호가 이 끔찍한 전쟁의 일부라고는 믿기지 않았다… 오히려 우호적으로 보였다! 참호 안에 깔린 부싯돌과 자갈을 볼 때 마음이 평화로웠다. 그로비 너머의 황무지에 있는 사격장에서 뇌조가 나타나기를 기다릴 때처럼 그랬다. 물론 참호의 토질이 이토로 지어진 사격장 같지는 않았다…

티전스는 선임상사가 어떤 사람인지 알아보기 위해 몇 가지 물어보았다.

티전스는 18살 이상이면 누구나 할 수 있는 일인데 고참 장교가 있는 것과 없는 것이 무슨 차이가 있느냐고 물었다. 그리고 이건 어차피 젊은이들의 전쟁이니, 전쟁은 계속될 거라고 했다!

"안도감이 들지 않습니다, 대위님!" 선임상사가 말했다. 젊은 장교들은 일제 사격 속에서도 철조망을 뚫고 갈 수 있도록 해주지만, 젊은 장교들은 자신들이 무엇 때문에 이 일을 하는지 잘 아는 것 같지 않다고 했다.

티젼스가 물었다.

"그럼 자네들은 무엇 때문에 이 전쟁을 하나?"

최종 순간까지 32분 남았다. 티젼스가 말했다.

"그 빌어먹을 놈의 폭탄은 어디에 있어?"

우호적으로 보이는 붉은 오렌지색을 띠고 있어도, 자갈이 깔린 참호는 이상적이지 않다. 특히 소총 사격에는 이상적 참호가 될 수 없다. 부싯돌 편린 사이에 있는 틈새로 총알이 들어갈 수 있기 때문이다. 자갈이 깔린 이런 깊은 참호 안에서 총알에 맞을 확률은 8만 대 1이다. 옆에 있던 지미 존스가 그런 방식으로 총알에 맞아 죽었기 때문에, 자신이 총에 맞을 확률은 14만 대 1이 될 것이다. 숫자 계산 하는 것을 그만두고 싶었지만 무엇인가를 바라볼 때를 제외하고는 계속 계산을 했다. 마치 잘 훈련된 개에게 방 한쪽에 있으라고 말할 때, 개가 다른 곳을 더 좋아하는 것처럼 말이다. 자신의 마음은 숫자 계산을 하는 것을 선호했다. 자신의 무의식적인 마음의 눈은 옆에 있는 문 깔개에서 난로 깔개로 움직였다… 나의 마음은 바로 그렇다. 개처럼 말이다!

선임상사가 말했다.

"첫 번째로 오기로 된 수류탄이 포탄에 맞아 박살났다고 합니다. 뒤편에 있는 협곡에서 맞았다고 합니다." 수류탄을 실은 또 다른 차가 오고 있었다.

"그러면 호각을 부는 게 좋겠네." 티전스가 말했다. "있는 힘껏 호각을 불게."

선임상사가 말했다.

"바람 방향으로 말입니까 대위님? 독일군을 뒤로 하고요?"

흰 도료 칠을 한, 닭 볏 모양의 풍향계를 바라보며 티전스는 가스에 대해 선임상사에게 강연을 했다. 늘 말했듯이 지금 이 순간에도 독일군은 자신들이 만든 가스로 스스로 파멸하게 될 거라고 말했다.

그는 계속해서 선임상사에게 가스에 대해 일장 연설을 했다. 그러다 자신의 정신 상태에 대한 생각이 나자 두려워졌다. 전쟁 내내 한 가지 두려움이 있었는데, 그것은 부상, 즉 부상으로 인한 육체적 충격으로 자신의 정신이 제대로 작동하지 않을지도 모른다는 두려움이었다. 그는 자신이 쇄골 뒤쪽에 총을 맞게 될 거라고 생각했다. 맞을 부위를 느낄 수 있었기 때문이었다. 가렵진 않았지만 피가 조금 더 따스하게 고동치는 것을 느낄 수 있으니 말이다! 코끝을 생각하면, 코끝을 의식할 수 있게 되는 것처럼 말이다!

선임상사는 독일군이 스스로를 파멸시켰다고 자신도 느낄 수 있으면 좋겠다고 말했다. 독일군들이 자신들을 영국 해협으로 몰아내고 있는 것 같다고 하면서 말이다. 티전스는 독일군이 우리를 몰아내고는 있지만, 그 속도가 빠르지 않기 때문에, 이건 우리가 먼저 사라지느냐 그들이 오랫동안 버티느냐 하는 게임이라고 했다. 독일군이 어제는 바람이 불어 지체했기 때문에 오늘은 공격을 미루지 않을 것이라고 했다. 하지만 독일군은 그리 빠르지 않기 때문에 계속 버티기 힘들 거라고 했다.

선임상사는 티전스가 그 사실을 병사들에게 말해주었으면 좋겠다고 했다. 병사들이 들어야 할 것은 그런 것이지, 사단의 연재만화 같은 것이 아니라고 했다…

감미로운 유건 나팔 소리가 들려왔다. 관악기에 대해 잘 모르는 티전스는 그게 유건 나팔이라고 추측했다. 하지만 그건 분명 기병대의 나팔 소리는 아니었다. 이 근방에는 기병대나, 심지어 육군 병참단도 없으니 말이다. 놀랍도록 달콤한 나팔 소리가 차갑고 축축한 새벽에 울려 퍼졌다. 그것은 몹시 감상적인 분위기를 자아냈다. 티전스가 말했다.

"선임상사 자네는 자네 병사들이 진짜로 영웅이라고 말하고 싶은 거겠지? 나도 그렇다고 생각하네."

티전스는 '우리 병사,' 혹은 '그들'이란 말 대신 '자네 병사'[77]라고 말했다. 자신은 그저께까지 부지휘관에 불과했었고, 내일이면 다시 이 급조된 군대의 실질적 권한이 없는 부지휘관으로 돌아갈 것이기 때문이었다. 게다가 이 부대는 놀라울 정도로 일종의 파당을 형성하여 자신을 암묵적으로 이방인으로 간주하고 있다고 생각하고 있었기 때문이었다. 따라서 티전스도 자신을 구경꾼으로 간주하였다. 철도 기관사가 한 잔 하러 간 사이 철도 승객이 기관차를 떠맡듯이 말이다.

---

[77] your men: 부지휘관으로 뒤늦게 합류한 티전스의 거리감과 소외감이 나타난다.

기뻐서 얼굴이 붉어진 선임상사는 정식 장교에게 그런 칭찬을 받는 것은 좋은 일이라고 했다. 그의 말에 티전스가 자신은 정식 장교가 아니라고 말했다.

선임상사는 더듬거리며 말했다.

"정식 장교가 아니시면, 사병 출신 장교이신가요? 병사들은 모두 대위님이 사병에서 승진한 장교님이라고 생각하고 있습니다."

티전스는 자신은 승진한 사병 출신 장교가 아니라고 하고는, 잠시 생각한 뒤 자신은 시민군이라고 했다. 그리고 병사들이 적어도 그날 동안은 자신의 지휘를 감내해야 한다고 말했다. 그렇게 하는 것이 속 편할 것이라고 했다! 병사들이 지휘관에 대해 확신하게 되면, 안 그럴 때와 분명히 차이가 있을 거라고 했다. 그 차이가 무엇인지 정확히 알 수는 없지만 말이다. 병사들이 '신사' 계급의 지휘관의 지휘를 받는 걸 못마땅하게 생각할 수 있을 거라고 했다. 아주 비봉건적인 사람들로 구성된 병사들은 '신사'가 무엇인지 모르니 그럴 수 있다고 했다. 그들은 대부분 더비 출신으로 포목상, 세무 공무원 서기, 가스 검침원들로, 심지어 보드빌[78] 배우 셋, 무대 장치 담당자 둘, 그리고 우유 장수도 몇 끼어 있었다.

이것도 사라진 또 다른 전통이었다. 병사들은 여전히 나이 들고, 지식도 있는 듬직한 사람의 지휘를 받고 싶어 한다. 시민군이 거기에 딱 들어맞는다. 티전스가 바로 그런 시민군이다. 공식적으로 말이다!

---

[78] music-hall: 노래와 춤을 섞은 대중적인 희가극.

티전스는 흰 도료를 칠한 풍향계를 바라보았다. 그것을 조심스럽게 그리고 재미있다는 듯이 살펴보았다. 그는 자신이 무엇 때문에 어떤 특정한 것을 계속 생각하는지 알고 있었다… 사령부 참호 아래 어두운 지하에서 들려오는 곡괭이 소리 말이다. 병사들은 그것을 크래커잭이라고 불렀다.

티전스는 어둠 속, 지하에서 벌어지는 곡괭이질에 늘 익숙했다. 그렇지 않은 북부 사람은 없을 것이다. 그 지역에서는 밤에 잠을 깨면, 그 소리를 듣게 되는데, 그 소리는 늘 초자연적으로 느껴졌다. 그 소리는 수십 미터 아래에 있는 광물 채취장의 광부들이 하는 곡괭이질 소리라는 것을 사람들은 알고 있었다.

그 소리는 익숙하기 때문에, 오히려 더 친숙하게 으스스했다. 끊임없이 마음속에 떠오르니 말이다. 좋지 않은 순간에 정적이 찾아왔다. 너무도 시끄러워 대피호의 미끄러운 흙 계단을 올라갈 수밖에 없었던 이후에 말이다… 자신이 몹시 싫어하는 게 하나 있다면 그것은 바로 자신을 숨차게 하는 이 미끄러운 흙이었다… 자신은 이 미끄러운 계단을 헐떡이며 올라가야 했다… 자신의 폐는 훨씬 더 나빠졌다. 두 달 전보다 말이다!

호기심 때문에 올라가야 했다. 물론 공포 때문이기도 하다. 대규모 전투에 대한 공포 말이다. 지속적으로 찾아오는 사소한 불안이 아니다. 호기심 때문인지, 공포 때문인지는 신만이 알리라! 한꺼번에 밀어닥치는 여러 가지 엄청난 소음 속에서, 땅이 흔들리고 부딪치고 진동하고 저항하는 동안 일관된 생각을 할 수가 없었다. 순수한 호기심에서일 수도 있었고, 아니면 대피호 입구가 막혀 산 채로 대피호 속에 묻힐 수도 있다는 공포 때문일 수도 있다. 어쨌든 부지휘관인 자신을 침입자로 간주하는 지휘관(지휘관은 부지휘관인 티전스를 마음대로 괴롭힐 수 있었다)의 미움을 받으며, 여타 부지휘관처럼 한가히, 그리고 존재감 없이, 앉아 있었던 대피호에서 나왔다. 지휘관이 아무리 미워해도, 지휘관이 죽을 때까지 대피호에 앉았다가, 그가 죽으면 자신은 그의 자리를 차지하기로 되어 있었다. 그걸 막기 위해 지휘관이 할 수 있는 것은 아무것도 없었다. 지휘관이 존재하는 한, 부지휘관은 아무 일도 하지 말아야 한다. 자신에게는 할 일이 주워지지 않을 것이다. 명성을 얻지 않도록 말이다!

티전스는 명성에 개의치 않는 자신을 자랑스럽게 생각했다. 그는 여전히 그로비의 티전스다. 누구도 그에게 무언가를 줄 수 없고, 그로부터 무언가를 앗아갈 수 없다. 그는 죽음, 고통, 불명예, 내세 따위를 두려워하지 않는 스스로를 자랑스럽게 생각했다. 그는 질병도 거의 두려워하지 않았다. 질식할 것 같은 느낌을 제외하고는 말이다! … 그런데 대령이 그의 일에 끼어들었다.

대령을 생각할 때 불쾌하지는 않았다. 소년으로 생각한다면 착한 소년이다. 그가 자신의 부지휘관을 혐오하는 것은 정당하다… 미움을 받는 그런 지위는 늘 있는 법이다. 그런데 대령이 그의 일에 끼어들었다. 대령은 티전스를 빙빙 도는 것 같은 지하 방에서 꼼짝 못하게 했다. 자신의 생각을 들을 수 없는 그런 빙빙 도는 지하 방에선 자신의 마음을 통제할 수 없다. 자신의 생각을 들을 수 없다면 자신이 무슨 생각을 하는지 어떻게 알 수 있겠는가?

열병이나 전쟁 신경증 혹은 그와 비슷한 어떤 것을 앓는 전령이 있었다. 중대 사무실에서 사랑받는 전령이었는데, 그는 깔개더미 위에서 잠을 잤다. 그날 밤 일찍, 중대 사무실 사람들은 그 어린 전령을 깔개더미 위에 있게 해달라고 했다. 전령이 자면서 끔찍한 소동을 피우는 바람에 수많은 서류 작업을 해야 하는 중대 사람들은 이야기를 나눌 수 없다고 했다. 그들은 그 어린 전령이 왜 그렇게 되었는지 몰랐다. 선임상사는 그 전령이 변성 알코올[79]을 먹은 게 틀림없다고 생각하고 있다.

금방 맹포격이 시작되었다. 전령은 깔개더미 위, 그러니까 군용 담요 위에 얼굴을 대고 램프 불빛 쪽을 향해 누워 있었다⋯ 금발의 전령의 얼굴이 강한 빛에 일그러졌다. 포화에 욕설을 비명 지르듯 퍼부어댔다. 하지만 눈을 감은 상태에서였다. 그러고는 포격 개시 2분 후, 전령의 입술이 움직이는 게 보였다. 그게 전부 다였다.

티전스는 위로 올라갔다. 호기심 아니면 두려움에서였나? 참호 속에서는 아무것도 볼 수 없었다. 소음이 마치 발광한 검은 천사들처럼 밀려왔다. 꼼짝할 수 없게 할 정도의 압도적인 소음이⋯ 뇌마저 꼼짝하지 못하게 했다⋯ 다른 무언가가 뇌를 지배하여 자신은 자신의 영혼의 부지휘관에 지나지 않게 되었다. 지휘권을 되찾기 위해 뇌의 지휘관이 4.2구경 소총에 맞아 박살날 때를 기다리는 부지휘관 말이다.

아무것도 보이지 않았다. 맹렬한 불빛이 검은 하늘 위에서 이리저리 움직였다. 티전스는 참호 안의 진흙 길을 따라 걸었다. 비가

---

[79] methylated spirits: 마실 수 없는 램프나 히터용 알코올.

오는 것을 보고는 놀랐다. 그것도 마구 쏟아지고 있었다. 하늘에 있는 초자연적인 존재도 이런 순간에는 예의상 활동을 멈출 거라고 생각해 볼 수 있었을 것이다. 하지만 분명히 번개가 쳤다. 초자연적인 존재들은 활동을 멈춘 게 아니었다. 조명탄 같은 것이 번개 빛을 무색케 했다. 아주 비효율적인 번개다. 바로 그 순간, 티전스는 뭉개진 대지에 45도 각도로 코를 대고 쓰러졌다. 그가 기억하는 한 거기는 돌과 콘크리트로 덮인 흉벽이 있었던 곳이다. 참호는 무너져 바깥과 수평을 이루었다. 한 쌍의 군화가 진흙 더미에서 삐져나왔다. 도대체 이 친구는 어떻게 저런 자세를 취했을까?

현재 벌어지고 있는 이 전쟁에 대한 신랄한 비난 같았다! … 그는 참호를 따라 뛰다가 진흙에 묻힌 것이다. 아주 깔끔하게 묻혔다. 조명탄 덕분에 연기 나는 수많은 파편을 볼 수 있었다. 거센 바람에 희뿌연 연기가 대지와 수평으로 날렸다. 이어 여기저기 연기가 피어올랐다. 조명탄이 꺼졌다. 무언가 오고 있었다. 뭔가 그의 발, 군화 뒤축에 부딪쳤다. 불쾌하진 않았으나, 발바닥을 맞은 것 같이 욱신거렸다.

온갖 소음이 들리는 가운데, 흉벽이 없어졌다는 느낌이 들었다. 티전스는 끈적거리는 진흙 길을 미끄러지듯 내려가, 대피호로 이어지는 참호로 되돌아갔다. 건널판은 완전히 가라앉았다. 그가 가장 싫어하는 것이 바로 미끈거리는 진흙이었다. 조명탄이 다시 도움이 되었다. 하지만 참호가 가라앉아 어떤 병사의 엉덩이를 제외하고는 아무것도 보이지 않았다. 티전스가 말했다.

"이 친구가 부상당했더라도, 설령 죽었더라도 끌어내야 한다. 그래야 빅토리아 훈장을 받지!"

어떤 병사가 참호로 미끄러지듯 내려왔다. 숙련된 동작으로 재빨리, 2개의 탄약을 장전하기에 적합한 각도로 들고 있던 소총에 정확히 끼워 넣었다. 소음이 멈추는 중간 중간에 그가 말했다.

"엎드려서는 재장전을 할 수 없습니다. 진흙이 대위님 탄창에 들어가니까요." 그는 진흙이 묻지 않는 유일한 신체 부분을 드러내면서 다시 앉은 자세를 취했다. 조명탄이 흐릿해지자, 다른 조명탄이 바로 머리 위에서 환하게 번쩍였다.

대피호 입구 앞에 있는 방호물 주변에, 넋이 빠진 얼굴로, 있던 자그마한 부관이 위의 조명탄 빛을 응시하면서, 고르지 못한 참호 위에 팔꿈치를 대고, 팔로 위를 가리키고 있었다. 넋이 나간 듯한 그의 얼굴은 <영혼의 각성>에 나오는 사람의 모습을 떠올리게 하였다 … 소음이 멈추는 중간 중간에 몸집이 작은 부관은 대대에 물자가 부족하다며, 조명탄을 아껴야 한다고 말했다. 동시에 계속 환하게 시간에 맞추어 조명탄을 쏘는 건 어렵다고도 했다… 그때 독일군이 오고 있었다.

이 자그마한 부관은 위로 향한 손가락으로 위로 향해 있는 방아쇠를 당겼다. 잠시 후 조명탄이 터지면서 아래로 내려왔다. 그는 커다란 조명탄을 장전하기 위해, 자신의 조그마한 신체에 비해 상당한 힘을 발휘하며 조명탄 총을 아래로 향했다. 이름이 아랑헤스인 아주 씩씩한 이 청년은 몰타[80], 아니면 포르투갈, 아니면 레반트 출신인

---

[80] Malta: 남부 유럽 지중해 중앙부에 위치한, 여러 개의 섬인 몰타 제도(諸島)

것 같았다.

조명탄 총이 향해 있는 아래쪽을 보니, 관(管) 모양의 죽은 카키색 팔다리들이 한데 모여 그의 작은 발 주위에 널려 있었다. 이야기를 듣지 않아도 그 부관에게 조명탄을 장전해주던 병사가 죽었다는 사실을 알 수 있었다. 티전스는 손짓으로 영국에서 온 지 겨우 이틀 된 그 부관에게 총을 내려놓고 어디 가서 물 좀 마신 뒤 죽지 않은 병사들을 실어 나를 병사들을 불러오라고 지시했다.

커다란 군화를 신은 티전스가 발 디딜 공간을 확보하려고 병사들의 시신을 약간 옮기는 순간, 티전스는 쓰러져 팔은 진흙에 닿았고, 얼굴을 가리고 있던 그의 철모는 하늘로 날아갔다. 그는 마치 마네킹처럼 쓰러졌다. 마네킹보다는 조금 덜 뻣뻣하게 쓰러졌지만 말이다.

팔꿈치를 올려놓은 담이 상당히 낮아, 티전스는 에이번 출신의 시인[81] 조각상처럼 보였다. 소음이 점점 더 커졌다. 오케스트라에 모든 관악기, 모든 현악기, 모든 목관 악기, 모든 타악기들이 동원되고 있는 것 같았다. 연주자들은 말의 편자가 가득 든 깡통을 여기저기 던졌고, 석탄 포대를 금이 간 징 위에 쏟아 부었으며 40층짜리 쇠로 된 집을 무너뜨렸다. 그 소리는 오케스트라의 크레센도[82]만큼이나 익살맞게 들렸다. 크레센도! 크레센도! 크레세… 영웅은 반드시 나타나리라. 하지만 아직은 오지 않았다!

로 이루어진 섬나라.
[81] Bard of Avon: 에이번에서 태어난 셰익스피어(Shakespeare)를 지칭한다.
[82] crescendo: 점강음(漸强音). 즉 소리의 크기가 점점 강해짐.

코델리아[83]라는 인물을 창조하느라 고심하는 셰익스피어처럼 티전스는 담에 몸을 기댔다. 그리고 때때로 권총의 방아쇠를 당겼다. 담 위에 엉덩이를 대고 총을 장전하던 그는 탄약이 막혀 안 들어가면 다른 것으로 바꿨다. 티전스는 꾸준히 새로운 사실을 알게 되었다.

영웅이 도착했다. 그 영웅은 당연히 독일군이었다. 그는 팔과 다리를 고양이처럼 흔들며 넘어 왔다. 그는 방호벽에 부딪힌 뒤, 넘어져 참호 안 시체들 위로 쓰러졌다. 그러더니 벌떡 일어나 손을 눈에 댄 채 비틀거렸다. 숙고 끝에 티전스는 리볼버 권총 대신 커다란 참호용 단검을 뽑았다. 왜 그랬을까? 도살 본능에서 그랬을까? 아니면 자신이 지금 엑스무어[84]의 사냥개와 같이 있다고 생각해서 그랬던 것인가? 방호벽에 부딪쳐 튕겨져 나온 독일군의 어깨가 티전스를 무겁게 덮쳤다. 그는 화가 치밀었다. 독일군의 그 모습을 본 티전스는 칼을 겨누고, 독일어로 "손들어"를 뭐라고 하는지 생각해 보았다. "호흐 디 핸데!"[85]라고 말하면 될 거라고 생각했다. 티전스는 독일군의 옆구리 중 칼로 찌를 만한 적당한 곳을 찾았다.

티전스는 독일어로 이야기할 필요도 없었다. 독일군은 팔을 올리고는 짓이겨진 얼굴을 하늘로 향했다.

프리츠[86]들은 항상 극적이야, 진짜 너무 극적이야.

---

[83] Cordelia: 셰익스피어의 『리어왕』에서 리어왕의 세 딸 중 막내딸로 위의 두 언니와는 달리 진심으로 자신의 부친을 사랑한다.
[84] Exmoor: 영국 잉글랜드 서머싯주(Sommerset)에서 데본주(Devon)에 걸쳐 있는 고원 지방.
[85] Hoch die Hände: (독일어) '손들어'의 의미.

마치 무너지듯 독일 병사는 티전스의 종아리 부분까지 꾸겨진 더러운 군화 위로 쓰러졌다. 하지만 그는 '국왕 만세', 혹은 '독일 만세', 혹은 이와 비슷한 작별의 말을 하지 않았다.

티전스는 위로 조명탄을 발사한 뒤 또다시 조명탄을 장전했다. 그러고 나서 진흙에 엉덩이를 대고 주저 앉아 독일군 머리 위로 몸을 숙였다. 그의 양손가락 위에는 독일군의 머리가 올려져 있었다. 티전스는 독일군의 커다란 신음 소리에 자신의 손가락이 진동되는 것을 느낄 수 있었다. 티전스는 독일군 머리에서 손을 떼어 브랜디가 담긴 휴대용 술병을 찾기 위해 더듬었다.

방호물 끝 주변에 진흙투성이의 병사들이 있었다. 소음은 반으로 줄었다. 그들은 시체를 운반하는 병사들이었다. 그런데 황당할 정도로 자그마한 체구의 아랑헤스와 조명탄을 장전할 새 병사도 거기에 있었다… 요즘에는 인력이 부족한 적이 없었는데도 그랬다! 참호를 따라 외치는 소리가 들려왔다. 틀림없이 다른 독일군들이 들어왔을 것이다.

소음이 3분의 1로 줄었다. 불규칙한 디미누엔도[87]로 줄어들었다. 불규칙하게 말이다! 석탄 포대가 규칙적인 리듬으로 계속해서 계단 아래로 떨어지는 것 같았다. 좀 더 불규칙적으로, 참호 바로 뒤에 있는, 혹은 있는 것 같은, 블러디 메리[88]가 참호 전체를 뒤흔들었다.

---

[86] Fritz: 독일어로 독일 병정.
[87] diminuendo: 악상 기호로 '점점 약하게'의 의미.
[88] Bloody Mary: 이름을 세 번 부르면 거울에 나타나 자신을 부른 사람의 미래를 알려준다고 전해지는 유령 혹은 마녀.

해군의 곡사포나, 그와 비슷한 것이 어디에선가 발사되고 있는 것 같았다.

티전스는 시체를 나르던 병사들에게 말했다.

"이 독일군을 먼저 데려가게. 이자는 살아 있어. 우리 병사는 죽었지만 말이야." 그는 아주 확연하게 죽었다. 티전스가 독일군 위로 몸을 수그렸을 때 독일군에게는 우리가 보통 머리라고 하는 것이 없었다. 대신 거기에 다른 것이 있었다. 어떻게 된 것일까?

참호 입구 옆에 자리를 잡은 아랑헤스가 말했다.

"멋지셨어요, 대위님. 진짜 멋지셨어요. 전 그렇게 천천히 칼을 빼는 걸 본 적이 없어요!" 그들은 그 독일군이 배꼽춤을 추는 걸 보았다고 했다. 그 가엾은 독일 병사는 총을 들고 있었고, 저 어린 친구는 내내 권총을 그 독일군에게 겨누고 있었다고 했다. 티전스가 총에 맞을지 모르기 때문에 그랬지, 아니면 그 독일군에게 총을 쏘았을 거라고 했다. 독일군 대여섯이 참호로 뛰어들었다. 완전히 미친 듯이 그랬다! … 총알이 그 독일 병사의 두 눈을 관통하는 것을 본 자그마한 체구의 아랑헤스는 공포로 가득 찼다. 그는 자신이 눈이 먼다면 미쳐버릴 거라고 했다. 바이웰에 있는 찻집에서 일하는 여자 친구가 하나 있는데, 아랑헤스의 얼굴이 망가지면, 월트셔의 스포포스라란 놈이 자신의 여자 친구를 가질 것이기 때문이라고 했다. 아랑헤스는 그 생각에 실제로 울먹이기까지 하였다. 그리곤 독일군의 이번 공격이 유도 작전이라고 했다. 그의 말인 즉, 이것은 진짜 공격이 이루어지는 곳에서 병력을 여기로 옮기게 하려는 위장 공격이라는 것이다. 그렇다면 지금 이 순간 다른 어딘 가에선 지독한 전투가 벌어지고 있는 게 틀림없다.

그런 것 같았다. 한두 발의 탕탕하는 소리가 나더니, 이내 모든 총소리가 멎었기 때문이다… 단지 재미 삼아 그랬다는 듯이 말이다!

자신들은 지금 바이웰 근방에 있다. 하루나 이틀 후 여기서 내몰려 영국 해협으로 가게 될 것이다. 아랑헤스는 애인을 만나기 위해 서둘러야 할 것이다. 진짜 문제가 많은 친구다! 그는 애인 때문에 계좌에서 초과 인출을 했다. 그래서 티젠스는 자신도 여력이 없지만, 그의 초과 인출에 대해 보증을 서야 했다. 그런데 이 친구는 아마도 또 초과 인출을 하려 들 것이다. 그러면 티젠스는 또다시 초과 인출을 보증해야 할 것이다.

그날 밤 티젠스는 어두운 정적이 흐르는 지하로 내려갔다(그곳은 수백 미터에 달하는 와인 저장고로, 그 곳 천장은 수백 미터에 걸쳐 진흙을 특별히 끈적거리게 하고 불쾌하게 만드는 백악질로 이루어져 있었다). 그때 침낭 밑 저 아래에서 들려오는 곡괭이 소리에 티젠스는 거의 참을 수 없었다. 그들은 필시 우리 병사들일 것이다. 분명히 우리 병사들이다. 하지만 그렇다고 별반 다른 것은 아니었다. 그들이 우리 병사들이라면 적군의 주의를 끌게 될 것이고, 따라서 독일군은 그들 바로 아래서 대적 갱도[89]를 팔 수도 있을 것이기 때문이다.

티젠스는 독일군들이 단지 재미 삼아 벌인 포격 때문에 무척 불

---

[89] 적의 갱도를 폭파하기 위한 갱도.

안해졌다. 그는 머리가 으스러진 채 자신의 품에 안겨 죽은, 09모건 (그건 모건이 휴가를 내서 집에 가면, 그의 부인을 빼앗은 프로 권투 선수가 모건을 죽일 거란 사실을 알고 있던 티젼스가 그에게 휴가를 주지 않는 직후 벌어진 일이었다)의 환영을 보았기 때문에 자신이 무척 불안해졌다는 사실을 알고 있었다. 따라서 이건 복잡한 문제였다. 하지만 티젼스는 자신을 공격하려는 자들이 총에 맞을 때 머리 이외의 다른 부분이 맞았으면 좋겠다고 생각했다. 전쟁의 법칙에 따라 자기 진지로 달아났어야 했던 그 불쌍한 독일군이 그의 어깨 위로 쓰러졌을 때, 티젼스의 몸 전체가 흔들렸다. 물론 그건 충격이었다. 회백색 팔과 다리를 사방으로 뻗은 그 독일군 병사는 분명히 종말론적인 어떤 것으로 보였다… 이건 어리석은 일이다. 진짜 싸움도 아니면서 말이다…

갑자기 밀어닥친 희끄무레한 독일군 중 10명 미만만이 참호 안으로 들어왔다. 멜로드라마에서처럼 총을 꺼내 들고, 배를 나르듯 밀스 수류탄을 나르는 병사들과 함께, 티젼스는 자신의 폐를 거북하게 하는 잔여 가스가 남아 있는 여섯 개의 방호물을 둘러보았다. 이건 마치 아이들이 하는 숨바꼭질 같았다. 정말 그래 보였다… 티젼스는 불운한 독일군 병사들을 에워싸고 있는 몇몇 영국 병사를 만났다. 독일군들은 모두 두려움에 떨고 있었고, 축축하게 땀으로 젖어 있었으며, 뛰어서 그런지 숨을 헐떡이고 있었다.

갑자기 밀어닥친 희끄무레한 독일군들은, 재미로 희생된 존재들로… 그들의 쇄도는 의도된 것이었다… 궁극적으로 의도된… 궁극… 그러곤…

야전 침대 바로 아래에서 누군가의 목소리가 들려왔다.

"브링트 뎀 하웁트만 아이네 케르체[90]…" "대위님께 촛불을 갖다 드리게."라고 누가 말한 것 같았다. 바로 그랬다. 이건 꿈이다!

그것은 졸고 있는 사람에게 생각만큼 그렇게 큰 충격은 아니었다. 추락하는 꿈처럼 그렇게 끔찍하지 않았다. 오히려 잠을 깨우는 효과가 있었다… 티전스는 속으로 그 말을 다시 해보았다.

참호에 들어온 몇 명의 독일군은 소위 작전이라고 불리는 어리석은 장난을 위해 희생된 것이다. 참 어리석다! … 촛불을 들고 지하에서 독일 유령이 갱도를 파는 것 같았다. 지금은 사라진 니벨룽족[91] 처럼. 아마 난쟁이들이었을 것이다! … 그들은 엄청나게 쏟아지는, 그 빌어먹을 맹포격이 벌어지는 곳으로 그들을 보냈다… 많이 쏟아졌다. 아주 많이 쏟아졌다! 정말 맹포격이었다. 만개의 포탄이 떨어졌을 것이다. 최전선 어딘가에서 그들은 대규모의 병력을 과시하고 있을 것이다. 무수히 많은 병사가 밀려왔을 것이다. 2만에서 3만의 포탄을 쏘면서. 파도가 치는 수 킬로미터에 걸친 해안 산책길을 따라. 단지 대규모 병력을 과시하려고…

그것은 진짜 싸움일 수가 없었다. 독일군은 아직 진군할 준비가 되어 있지 않았으니 말이다.

그것은 어리석은 어떤 자에게 깊은 인상을 심어주려고 의도된 것

---

[90] Bringt dem Hauptmann eine Kerze: (독일어) '대위에게 촛불을 가져다주시오'라는 의미.
[91] Nibelungen: 독일 신화에 나오는 난쟁이족으로 소유자에게 무한한 힘을 주는 보물을 갖고 있다고 전해진다.

이다. 왈라키아[92] 혹은 소피아[93] 혹은 소아시아에 있는 어리석은 누군가에게, 아니면 영국 정부에게! 그럴 가능성이 크다. 혹은 백악관에게! … 아마 그들은 수많은 양키를 죽였을 것이다. 독일군 자신을 대서양 저편까지 알리려고 말이다. 그 당시 미 군단 전체가 전선 어딘가에 틀림없이 있었을 것이다. 불쌍한 친구들! 더 끔찍해진 지옥으로 이렇게 최근에 들어오다니. 더 끔찍해진 지옥으로… 심지어 재미 삼아 한 그 포격도 1915년의 그 거대한 쇼보다 더 끔찍했다. 그때 그 지옥에 들어가 익숙해지는 것이 더 나았을 것이다… 그 지옥에서 파멸되지 않았다면 말이다…

그 누구에게라도 깊은 인상을 남기기 위해서였을지도 모르니 말이다… 하지만 누가 깊은 인상을 받겠는가? 물론 코크브리제 마루에 마호가니 문이 있는 하잘것없는 복도를 이리저리 뛰어다니며 마음 졸이는 우리의 입법가들이… 깊은 인상을 받을는지도 모른다… 하지만 거기에 장단을 맞추어서는 안 된다! … 물론 우리 입법가들도 똑같이 그 바보 같은 무력행사를 다른 어디선가에서 시도할지도 모른다… 깊은 인상을 받을 거 같지 않은 사람들에게 깊은 인상을 남기려고 말이다… 그렇다면 이것이 답이리라. 아무도 다시는 깊은 인상을 받지 않을 것이다. 우리는 모두 서로에 대한 평가 기준이 있다. 그래서 그건 단지 피곤한 일일 뿐인 것이다…

아주 깜깜한 가운데 놀라울 정도로 조용했다. 저 아래서 들리는

---

[92] Wallachia: 유럽 남동부의 옛 공국으로 1861년 몰다비아와 통합하여 루마니아가 된다.
[93] Sofia: 불가리아의 수도.

곡괭이질 소리가 서로에게 불길한 이야기를 은밀하게 하는 것 같았다… 정말 그런 것 같았다. 교실 구석에서 학생들이 선생님에 대해 못된 얘기를 서로 속삭이는 것처럼… 예를 들어, 여자 아이들이… 탁, 탁, 탁, 곡괭이가 속삭였다. 탁? 상대방이 나지막한 소리로 묻는다. 첫 번째 곡괭이가 탁탁탁 한 다음에, 팍… 소리를 냈다. 불규칙하게 정적이 이어졌다… 타이핑할 때 젊은 여자가 다음 종이를 끼워 넣기 위해 멈출 때처럼…

영국 정부 내에서 일하는 멋진 젊은 여자들이 영국 왕실의 문장이 양각으로 새겨진, 열 압착된 네모난 종이 위에 그 포격 계획안을 부르는 데로 타이핑했을 것이다… 마치 운테르 덴 린덴[94]이 구술한 것처럼 영국 정부가 직접 구술한 대로 타이핑한 게 분명하다. 우리는 뒤로로그다에서 대규모 병력 시위를 하고 있었을지도 모른다. 독일군이 플랑드르에서 그에 대항하는 또 다른 무력시위를 하여, 늙고 불쌍한 퍼플즈 장군이 혼쭐나기 기대하면서 말이다. 영국 정부는 여전히 늙고 불쌍한 퍼플즈 장군을 대패시키고 단일 지휘 체계를 중단시키려고 할지 모른다… 그들은 독일군의 병력 시위로 인해 우리의 손실이 너무나 크다는 점을 보여줌으로써 사람들이 서부 전선에서 우리 병력의 철수를 요구하기를 몹시 바랄지도 모른다… 우리 군에 50만 명의 전사자가 생긴다면 국민들은 아마도… 그들은 틀림없이 그렇게 해볼 가치가 있다고 생각할 것이다. 하지만 그건 진짜 피곤한 일이다. 영국 정부의 관료들은 아무리 해도 그런 사실

---

[94] Unter den Linden: 동베를린의 거리 이름.

을 깨닫지 못한다. 독일 친구들보다도 더…

늙고 불쌍한 퍼플스 장군이 지휘하는 부대에서 근무하는 것은 멋진 일이다. 멋지지만 피곤하기도 하다… 통풍이 잘 된 사무실에서 타이핑하는 매력적인 여자들. 그들은 여전히 잉크가 소매에 묻지 않도록 종이 소맷동을 찼을까? 발렌[95]… 발렌…에게 물어보아야겠다… 따뜻하고 조용하다… 그런 밤에는…

"브링트 뎀 하웁트만 아이네 케르체." 그의 야전 침대 저 아래서 이렇게 들려왔다! 티전스는 그 독일군 대위가 틀림없이 근시였을 거라고 생각하며, 근시안인 그가 충전 퓨즈를 살펴보고 있는 모습을 상상해 보았다. 만일 독일군이 충전 퓨즈(이 말이 군대에서 그것을 부르는 용어라면)를 사용한다면 말이다.

독일군 병사들의 얼굴을 볼 수 없는 것처럼 티전스는 독일군 대위의 얼굴이나 안경을 볼 수 없었다. 독일군들은 터널 안에 밀집되어 있었다. 회백색 관 모양의 집단… 대규모 집단이다! 호주 원주민이 잡아먹은 대규모의 구더기 떼처럼… 티전스는 공포에 사로잡혔다!

티전스는 식은땀을 흘리며 침낭에서 일어나 앉았다.

"내가 이상해지는구나!" 그는 이렇게 중얼거리곤 자신의 뇌가 기능하지 못하기 시작한다고 생각했다. 그는 미쳐가는 자신을 보고 있는 듯한 느낌을 받았다. 그는 뭔가 생각할 만한 주제를 찾았다.

---

[95] 전쟁 신경증을 겪고 있는 티전스는 기억력이 많이 나빠져 발렌타인의 이름을 갑자기 기억하지 못하고 있다.

그래야 자신이 미치지 않았음을 스스로에게 입증할 수 있을 테니 말이다.

2

유건 나팔[96]이 아주 낭낭하게 새벽녘에 울려 퍼졌다.

      인
 나는 안다 한 여[97] 을 아름답고   상냥한
                 그리고
얼굴은 없었다
       그처럼   마음을
          나의   기쁘게 하는

들판 너머로 퍼지는 17세기 곡조에 티전스는 갑작스러운 한 줄기 기쁨을 느꼈다… 헤릭과 퍼셀[98]의 음악이다! … 어쩌면 그 음악을 현대식으로 모방한 것인지도 모른다. 하지만 아주 좋다. 티전스가

---

[96] key bugle: (키가 6개 있는) 유건(有鍵) 나팔.
[97] "lady(여인)"에서 'dy'는 위에 'la'는 아래에 배치되어 있다. 이 노래는 영국의 시인이자 작곡가인 토마스 포드(Thomas Ford)가 쓴 시 "There is a lady sweet and kind"의 일부다.
[98] Henry Purcell(1659~1695): 17세기 영국의 작곡가.

물었다.

"저기 왜 저리 소란스러운가, 상사?"

상사는 진흙투성이의 거친 삼베로 만든 커튼 뒤로 사라졌다. 거기엔 위병소가 있었다. 유건 나팔 소리가 울려 퍼졌다.

아름답고 　　상냥한
　　그리고
아름답고 　　아름답고 　　아름답고
　　　　　　　　　　　　　　상냥한⋯
그리고⋯ 　　그리고⋯ 　　그리고⋯

참호를 따라 200미터 떨어진 곳에서 들려오는 소리 같았다. 17세기 곡조와 정확한 가사가 생각나 놀라울 정도로 기뻤다⋯ 어쩌면 그 가사들을 제대로 알아듣지 못했을 수도 있다. 그런데도 그 가사들은 정확하고, 어둠 속에서 광부가 곡괭이질 하듯 영혼 아래서 효율적으로 작용했다.

상사는 돌아와 011그리피스가 코넷을 연습하고 있다고 말했다. 그리고 맥케츠니 대위가 아침 식사 후에 그의 연주를 듣기로 했고 마음에 들면 오늘 저녁 콘서트에서 연주하도록 사단에 추천하기로 약속했다고 전했다.

티전스는 말했다.

"맥케츠니 대위가 그 친구 연주를 마음에 들어 하길 바라네!"

티전스는 광기 어린 눈에 지독한 사투리를 쓰는 맥케츠니가 그 병사를 좋아하기 바랐다. 그 병사는 태양이 그 노란 광채를 퍼붓기 시작한 이 풍경에 17세기 분위기를 더했다. 그렇다면 17세기가 멋진 취향을 가진 그 병사의 목숨을 살릴 수 있을지도 모른다! 그 병사에게 콘서트 준비로 사단에 들어갈 통행증을 주면, 그는 폭격에서 벗어날 수 있을 것이다… 여단에서 시작될 거라고 알려온 폭격 이후, 아무도 살아남지 못할는지도 모른다… 지금 27분 남았을 것이다! 일개 사단에 대항해서 싸우는 328명의 병사들. 가당찮은 숫자다… 하지만 17세기가 한 사람의 목숨을 구할지도 모른다!

17세기는 어떻게 되었는가? 허버트와 던, 그리고 크래쇼와 본[99], 실루리아 사람[100]들은 어떻게 되었는가? … 너무나 시원하고, 너무나 조용하고, 너무나 빛나는, 달콤한 날이여! 땅과 하늘의 신부여! … 바로 그거다! … 진홍색과 금색의 소장 계급장을 달아 앵무새처럼 보이던 캠피언 장군이 "등 뒤에서 나는 늘 듣는다. 서둘러 다가오는 시간의 날개 달린 마차를"[101]이라는 구절을 인용했다. 그게 몇 년 전 일인가, 아니면 몇 달 전? 그것도 아닐지도 모른다.

어쨌든 노장군치고는 나쁘지 않았다!

티전스는 밝은 노란색, 심홍색, 그리고 금색의 메달과 장신구를 우아하게 착용했던 캠피언 장군이 지금 어떻게 됐는지 궁금해졌다.

---

[99] 조지 허버트(George Herbert), 존 던(John Donne, 1572~1631), 리처드 크래쇼(Richard Crashaw, 1613~1649), 헨리 본(Henry Vaughan, 1621~1695)은 모두 17세기 영국의 형이상학파 시인들이다.
[100] Silurist: 웨일즈에 있는 브렉녹셔(Brecknockshire) 원주민.
[101] 17세기 영국의 시인 앤드류 마블(Andrew Marvell)이 쓴 시,「수줍은 여인에게」(To His Coy Mistress)에서 인용한 구절.

캠피언 장군이 많은 빛을 발하여, 티전스는 항상 캠피언 장군을 카키색 보단 밝은 노란색 옷을 입은 것으로 생각했다… 캠피언 장군과 티전스의 아내는 함께 빛을 발했다(아내는 황금색 가운 차림으로 빛을 발했다!).

캠피언 장군이 여기로 올 때가 됐다. 진작 여기 오지 않은 게 몹시 놀라웠다. 늙고 불쌍한 퍼플즈 장군은 지독히도 약한 군대로도 너무 잘 버텨내어 그를 싫어하는 장관의 요구에도 불구하고 자리에서 물러나지 않았다. 그에겐 잘된 일이다!

만약 자신이 그날 "총에 맞았다"면, 캠피언 장군은 약간의 흰색이 가미된 크레이프로 만든 상장(喪章)을 단, 실비아와 결혼했을지도 모른다는 생각이 문득 들었다.

코넷(분명히 유건 나팔은 아니었다) 소리가 났다.

   그녀가 지나가는 것을…
  나는 지켜보기만 했네…

그리고 나서 깊이 생각하려는 듯 코넷 소리가 멈추더니 잠시 후 다시 사색하듯이 이렇게 덧붙였다.

  그리고 . .
   지금 . .
    나는 . .
     그녀를… 사랑할 거야.
     내가 죽을 때까지!

이건 실비아를 가리키는 게 아니다… 키가 아주 크고, 약간의 흰색[102]이 가미된 크레이프 상장을 단 채, 17세기 거리를 지나가는…

그 세기는 영국에서 유일하게 만족스러운 시대다! … 하지만 그 시대가 오늘 날 무슨 가망이 있겠는가? 더욱이 내일에는? 셰익스피어 시대가, 아니면 페리클래스의 시대가[103]! 혹은 아우구스투스[104] 시대가 가망이 있었다는 의미에서 말이다!

엘리자베스 시대에 풍물 장터에 있는 사자들을 위해 하였던 것처럼 우리는 터무니없는 요란한 선전을 원하지 않는다… 하지만 조용한 들판과, 성공회 성인들, 정확한 사고, 무성한 잎이 달린 울창한 울타리, 완만한 오르막으로 이어지는 경지에 무슨 가망이 있겠는가? … 하지만 토지는 남아 있다…

토지는 남아 있다… 그것은 남아 있다! … 그 순간 새벽은 축축한 그 모습을 드러내고 있었다. 저기 조지 허버트의 교구에서… 그 이름이 무엇이었지? … 도대체 그 이름이 무엇이었지? 오, 젠장! … 솔즈베리[105]와 윌턴[106] 사이에 있는… 그 작은 교회… 그 이름을 기억해낼 때까지는, 새벽녘에 그 젖은 모습을 드러내는 경지와 잎이 무성한 숲, 교회 너머에 난 커다란 길, 그리고 심지어 오늘날에도

---

[102] 상장은 원래 검은색으로만 구성되어 있으나 일정 기간이 지나면 흰색이 들어간 상장을 한다.
[103] Pericles(495(?)~429 B.C.): 아테네의 장군·정치가.
[104] Octavianus Augustus(63 B.C.~14 A.D.): 초대 로마 황제로 로마의 황금시대를 열었다고 전해진다.
[105] Salisbury: 영국 윌셔주(Wilshire)의 주도.
[106] Wilton: 잉글랜드 남부, 윌트셔주 남부의 도시.

그 토지가 있는 조용한 곳에서… 많은 성공회 성인들이 배출되었다는 사실에 대해서 생각하지 않겠다!

하지만 그 이름을 기억날 때까지는 아무것도 생각하지 않을 것이다…

티젠스가 말했다.

"그 빌어먹을 밀즈 수류탄이 오고 있나?"

선임상사가 대답했다.

"10분 내로 도착할 겁니다. 이제 곧 도착한다고 A중대에서 방금 전화 왔습니다."

좀 실망스러웠다. 포탄 없이 한 두 시간 있으면 자신들 모두 17세기처럼 조용하게 죽어 천국에 갈 수도 있을 텐데 말이다… 그 빌어먹을 폭탄은 그 전에 터졌어야 했다. 바로 지금 말이다! 결과적으로, 자신들은 살아남을 수도 있다… 그러면 자신은 무엇을 할 것인가! 목사가 될 수 있다! 생각해 봄 직한 일이다…

티젠스가 말했다.

"여단에 따르면 그 빌어먹을 독일군 멍청이들이 1시간 내로 온다고 하네. 그러니 수류탄을 나누어 주게. 하지만 우리가 진격해야 할 경우를 대비해, 비상 배급량은 충분히 남겨두게… 음, C와 D중대에게 줄 분량으로 3분의 1 정도 남겨두게… 부관에게 내가 모든 참호를 둘러보겠다고 전하게. 그리고 아랑헤스와 상등병 전령 콜리에겐 나랑 같이 가자고 전하게… 수류탄이 확실히 도착하자마자! … 병사들이 수류탄 없이 독일군을 막아야 한다고 생각하게 하곤 싶진 않네… 14분 뒤에 독일군들이 집중 포격을 시작하기로 되어 있지만, 엄청나게 많은 준비를 한 뒤에 올 것이네… 연대에서 이 모든 것을 어떻게 아는지는 나도 모르겠네! …"

버머튼[107]이라는 이름이 갑자기 그의 혀끝에서 맴돌았다. 맞아, 버머튼, 버머튼, 버머튼은 조지 허버트의 교구였지. 솔즈베리 외곽에 있는 버머튼… 우리 민족의 요람. 티전스는 자신을 작은 언덕 위에 서서 솔즈베리 첨탑까지 이어진 경사진 땅을 바라보며 명상에 잠긴 목사로 상상해 보았다. 팔꿈치 밑에 조야하게 제본된 17세기 그리스어 신약성서를 낀 채… 언덕 위에 서 있는 자신의 모습을 상상해 보았다!

선임상사는 독일군들이 올 거라는 말에 약간 지친 듯이 푸념했다. "저 빌어먹을 독일군들이 오늘 아침에는 오지 않을지도 모릅니다… 우리에게 휴식과 정리할 기회를 주려나 봅니다…" 그는 교장이 여왕의 생일을 학교 휴교일로 지정했을 때 이를 체념하듯 받아들이는 남학생의 어조로 이렇게 말했다. 하지만 이 친구는 다가오는 죽음에 대해 어떻게 생각할까?

그것은 대답할 수 없는 질문이었다. 티전스는 죽음이 어떠한 것인가에 대한 질문을 여러 번 받았다. 한번은 적십자 치료 후송소 근방, 다리 아래에 있던 가축 트럭 안에서 퍼론이라는 그 비참한 자에게서 그런 질문을 받았다. 그것도 성가신 정신병자 맥케츠니 앞에서였다. 이동 명령을 내리는 장교가 삼각관계에 있는 사람을 전선으로 보내는 것이라고 생각할지도 모른다. 퍼론은 티전스의 아

---

[107] Bemerton: 솔즈베리 서쪽의 한 마을.

내의 애인으로 알려져 있기 때문이다. 티전스는 자신의 의지와는 다르게 맥케츠니가 미치도록 원하던 부대의 부지휘관 직을 맡았다. 실제로 맥케츠니가 부지휘관이 될 권리가 있었지만 말이다. 그래서 그들은 함께 같은 곳으로 파견되어서는 안 되는 것이었다.

 하지만 거기 그들은 같이 있었다. 퍼론은 금색 가운 차림의 티전스의 아내를 다시는 절대로 못 보게 될 거라는 생각에(그가 생각하는 방식대로 말한다면, 구름 위에서 황금 하프를 켜는 모습으로 보는 것을 제외하고는 말이다) 좌절해 있었다… 수하물차에서(가축 트럭이 아닌 수하물차였다) 탈영병과 탈영병을 호송하는 병사, 그리고 프랑스 당국이 그들에게 떠넘긴 부상당한 3명의 코친차이나[108] 출신 선로공들이 내리자마자… 근데 그들은 도대체 모두 어디로 가고 있던 것일까? 분명히 전선으로 가고 있던 중일 것이다. 그리고 이미 사단 본부 근처에 있었다. 하지만 구체적으로 어느 전선으로 갈까? … 아무도 모른다… 언제 갈까. 그것도 아무도 모른다! … 깎아 만든 길에는 녹지 않은 눈이 아직 약간 남아 있었다. 잡목림 위에선 울새들이 노래 부르고 있는 좋은 날이었다. 말하자면 2월… 그러니까 퍼론을 흥분시키는 성 발렌타인 데이 같은 날이었다… 어쨌든 그들은 수화물차에서 내렸다. 신음하는 부상자들과 장교 앞에서 탈영병에게 친절하게 대해야 하는지 말아야 하는지 몰라 쭈뼛거리는 호송병, 그리고 도전적으로(혹은 절망적으로, 이 둘 간의 차이를 아는 건 불가능하다) 호송병들에게 그들의 여자 친구들의 성격

---

[108] Cochin-Chinese: 베트남 최남부 지방 원주민.

에 대해 물어보고, 그리고 자신의 여자 친구의 은밀한 행동에 대해 알려주는 탈영병(그 탈영병은 검은 눈과 야유하는 듯 보이는 커다란 입을 가진 집시처럼 보였다)들이 내렸다. 호송병들은 한 명의 상등병과 두 명의 병사로 구성되어 있었는데, 두 명의 호송대 병사들은 금발에 뺨이 붉은 동켄트주 출신으로 각반을 멋지고 깔끔하게 찼으며, 그들의 단추와 동으로 된 계급장은 놀랄 정도로 반들거렸다… 이들은 후방에서 온 정규군이 분명했다. 구별이 잘 가지 않는 넓고 노란 얼굴에, 시적인 갈색 눈을 한 코친차이나 사람들은 모피를 댄 승마화와 푸른 모피 후드를 붕대 두른 머리 위에 쓰고 있었다. 그들은 박스 트럭[109]의 측면에 기댄 채 앉아 내내 신음하면서 떨고 있었다…

    이들이 철교 옆에 있는 철도 수송 부지휘관의 양철로 만든 임시 집무실에서 나왔을 때, 통통하게 살찌고 바부-힌두인같이 피부가 거무스름한 퍼론은 티전스에게 사후 세계와 죽음의 본질, 그리고 즉각적인 소멸의 과정, 즉 죽어가는 것…등등에 대한 질문을 쏟아냈다. 퍼론이 질문을 하는 사이사이에 맥케츠니는 광기 어린 눈빛으로 티전스에게 어떻게 자신의 대대에 부지휘관으로 임명될 수 있느냐고 그 특이한 억양으로 물었다. "당신은 군인이 아니야!" 그는 소리쳤다. "당신은 스스로를 보병이라고 생각하나보지? 당신은 곡물 자루 같은 존재일 뿐이야. 내 대대가 앞으로 어떻게 되겠어… 내 부대가! 우리 친구들의 부대가!"

---

[109] box-truck: 뒤에 짐을 실을 수 있는 박스 모양의 큰 화물칸이 있는 트럭.

그때는 아마 2월이었고, 지금은 아마 4월일 것이다. 동트는 모습이 마치 4월 같으니 말이다… 하지만 그게 뭐 중요하겠는가? … 전쟁이라는 영원한 기다림 속에서 그 빌어먹을 트럭은 다리 밑에서 2시간 반 동안이나 있었다… 그래서 어슬렁거리고 또 어슬렁거렸다. 그리고 자신의 발꿈치를 걷어차고 또 걷어찼다. 밀즈 수류탄이, 잼이, 장군이, 혹은 탱크가, 혹은 수송대가 도착하기를, 혹은 길이 뚫리길 기다리면서 그랬다. 졸고 있는 전령들이 지켜보는 사무실에서, 운하 제방에 포탄이 떨어지는 보면서 기다려야 했다. 때론 호텔, 참호, 양철로 만든 임시 막사, 부서진 주택에서 기다려야 한다. 살아남은 국왕 폐하의 군인 중 피비린내 나는 전쟁의 이미지로 시간이 멈춘 듯한 그 영원한 시간을 기억하지 않을 사람은 없을 것이다! …

그때 신은 티전스가 퍼론이라는 불행한 인간에게 죽음은 그렇게 끔찍한 것이 아니란 사실을 설득할 정도의 시간을 주기 위해 그렇게 기다리도록 한 것 같았다… 티전스는 자신의 지적인 권위를 발휘하여 딱 달라붙는 검은 머리를 한 그 친구에게 죽음의 신은 자신이 갖고 있는 마취제를 제공해준다고 했고 이를 그가 믿도록 설득하였다. 티전스는 이렇게 논지를 폈다. 죽음이 다가올 때 인간의 모든 기능은 작동하지 않아 고통도 불안도 느끼지 못한다고 했다… 티전스는 그 당시 자신이 사용한 권위적인 말들이 지금도 들리는 듯했다.

그것은 퍼론에 대한 신의 섭리였다! 참호 밖으로 나가다가 다음 날 밤 땅속에 묻히게 된 그를 파냈을 때, 퍼론은 어린 아이와 같은 미소를 띠고 있었다고 한다. 그는 오래지 않아 죽었고, 얼굴에 미소를 머금고 죽었다… 그의 삶에서 이 미소만큼… 그에게 어울리는 것은 없었다. 살아 있을 때, 그는 늘 걱정하고 법석 떠는 부류의 인간이었으니 말이다.

퍼론에게는 잘된 일이었다⋯ 하지만 티젠스, 넌 어떤가? 너 같은 인간에게도 신은 그렇게 해야 하는가? ⋯ 그것은 신을 시험하는 것이다!

그의 옆에 있던 상사가 말했다.

"남자라면 언덕 위에서 일어설 수 있습니다⋯ 그렇다면, 대위님, 남자라면 그 빌어먹을 언덕에서 일어설 수 있을 거라고 대위님은 생각한다는 뜻입니까? ⋯"

티젠스는 자신이 선임상사에게 용기를 북돋아 주고 있었을지도 모른다는 생각이 들었다. 퍼론의 모습에 사로잡혀 있어서 자신이 선임상사에게 무슨 말을 하고 있었는지 기억할 수 없었기 때문이었다. 티젠스가 말했다.

"자네는 링컨셔[110] 출신인가? 소택 지대에서 왔군. 그런데 왜 언덕 위에 서 있고 싶은 건가?"

그가 대답했다.

"아, 대위님이 그렇게 하고 싶은 거 아닙니까!"

그리곤 선임상사는 이렇게 덧붙였다.

"대위님이 서고 싶으신 거겠죠! 주위를 둘러보면서⋯" 그는 알맞은 표현을 찾으려 애썼다. "굽힌 자세로 오랫동안 있은 다음 깊이 숨을 들이쉬고 싶은 것처럼 말입니다!"

---

[110] Lincolnshire: 영국 동부의 주.

티젠스가 말했다.

"글쎄 그건 자네도 여기서 할 수 있는 일이지. 조심스럽게 말이야. 나도 방금 했는걸…"

선임상사가 말했다.

"대위님은… 마음대로 하실 수 있습니다!"

이 말은 티젠스가 군 복무 중에 들은 가장 충격적인 것이었다. 그리고 가장 큰 보상이기도 했다.

태양이 곧 따스하게 덮일, 이 요동치는 대지에 놓여 있는 자갈길의 점토층처럼 펼쳐져 있는 하사관들과 카키색 옷을 입은 병사들은 불가사의한 존재들이다. 그들은 구덩이 속, 터널 안, 부대(負袋)로 만든 커튼 뒤에 있다. 대화하고, 숨쉬고, 갈망하면서 나름대로의 삶을 이어가고 있다. 하지만 모아 놓고 보면 너무나도 알 수 없는 존재들이다. 하지만 이따금 그들의 열정적인 욕망을 얼핏 볼 수는 있다. "남자라면 언덕 위에서 일어설 수 있다!" 그들은 항상 그를 끊임없이 지켜보고, 자신이 자는 도중에 하는 작은 움직임까지 알고 있지만, 그들이 그를 어떻게 생각하고 있는지에 대한 힌트는 종종 얻을 수 있다. "마음대로 하실 수 있습니다!"라는 말처럼 말이다.

이것은 틀림없이 영웅 숭배다. 얼마 전까지만 해도 아주 평평한 동쪽 마을에서 짐꾼으로 일했던 이 선임상사는 자신의 업무에 관련해 실질적인 지식은 없지만, 그가 지휘관에게 마음대로 해도 된다고 말한 것은 티젠스가 절대적인 신뢰를 받고 있다는 사실을 입증하는 것이다…

부대로 만든 커튼 뒤에 있던 그들은 아침 햇살을 맞이하러 밖으로 기어 나오고 있었다. D중대 병사가 43명으로 주는 바람에 티전스가 어젯밤 C중대에서 D중대로 배속시킨 6명의 사병들이었다… D중대 병사가 43명으로 주는 바람에… 놀라운 펄스타프[111] 부대에 속한 것 같은, 진흙투성이의 허섭스레기 같은 병사들이 참호 안에서 3센티미터 이쪽으로, 3센티미터 저쪽으로 이리저리 발을 질질 끌며 정렬하고 있었다. 그들은 턱 끈을 위로 올렸다 내렸다 하고, 어깨를 움츠려 가방을 다시 메고, 수통의 위치를 조정한 뒤 동작을 멈추었다. 그들은 총을 가지런히 앞으로 세웠다. 이 작은 중대 안에도 각양각색의 신체를 가진, 특이하게 생긴 사람들이 있었다. 그중 두 사람은 보드빌 극장의 코미디언이었는데, 전체적으로 볼 때, 이들 모두는 과장된 행동으로 사람들을 웃기는 퍼포먼스를 진행하고 있는 래그타임[112] 연주자 같았다.

선임상사가 그들을 주목시키자, 그들은 우왕좌왕했다. 선임상사가 말했다.

"지휘관님이 너희를 보고 계신다. 이열 종대로!"

실제로 푸딩 그릇[113] 아래 숨어 있던 한 난쟁이는 50센티미터 앞으로 발을 질질 끌며 나타났는데, 소총 총구가 그의 굽힌 무릎 사이에서 튀어나왔다. 그는 자신이 제대로 줄을 섰나 보려고 머리를 재빨리 움직였다… 이 행동은 동화의 한 장면을 어렴풋이 떠올리게 했다! 왜 이 난쟁이는 기민하게 군인처럼 행동했을까? 절망 때문이

---

[111] Falstaff: 셰익스피어의 『헨리 4세』에 나오는 등장인물.
[112] ragtime: 재즈의 시초가 된 음악.
[113] 푸딩을 만들 때 쓰는 바닥이 깊고 둥근 그릇.

었을까? 그런 것 같지는 않았다!

불어오는 바람에 흔들거리는 풀밭처럼 병사들의 몸이 흔들거렸다. 그들은 여자들이 치마를 힘들게 다루듯, 총검 손잡이를 만졌다… 이 난쟁이는 날쌔게 자신의 손을 옆으로 가져갔다. 병사들은 줄을 맞추어 소총을 세웠다. 티젠스가 소리쳤다.

"쉬어, 쉬어." 아주 무관심하다는 듯이 이렇게 말하곤 티젠스는 곧이어 주체할 수 없을 정도로 화를 내면서 "맙소사, 모자 좀 똑바로 하게!"라고 소리쳤다. 병사들은 그들이 잘 알지 못하는 구령이라 불안한 모습으로 우물쭈물했다. 티젠스가 말했다. "아니, 이건 훈련이 아니야. 그저 자네들 모자가 뒤죽박죽이라 화가 난 거야." 줄을 서 있던 병사들이 귓속말을 이어갔다.

"자네 장교님 말씀 들었나? 우리가 장교님을 화나시게 했어! … 우리는… 공원에 여자 친구랑 산책 나온 게 아니야…" 그들은 서로의 철모 테두리를 바라다보며 말했다. "오라스, 자넨 약간 앞으로 서. 어브, 자넨 가슴 줄을 좀 더 조여." 그들은 쾌활하게 우수에 잠기면서도, 뉘우침 없이 비속한 언어를 썼다. 그중 한 병사가 이렇게 흥얼거렸다.

> 버롱을 따라 걸을 때
> 자유롭게
> 내 산책용 지팡이는 어디 있나? 친구들이여!

티젠스는 그에게 물었다.

"코본이 저 노래를 부르는 걸 들어봤나, 런트?" 이 질문에 런트는 이렇게 대답했다.

"예, 대위님. 그 친구가 그 노래를 드루어리 레인 극장[114]에서 팬터마임 공연할 때 불렀습니다. 저는 그때 코끼리 뒷다리였습니다!" 작고, 검은, 노려보는 듯한 눈을 지닌 런던내기는 과거 일을 떠올리며, 자랑스러운듯이 조약돌을 씹는 것처럼, 커다란 입술을 우물거렸다. 그들은 계속 말을 이었다. "코끼리 뒷다리요! … 코끼리 말입니다… 제가 영국에 돌아가면 제일 먼저 코끼리를 보러 갈 겁니다!"

티전스가 말했다.

"다음 복싱 데이[115]에 자네들 모두에게 드루어리 레인 극장 티켓을 주겠네. 우리는 모두 다음 복싱 데이에 런던이나 베를린에 있을 것이네!"

그들은 나지막한 목소리로 제각각 소리쳤다.

"자네 들었나? 장교님 말 들었어? 새 지휘관님 말 들었어?"

보이지 않는 어떤 병사가 말했다.

"쇼레디치 엠파이어 극장[116] 티켓으로 주십시오 그러면 감사드리겠습니다!"

다른 병사는 이렇게 말했다.

"저는 드루어리 레인 극장에 관심 없었습니다. 제겐 복싱 데이에

---

[114] Drury Lane: 17세기에 영국 런던에 최초로 설립된 뮤지컬 극장.
[115] Boxing day: 크리스마스 다음날인 12월 26일을 말한다. 옛 유럽의 영주들이 이날 주민들에게 상자에 담은 선물을 전달한 데서 이런 명칭이 유래했다.
[116] The London Music Hall이라고도 불린다.

발함117에 가는 티켓을 주십시오." 선임상사는 그들을 해산시켰다.

그들은 발을 질질 끌며 참호로 갔다. 보이지 않는 한 병사가 "빌어먹을"이라고 외치자 다른 병사들이 "쉿" 하고 외쳤다.

선임상사는 깜짝 놀라 정도로 몹시 당황한 듯 소리쳤다.

"그 빌어먹을 입 좀 닥쳐. 안 그러면 영창에 넣어버릴 테니까!" 하지만 곧바로 그는 만족스럽다는 듯이 티전스를 조용히 바라보았다.

"좋은 친구들이죠." 선임상사가 말했다. "최고예요!" 그는 마지막으로 뱉은 단어를 기억에서 지우고 싶었다. "제대로 된 장교님이 지휘를 하면 세계 제일의 군인이 될 겁니다!"

"어떤 장교가 지휘를 하는가가 중요하다고 생각하나?" 티전스가 물었다. "어떤 장교가 지휘를 하더라도 같지 않겠나?"

선임상사가 말했다.

"같지 않습니다. 그들은 요 며칠간 두려움에 떨었습니다만, 이제는 나아졌습니다."

이 말이 바로 티전스가 듣고 싶지 않았던 말이었다. 왜 그런지는 모른다. 아니면 이미 알고 있었는지도 모른다… 티전스가 말했다.

"병사들이 이러한 일에 관해서 자신들이 할 일을 아주 잘 알아 명령할 필요도 없을 것 같네. 그러니 명령을 받든 안 받든 차이가 없을 거네."

상사가 말했다.

그는 자신이 할 수 있는 가장 완고한 어조로 "차이가 있습니다."

---

117 Balham: 런던 남쪽 지역.

라고 말했다. 그들은 다가올 폭격에 대해 두려움을 느끼고 있었다. 그건 그들의 뇌리를 떠나질 않았다.

맥케츠니는 부대로 만든 커튼 뒤에서 머리를 내밀었다. 커튼에는 붉은색으로 PXL, 검은색으로는 Minn이라는 글자가 씌어 있었다. 맥케츠니의 눈은 미친 듯이 이글거렸다. 그의 눈은 미친 듯이 그의 머리에서 튀어나올 것 같았다. 사실 그의 눈은 항상 미친 듯이 그의 머리에서 튀어나올 것 같았다. 참 피곤케 하는 자다. 그는 철모가 아니라 장교용 헬멧을 쓰고 있었다. 헬멧 위에 있는 도금된 용이 반짝거렸다. 태양은 어딘가에 떠 있을 것이다. 여단에 의하면 태양이 지평선을 벗어나자마자 독일군은 그 짜증스러운 병사들을 파견할 거라고 했다. 13.5분 안에 말이다.

맥케츠니는 티전스의 팔을 잡았다. 티전스가 혐오하는 무례한 행동이었다. 그는 '쉿' 하고 흉내만 내려 했으나 숨죽이며 얘기하려고 하다 보니 실제로 '쉿' 소리를 내게 되었다.

"다음 방호물을 지나간 뒤 할 말이 있소."

영국 육군 공병대의 지휘 아래 후퇴하는 병사들이 머물 수 있도록 정규 부대가 만든 참호의 배수로를 따라 몇 미터 걸어가면, 흉벽 안쪽으로 돌출된 사각형 모양의 흙덩어리를 발견할 수 있다. 그다음엔 곧은 구간에 도달하고, 그 후엔 또 다른 방호물을 잇따라 접한 다음, 참호 끝에 도달하게 된다. 이 참호의 길이와 면적은 토지의 속성이나 흙의 성격에 따라 달라진다. 돌출된 부분들은 참호에 포탄이 떨어져서 생기는 파편이 옆으로 퍼지는 것을 막기 위해 고안된 것이다. 이 돌출된 부분이 없으면 총알을 목표물로 향하게 하는 총

신처럼, 참호는 깔때기 역할을 하게 될 것이기 때문이다. 티전스는 아직 완전히 뜨지도 않은 태양이 지기 전에, 수류탄을 든 6명의 부주의한 병사들을 뒤에 대동하며, 불편한 마음으로 몸을 수그린 채 재빨리 돌출부를 지나가야 한다는 사실에 흥분되었다. 구석에 웅크리고 있어 제대로 살펴볼 시간도 없는 희끄무레한 위험한 대상과 접하게 될지도 모르니 말이다.

가장 가까운 돌출부를 지나 맥케즈니는 티전스를 어디론가 안내했다. 맥케즈니는 불안해하고 동요하고 있었다.

다음 참호 끝엔 몹시 지친 듯 부벽(扶壁)에 기댄 채 서 있는 황색 얼굴의 몹시 야위고 키가 큰 사람이 있었다. 그의 옆에 있는 진흙 위에 쭈그려 앉아 꾸벅꾸벅 졸고 있는 사람은 부대에 열 명도 남지 않은 전형적인 글라모건셔 병사였다. 서 있는 사람은 맨흙으로 만든 부벽 가까이에 있는 구멍을 통해 밖을 살피기 위해 부벽에 기대고 서 있었던 것이다. 그는 옆에 있던 동료에게 뭐라고 툴툴거리며 계속해서 밖을 자세히 살펴보고 있었다. 그 옆에 있는 동료 병사도 툴툴거렸다.

맥케즈니는 움푹 들어간 다른 길로 다급히 들어갔다. 그의 얼굴에 묻은 흙을 보니 중압감이 느껴졌다. 맥케즈니 대위가 말했다.

"당신이 그 친구에게 그런 빌어먹을 말을 하도록 했소? …" 그는 반복해서 말했다. "그 빌어먹을 말을 말이오!" 티전스가 싫기도 했지만 그는 충격과 고통을 받아 여자처럼 눈물을 글썽거렸다. 그는 너무나 절망스러워 믿을 수 없다는 듯, 그리고 살인이라도 저지를 것 같은 버림받은 애인처럼 티전스의 눈을 쳐다봤다.

그런 모습에 티전스는 익숙했다. 지난 두 달간 맥케츠니는 테이블 위에 팔을 쭉 뻗고, 세 차례에 걸친 급박한 이동에도 불구하고 여전히 보유하고 있던 식탁보에 턱을 가까이 하고는, 이따금씩 광기 어린 눈으로 티전스 쪽을 쳐다보면서 지휘관의 귀에 뭔가를 속삭였다. 따라서 그의 이런 모습은 티전스에게는 아주 익숙한 광경이었던 것이다. 그들은 맥케츠니가 그들이 말하는 소위 "친구들"(사실 그들은 친구들이었다)의 부지휘관이 다시 될 수 있도록 티전스가 떠나길 바랬다…

티전스는 당연히 떠날 수가 없었다. 그렇게 할 방법이 없었다. 캠피언 장군이 티전스를 이곳으로 배치했기 때문에 이곳에 남을 수밖에 없었기 때문이었다. 참 모순적인 신의 섭리에 의해 티전스는 맥케츠니가 현재 맡고 있는, 상대적으로 목가적인 일을 무엇보다도 원했지만, 현재 맥케츠니가 열망하던 자리에 있기 때문에 여섯 명의 아주 점잖은(별 볼 일 없는 자들이긴 하나) 그 "친구들"이란 자들로부터 지독한 미움을 받고 있었다. 이 "친구들"이란 구성원 중 지휘관을 제외한 나머지 병사들은 키가 작고, 피부가 검은 런던내기들로, 런던내기의 목소리, 제스처, 억양을 갖고 있어서, 티전스는 자신이 군데군데 흰 머리가 있는 금발의 걸리버[118]처럼 느껴졌다. 수많은 갈색의 릴리푸트인 사이에서 우뚝 솟아 있는 무시무시하고 눈에

---

[118] Gulliver: 18세기 영국의 소설가 조나단 스위프트(Jonathan Swift)의 소설 『걸리버 여행기』(Gulliver's Travels)의 주인공. 그는 15센티미터 정도의 키가 아주 작은 소인들이 사는 릴리푸트(Lilliput)라는 곳에서 첫 모험을 하게 된다. 난파당한 뒤 헤엄을 쳐서 도착한 이 나라에서 잠을 자다 깬 걸리버는 수많은 소인, 즉 릴리프트 사람들이 자신을 에워싼 것을 보게 된다.

확 띄는 걸리버 말이다.

 최근 들리던 대포 소리보다 더 가까운 곳에서, 더 크지만 부드러운 대포 소리가 "퍼… 엉…" 하고 들려왔다. 그 소리는 오랫동안 그 지역을 맴돌았다. 조금 뒤, 4개의 기차가 유쾌하게 돌진하다가 구름 사이를 지나 저 멀리 사라져갔다. 북해[119]에 있는 병사들에게 깊은 인상을 주려는 모양이다.

 물론 독일군들의 일제 사격이 시작될 거라는 신호일지도 모른다. 티전스는 심장이 멈추는 것 같았다. 목덜미 부분에 난 털이 곤두서기 시작했다. 손은 차가워졌다. 두려움 때문이었다. 폭격을 경험한 탓에 생긴 전쟁에 대한 두려움 때문이었다. 자신이 생각하는 걸 들을 수 없을지도 모른다. 절대로 그렇게 못 할 수도 있을 것이다. 자신은 삶에서 무얼 원하는가? … 그저 이성을 잃지 않았으면 좋겠다. 그렇게 되지 않도록 기도해야 할 것이다… 멋진 목사관이 하나 있으면 족할 것 같다. 그것은 생각해볼 만하다. 평생 파동 이론을 연구할 만한 장소 말이다… 하지만… 그것은 당연히 생각할 수 없는 일이다…

 티전스는 맥케츠니에게 이렇게 말했다.

 "자네는 철모 없이 여기 오면 안 되네. 여기 있으려면 철모를 써야 해. 폭격이 시작된 게 아니라면 자네에게 4분 주겠네. 그런데 누가 무슨 소리를 했단 말인가?"

---

[119] North Sea: 유럽 대륙과 영국 제도, 스칸디나비아반도 등으로 둘러싸인 대서양의 연해.

맥케츠니가 말했다.

"난 여기 있지 않을 거요. 당신이 내게 모욕적으로 시킨 그 일에 대해 내 생각을 밝히고 나서 돌아갈 거요."

티전스가 말했다.

"거기로 가려면 철모는 쓰고 가게. 그리고 연결 참호[120]에서 최소한 100미터 내려갈 때까지는 말을 탈 생각은 하지 말게. 설령 말이 여기 있다 해도 말이야."

맥케츠니가 티전스에게 어떻게 감히 본인에게 명령을 내릴 수 있는지 따지자, 티전스는 새벽 5시에 사단 수송 장교가 퍼레이드 할 때 쓰는 모자를 쓰고 참호에서 죽으면 퍽이나 보기 좋은 꼴일 거라고 했다. 이에 맥케츠니가 티전스를 비난하면서 수송 장교는 지휘관과 논의를 할 권리가 있다고 하자 티전스가 말했다.

"여기는 내가 지휘하네. 자넨 나에게 의견을 구하지 않았네!"

죽음의 천사의 날개 소리를 들을 수 있는 상황에서 이처럼 행동하고 있다는 게 티전스에게는 기이하게 느껴졌다… 정확한 문장은 "죽음의 천사의 날개가 바스락거리는 소리를 거의 들을 수 있는"이었다… 참 수사적인 표현이다… 물론 이것은 무장한 군인들의 행동 방식이었다… 항상 그랬다!

티전스는 한심한 주제에 대해선 군대식으로 짧고 끊어지는 말투로 대답했다. 이는 군대에서 쓰는 오래된 수법이었다. 전에 이렇게

---

[120] Communication trench: 적군을 향해 있는 참호에 비스듬히 판 참호로 병사와 식량 혹은 장비를 운반하는 데 사용되는 참호.

해서 맥케츠니 대위를 군대식으로 행동하게 한 적이 있었다.

그러나 이번 경우엔 그를 감상적으로 만들었다. 맥케츠니 대위는 눈물을 흘리며 고통스럽게 외쳤다.

"우리 부대가 결국 이렇게 됐어… "형제들"의 부대가!" 그는 욕설을 퍼부으면서 흐느꼈다. "얼마나 우리가 애썼는데… 근데 지금 당신이 가져갔어!"

티전스는 말했다.

"자넨 라틴어 부총장 상 수상자였지 않은가. 이게 지금 우리가 처한 상황이네." 그러면서 티전스는 "보스 멜리피카치스 아페스![121]"라고 덧붙여 말했다.

맥케츠니는 우울하면서도 경멸하는 듯한 목소리로 말했다.

"당신은… 당신은 라틴어를 몰라!"

큰 대포가 '펑' 소리를 냈을 때 티전스는 숫자를 세기 시작해서 280까지 세었다. 그렇다면 이건 일제 사격이 시작된다는 신호가 아니었을지도 모른다. 만약 그것이 신호였다면, 이미 시작되었을 것이다. '펑' 소리 후, 곧바로 시작되었을 것이다. 그의 손과 목덜미는 정상으로 돌아오기 시작했다.

오늘은 폭격을 하지 않을지도 모르겠다.

바람이 불었다. 바람은 사그라지기는커녕 더 거세졌다. 어제 티전스는 독일군들이 탱크를 준비하지 못했을 지도 모른다고 생각했다. 그 추하고 무감각해 보이는 아르마딜로[122]가 G구역 앞 습지에

---

[121] Vos mellificatis apes!: (라틴어) '당신이 꿀을 만든다'라는 의미.

박혀 꼼짝도 못 했을 수 있을 거라고 생각했다. 어제 우리가 쏘아댄 엄청난 포 사격에 그 탱크들이 박살났는지도 모른다. 움직이는 그들의 탱크 모습은 코를 바닥에 향한 채 쓰레기 부스러기를 찾아 땅을 파헤치며 느리게 움직이는 쥐 같았다. 그 탱크들이 멈춰 있을 때는 마치 생각에 잠긴 것처럼 보였다!

폭격을 하지 않을지도 모른다. 티전스는 폭격이 없기를 바랐다. 자신이 이 부대를 책임지고 있는 상황에서 폭격이 없기를 바랐다. 하지만 그는 무엇을 할지 몰랐다. 정확하게 무엇을 해야 할지 몰랐다. 하지만 무엇을 하고 싶은지는 알고 있었다. 티전스는 참호를 따라 어슬렁거리며 걷고 싶었다. 사진 속의 고든 장군이 그런 것처럼 두 손을 호주머니에 넣고 어슬렁거리고 싶었다. 그리고 사색적인 얘길 할 것이다… 사실 몹시 끔찍한 시간이 될 것이다… 하지만 그렇게 하면 최근 이 부대에 부족한 차분한 분위기가 조성될 것이다… 전날 밤 지휘관은 양손에 병을 하나씩 들고 1시간 반 동안이나 그 모습을 드러내지 않았던 독일군들을 향해 던졌다. 심지어 "친구들"이란 그의 병사들조차 웃지 않았다. 그 후로 티전스가 지휘를 맡게 되었다. 양 겨드랑이에 중대 사무실 서류를 잔뜩 낀 채 말이다. 밤엔 바쁘게 될 것이다. 창백한 캐나다인 몇 사냥꾼처럼 생긴 자들이 구멍에서 나올 것이기 때문이다.

티전스는 포격이 있을 땐 지휘하고 싶지 않았다. 다른 때도 지휘

---

[122] armadillos: 빈치목(貧齒目)의 남미산(産)의 야행성 포유동물로 여기선 이 동물을 닮은 탱크를 지칭.

하고 싶지 않았다! 그래서 불운한 지휘관이 저녁까지는 자신의 문제를 이겨내기를 바랐다… 티전스는 자신이라면 그래야 한다면, 이겨낼 것이라고 생각했다. 한 번도 바이올린을 켜는 걸 시도해본 적이 없는 사람이 그러하듯이 말이다!

맥케츠니는 갑자기 여자처럼 징징거렸다. 눈을 크게 뜨고 애인에게 애원하는 여자처럼 그는 티전스의 얼굴에서 기만의 징후, 그러니까 티전스가 한 말이 진심이 아니라는 징후를 찾기 위해 살폈다. 그가 말했다.

"그래서 지휘관 빌을 어떻게 할 거요? 당신과 달리 빌은 우리 부대를 위해 정말 애를 많이 썼소…" 맥케츠니는 말을 이었다.

"늙고 불쌍한 빌을 한번 생각해 보시오! 그러면 빌에게 비열한 짓을 할 생각은 할 수 없을 거요… 그 누구도 그런 짐승 같은 놈이 될 수는 없을 것이오!"

이러한 상황에선 남자 안에 있는 여성적 속성이 나타난다는 것이 신기했다. 그 바보 같은 독일 교수의 이론… 공식이 뭐였지? M^y 더하기 W^x는 인간이라고? 신이 여자를 만들지 않았다면 남자가 여자가 되었을 것이다. 이런 곳에선 말이다. 그래, 넌 감상적이 되었어. 티전스는 점점 더 감상적으로 변하고 있었다. 티전스가 말했다.

"테렌스가 오늘 아침 지휘관에 대해 뭐라고 했나?"

멋지게 말하려면, "당연하지, 이 사실이 알려지지 않도록 최선을 다하겠네!"라고 티전스는 말해야 했을 것이다. 테렌스는 독일 전령에게 자기 모자를 던진 군의관이다.

맥케츠니가 말했다.

"빌어먹을! 테렌스는 지휘관에게 화가 났소. 지휘관이 약을 먹으려 하지 않아서 말이오!"

티전스는 말했다.

"그게 무슨 약인가? 무슨 약이야?"

맥케츠니는 머뭇거렸다.

그는 말했다.

"이보시오! 올바르게 합시다! 당신도 빌이 우리를 위해 얼마나 애썼는지 알잖소! 테렌스가 여단에 빌 문제를 보고하지 않도록 해 주시오!"

이것은 참 피곤한 일이다. 하지만 한 번은 부딪쳐야 할 일이다.

터무니없어 보이는 철모를 쓴 아주 작은 체격의 아랑헤스 소위는 제방 주변을 자세히 살폈다. 티전스는 그를 잠시 내 보냈다… 이 철모들은 상태가 좋긴 했지만 군인들의 저주였다. 불신을 싹틔웠기 때문이다! 어떻게 코 앞으로 자꾸 내려오는 철모를 쓴 병사를 믿을 수 있겠는가! 혹은 파산한 도박꾼처럼 철모를 머리 뒤로 쓴 사람을 어떻게 믿을 수 있겠는가! 어떤 병사는 아이들을 웃기려고 비누 그릇을 썼다. 참 진지하지 못한 행동이다… 목 뒷덜미까지 내려오고 눈썹 위로 올라간 독일군들의 철모가 더 낫다. 독일군을 옆에서 보면 진짜 포악해 보인다. 독일군 대 영국 병사의 싸움은 홀바인[123]의 <란츠크네히트>[124]에 나오는 그림 같았다. 그 그림은 영국군이 진짜

---

[123] Hans Holbein(1497~1543): 독일 르네상스 초상화가로 영국 헨리 8세의 궁정 화가.
[124] Landsknecht: 1487년 신성 로마 제국 황제 막시밀리안 1세가 창설한 용병으

래그타임 군대 같다는 느낌이 들게 한다. 그런 사실을 상기시켜 주는 것 같다!

맥케츠니의 말에 따르면 군의관이 처방한 약을 지휘관이 먹지 않겠다고 했다고 한다. 지휘관이 전날 밤 술을 너무 마셔 그날 아침 화가 몹시 나 있었던 군의관은 여단에 지휘관 건을 보고하겠다고 했다고 했단다. 직무를 수행하기에 건강이 적합하지 않다는 것이 아니라, 약 먹기를 거부했다는 사실을 말이다… 맥케츠니는 그건 참 골치 아픈 상황이라고 했다. 빌이 먹지 않겠다고 했으면 절대 안 먹을 거라고 하면서 말이다… 군의관은 빌이 술 마시지 않고 약 먹고 쉬면 내일이면 완쾌할 거라고 했다. 지휘관은 전에도 자주 그랬다고 했다. 지휘관은 전에는 물약으로 된 것이어서 약을 먹었지만 알약으로 된 것은 먹지 않겠다고 고집을 피운다고 했다. 맥케츠니는 진짜 이건 완전한 모순이라고 했다!

티전스는 지휘관이 괜찮은 젊은이라고 생각해왔다. 하지만 그들은 나이가 거의 같았다. 하지만 지휘관은 이마에 깊은 주름이 있어 티전스보다 나이가 더 들어 보였다. 건강할 때 그는 괜찮은 사람이었다. 매부리코의 지휘관은 오소리 털로 만든 화필 두 개가 코 밑에서 만난 것같이 생긴 회색 콧수염이 있었다. 그리고 당구공 표면처럼 윤기 나는 분홍 피부와 눈에 띄게 좁지만 높은 이마, 그리고 꿰뚫어보는 듯한 눈빛을 지니고 있었다. 약간 웨이브 진 그의 머리카락은 검고 윤이 났다. 그는 천생 군인이었다.

로, 17세기까지 유럽 각지나 남미 등지에서 활약하였다.

소위 말해 그는 사병 출신 장교였다. 그는 영국적 의미에서의 군인 생활을 하였다. 그는 퍼레이드와 사회 행사도 참여했고, 때 빼고 광도 냈으며, 여름에는 노역을 하였고 겨울에는 한가로이 보냈다. 또한 인도, 바하마, 카이로에도 가 보았다. 나머지 것들은 겉만 알았다. 그저 병영 창문을 통해 보거나, 기껏해야 연병장이나 대령의 거처에서 보았기 때문이다. 그는 대령에게 가장 인정받았던 당번병이었다. 그는 심라[125]에서 대령 아내의 하녀와 결혼하고 중대 사무실에서 일하게 되었다. 그 후 그는 상등병과 상사, 소총 부대의 군기호위 하사관으로 임명되었다가, 전쟁 두 달 전 장교로 임관되었다. 장교로 좀 더 일찍 임관될 수도 있었지만 아주 약간의 과음하는 성향 때문에 그러질 못했다. 그는 약간 술에 취한 상태에서 영관급 장교에게 약간의 무례한 태도로 답변하였던 것이다. 열병식에서 나이가 든 영관급 장교들은 훈련을 시킬 때 작은 실수를 저지르기 쉽다. 부대를 오른쪽으로 움직이려면 구령은 '왼쪽으로 돌아'라고 해야 하는데, 오른쪽으로 돌라고 명령을 하는 경우가 있기 때문이다. 장교들이 보기에 왼쪽은 병사들의 오른쪽이기 때문에, 영관급 장교들은 혼동하기 쉬웠던 것이다. 따라서 현장에 있는 준위는 장교의 실수를 시정이 가능하다면 그것을 시정할 의무를 지게 되었고, 시정이 가능하지 않다면 거기에 따른 혼란에 대해 책임을 져야 했다. 그의 화려한 군 경력 동안, 약간 의기양양해진 지휘관은 두 차례에 걸쳐

---

[125] Simla: 인도 북부 펀잡주(Punjab)의 도시로 영국 통치 시대 하기(夏期) 인도 정부 소재지였다.

이러한 의무를 무시했고, 그 결과 중대 사무실로 부터 호된 처벌을 받게 되었다. 이 일은 자신의 과거를 돌아볼 때 그의 오점으로 남아 그를 비통하게 했다. 직업 군인들은 다 그런 식이었다.

　탁월하게 훌륭한 복무 기록을 갖고 있음에도 불구하고 그는 비통해했고, 가끔 비이성적으로 행동했다. 병사들과 부대 장교들이 저돌적인 불도저라고 부르는 그는 자신의 부대를 엄청나게 효율적으로 변화시켰다. 그는 두 개의 훈장을 받았고, 자신의 부대를 몹시 어려운 전쟁터로 이끌고 가, 참호 전투가 벌어질 때 생기는 어려운 일을 자발적으로 맡아 수행했으며, (아마 전쟁사에서 가장 슬픈) 솜므[126]에서의 첫 번째 전투에서는 특출한 기술로, 정치적인 장군의 지휘하에 전멸된 사단 병력 중 살아남은 병사들을 구출해 냄으로써, 그의 부대는 프랑스 부대 이외의 다른 부대엔 거의 주지 않는 푸라제르[127]를 받았다. 그가 지휘하는 병사들은 지휘관과 그의 절친한 친구이자 그를 충성스럽게 도와준 맥케츠니 대위가 생각하는 것보다 그의 이러한 위업과 이 위업을 이루게 한 그의 정신을 낮게 평가했을 수도 있다. 하지만 부모가 자식에 대해 감상적인 생각을 갖고 있듯이, 이 두 사람이 이 부대에 대해 갖고 있는 눈물겹도록 감상적인 생각을 병사들은 이해할 수 있었다.

　자신의 공적을 인정받기는 했지만 지휘관이 억울하게 생각하는

---

[126] Somme: 프랑스 북부를 서북으로 흘러 영국 해협으로 들어가는 강(제1차 세계 대전의 싸움터).

[127] fourragère: 군복의 왼쪽 어깨에 두르는 유색의 장식 끈. 프랑스에서는 공적이 있는 부대를 표창하기 위해 이 장식 끈을 주었는데, 제1차 대전 당시부터 그 부대의 장병은 이 끈을 군복의 왼쪽 어깨에 둘렀다.

것이 있었다. 그는 지금쯤이면 사단까진 아니더라도 최소한 여단은 맡아야 했다고 생각했는데, 그렇게 되지 않은 것은 자신에 대한 두 번의 감점 요인과 자신의 낮은 사회적 신분 때문이라고 생각했다. 따라서 약간의 술이라도 마시면, 그의 이러한 강박 관념은 그의 군 경력을 위협할 만큼 매우 빠르게 커졌다. 그렇다고 그가 과음한다는 말은 아니다. 전쟁 중 계속해서 험난한 곳에서 지내려면 어느 정도의 음주가 필요한 경우가 있다. 그럴 때는 술을 잘 마시는 사람이 행복하다.

불행하게도 지휘관은 술을 잘 마시지 못했다. 그는 익숙하지 않은 서류 검토 작업과 며칠 동안 계속되는 전투에 완전히 지쳐 위스키로 힘을 내려 했다. 하지만 오히려 비통한 마음이 들었고 세상도 바뀐 것같이 느껴졌다. 따라서 그는 상관에게 욕설을 퍼붓고, 며칠 전 군단이 후퇴하는데 자신의 부대를 참여하게 하지 않은 것처럼, 이따금 명령을 완전히 거부했다. 따라서 티전스는 이 문제를 처리해야 했다.

근래 며칠간의 엄청난 불안과 알코올 의존증에 몹시 상태가 악화된 지휘관은 약을 복용하지 않으려 했다. 이것은 그의 상관들에 대한 경멸의 표시였고, 억울하다는 강박 관념의 결과로 받아들여졌다.

3

 군대는, 특히 평화 시에는 아주 복잡하고 정밀하게 조직된 단체다. 하지만 적군에 대한 작전이 펼쳐질 때는, 마치 크로노미터가 그렇게 되듯이, 조직의 정밀함이 둔화되고 균형이 무너지기도 한다. 자체 계산에 따르면, 티전스의 부대는 급조된 것이긴 하지만, 정규군의 어떤 관례들이 이 집단이 살아남는 데 큰 힘을 발휘한 것으로 보였다.
 전쟁이 치열하게 벌어지는 상황에서 부대를 지휘하는 대령이 약을 먹지 않겠다고 한 것은 우스운 일처럼 들릴 수 있다. 하지만 그 거부는 크로노미터에 모래 한 알이 끼었을 때처럼, 엄청난 혼란을 일으킬 수 있다. 지금의 경우가 바로 그랬다.
 아무리 계급이 높은 장교도 몸이 아파 군의관에게 자신을 맡기게 되면, 그 순간 군의관의 하급자가 되어 그의 명령에 따라야 한다. 온전하고 제정신일 때 대령은 군의관에게 여기에 가라 저기에 가라, 이 일을 해라 저 일을 해라라고 명령할 수 있다. 하지만 아프게 되면, 그의 몸은 국왕의 소유물이라는 사실이 우선시 되어, 그의 몸과 관련해선 군의관이 국왕을 대신하게 된다. 아픈 사람은 국왕에겐 아무 쓸모가 없을 뿐만 아니라, 그가 지휘하는 군대에 엄청난 해를 끼치기 때문에, 이런 조처는 매우 이성적이고 합당한 것이다.

티전스가 걱정을 해야 하는 이번 경우에, 그 문제는 아주 복잡해졌다. 지휘관이 노골적으로 자신은 티전스를 개인적으로 싫어한다는 사실을(영관급 장교들이 그렇듯이 상당한 예의를 갖추어서 하긴 하지만) 드러내고 있기 때문일 뿐만 아니라, 티전스 자신이 지휘관에 대해 지휘관으로서의 그의 능력에 큰 존경심을 갖고 있기 때문이었다. 그의 급조된 부대는 군사 요원들이 지속적으로 바뀌지만 거의 흠 잡을 데 없는 정규군 수준이었다. 여태까지 겪은 전쟁 중에 지난 밤 보이지 않는 곳을 향해 온 정신을 집중하여 총을 쏘는 병사의 행동보다 티전스에게 더 깊은 인상을 남긴 것은 없었다. 그 병사는 신중하게 총을 쏜 뒤, 아래로 내려와 정확히 훈련받은 동작에 따라 재빨리 총을 재장전 했다. 당시 병사는 몇 마디 말을 중얼거렸는데 그 모습은 마치 난해한 계산에 몰두한 수학자처럼 자신의 일에 몰두하고 있다는 것을 보여줬다. 그 병사는 흉벽에 다시 올라가 보이지 않는 곳을 향해 계속 총을 쏘더니 다시 내려와 총을 재장전하고는 다시 흉벽에 올라갔다. 그는 개머리판의 이음나무가 떨어져 나갈 정도로 총을 쏘아댔다!

이처럼 긴장되는 순간에 병사들에게 이처럼 아무 동요 없이 총을 쏘게 하는 것은 매우 큰 성과다. 훈련에는 두 가지 측면이 있다. 첫째로 훈련은 전투 중인 군인이 최단 시간 내에 동작하도록 만든다. 그리고 정확한 동작을 하는 데 몰두하면 위험하다는 생각을 하지 않게 된다. 여러 크기의 금속이 사방에서 날아오는 상황에서 침착하게 그리고 효율적으로 동작할 때 병사는 자신이 임무에 집중하고 있으며, 동시에, 자신이 하는 그 정확한 동작이 매번 위험을 감소시켜 준다는 사실을 알게 된다. 게다가 신이, 실제로도 흔히 그렇듯, 자신을 특별히 지켜주고 있다는 느낌을 받게 된다. 정확하게 그리고 양심적으로 국왕에 대한 자신의 임무를 다하는 자, 고국과 고국이 소중히 여기는 것에 대해 자신의 의무를 다하는 자가, 신의 특별한 섭리에 의해 보호받지 않는다는 것은 옳지 않을 것이다. 실제로 그러한 자는 신의 보호를 받는다!

사격에 몰두한 사수가, 실제로도 그렇겠지만, 전진하는 적을 두 번에 한 번 꼴로 총으로 맞힌다면 사수 자신의 위험이 감소될 뿐만 아니라, 자신의 동료가 거의 기계처럼 규칙적으로 쓰러지는 것을 목격한 적군은 엄청난 경악을 느끼게 될 것이기 때문이다. 엄청난 수의 동료가 거대한 포탄이 터져 즉시 몰살당하는 것은 분명 끔찍할 것이다. 하지만 그 거대한 포탄은 눈이 멀었고 따라서 포탄에 죽는 것은 우연적이다. 하지만 옆에 있는 동료들이 총에 맞아 규칙적으로 쓰러지는 것은, 총을 쏘는 사람의 눈이 멀지 않았으며, 자신 옆에 있는 동료를 표적으로 총을 쏘고 있다는 사실을 보여주기 때문에, 총에 맞는 것이 우연이 아니란 사실을 알게 된다. 따라서 그들은 자신이 곧 그 표적이 될 수도 있다는 생각을 하게 되는 것이다.

물론 대포가 우리의 전선을 넘어 협차(夾叉) 포격할 때 기분이 좋지 않다. 포탄이 몇 백 미터 앞이나 뒤에 떨어지면 다음번엔 그 중간 정도 앞이나 뒤에 떨어질 것이다. 따라서 기다림은 고통스럽다. 하지만 공포나 달아나고 싶은 욕망이 생기진 않는다. 어쨌든 어디로 달아날 수 있겠는가?

하지만 냉정하게 기계적으로 전진하며 총을 쏘는 부대로부터는 달아날 수 있다. 지휘관은 2대대가 하던 방식을 모방하여, 공격하기 전, 여러 차례에 걸쳐 병사들을 테이프 앞에 줄을 맞추어 세운 다음, 아주 느린 속보로 전진시켰는데, 병사들이 정확히 일직선으로 전진하자 이 사단의 어느 대대보다 더 적은 인명 피해, 거의 무시할 정도의 인명 피해를 보았다고 자랑했다. 완벽하게 평정심을 유지하며 가차 없이 전진하는 부대를 보자 그 훌륭하던 독일군들은 마구잡이식으로 너무 위쪽으로 사격하여 밤에 날아가는 야생 거위 무리처럼 총알들이 자신들 머리 위로 날아가는 걸 들을 수 있었다고 하였다. 공포에 질려 독일군들이 너무 위로 총구를 향한 채, 너무 급하게 방아쇠를 당겼던 것이다.

지휘관의 이런 자랑은 자연 병사들 귀에까지도 들려왔다. 지휘관은 준위와 중대 사무실 참모들 앞에서 자랑했기 때문에 이런 문제에 있어선 그 누구보다도 훌륭한 수학자인 병사들은 지금까지 자신이 속한 대대가 입은 인명 피해가 같은 곳에서 전투한 다른 부대들의 인명 피해보다 눈에 띄게 적다는 사실을 알게 되었다. 따라서 병사들은 대령에 대한 복합적인 감정을 가지고 있었지만, 지금까지 대령을 확실히 발군(拔群)의 지휘관으로 인정하였다. 하지만 지휘관이 자신들을 밀어붙이는 것에 대해선 기분이 좋지는 않았다. 그들은 자신들에게 영광을 가져다 준 그 일보다는 덜 위험한 일에 투입되기를 원했던 것이다. 위험한 전쟁터로 계속 내몰렸지만, 상대적으로 덜 위험한 전투를 치렀던 부대보다도 인명 피해를 덜 입었던 그들은 여전히 이렇게 자문해 보았다. "만약 지휘관이 우릴 가만 내버려두면, 우리의 피해는 더 적지 않을까? 전혀 피해를 입지 않을 수도 있지 않을까?"

이것이 아주 최근까지의, 일주일 정도, 심지어 하루 정도 전까지의 상황이었다.

하지만 이주일 이상 이 부대는 후퇴하는 중이었다. 이 부대는 미리 준비된 진지로 후퇴했는데 이들을 공격하는 적군이 아주 재빠르고 체계적으로 이 진지를 점령하면서 이들 간의 전쟁은 이동전의 양상을 띠게 되었던 것이다. 이 부대는 이런 전투에 적응하지 못했다. 그들은 참호전이라는 소모적인 전투에만 적합한 훈련을 받아왔기 때문이었다. 사실 이들은 폭탄이나 총검을 잘 다루며 이동 중이지 않을 때는 용감하고 침착할지 모르나, 양옆 부대와 심지어 자신의 부대 내에서 의사소통하는 데는 매우 서툴렀고, 이동 중에 소총을 사용한 경험이 없었다. 적군은 이 두 가지 면에 대해, 지금 거의 끝나가는, 비교적 덜 활동적인 겨우내 끊임없는 관심을 기울였다. 적군의 병력은 지금 사기 면에선 약할지 모르나, 이 두 가지 특별한 점에선 월등히 우수했다. 따라서 이 부대를 북해 쪽으로 몰아내기 위해선 동풍이 불기만 기다리면 되는 것 같았다. 독일군 지휘관은 가스를 사용하지 않고는 공격할 수 없다고 생각하고 있었는데, 가스 사용에는 동풍이 꼭 필요했기 때문이었다.

그럼에도 상황은 상당히 절망적이었다. 약간의 서풍이 불어오는, 너무나도 고요하고 아무 움직임 없는 4월 아침, 티전스는 자신이 실제로 도망 중인 병사들의 감정을 경험하고 있다는 사실을 깨달았다. 적어도 그는 그 감정을 알았다. 적군은 가스 사용을 극도로 기피하여 실린더에 가스를 넣어 사용하는 것을 이미 오래 전에 그만두었다. 하지만 고위층 독일 참모는 진한 가스 장막을 친 뒤 포를 잔뜩 퍼붓는 공격 방식을 고집했다. 하지만 바람이 자신들 쪽으로 불어오면 적군들은 이 가스 장막으로 들어가려 하지 않았다.

그런데 티전스를 특히 불편하게 하는 요인이 하나 있었다.

이 대대가 현저하게 잘 지휘되고, 유난히 잘 훈련되었다는 사실은 여단이나 사단에서도 물론 알고 있었다. 그리고 여단 역시 훌륭했다. 따라서 (이러한 일들은 마지막 참호전이 일어나기 전 혼란스러운 시기에도 일어난다) 적군의 공격이 가장 극심할 곳이라고 예상되는 지역에 배치될 부대로 이 여단이 선정되었고, 그중에서도 가장 치열한 전선에 이 대대가 배치되기로 됐다. 따라서 이 능력 있는 지휘관의 병사들은 원래 있던 자리로 돌아가게 된 것이었다.

티전스가 온몸으로 느낀 것처럼, 그것은 사람이 견디기 어려운 것이었다. 지휘관이 자신의 병사들을 관리하기 위해 할 수 있는 것을 모두 다하고, 그 과정에서 훈련을 통해 할 수 있는 것을 다한다 해도, 지금 이 대대는 배치되기로 한 진지를 맡기에 필요한 병력의 3분의 1도 안 되었다. 오른쪽에 있는 월트셔 부대와 왼쪽에 있는 체셔 부대는 상황이 훨씬 더 안 좋다는 사실이 티전스 대대 병사들에게는 작은 위안이 되었지만 말이다. 따라서 불도저처럼 밀어붙이는 지휘관의 상태가 이들 모두의 최대 관심사였던 것이다.

예민한 장교에겐(이 점에선 좋은 장교들은 모두 예민하다) 병사들의 심리는 수많은 방식으로 드러난다. 장교들의 감정에 대해선 모른 척할 수 있다. 장교들은 군 복무 규율을 통해 상관에게 보복할 수 있게 되기 전까지는 상관의 수중에 있기 때문에 아무리 못된 대령이라도 참아야 하기 때문이다. 하급 장교는 지휘관의 명령을 즉시 이행하여야 하며, 그의 생각에 박수치고 그의 가벼운 재담에 웃어야 하며, 더 상스러운 재담엔 크게 웃어야 한다. 그게 군대. 하사관 경우에는 다르다. 신중한 준위는 진급하고 싶어 하는 상사처럼 장교의 특이하거나 재밌는 유머에 신중하게 박수친다. 하지만 일반 사병들에겐 그럴 의무가 없다. 말을 걸면 대답하기만 하면 된다. 그들에게는 장교의 재담을 이해해야 할 의무가 없으며, 그 재담에 웃거나 그 재담을 재미있다는 듯이 반복해 말할 의무는 더더군다나 없다. 심지어 그들은 차렷 자세조차, 아주 멋지게 할 필요도 없다…

며칠 동안 이 대대의 병사들은 제 할 일을 하지 않았다. 지휘관도 그것을 의식하고 있었다. 병사를 다루는 데 있어서 자신의 모델로 삼을 만한 영관급 장교로 티전스는 친절하고 혈색 좋은, 그리고 약간 위스키에 취해 마지막 문장을 "어… 뭐라고?"라고 끝내는 이 지휘관을 택했다. 그에게 이 전쟁은 하사관들을 위한 냉정한 게임일 뿐이었지만, 이 게임은 점차 자동적으로 진행되어 가기 시작했다.

며칠 동안 이런 매너리즘은 작동되지 않았다. 그것은 마치 나폴레옹 황제가 퍼레이드 중인 척탄병의 귀를 꼬집었는데도 아무 반응이 없는 것을 알게 되는 것과 같았다. 또한 그것은 마치 "어… 뭐라고?"라고 소리쳤는데도 그 말을 들은 병사가 거의 발도 끌지 않고, 귀에 들리는 거리에 있는 다른 병사들도 옆 동료에게 킥킥거리거나 뭐라고 속삭이지도 않는 것과 같았다. 그들은 단지 얼간이같이 가만 있었다. 대령 앞에서 얼간이처럼 가만있는 것은 상당한 용기가 필요한 데도 말이다.

이 모든 것을 지휘관은 책과 경험을 통해서 알고 있었다. 그리고 티전스는 지휘관이 그 사실을 알고 있다는 것을 알고 있었고 자신이 그것을 알고 있다는 사실을 지휘관이 알지도 모른다고 생각했다. 그리고 "친구들"과 하사관들도 이를 알고 있을지 모른다고 생각했다. 사실 모든 사람이 모두 알고 있다는 것을 알고 있었다. 그것은 마치 자신의 패를 다 내놓고서 하는 악몽 같은 브리지 게임 같았다. 엉덩이 주머니에서 언제든지 총을 꺼내들 준비가 되어 있는 상태에서 말이다.

그리고 티전스는 잘못을 저질렀기 때문에, 지금 트럼프 카드를 들고 게임을 하고 있는 것이다!

이것은 혐오스러운 상황이다. 티전스는 지휘관의 운명을 결정해야 하는 자신의 위치가 혐오스러웠다. 병사들이 살아남는다면 그 병사들의 사기를 자신이 회복시켜야 한다는 사실을 혐오하듯 말이다.

티전스는 자신이 그것을 해낼 수 있다는 확신이 들었다. 12명의 부랑자 같은 병사들과 손을 잡지 않았다면 자신이 해낼 수 있다고 느끼지 않았을 것이다. 만일 그랬다면 자신의 도덕적 권위를 이용해 의사에게 지휘관에게 약을 먹여 용기를 나게 한 뒤, 다음 며칠 동안 대대를 후퇴시키는 일을 하도록 했을 것이다. 병사들을 제대로 다룰, 지휘할 수 있는 다른 사람이 없다면 당연히 그렇게 해야 할 것이다. 하지만 그 일을 맡을 수 있는 다른 사람이 있는데도, 상태가 너무 나쁜 지휘관을 계속 책임자로 둔다면 그건 너무 위험하지 않겠는가? 그럴까? 안 그럴까? 그럴까? 안 그럴까?

티전스는 다음번엔 어디로 주먹을 날릴지 살펴보듯이 맥케츠니를 차갑게 바라보면서 이런 생각을 하였다. 티전스는 자신의 삶 중 가장 끔찍한 순간에, 자신을 괴롭히는 죄가, 흔히 말하듯이, 자신에게 보복할 것이라는 사실을 인식하고 있었다. 앞으로 벌어질 포격에 대한 끔찍한 두려움과 자신의 이마와 눈썹, 헐떡이는 가슴에 가해진 압박을 느끼면서, 자신은 책임을… 져야 했다. 그리고 자신이 책임을 지기에 적합한 사람이라는 것을 깨달아야 했다.

티전스는 맥케츠니에게 말했다.

"대령을 어떻게 할지 결정하는 사람은 군의관이네."

맥케츠니가 소리쳤다.

"세상에, 그 술에 찌들어 있는 별 볼 일 없는 인간이 감히…"

티전스는 말했다.

"군의관은 내 제안에 따라 결정할 걸세. 물론 군의관은 내 명령을 받을 필요는 없어. 하지만 내 제안에 따라 어떻게 할지 결정하겠다고 했네. 나는 도덕적 책임을 질 생각이네."

티전스는 단숨에 많은 양의 술을 마신 것처럼 숨을 헐떡이고 싶었다. 하지만 숨을 헐떡이진 않았다. 손목시계를 봤다. 맥케츠니에게 주기로 한 시간 중 30초가 남았다.

맥케츠니는 놀라울 정도로 시간을 잘 활용했다. 독일군들은 몇 개의 포탄을 쏘았다. 장거리 포탄들은 아니었다. 10초 동안 맥케츠니는 미친 사람처럼 굴었다. 그는 항상 미친 듯 행동했다. 참 재미없는 친구다. 독일군들이 관례적으로 한 포격이면 좋으련만… 하지만 화력은 엄청났다. 맥케츠니가 이례적으로 외설스러운 말들을 쏟아냈다. 독일군이 쏘는 포가 어디로 가는지, 어디를 조준하고 있는지 알 수가 없었다. 포 소리는 바이웰에 있는 증기 세탁기에서 나오는 소리 같았다. 티젠스가 말했다.

"그래! 그래! 아랑헤스!"

그 작은 체구의 부관은 그를 우스꽝스럽게 보이게 하는 철모를 쓰고 분홍색 자갈로 만든 부벽을 돌아 안을 다시 들여다보았다… 착하고 늘 긴장하고 있는 어린 병사다. 자신이 이미 보고했다는 사실을 다른 사람이 인지하지 못했을 수도 있을 거란 생각에서 온 것이었다. 해가 뜨니 자갈이 더 분홍색을 띠었다. 그 태양은 버머튼에도 뜰 것이다! 서쪽까진 아직 안 떴을지도 모른다. "너무나 시원하고, 너무나 조용하고, 너무나 빛나는, 달콤한 날, 땅과 하늘의 신부!"[128]를 쓴 조지 허버트의 목사관까지는 말이다!

아직도 소리를 지르고 있는 맥케츠니가 극악무도한 악을 지칭하는 단어를 어디서 알았는지 참 기묘했다. 그는 라틴어 상을 받은 사람으로 아주 순수할 것이다. 그가 한 그 말은 십중팔구 그에게 아무런 의미가 없을 것이다. 그런데 병사들은 그 말을 왜 사용하는지 모르겠다! …

독일 포병대는 대포를 쾅쾅 쏘아댔다! 평소 새벽을 맞이하면서 체계적으로 일제 사격을 할 때보다도 화력이 더 강했다. 하지만 주

---

[128] Sweet day so cool, so calm, so bright, the bridal of the earth and sky!: 17세기 시인 조지 허버트가 쓴 「미덕」(Virtue)이라는 시에서 발췌한 내용이다.

변에 떨어진 포탄은 없는 것으로 보아 대폭격의 시작을 알리는 포격은 아닐 것이다! 방문한 어린 독일 왕자에게 포격이란 무엇인지 보여주려고 그러는 것 같았다. 아니면 육군 원수인 폰 브런커스도르프 백작이라도 찾아온 모양이다! 그가 바이웰에 있는 증기 세탁소 굴뚝을 쏘라고 명령했을 것이다. 그것도 아니라면 포수들이 늘 그랬듯이 순전히 무책임하게 그렇게 한 것일 것이다. 무책임한 행동을 할 수 있을 정도로 창의적인 독일인들은 드물지만, 분명히 군대 포수들은 다른 독일인들보다 더 창의적일 것이다.

티전스는 포병대 감시 초소(그 망할 놈의 이름이 뭐였지?)에 간 일이 기억났다. 알베르, 그래 알베르와 베꾸르 베꼬델 거리에 있던 초소였다! 그런데 그 이름이 도대체 뭐였지? 포수 하나가 망원경으로 뭔가를 지켜보고 있었다. 그 포수는 티전스에게 이렇게 말했다. "저 뚱뚱한 친구 좀 보세요…!" 포수가 건네준 망원경으로 티전스는 마르탱퓌스[129]로 가는 언덕에서 셔츠와 바지만 입은 채, 오른손으로 통조림 캔을 들고 왼손으로는 그 안의 음식을 퍼먹고 있는 뚱뚱한 독일군을 보았다. 평화 시의 낚시꾼을 연상시키는 살이 뒤룩뒤룩 찐 형편없는 인간이었다. 포수는 티전스에게 말했다.

"망원경에서 눈 떼지 말고 계속 지켜보세요!"

그들은 훤히 다 보이는 언덕에 있는 그 불쌍한 독일군을 따라다니면서 10분간 포탄을 퍼부어댔다. 그가 어느 방향으로 달아나건 그 앞에 포탄을 쏘아댔다. 10분이 지나고 나서야 포병들은 그를 놓

---

[129] Martinpuich: 프랑스 북쪽 도시.

아주었다. 포병들이 자신을 예의 주시하고 있다는 것을 깨달은 독일 병사의 행동은 수확하는 사람이 도달한 논에서 빠져나오려는 토끼의 행동과 정확히 일치했다. 마침내 그는 누웠다. 죽은 것은 아니었다. 이후에 그가 일어나 걸어가는 모습이 보였기 때문이다. 여전히 통조림을 든 채로!

그의 익살스러운 행동을 보고 포병들은 무척 재미있어 했다. 전선에 있는 모든 독일 포병대가, 무슨 일인지도 모르면서, 자다가 깨어나서, 15분 동안 사방 천지에 온갖 포탄을 다 쏴대다가 갑자기 멈출 때보다도 재미있었다. 그래, 참 무책임한 사람들이다. 포수들은!

그 사건은 실제로 일어났던 일이었다. 티전스는 그 포수에게 바젠틴 르 쁘띠[130]와 마메츠 숲[131] 사이에 있는 약 20에이커에 달하는 엉망이 된 들판을 산산조각 내는 데 드는 포탄의 비용이 얼마나 될 것 같으냐고 우연히 물어보았다. 들판은 상상할 수 없을 정도로 박살나고 완전히 망가져서 가루가 되어버린 상태였다⋯ 포수는 전 병력이 포탄을 사용하면 300만 파운드 정도 들 거라고 대답했다. 티전스는 포수에게 그러면 거기서 몇 명이나 죽을 것 같으냐고 물었다. 포수는 모르겠다고 했다. 그러면서 거기서 재미 삼아 어슬렁거릴 사람은 아무도 없을 것이고, 게다가 거기엔 참호도 없는, 그저 평범한 들판이기 때문에 아무도 죽지 않을 거라고 대답했다. 티전스가 그런 경우 이탈리아 노동자 두 명과 증기 경운 장치만 있으면 30실

---

[130] Bazentin-le-petit: 솜므주(Somme)에 있는 마을.
[131] Mametz Wood: 솜므주(Somme)에 있는 숲.

링으로도 들판을 완전히 가루로 만들 수 있을 거라고 하자, 포수는 그 말을 불쾌하게 받아들였다. 그는 단지 포병대의 능력을 보여주기 위해, 병사들을 시켜 음식 통조림을 든 독일군을 맞추지 말고 포탄을 쏘게 했던 것이다.

그 시점에서 티전스는 맥케츠니에게 말했다.

"난 군의관에게 대령이 두어 달 동안 병가를 가도록 하는 게 어떻겠냐고 제안했네. 그건 군의관이 자신의 권한으로 할 수 있는 일이니 말이네."

맥케츠니는 자신이 아는 욕설을 다 퍼부었다. 그러곤 제정신이 되더니 입을 딱 벌렸다.

"지휘관을 병가 보내다니!" 그는 한탄하듯이 소리쳤다. "이 중요한 순간에…"

티전스는 소리쳤다.

"멍청이처럼 굴지 말게. 아니면 나를 멍청이로 보지 말게. 이 부대에선 그 누구도 명예를 얻을 수 없어. 지금 여기선 말이야!"

맥케츠니는 말했다.

"하지만 돈은 어떻고? 지휘 급료 말이오! 하루에 거의 4파운드인데. 마지막 두 달간 당신은 지휘 급료로 250파운드 정도 받아가겠군!"

얼마 전까지만 해도 그 누구도 티전스의 개인적인 금전 문제나 사적인 동기에 대해 티전스에게 그런 식으로 말하는 건 불가능한 것 같았다.

티전스가 말했다.

"나는 명백한 책임이 있네…"

"당신은 백만장자라고 하더군." 그는 말을 이었다. "영국에서 제일 부자 중 한 사람이라고. 그래서 공작 부인에게 석탄 광산을 주었다고들 말하더군. 하지만 다른 몇몇 사람은 당신이 너무 가난해 자기 아내를 장군들에게 팔았다고 하고… 아무 장군에게나. 당신이 그렇게 해서 이 지위를 얻은 거라고도 말하더군."

티전스는 그런 말을 예전에 들은 적이 있었다.

맥스 리다우트… 버머튼이라는 이름이 그랬던 것처럼, 그 이름이 뒤늦게 그의 혀에 맴돌았다. 알베르와 베꾸르 베꼬델 사이에 있던 포병대 감시 초소의 이름이 맥스 리다우트였다! 반쯤은 잊힌 7월과 8월, 그 견디기 어려웠던 기다림의 시간 동안, 그 이름은 친숙했다. 버머튼 그 자체처럼… 나의 버머튼이여, 나의 맥스 리다우트여… 내가 그대를 잊을 땐… "내 오른손이 그 재주를 잊을 지어다!"[132] … 잊을 수 없는 것들이다! … 하지만 그는 그것들을 잊었다! …

만약 잠시라도 그것들을 잊었다면. 그렇다면 그의 오른손은 그 재주를 잊게 되었을지도 모른다. 만일 잠시 동안만이라도… 하지만 그것도 처참할 것이며, 처참한 상황이 닥칠지도 모른다… 독일군들은 스스로를 억눌러왔다. 그들이 세탁 굴뚝을 부쉈을지도 모른다. 혹은 석탄을 가득 실은 화물차들을 포격했을지도 모른다… 어쨌거

---

[132] my right hand forget its cunning: 이 구절은 성경「시편」137장 5절에서 따온 말이다. 성경에는 "예루살렘아 내가 너를 잊을진대, 내 오른손이 그 재주를 잊을지어다."(If I forget you, O Jerusalem, may my right hand forget its cunning.)라고 나와 있다.

나 그것은 평상시 아침에 하던 폭격은 아니었다. 그것은 시작될 것이다. 너무나 시원하고 달콤한 날에… 다시 시작될 것이다.

맥케츠니는 스스로를 억누르지 않았다. 이제 그는 억눌릴 것이다. 그는 티전스가 지휘관이 술에 취했다고(심지어 만성 알코올 중독자로) 생각하면서도 이를 보고하지 않는 것은 티전스가 기사도 정신을 보여주지 않는 것이라고 주장하고 있었다. 어떠한 기사도 정신도 보여주지 않는다고 말했다…

이것은 악몽과도 같았다! … 아니, 악몽은 아니었다. 그것은 사물을 비현실적으로 보이게 하는 또한 과장되게 사실적으로 보이게 하는 열병과 같았다… 입체적으로 보이게 한다고 말할 수도 있겠다!

맥케츠니는 냉소적인 증오에 찬 어조로 만약 티전스가 지휘관이 술에 취했다고 생각한다면 지휘관을 체포해야 한다는 점을 티전스에게 상기시켰다. 행동 규정에 따르면 그렇게 하도록 되어 있다고 했다. 그러면서 맥케츠니는 티전스가 너무 교활하다고 했다. 티전스가 250파운드를 가지려고 하기 때문이라고 했다. 티전스가 실제로는 가난해서 그 돈이 필요하거나, 백만장자이기는 하지만 인색해서 그럴지도 모른다고 했다. 사람들 말로는 그게 바로 백만장자가 되는 방법이라고 했다. 맥케츠니와 같은 사람들에겐 뜻밖의 선물일지도 모르는 그런 작은 돈을 그렇게 덥석 챙겨서 부자가 되었을 거라고 했다.

티전스는 어떤 의미에서 이 전쟁이 끝난 뒤 250파운드는 자신에게도 뜻밖의 선물이 될 수 있다는 사실을 떠올렸다. 그는 생각했다.

"내가 그 돈을 벌면 왜 안 되지?"

이 전쟁이 끝나면 자신은 앞으로 무얼 할 것인가?

이 전쟁은 끝나가고 있다. 독일군들이 전진하지 않는 매순간 그들은 패배하고 있는 것이다. 그들은 전진할 힘을 상실하고 있다… 지금 바로 이 순간! 그런 사실은 짜릿했다.

"안 돼!" 맥케츠니는 말했다. "당신은 너무 교활해. 당신이 불쌍한 빌을 술주정뱅이라고 보고해 면직시키면, 당신이 지휘권을 얻을 가능성은 없어. 그들은 다른 괜찮은 대령을 보낼 테니 말이야. 빌이 병가에 가면, 임시방편으로 당신이 지휘권을 얻을 거라고 확신하는 모양이군. 그래서 지금 그 짓을 하고 있는 거고."

티전스는 몹시 씻고 싶었다. 자신이 육체적으로 더럽다고 느껴졌기 때문이었다.

하지만 맥케츠니가 말한 것은 사실이었다. 진짜 사실이었다! … 돈을 받지 않으려는 기계적인 충동이 너무 강해 티전스는 이렇게 말했다.

"그렇다면…" 그는 이렇게 말을 마치려 했다. "지휘관을 징계 면직 시켜야겠어." 하지만 실제로 그렇게 말하지 않았다.

티전스는 끔찍한 곤경에 처해 있었다. 하지만 공포에 싸여 행동해서는 안 된다. 그는 돈에 대한 기계적인 공포를 느끼고 있었기 때문에 돈을 벌려고 하지 않았다. 신사는 돈을 벌지 않는 법이다. 사실 신사는 아무것도 하지 않는다. 그들은 그저 존재할 뿐이다. 흰 백합[133]처럼 공기를 향기롭게 할 뿐이다. 공기가 꽃잎과 잎 사이로

---

[133] Madonna lilies: '순결'을 상징하는 꽃이다.

오는 것처럼 돈은 그들에게 그렇게 온다. 그래야 세상은 더 좋아지고 밝아지는 것이다. 물론 그렇게 해야 정치적인 삶이 깨끗하게 유지될 수 있는 것이다! … 그래서 자신은 돈을 벌 수 없는 것이다.

하지만 보라. 이 부대가 있는 곳이 전체 지역 중에서 가장 위험한 지점이다. 여단, 사단, 군단, 영국 해외 파견군, 연합군이 있는 가장 취약한 곳이다… 만약 독일군이 여길 통과한다면… 퓌 일리움 에 마냐 글로리아[134]… 커다란 영광도 없다!

자신은 이 부대를 위해 최선을 다해야 한다. 이 불쌍한 부대를 위해 말이다. 그리고 크리스마스에 드루어리 레인 극장 공연 티켓을 주겠다고 약속한 그 학대받은 코미디언들을 위해… 그들은 쇼디치 엠파이어 극장이나 발함 극장이 더 좋다고 했다… 그게 바로 영국다운 것이다. 드루어리 레인 극장은 우리 인종의 전형을 나타내는 곳이다. 하지만 이 급조된… 영웅들은 (그들을 영웅들이라 부르자!) 쇼디치와 발함 극장을 더 좋아한다!

더럽고, 늘 발뺌하고, 불평하는, 더럽혀진 코를 한 팬터마임 엑스트라들이 생각났다. 그들에게 약간의 행운을 주고 싶은 강한 욕망을 느꼈다. 티젠스가 말했다.

"맥케츠니 대위, 이제 해산하게. 가서 맡은 바 임무를 하게. 정식 군모를 착용하고."

말하고 있던 맥케츠니는 귀를 기울이는 까치처럼 머리를 한쪽으

---

[134] Fuit Ilium et magna gloria: (라틴어) Fuit Ilium은 '트로이(Troy)는 존재하지 않는다'라는 의미. magna gloria는 '커다란 영광'의 의미, 즉 '트로이도 커다란 영광도 없다'라는 의미.

로 기울인 채, 말을 멈추더니 이렇게 말했다.

"이게 도대체 무슨 짓이오? 이게 뭐요?" 그리곤 이렇게 말을 이었다. "스스로가 지휘관이라고 생각하는 모양이군."

티전스가 말했다.

"군대에서 상관에게 말을 할 때는 경칭을 써야지. 자네가 이 부대 소속이 아니더라도."

맥케츠니는 말했다.

"내가 여기 소속이 아니라고! … 내가 아니라고… 내 불쌍한 친구들이 있는 이 부대에 내가 소속이! …"

티전스는 말했다.

"자네는 사단 본부 소속이네. 이제 거기로 가게. 지금. 당장! … 여기로 다신 돌아오지 말게. 내가 여기를 지휘하고 있는 동안은… 해산…"

이것은 급조된 부대원들을 위한 의무, 봉건적 의무였다! 그들은 부대를 지휘하고 자신들의 목숨을 좌지우지할 알코올 중독자에게서 당장 해방되고 싶어 했다… 맥케츠니가 "불쌍한 친구들"이라고 했을 때 티전스는 지휘관이 너무 훌륭하기 때문에, 술에 취한 모습이 자주 목격된다 해도, 혼자 있을 때에는 알코올 중독자로 보이지 않겠지만, 맥케츠니와 함께 있으면, 둘은 틀림없이 알코올 중독에 걸린 미친 사람들처럼 보일 것이란 생각이 퍼뜩 들었다!

"불쌍한 친구들" 중 나머지는 더 이상 존재하지도 않았다. 그들은 이제 전설이 되었다. 유령이 된 것이다. 그중 네 명은 사망했고, 네 명은 병원에 있으며, 두 명은 부도 수표를 준 혐의로 군법 회의를 앞두고 있었다. 맥케츠니를 제외한 마지막 사람은 이 순간 철조망에 걸려 있는 썩은 살과 누더기 옷 더미로 존재할 뿐이었다… 맥케츠니가 떠나면 부대의 전체 양상은 바뀌게 될 것이다.

티전스는 자신이 아주 괜찮은 부대를 지휘하게 될 거란 생각에 만족스러웠다. 눈이 새처럼 반짝거리는 부관은 눈에 띄지 않아 어디에 있는지 알기 힘들었고 게다가 늘 바빴다. 그리고 이 부대엔 통신장교인 자그마한 체구의 아랑헤스와 뚱뚱하고 지적인 던이란 친구도 있다! 'A'중대의 지휘관은 50세로 깡마른 대머리였고, 'B'중대의 지휘관은 좋은 집안의 괜찮은 젊은 청년이었다. 'C'와 'D'중대의 지휘관들은 부관 출신이었다. 하지만 문제없다. 아주 만족스럽다!

한줌의 연약한 풀로도 제국의 댐에 난 구멍을 막을 수 있다! 망할 놈의 제국! 그게 바로 영국이다! 중요한 것은 버머튼의 목사 교구다! 우리가 제국에 무엇을 바라겠는가! 우리에게 제국이란 이런 대충 만든 이름을 제공할 수 있었던 것은 디즈레일리 같은 대충의 유대인일 뿐이다! 토리주의자들은 자신들 대신 더러운 일을 할 사람이 있어야 한다고 했다… 그들은 바로 그런 자들을 찾았던 것이다!

티전스는 맥케츠니에게 말했다.

"베메르라는 자가 있네, 아니 그리피스, 그러니까 011그리피스를 말하는 거네. 자네가 뮤지컬에 관심 있는 것으로 알고 있네. 그리피스가 아침 식사를 마치는 즉시 자네에게 보내겠네. 그 친구는 코넷 연주에 있어선 최고네."

맥케츠니는 "알겠습니다."라고 말하곤 흐느적거리며 경례하고는 발걸음을 옮겼다.

이것이 바로 맥케츠니의 끝이었다. 그는 절대 자신의 광기를 극단으로 몰고 가진 않았다. 그게 바로 그가 따분한 인간인 이유였다. 그의 얼굴은 돌벽에 있는 새끼 고양이들의 집 앞에 서 있는 야생고양이처럼 일그러졌다. 하지만 금방 복종적으로 변했다. 그것도 갑자기! 아무런 이유 없이 말이다!

지치게 하는 사람들이다! 매너도 없고! … 아마도 그들이 이제 세상을 지배할 것이다. 피곤한 세상이 될 것이다.

맥케츠니가 경례를 하고 있었다. 그는 오랫동안 갖고 다녀서 구겨진 것 같은 밀봉한 작은 봉투를 들고 있었다. 허락을 받고 나서 그는 아주 조심스러운 목소리로 티전스에게 봉투가 개봉되었는지 살펴보라고 했다. 봉투에는 "소네트"가 들어 있었다.

그렇다면 맥케츠니는 미친 게 틀림없다! 옥스퍼드 출신 런던내기 억양으로 차분하게 이야기했지만, 그의 자두색 눈은 틀림없이 미쳤다… 뜨거운 자두 같았다!

병사들은 두 명이 한 조가 되어 밧줄로 만든 손잡이가 달린 아주 무거운 납 색깔의 나무 상자를 참호를 따라 발을 질질 끌며 운반하고 있었다. 티전스가 말했다.

"자네들은 'D'중대지? … 어서 움직이게! …"

하지만 맥케츠니는 미치지 않았다. 그는 자신의 지적 능력과 라틴어 실력이 티전스에게 뒤지지 않는다는 것을 보여주려고 한 것이다. 위대한 날이 오면, 자신이 그렇게 할 수 있다는 것을 보여주고자 했던 것이다!

그 봉투에는 실제로 소네트가 들어 있었다. 자신이 스트레스 받앉을 때 재미 삼아… 맥케츠니가 준 압운에 맞추어 쓴 소네트였다…

자신과 그는 몇 번 스트레스 받을 상황에 같이 있었다. 그래서 자신과 그 사이엔 유대가 형성되었어야 했다. 하지만 그렇지 않았다… 하이랜드 출신의 옥스퍼드 대학을 나온 런던 토박이 사투리를 쓰는 자와 유대감을 갖는다는 것은 상상할 수도 없다!

어쩌면 유대가 형성됐을지도 모른다. 바로 이 소네트가 분명 그 유대일 수 있다. 자신의 기억에, 자신은 골칫거리였던 아내 생각을… 떨쳐버리기 위해 소네트를 2분 30초 만에 적었다. 2분 30초 동안 실비아를 잊을 수 있었다! 행운이었다! … 하지만 맥케츠니는 그걸 일종의 도전으로 받아들였던 것이다. 그의 라틴어 실력에 대한 도전으로 말이다. 그는 그때 2분 안에 그 소네트를 라틴어 6보격의 시행으로 바꾸겠다고 했다. 아니 4분이었는지도 모른다…

하지만 도중에 방해하는 일이 벌어졌다. 09모건이라는 친구가 발 아래서 죽은 것이다. 임시 막사에서였다. 당시 병사 파견 문제로 바빴었다.

보아하니 맥케츠니는 그때 거기서 소네트를 봉투 안에 넣고 밀봉했던 것이다. 켈트족[135] 특유의 맹목적이고 비웃는 듯한 분노에 가득 차, 그는 티전스가 소네트를 쓰는 것보다 자신이 라틴어를 더 잘 쓴다는 것을 증명해 보이고 싶었던 게 분명했다. 여전히 그는

---

[135] 맥케츠니는 스코틀랜드인으로, 스코틀랜드인은 인종적으로 볼 때 켈트족이다.

그런 생각에 티전스와 몹시 경쟁하고 싶어 했던 것이다.

그게 그를 미치지 않게 해주는 것 같았다. 경쟁하기 위해선 제정신을 유지해야 하니 말이다. 그는 인장이 위로 가게 봉투를 든 채, 반복해서 말했다.

"더 빨리 번역하기 위해서, 제가 소령님 소네트를 읽지 않았다는 걸 소령님이 믿고 있다고 생각합니다. 제가 소령님 소네트를 읽지 않았다는 사실을 소령님이 믿는다고 생각합니다…"

티전스는 말했다.

"믿네! 하여튼 … 난 상관없네."

티전스는 경쟁한다는 것 자체가 자신에게는 혐오스럽다는 말을 할 수가 없었다. 자신에게는 그 어떤 경쟁도 혐오스러울 뿐이었다. 심지어 경쟁하는 경기도 그랬다. 자신은 테니스 치는 것을 좋아했다. 진짜 테니스 말이다. 하지만 거의 테니스를 치지 않았다. 같이 칠 만한 사람 중 져도 기분이 상하지 않을 만한 사람을 찾지 못했기 때문이었다. 그래서 이 라틴어 수상자와는 그 어떠한 경쟁에도 휘말리고 싶지 않았다… 그들은 참호를 따라 아주 천천히 걷고 있었고, 맥케츠니는 옆에서 걸으며 인장을 내밀었다.

"이건 소령님 인장입니다!" 그는 반복해서 말했다. "소령님 인장이라고요. 보십시오. 뜯지 않았습니다… 설마 내가 소네트를 빨리 읽은 다음, 기억해서 똑같이 써넣을 거라고 생각하는 건 아니겠지요?"

이 친구는 심지어 제대로 라틴어를 구사할 수 있는 사람이 아니다. 그렇다고 시를 지을 수도 없다. 장교 클럽 멤버인 구제 불능의,

인두편도(adenoid) 증식증¹³⁶에 걸린 런던 토박이 부관들에게 라틴어를 잘한다고 늘 으스대곤 했지만 말이다. 맥케츠니는 그들이 쓴 메모를 라틴어로 번역하곤 했는데… 늘 인용문으로 번역하곤 했다. 보통『아이네이드』¹³⁷에서 따온 것들이었다.

예를 들어 "모두 침묵했다."와 같은 구절 말이다.

그것은 아마도 전쟁 바로 전에 옥스퍼드 사람이 한 라틴어 번역이었을 것이다.

티젼스가 말했다.

"나는 탐정이 아니네… 그래, 물론, 난 자네 말을 확실히 믿네."

티젼스는 친절하고 진지한 레반트인인 자그마한 체구의 아랑헤스를 만나는 상상을 즐겁게 해 보았다. 레반트인에 대해 생각하면서 즐겁다니! 티젼스가 말했다.

"그래, 좋네, 맥케츠니."

티젼스는 자신의 존재를 실감했다. 자신이 진짜로 이 친구와 경쟁을 하고 있다고 느껴졌다. 그것은 타락이다. 자신은 도덕적으로 무너지고 있는 것이다. 이에 책임을 지기로 했다. 250파운드 생각을 할 때 기뻤다. 이제 자신은 런던내기인 켈트족 출신의 라틴어 수상자와 경쟁하고 있다. 자신이 그 수준까지 내려간 것이다… 뭐, 오후

---

[136] adenoidy: 인두편도가 커지면 코가 막혀서 입으로 호흡을 하게 되고, 말을 분명하게 할 수 없게 된다. 여기서 인두편도 증식증에 걸렸다고 한 것은, 그가 실제로 인두편도 증식증에 걸렸다기보다는, 입으로 호흡하여 말을 분명히 하지 못해서 한 말로 추정된다.
[137] "Aeneid": 로마의 시인 버질(Virgil)이 기원전 1세기에 쓴 서사시로 트로이 왕족인 아이네이아스(Aeneas)의 모험을 다루고 있다.

가 되기 전에 죽을 것 같지만 말이다. 그러면 아무도 모를 것이다.

누가 이 사실을 알게 될지 말지에 대해 생각하다니! … 하지만 발렌타인 워놉은 알면 안 된다. 긴장 때문에 자신이 타락했다는 사실을 말이다! … 자신이 이런 생각을 하는 것에 대해 티전스는 몹시 놀랐다. 그는 자신의 잠재의식에 있는 자아에게 이렇게 말했다.

"이런! 그게[138] 아직도 여기에 있다니!"

그 여자는 적어도 대단한 라틴어 구사가였다. 티전스는 냉소적이면서도 기쁜 마음으로 중얼거렸다. 몇 년 전 서식스의 우디모어[139] 어디에선가에서 이륜마차를 타고 가다가, 카툴루스가 쓴 글 문제로 자신을 바보처럼 보이게 했다고 말이다! 티전스 가문의 나를! … 그런 뒤 잠시 후 운전할 줄도 모르는 캠피언 장군이 운전했던 차가 자신이 타고 가던 마차를 들이받았다.

상당히 누그러진 듯한 태도로 맥케츠니가 말했다.

"아시는지 모르겠습니다만, 캠피언 장군이 내일 모레 부대를 맡게 될 겁니다. 뭐, 물론 아시겠지만."

티전스는 말했다.

"아니. 몰랐네… 본부와 접하는 자네들이 우리보다 훨씬 먼저 소식을 듣는 법이지." 티전스는 이렇게 덧붙였다.

"그건 증원 부대가 온다는 의미인데… 그럼 단일 지휘 체계가 시행될 거란 의미겠군."

---

[138] 티전스의 잠재의식에는 항상 발렌타인 워놉에 대한 생각이 있다는 사실을 말한다. 이를 깨닫고 티전스가 놀라는 것이다.
[139] Udimore: 영국의 동서식스에 있는 마을.

4

 그것은 전쟁의 종결이 눈앞에 있다는 것을 의미했다.
 바로 옆에 있는 사령부 참호 앞에, 중대 사무실 소속 아랑헤스 소위와 더켓 일병이 있었다. 둘은 착한 친구들이다. 아주 길고 멋진 다리를 가진 일병은 진지하게 얘기할 때는, 꼭 신발로 발목을 계속 비볐다. 그는 누군가의 사생아였다.
 맥케츠니는 즉시 소네트 이야기를 시작했다. 일병은 티젠스가 서명해야 할 서류를 많이 갖고 있었다. 누렇고 하얀 서류는 정리가 안 되었기 때문에 맥케츠니는 이야기할 시간을 가질 수 있었다. 맥케츠니는 임시 지휘관인 티젠스와 자신이 동등한 수준이라는 사실을 보여주고 싶어 했다. 적어도 지성적인 면에서는 말이다.
 하지만 그렇게 되지 않았다. 아랑헤스는 계속 소리쳤다.
 "소령님은 2분 30초 만에 소네트를 썼어요! 누가 그럴 수 있다고 생각이나 했겠어요!" 참 순진한 녀석이라고 티젠스는 생각했다!
 티젠스는 집중해서 서류를 읽었다. 대대의 일과 한동안 떨어져 있었던 그로서는 알고 싶었던 부분이었다. 예상한 대로 부대에서 작성한 서류는 심각한 상태였다. 여단, 사단, 심지어 육군 본부, 분명 영국 정부까지도 모든 것에 대해, 즉 잼, 칫솔, 멜빵부터 시작해서 종교, 예방 접종, 막사 피해 등등에 관한 정보를 얻으려 하고 있었다. 이것은 흥미로운 일이다. 이런 일을 생각하면 불안감이 덜해진다. 모든 것을 알고 있는 당국이 지휘관들이 긴급 상황 같은 데에 관심을 두지 못하게 하려고, 엄청난 양의 서류로 지휘관들의 허리를 휘게 하려는 것처럼 보였다… 대대가 베항꾸르[140] 근방에서 쉬고 있는 동안, 혹은 맹포격이 본격적으로 시작되길 기다리는 동안 펄스 반복주기[141] 연구자금에 관한 문의 내용을 읽어야 하는 것은 분명 불안감을 덜어준다… 펄스 반복주기 연구자금을 다루도록 허용되지 않은 걸 티젠스는 고마워해야 할 것처럼 보였다. 부지휘관은 부대의 행정을 명목상 책임지는 자리였다. 부지휘관은 병사들의 당구대, 달력, 주사위 놀이하는 판때기, 그리고 그들의 축구화에 대해서도 신경을 써야 한다. 하지만 지휘관은 이 모든 것을 자신이 직접 기록하고 싶어 했다.

자신과 상관없는 문제지만… 티젠스는 지휘관이 경제적 어려움을 겪고 있을 수도 있겠구나 하는 생각이 퍼뜩 들었다. 근위 기마대는 64스미스 이등병의 사전 입대에 관심이 많았다. 그들은 스미스의 종교, 그의 이전 주소와 실명을 여러 차례 물어왔다… 그것은 틀림없이 간첩 행위와 관련이 있을 것이다. 하지만 영국 정부는 1915년 1월 훈련소의 연대 예산 처분에 대한 답변에 더 관심이 있었

---

[140] Béhencourt: 북프랑스 솜므에 있는 코뮌.
[141] 레이다에서 펄스가 발사되는 사이의 시간을 지칭한다.

다. 그와 관련된 속담을 하나 말하자면, "천벌은 늦어도 반드시 온다."라는 말이 맞다⋯ 그 문서 상단에는 연대장이 이 문의에 대해 답변을 하지 않으면 특별조사위원회가 열리게 될 거라는 준장의 개인적인 메시지가 적혀 있었다.

이 두 개의 특별한 문서는 티전스에게 전달되지 말아야 했다. 티전스는 긴급해 보이는 64스미스에 관한 서류를 왼손의 엄지와 검지로 잡아 첫 번째와 두 번째 (문서)사이에 껴서 더켓 일병에게 건넸다. 그 착하고, 깔끔한 금발의 어린 청년은 그때 당시 아랑헤스 소위에게 페트라르칸 소네트 형식과 셰익스피어 소네트 형식[142]의 유사성에 대해 친밀한 어조로 말하고 있었다.

이게 국왕 폐하의 원정군의 오늘날의 모습이다. 전선에 있는 모든 독일 병력이 진군하기 4분 전에 이 4명의 전사는 모두 소네트에 관심을 두고 있었다⋯ 드레이크와 그의 나무 공 게임[143]이 사실상 반복되고 있었다! ⋯ 물론 다르게 말이다! 시대가 변했으니 말이다.

티전스는 두 개의 서류를 골라 더켓에게 건넸다.

"이걸 지휘관에게 주게." 티전스가 말했다. "그리고 선임상사에게 64스미스가 어느 중대에 있는지 찾아내 내가 있는 곳으로 데려

---

[142] Petrarchan and the Shakespearean sonnet form: 소네트는 14행의 시로 미터는 약강 5보격(imabic pentameter)으로 구성되어 있다. 페트라르칸 소네트 형식은 14세기 이탈리아의 시인 페트라르카의 이름에서 따온 것으로 이탈리아 소네트라고도 불리는데 8행으로 구성된 옥타브(Octave)와 6행으로 구성된 세스텟(sestet)으로 구성되어 있다. 반면 셰익스피어 소네트 형식은 4행으로 구성된 쿼트레인(Quatrain) 3개와 2행으로 된 커플렛(Couplet)으로 구성된 소네트 형식이다.
[143] game of bowls: 잔디에서 나무 공을 굴리는 놀이.

오라고 하게… 나는 바로 참호로 갈 걸세. 지휘관과 선임상사를 만난 뒤 나한테 오게. 아랑헤스는 내가 방벽을 어떻게 치기 원하는지 기록하게. 자네는 중대 요원들에 대해선 무엇이든 기록하게… 어서 움직이게!"

티전스는 맥케츠니에게 상냥하게 당장 밖으로 가라고 했다. 티전스는 그가 자기 품에 안긴 채 죽길 바라지 않았다. 참호 안으로 해가 비치고 있었다.

티전스는 3분 뒤 시작될 것으로 예상되는 (최소한 포 공격이라도) 독일군의 공격이 시작되면 부대를 어떻게 배치할 것인지에 대해 적은 여단의 아침 통신문을 살펴보았다.

우리는 전투 전에 기도를 한다 … 하지만 티전스는 자신이 기도하는 모습을 상상할 수 없었다. 그는 그저 이성을 잃게 할 일이 일어나지 않기만을 바랐다. 아니면 부대의 서류 작업을 개선할 방법에 대해 생각하고 있는 중인지도 모른다. "당신의 뜻을 위해 방 청소를 하는…"[144] 이 말이 바로 기도에 상응하는 것인지도 모른다…

티전스는 앞으로 벌어질 전투에 대한 여단의 명령이 사단의 승인을 받았을 뿐만 아니라 육군 본부의 진지한 권고에 따른 것임을 깨달았다. 여단의 전표는 친필로 적혀 있었고, 사단의 전표는 선명하고 깔끔하게, 육군의 전표는 희미하게 타이핑되어 있었다… 결국 결론은 이랬다. 그들은 그날 완전히 전멸할 때까지 견뎌야 한다는

---

[144] Who sweeps a room as for Thy cause: 조지 허버트가 1633년에 지은 「연금약제」(The Elixir)라는 시에 나오는 구절.

것이었다… 이 말은 북해에 도달할 때까지 아무런 지원도 없을 거란 사실을 의미했다! … 프랑스군은 서두르고 있을 것이다. 티전스는 붉은 바지에 푸른 제복을 입은 수많은 병사들이 햇빛이 비치는 분홍 평원을 걸어가는 모습을 상상해 보았다.

(우리는 상상을 통제할 순 없다. 물론 프랑스군은 더 이상 붉은 바지를 입지 않는다.) 그는 푸른 제복을 입은 병사들이 다다른 전선이 무너지는 것을 보았다. 나머지는 바다로 쓸려가 버렸다. 티전스는 그들 뒤에 있는 전 지형을 살펴보았다. 지평선엔 반짝이는 안개가 있었다. 그곳이 그들이 쓸려갈 곳이다. 물론 그들은 쓸려가지 않으려 할 것이다. 얼굴을 바닥에 묻고 엉덩이를 하늘로 향하고 누워 있을 것이다. 거대한 쓰레받기와 빗자루로 처리하기엔 너무나도 하찮은 것들이다… 즉시 해체되는 과정인 죽음은 과연 어떨까? 티전스는 군복 주머니에 서류를 넣었다.

티전스는 끔찍하지만 재미있다는 듯이 어떤 전표는 증원병을 보내겠다고 약속한 전표라는 사실을 떠올렸다. 16명의 우스터 출신 병사들 말이다! 우스터 훈련소 출신의 병사들 말이다! … 그들은 왜 바로 옆에 있는 우스터 대대로 발령받지 않았을까? 그들은 분명 괜찮은 병사들이었을 것이다. 하지만 그들은 우리 부대의 훈련법을 모른다. 우리 병사들과 친구도 아니고 장교들 이름도 모른다. 게다가 그들의 사기를 올려줄 환영식도 없을 것이다… 당국이 고집하는 군대 소속감을 의도적으로 파괴하다니 참 기이하다. 사회적으로 진보적인 견해를 지닌 프랑스 민간인은 이를 독일인에게서 배워 따라 한 것이라고 한다. 물론 적에게서 배우는 것도 합법적이다. 하지만 그게 합리적인가?

　합리적일지도 모르겠다. 하지만 봉건 정신은 깨졌다. 봉건 정신은 참호전을 할 때 불리할지도 모른다. 봉건 정신은 편하고 안락했었다. 우리는 교구 목사 아들의 지휘 아래 같은 마을 사람과 나란히 서서 싸웠다. 하지만 그게 본인에게는 안 좋았을 수도 있을까?

　어쨌건, 현 상태에서 죽는다는 것은 외로운 일이다.

　뭔가에 맞는다면 티전스와 자그마한 체구의 아랑헤스는 죽을 것이다. 요크셔 대토지 소유주의 아들과 오포르토[145] 개신교 목사의 아들이 같이 죽을 것이다. 상상이 가는가! 서로 다른 두 영혼이 나란히 천국에 갈 것이다. 신이 보기에 요크셔 사람은 북부 지방 사람들과 가고, 이탈리아 사람은 가톨릭 신자와 함께 가는 게 더 적절할지도 모르겠다. 아랑헤스는 비국교도의 아들이지만 자신의 조상의 신앙으로 돌아갔기 때문이다.

　티전스가 말했다.

　"아랑헤스… 독일군의 포탄이 참호에 떨어지기 전에 참호의 젖은 부분을 좀 보고 싶네."

　증원군이 올 것이다. 당국이 자신들의 기도에 관심을 갖게 된 것이다. 그들은 16명의 우스터 출신 병사들을 보냈다. 그러니 병사들의 수가 총 344명, 아니, 코넷을 연주하는 011그리피스를 되돌려 보냈으니, 343명이 될 것이다. 이 343명의 외로운 병사들은 2개 사단과 맞설 것이다. 아마 8만 명의 적과 싸우게 될 것이다. 완전히

---

[145] Oporto: 포르투갈 서북부 항구 도시.

전멸될 때까지 버텨야 한다! 증원군이 온다니!

증원군이 온다니, 세상에! … 16명의 우스터 출신 증원군이!

당국의 꿍꿍이속은 뭘까?

캠피언 장군이 부대를 지휘할 것이다. 그것은 주둔 기지에 있는 수백만 명의 병사를 실제로 증원하겠다는 것이며, 곧 단일 지휘 체계를 의미한다! 그러한 확실한 약속이 없었다면 캠피언 장군은 군을 지휘하는 데 동의하지 않았을 것이다.

하지만 시간이 걸릴 것이다. 몇 개월이 걸릴 수도 있다! 적절한 증원을 하는 데는 몇 달이 걸릴 것이다.

그 순간, 육군, 원정군, 연합군, 제국, 우주, 태양계 중에서 가장 중요한 전선에 마지막으로 생존한 토리주의자가 지휘하는 366명의 병사가 있다. 파도처럼 밀려드는 적군을 맞이하기 위해서.

1분 뒤에 독일군의 일제 사격이 시작될 것이다.

아랑헤스가 티전스에게 말했다.

"소령님은 소네트를 2분 30초 만에 쓰실 수 있습니다… 그리고 소령님 사이펀은 그 축축한 참호에서도 잘 작동합니다… 오포르토 대성당의 참사회 의원이셨던 저의 어머니의 종조부께서는 그 유명한 소네트를 쓰시는 데 15주나 걸렸답니다. 저희 어머니가 말씀해 주셔서 압니다… 하여튼 소령님은 여기에 계시면 안 됩니다."

그렇다면 아랑헤스는 『밤을 위한 소네트』의 저자의 조카다. 그럴지도 모른다. 세상엔 그러한 우연이 있다. 그렇다면 그가 소네트에 관심 갖는 것은 자연스러운 것이다.

습한 참호를 사용하는 대대를 지휘하게 되었기 때문에 티전스는 자신이 자주 생각했던 것을 시도해 볼 기회를 얻었다. 즉 하수관을 수평이 아니라 사이펀처럼 수직으로 꽂아, 습한 토양에서 물기를 제거할 기회를 얻게 된 것이다. 다행히 습한 참호를 사용하던 B중대 지휘관인 해켓은 민간인 시절에 토목 기사였다. 순수하게 영웅을 숭배하는 마음에서 아랑헤스는 자신의 영웅이 만든 사이펀들이 어떻게 작동하고 있는지 확인하기 위해 'B중대가 있는 참호를 다녀온 뒤, 사이펀이 놀라울 정도로 잘 작동한다'라고 보고했다.

자그마한 체구의 아랑헤스는 이렇게 말했다.

"참호들이 폼페이 같습니다, 소령님."

티전스는 한 번도 폼페이[146]를 본 적 없지만 아랑헤스가 사용한 폼페이란 단어는 사각형으로 파인 텅 빈 땅, 특히 텅 비어 있어 아무 소리도 나지 않는 곳을 지칭한다는 걸 알고 있었다 … 정말 훌륭한 참호다. 수 천 명의 병사들을 수용하기 위해 만들어진 그 참호는 런던내기들로 북적댔다. 지금은 완전히 비어 있지만 말이다. 그들은 분홍색이 감도는 자갈길에 서 있는 세 명의 보초병과 두 병사를 지났다. 병사 한 명은 곡괭이, 다른 병사는 삽을 들었다. 폼페이에서, 아니면 하이드 파크에서 그랬듯이, 그들은 벽의 이음매와 길이 정확하게 직각을 이루게 하였다. 'A'중대의 지휘관은 정돈된 것에 아주 집착했지만, 일반 병사들은 좋아하는 것 같았다. 그들은 키득거리고 있었다. 물론 티전스가 지나갈 때는 멈췄지만 말이다.

착하고, 까무잡잡한 피부에 몸집이 작은 아랑헤스는 티전스를 숭

---

[146] Pompeii: 이탈리아 남부 나폴리에 있던 도시로 화산 폭발로 소멸했다.

배했다. 어린아이가 전능한 아버지에게 매달리듯이, 겁을 집어 먹은 그는 처음부터 아주 자연스럽게 티전스에게 매달렸다. 모든 것을 아는 티전스가 끔찍한 전쟁의 향방을 정하고, 두려운 자들에게 안전을 보장해줄 수 있을 것 같아 보였기 때문이었다! 티전스는 그런 종류의 숭배가 필요했다. 그 어린 청년은 눈이 어떻게라도 된다면 끔찍할 거라고 말했다. 그렇게 된다면 (그들이 철수시키지 않았다면) 5킬로미터도 안 떨어진 곳에 있는 낸시 트루피트라는 여자 친구가 자신을 쳐다보지도 않을 것이기 때문이라고 했다. 낸시는 그의 애인으로 바이웰에 있는 찻집에서 일하고 있었다.

티전스와 아랑헤스가 연결 참호 입구를 막 지나고 있을 때… 'A' 대피호 입구 바깥에 병사 하나가 앉아 있는 것이 보였다. 오르막길로 이어지는 그 수로는 참 편안해 보였다. 여기서 벗어나 그곳까지 한가로이 거닐 수 있을 것 같았다… 하지만 그럴 수 없었다! 여기선 오른쪽이나 왼쪽으로 방향을 바꿀 수 없으니 말이다!

공책에다 글을 쓰고 있는 그 병사는 바로 눈 위까지 철모를 쓰고 있었다. 그는 자갈이 깔린 계단에 앉아 공책을 무릎 위에 올려놓고 뭔가에 몰두하고 있었다. 그의 이름은 슬로콤브로 셰익스피어처럼 극작가였다. 그는 한 편당 50파운드를 받고 아우터 홀에서 상연될 보드빌 토막극을 썼다. 아우터 홀은 런던 외곽을 둥그렇게 둘러싼 값싼 보드빌 공연장이다. 슬로콤브는 시간 낭비를 하지 않고 공책에 글을 썼다. 행군하다가 쉬는 시간이 되면 슬로콤브는 길가에 앉아 공책과 연필을 꺼냈다. 쓴 글을 집에다 보내면 그의 아내는 타이핑했다. 만약 충분한 양의 원고를 보내지 않으면 그의 아내는 그에게 편지를 보내 채근을 했다. 그가 1막으로 된 토막극을 계속해서 쓰지 않으면, 조지와 플로시에게 좋은 나들이옷을 어떻게 입힐 수 있겠는 가 하고 그의 아내는 불평을 했다. 티전스는 원고가 들어 있는 그 병사의 편지를 검열하다가 이 사실을 알게 된 것이었다… 슬로콤브는 군인으로선 허점이 있었지만 다른 병사들을 즐겁게 해주었다. 그는 큰 윌리[147]와 작은 윌리, 그리고 프리츠[148] 형제들을 소재로 토박이 런던식 유머를 완벽히 구현해냈다. 슬로콤브는 혀로 연필을 적시며 글을 써 내려가고 있었다.

'A'중대 본부 대피호 입구에 있는 상사는 보초병을 내보내고 있었다. 티전스는 그를 멈추게 했다. 'A'중대는 보충대지만 정규군의 지침에 따라서 운영되고 있었다. 이곳 지휘관은 나이가 들고, 머리가 벗겨진 좀 험상궂은 모습이었지만 병사들의 행동 기록표를 아주 잘 정리했다! 티전스는 상사에게 몇 가지 질문을 하였다. 밀스 수류탄은 갖고 있는지, 소총은 부족하지 않은지, 최상의 상태인지? 하지만 어떻게 그럴 수 있겠는가! 아픈 사람은 없냐고 물었다… 두 명?… 뭐, 그 정도면 대체로 건강한 편이로군! … 독일군들이 일제 사격을 시작할 때까지 병사들에게 몸을 숨기라고 지시하라고 했다. 이제 곧 시작될 것이다.

이제 시작될 것이다. 티전스의 시계의 초침은, 살아 있는 것처럼 1분이 지나자 약간 튀어 올랐다… 멀리서 정확히 시간에 맞춰 "펑"

---

[147] willy: (특히 아동어로) 남자아이의 성기를 의미.
[148] Fritz: (경멸적) 독일 병정.

하는 소리가 났다.

티전스는 아랑헤스에게 말했다.

"지금쯤 오고 있을 거네!" 아랑헤스는 자신의 철모의 턱 끈을 잡아당겼다.

티전스의 입은 끔찍하게 짠맛으로 가득찼고 혀는 마르기 시작했다. 그의 가슴과 심장은 힘겹게 움직였다. 아랑헤스가 말했다.

"제가 총에 맞으면, 낸시 트루핏에게 전해주세요…"

티전스는 말했다.

"자네같이 몸집이 작은 친구들은 총에 맞지 않아… 게다가, 바람을 느껴 봐!"

그들은 언덕 중턱에 있는 참호 중에서도 가장 높은 지점에 있었기 때문에 위험에 노출되어 있었다. 바람은 언덕을 내려오면서 쌀쌀해진 게 분명했다. 참호 앞·뒤쪽으로 초록의 대지와 회색 나무들이 보였다.

아랑헤스는 애원하듯 말했다.

"바람이 그들을 막을 수 있다고 생각하세요?" 티전스는 무뚝뚝하게 소리쳤다.

"물론 막을 거네. 그들은 가스 없이는 공격을 하려 하지 않아. 하지만 독일군들은 자신들 앞에 가스막이 쳐지는 걸 싫어해. 그게 우리의 큰 장점이지. 가스막이 그들의 사기를 떨어뜨릴 거네. 그것 이외에는 그들의 사기를 떨어뜨릴 수 있는 게 없어. 게다가 그들은 연막도 참지 못하네."

아랑헤스는 말했다.

"가스 때문에 독일군이 파멸하게 될 거라고 생각하시는 거 저도 알고 있습니다. 가스를 사용하는 건 사악한 짓이에요. 사악한 일을 저지르면 반드시 그 대가를 치르게 될 거예요. 안 그렇습니까?"

이상할 정도로 조용했다. 마을 사람들이 모두 교회에 간 일요일처럼 말이다. 하지만 기분이 좋진 않았다.

티전스는 신체적 이상으로 자신이 얼마 동안이나 생각하는 데 방해를 받을지 생각해 보았다. 혀가 바싹 마른 상태에서는 생각을 제대로 할 수 없다. 맹포격이 시작된 이래로 오늘이 야외에서의 첫 번째 날이다. 온종일 이렇게 야외에 있던 것은 처음이다. 누와꾸르 이후에 말이다! … 그게 얼마 전이었을까? … 2년 전? … 아마 그럴 것이다! … 얼마 동안이나 생각을 하는데 방해를 받을지 알 수가 없었다!

이상하게도 계속 조용했다! 누군가 뛰어가고 있었다. 처음엔 참호에 깐 건널판 위로, 다음엔 참호의 마른 길로. 이 소리를 듣고 티전스는 속으로 몹시 놀랐다. 참호가 불타고 있는 게 틀림없었다!

티전스가 아랑헤스에게 말했다.

"누군가가 서두르고 있군!"

아랑헤스의 이가 딱딱 맞부딪쳤다. 발걸음 소리들을 듣고 그가 불안해진 게 틀림없었다…『맥베스』에 나오는 문 두드리는 장면에서처럼[149]!

---

[149] 셰익스피어가 쓴 비극『맥베스』에서는 맥베스가 자신의 집에 머물고 있던 덩컨(Duncan) 왕을 살해하고, 자신의 방으로 돌아온 이후, 누군가가 성문을 두드리는 소리를 듣고 불안해한다.

그들은 시작했다. 드디어 왔다. 팜… 팜페리… 팜! 팜! … 파 팜페리… 팜! 팜! … 팜팜페리팜팜팜… 팜… 드럼 소리같이 들렸다. 그 소리는 계속되었다. 아주 열정적으로 치는 엄청나게 큰 드럼 소리 같았다… 오페라 오케스트라에서 큰 드럼 스틱을 들고 있는 사람이 두드리기 시작하는 모습을 봤으면 그게 어떤 소리인지 알 수 있을 것이다. 심장이 미친 듯이 뛰었다. 티전스의 심장도 그랬다. 드럼 연주자는 미친 것 같았다.

티전스는 소리로 포를 잘 구분하지 못했다. 그에게 이것은 대공포 같았다. 티전스는 몇 분 동안 비행기의 웅웅거리는 소리가 이 적막 속에 퍼졌었다는 사실을 기억해냈다… 하지만 그 웅웅거리는 소리는 너무도 일상적이어서 적막의 일부 같았다. 마치 생각처럼 말이다. 위에서 여과된 소리가 내려오고 있었다. 소음이라기보다는 미세한 먼지처럼 말이다.

"위… 이… 이…리"[150]라는 익숙한 소리가 들렸다. 포탄은 늘 삶에 지친 것 같았다. 마치 길고 긴 여행 끝에 "위어리"라고 말하는 것 같았다. "위" 하는 소리가 아주 길게 나더니, 그다음엔 포탄이 터지면서 "퍽" 하는 소리가 났다.

이것은 맹포격의 시작이었다… 티전스는 포격이 시작될 거라고 확신했지만… 버머튼에서와 같은 삶이 더 연장되기를 바라고 있었다! 평화롭고 사색적인 삶 말이다. 하지만 지금 그것이 시작되고 있다…

---

[150] We…e…e…ry: 이 말은 weary(피곤한)이란 단어를 연상시킨다.

이번 포탄은 더 무겁고 피곤해 보였다. 종잡을 수 없는 포탄이었다. 그것은 티젼스와 아랑헤스의 머리 위 2미터 높이로 지나가는 것 같았다. 그다음엔 언덕보다 20미터 위로 날아가 보이지 않게 되면서 "쿵"[151] 하는 소리를 냈다… 그것은 불발탄이었다!

이것은 참호를 겨냥한 것은 아닌 것 같았다. 그것은 터지지 않은 항공기 유산탄에 지나지 않을지도 모른다. 독일군들은 요즘 굉장히 많은 불발탄을 쏘고 있었다.

그렇다면 이건 시작의 신호가 아닐지도 모른다! 참 감질나게 한다. 하지만 제대로 끝나기만 한다면 참을 수 있다.

금발의 더켓 일병은 티젼스 60센티미터 앞까지 달려와 근위병들이 하는 발 구르기를 한 뒤 멋지게 경례를 했다. "나이를 먹어도 아직 죽진 않았다." 이 말은 때 빼고 광내는 열정이 이런 급조된 부대에서도 남아 있다는 의미다.

더켓 일병은 숨을 헐떡이며 말했다. 흥분해서 그랬을 수도, 아니면 너무 빨리 달려서 그랬을 수도 있다… 그러나 흥분하지 않았다면 왜 그렇게 빨리 달려 왔을까.

"괜찮으시다면, (숨을 헐떡이며) 대령님에게 가보시겠습니까? …" (숨을 헐떡이며). "최대한 빨리 말입니다!" 그는 계속 숨을 헐떡였다.

티젼스는 오늘 저녁은 편안하고 어두운 조그마한 방구석에서 보내게 될 것이란 생각이 들었다. 눈부신 햇살 속에서가 아니라… 감

---

[151] 원어로는 'dud'라고 표기되어 있다. 여기서 이 단어는 "쿵" 하는 의성어로 사용되었지만, 원래 이 단어는 '불발탄'이란 의미도 갖고 있다.

사해야 할 일이다!

티전스는 더켓 일병을 떠나면서… 자신이 그를 좋아하는 이유가 발렌타인 워놉을 생각나게 해서라는 생각이 갑자기 들었다! … 갑자기 죽거나, 눈이 멀어 사랑하는 여자를 잃게 될 수도 있다는 두려움에서 아랑헤스를 벗어나게 해주기 위해 티전스는 친근한 말투로 그와 이야기를 나누면서 재빨리 참호를 따라 걸었다. 하지만 서두르지는 않았다. 티전스는 병사들이 절대로 자신이 서두르는 것을 보지 않게 하려 했다. 설령 대령이 지휘권을 내려놓지 않으려 한다 해도, 본부에 냉철하고 한가로운 사람이 한 명은 있다고 병사들이 생각하도록 하고 싶었던 것이다.

마메츠 숲 전투[152]가 벌어지기 전, 트라스나 계곡에 있는 참호를 접수한 외알 안경을 낀, 좋은 집안의 꽤 괜찮은 소령이 있었다. 하지만 나중에 자살한 것으로 보아 그에겐 문제가 있었던 것 같았다. … 그의 부대가 참호에 들어가자, 독일군들은 약 50미터 밖에서 연합군의 여러 가지 돌격 구호를 외치고 영국군 연대의 속보 행진곡을 부르기 시작했다. 그 발상은 "누구는 알렉산더에 대해 말한다[153]…"라고 시작하는 노랫가락이 반대편 참호에서 울려 퍼지면,

---

[152] Mametz Wood affair: 1916년 프랑스 솜므에 있는 마메츠 숲을 놓고 독일군과 영국군 38웰시 사단이 붙은 전투를 말한다.

[153] Some talk of Alexander: 영국과 캐나다 군대의 전통적인 행진곡인 <영국척탄병>(The British Grenadiers)이란 행진곡의 일부 가사다. 이 노래 가사는 이렇게 시작된다. "누구는 알렉산더, 누군가는 헤라클레스, 헥토르와 리산더, 이런 위대한 이름에 대해 말하지."(Some talk of Alexander, and some of Hercules/ Of Hector and Lysander, and such great names as these)

영국의 두 번째 척탄병 근위대는 환호를 보낼 것이고, 이를 통해 독일군들은 자신들과 싸워야 할 적이 누군지 알게 된다는 것이었다.

하지만 이 그로스브너 소령은 병사들의 입을 다물게 하고 외알 안경을 얼굴에 고정한 다음 4중주 연주회를 음미하는 듯한 태도로 그들의 노래를 들은 뒤, 외알 안경을 벗어 위로 던졌다 다시 받으며 이렇게 말했다고 한다.

"반자이[154]라고 소리치게!"

가능성은 희박하지만 그러면 독일군들은 우리가 그들의 진지 앞에 일본 병사를 배치했다는 생각에 혐오감을 느끼거나 우리가 그들을 놀린다고 생각할 것이란 것이다. 어쨌든 이것은 독일군을 몹시 화나게 하는 공격 방법이었다… 결국 독일군들은 조용해졌다고 한다!

이것은 장교가 한 유머 중 병사들이 여전히 좋아하는 것이었다. 티전스 자신은 이런 유머를 갖고 있지 않았다. 하지만 자신은 무심한 듯 늘 사색적으로 보일 수는 있었다. 그리고 힘든 순간에, 병사들에게 그들이 갖고 있는 종달새에 대한 생각이 완전히 틀렸다고 말할 수 있다. 그 말은 병사들을 진정시키는 효과가 있었다.

언젠가 그는 포격이 쏟아지는 가운데 가톨릭 신부가 외양간에서 설교하는 것을 들은 적이 있었다. 포탄은 머리 위로 날아다니고 돼지들은 발밑에서 돌아다녔다. 신부는 무원죄 잉태설[155]의 아주 어려

---

[154] Banzai: 일본 천황의 장수를 축복할 때 하는 일본인의 외침.
[155] Immaculate Conception: 성모 마리아가 잉태를 한 순간 원죄가 사해졌다는 기독교의 믿음.

운 부분에 대해 설교하고 있었고 병사들은 열중해서 듣고 있었다. 병사들은 눈물을 자아내거나 죽음에 대한 연설을 원하지 않았다. 그들은 정신을 뺏기고 싶어 했다… 신부도 마찬가지였다!

그래서 적의 공격이 시작되기 바로 전에, 티전스는 종달새나 드루어리 레인 극장에서 코끼리 뒷다리 역을 맡은 사람에 대해 병사들에게 말했던 것이며, 대령이 불렀을 때도 서두르지 않았던 것이다.

그는 잠시 아무것도 생각하지 않으며 걸었다. 참호 안 자갈길에 있는 조약돌들이 더 선명하게 드러나고 개별적으로 보였다. 누군가가 편지를 떨어뜨렸다. 극작가 슬로콤브는 자신의 공책을 덮고 있었다. 한숨을 쉬며 그는 소총을 잡으러 손을 뻗었다. 'A' 중대 선임상사는 "어서 움직여!"라고 소리치면서 병사들을 내보내고 있었다. 티전스는 지나가면서 이렇게 말했다. "최대한 병사들이 보이지 않게 하게, 선임상사."

더켓 일병을 아랑헤스에게 맡긴 것은 군대 규율상 잘못된 것이라는 생각이 갑자기 들었다. 장교는 호위병 없이 혼자 참호를 걸으면 안 된다. 독일군들의 증정물[156]이 그를 맞추게 되면 국왕의 재산[157]은 손실을 입게 될 것이기 때문이다. 자신이 피 흘려 죽게 될 때까지 자신을 위해 의사나 들것을 운반할 사람을 불러올 사람이 없을 것이기 때문이다. 그것이 군대다…

---

[156] offering: 여기서는 아이러니컬하게 총알이나 대포를 지칭한다.
[157] 장교의 신체는 영국 왕의 것이라는 의미에서 한 말이다.

그래, 그는 더켓을 위로해주라고 아랑헤스에게 맡겼다. 그 자그마한 체구의 부관은 고통스러워하고 있었다. 그가 얼마나 고통스러워하고 있는지는 아무도 모른다. 맹포격이 있을 때 그는 사자처럼 용감했다. 하지만 맹포격이 없을 때 작은 체구의 까무잡잡한 그의 귀족적인 얼굴은 맹포격이 시작될 거란 생각에 떨었다…

실제로 티젠스는 발렌타인 워놉을 아랑헤스에게 맡긴 것이다! 그는 자신이 그렇게 했음을 깨달았다. 더켓이 바로 발렌타인 워놉이었다. 깔끔하고, 금발에다 체구가 작은, 그리고 평범한 얼굴과 용감한 눈, 완강하게 생긴 약간 뾰족한 코를 가진… 그것은 마치 티젠스가 자신의 소유물이 된 발렌타인 워놉과 함께 길을 걷다가 곤궁에 처한 사람을 발견한 것과 같았다. 티젠스는 이렇게 말했다.

"나는 가야겠네. 자네는 여기서 뭘 해야 할지 한번 살펴보게나!"

놀랍게도, 티젠스는 소유했을 때 느끼는 조용한 친밀함을 느끼며 발렌타인 워놉과 함께 조용히 시골길을 걷고 있었다. 그녀는 자신에게 속했다… 산길도 요크셔도, 계곡 길도, 버머튼도 자신에게 속하지 않았다. 시골 목사관은 자신과는 맞지 않는다. 그래서 자신은 목사가 되지 않은 것이다!

오래된 가시나무들이 있는 구릉지에 난 길이었다. 가시나무는 켄트[158]에서만 자란다. 하늘은 사방에 낮게 드리워져 있었다. 평평한 구릉지 꼭대기에 말이다!

놀랍다! 엄청난 맹포격이 있을 때를 제외하곤 2주 넘게 그 여자에

---

[158] Kent: 영국 잉글랜드 남동단에 있는 카운티.

대해 생각하지 않았다. 자신이 어디 있는지 그녀가 안다 해도 너무 걱정하지 않길 바라는 마음에서였다. 자신은 늘 그녀가 자신이 어디 있는지 알고 있다는 느낌을 받았기 때문이다.

발렌타인을 점점 더 적게 생각하게 되었다. 더 긴 간격을 두고… 대위에게 촛불을 갖다 주라고 말하는 갱도를 파고 있던 독일군 병사에 관한 악몽처럼 말이다. 처음에는 매일 밤 서너 번씩, 이제는 하루에 한 번씩만 그 악몽을 꾸었다…

그 어린 친구는 발렌타인과 신체적으로 비슷한 것이 있어 발렌타인을 떠오르게 했다. 그것은 우연이지 심리적인 이유로 그런 것은 아니다. 그것은 그녀가 더 이상 자신을 사로잡고 있는지 아닌지를 보여주는 건 아니다.

발렌타인은 지금도 확실히 자신을 사로잡고 있었다! 더 이상 참기 어려울 정도로 또한 믿을 수 없을 정도로 말이다. 자신의 존재는 그녀에 의해 압도되었다… 정확히 말해 그녀의 사고방식에 의해 압도되었다. 물론 더켓 일병과 그녀가 신체적으로 유사하다는 것은 단순한 구실이었다. 더켓 일병은 젊은 여자들과 전혀 닮지 않았다. 게다가 발렌타인 워놉이 어떻게 생겼는지 기억도 나지 않았다. 물론 선명하게 기억나지 않는다는 말이다. 지금 자신의 정신 상태는 선명하게 기억할 정도의 그런 상태는 아니었던 것이다. 그녀가 금발이고 넓적한 얼굴에 들창코이며, 섰을 때는 똑바른 자세를 유지한다고 생각한 이유는 자신이 마음속으로 그렇다고 정했기 때문이다. 자신이 그렇다고 정하였기 때문에 그녀를 생각하고 싶을 때마다 그렇게 떠올렸던 것이다. 사실 자신은 그 어떤 것도 떠올리지 못했다. 흐릿

한 햇빛을 제외하고는 말이다.

자신을 사로잡는 것은 그녀의 정신이었다. 정확한 사고, 부당한 것에 대한 무관용, 쉽게 일반화할 수 있는 능력! … 여자 연인의 매력으로 들기에는 기이한 항목들이다! … 하지만 이디스 에텔 두쉬민이 (물론 지금은 레이디 맥마스터다) 고(故) 로세티에 대해 맥마스터가 쓴 논문에 나온 글을 인용할 때 발렌타인이 "제발, 그만 하세요, 이디스 에텔!"이라고 말하는 걸 듣고 싶었다… 하지만 이제 와선 너무 늦었다!

그녀가 하는 말을 들으면 휴식이 될 것이다. 사실 그녀는 자신이 세상에서 유일하게 말하는 것을 듣고 싶은 사람이었다. 물론 자신이 말하고 싶은 유일한 상대이기도 했다. 유일하게 지적인 사람이니 말이다! … 그녀는 세상이라는 냄비 밑에서 따닥따닥 소리를 내면서 타고 있는 가시나무[159]로부터의 휴식이다… 영원히 바보같이 계속되고 있는 독일군 총소리가 내는 "팜팜헤리파 팜 팜페리팜 팜 팜" 하는 소리에서 벗어난 휴식 말이다…

왜 그들은 그만두지 않는 것일까? 그 미친 드럼 연주자가 끊임없이 그 멍청한 악기[160]를 계속 두드리게 하는 게 그들에게 무슨 득이 된다는 말인가? … 그들은 우리 비행기 몇 대를 추락시킬 수도 있을 것이다. 하지만 보통은 그러지 않았다. 그들이 쏜 검은 포탄이 터져 아무 관심도 없는 것 같은 대지 위로 그 연기가 천천히 퍼지는 것을

---

[159] 따닥따닥 소리는 총이나 대포 소리를 암시. 즉 세상이 전쟁에 휘말린 것을 나무 장작 위에서 끓고 있는 냄비에 비유한 것이다.
[160] 대포나 총을 의미.

보았을 것이다. 마치 하늘을 나는 잠자리를 겨냥해 쏜 검은 콩처럼 말이다. 자신이 포를 싫어하는 것은 단지 반감 때문일지도 모른다. 그건 토리주의자들의 편견이다. 포는 가치가 있을 수도 있다. 그저…

하늘에서 벌어지는, 보이지 않는 경쟁에 대해 당연하겠지만 우리 모두는 나름대로의 견해를 밝혔다.

우리 쪽 군 참모는 이렇게 말한다. "오전 몇 시에 공격이 있을 거요." 참모는 하루를 24시간으로 표시하는 제도가 확립된 이후에 당연한 것이지만 오전, 오후라는 관점에서 시간을 생각하였기 때문이다. "우리는 독일군들을 쓸어내기 위해 기관총이 장착된 100만 대의 비행기들을 보낼 것이오!"

밝은 대낮에 많은 병사를 이동시키는 것은 당연히 일반적이지 않다. 하지만 이 게임에서 사용할 수 있는 것은 오직 두 가지밖에 없다. 일반적인 것과 일반적이지 않은 것 그 두 가지다. 일반적으로 새벽 이후에는 일제 사격을 시작하지 않고 10시 30분경에 공격을 시작한다. 기습 작전으로 그렇게 할 수는 있다(독일군들도 그런 시도를 할지도 모르겠다).

반면, 우리도 뼈까지 진동하게 할 정도로 엄청난 소리로 비행하는 비행기들을 보낼 수 있다. 독일군들에게 우리는 기습 공격을 당할 준비가 되어 있다는 것과 독일군 지도부가 기습 공격을 생각할지도 모른다고 우리가 이미 예견하고 있음을 알려주기 위해서 말이다. 그래서 우리는 적들이 총포를 쏘아댈 것을 알면서도 산울타리 위로 이 무시무시하고 끔찍한 비행기들을 보내는 것이다! 전쟁에서 사람들 머리 1미터 위로 날아가는 것보다 더 끔찍한 것은 없기 때문이다. 분노로 가득 차 무서운 비를 내리는 그것 말이다! 그래서 우리는 그것들을 보내는 것이다.

물론 그것은 단순히 시위일 수도 있다. 만약 증원군이 없거나, 멀리 떨어진 철로 끝에 도착한 열차에서 내리는 부대가 없다면, 거기에 대한 적절한 대응으로 독일군은 우리의 참호 몇 개를 그들이 동원할 수 있는 중화기로 박살낼 것이다. 그것은 냉소적으로 이렇게 말하는 것과 같다.

"이렇게 좋은 날 우리의 평화와 휴식을 방해한다면 우리도 너희의 평화와 휴식을 방해하겠다!" 석탄을 실은 화물차는 달릴 것이다. 우리가 비행기를 불러내, 모두 다 체스판 같은 대지 위에서 잠들 때까지… 시위나 역 시위는 하지 않는 게 나을 것이다. 하지만 우리의 위대한 작전 참모는 이러한 익살스러운 짓을 교환하길 좋아한다. 약간의 피도 곁들이면서 말이다!

대대 본부 상사가 머리에 부상을 입은 병사를 데리고 티전스에게 다가왔다. 그는 철모를 붕대 위 앞쪽으로 썼다. 유대인 코를 가진 그는 면도를 했지만, 면도하지 않은 것 같아 보였고, 동양 남자처럼 낡은 코안경을 쓰고 있었다. 이등병 스미스였다. 티전스가 말했다.

"전쟁 전 직업이 뭐였나?"

그는 호감을 주는, 교양 있는 목소리로 대답했다.

"사회주의 신문사 기자였습니다. 극좌파 말입니다!"

티전스가 물었다 "진짜 이름이 무엇인가? … 이 질문을 할 수밖에 없네. 모욕을 주려고 그러는 게 아니네."

정규군에선 이등병에게 실제 이름을 사용하고 있는지 물어보는 것은 모욕이었다. 대부분의 병사는 가명으로 입대했기 때문이다.

그가 말했다.

"아인슈타인입니다!"

티전스는 그에게 더비에서 신병으로 자원한 건지, 아니면 징용인지 물었다. 그는 자원입대했다고 대답했다. 티전스는 왜 자원입대 했는지 물었다. 만약 유능한 기자고, 우파라면 군대 밖에서 더 쓸모가 있을 거라고 했다. 그는 자신은 좌파 신문의 해외 특파원이었다고 대답했다. 이름도 아인슈타인인데다가 좌파 신문의 특파원이기 때문에 자신은 나라에 도움을 줄 기회가 없었다고 했다. 게다가 프로이센 사람을 혼내주고 싶어서 입대했다고 했다. 그러곤 자신은 폴란드 혈통이라고 했다. 티전스는 상사에게 그의 군 이력에 대해 물었다. 상사는 그가 "일등급 병사에 일등급 군인"이라며, 공로 훈장에 추서되었다고 알려주었다. 티전스가 말했다.

"자네를 유대인 연대로 배속시키겠네. 자네는 제1수송대로 가게 될 것이네. 아인슈타인 이름을 갖고 있으면서 좌파 기자가 되면 안 되네. 둘 중 하나만 해야 했네. 동시에 그러면 안 되네." 그는 자신의 이름이 중세 시대에 자기 조상에게 강제적으로 주어진 것이라고 했다. 그리고 자신은 에서[161]의 후손이기 때문에 에서라고 불리고 싶다고 했다. 그는 한참 전쟁 중인 메소포타미아에 있는 유대인 연대로 보내진 말아달라고 간청했다.

---

[161] Esau: 이삭(Isaac)과 레베카(Rebecca)의 아들로 야곱(Jacob)의 형.

"자네는 책 쓸 생각을 하고 있나 보군." 티젠스가 말했다. "아마 나와 바르발[162]에 대해 쓸 수 있겠지. 미안하네. 하지만 자네는 내가 그렇게 할 수 없다는 것을 알 만한 사람일 텐데…" 티젠스는 상사가 자신의 말을 더 이상 듣게 되면, 간첩 혐의를 받고 있는 이 병사의 상황이 곤란해질까 봐 말을 멈추었다. 티젠스는 상사 앞에서 그의 이름을 물은 것이 신경 쓰였다. 그는 좋은 사람 같았다. 유대인들도 싸울 줄 안다… 그리고 사냥할 줄도! … 하지만 자신은 아무 위험도 감수하지 않을 것이다. 검은 눈의 허리가 꼿꼿한 이 병사는 티젠스의 눈을 응시하면서 약간 움찔했다.

"하실 수 없을 것 같군요." 그가 말했다. "실망스럽습니다. 저는 아무것도 쓰지 않을 겁니다. 저는 단지 군대에 가고 싶을 따름입니다. 저는 그 활기가 좋습니다."

티젠스는 말했다.

"미안하네, 스미스. 나도 어쩔 수 없네. 해산!" 티젠스는 미안한 마음이 들었다. 그 병사의 말을 믿었지만 책임감 때문에 매정할 수밖에 없었다. 그럴 수밖에 없었다. 얼마 전까지만 하더라도 그를 위해 애썼을 것이다. 많은 애를 썼을 것이다. 하지만 지금은 그렇게 하지 않을 것이다…

참호에서 직각으로 세워진 수도관에 버려진 듯 기대어 놓은 골함석 조각에 흰색 도료로 대문자 'A'가 쓰여 있었다. 놀랍게도 강한

---

[162] Abana and Pharpar: "다마셋 강 아마나와 바르발은 이스라엘 모든 강물보다 낫지 아니하냐?"(Are not Abana and Pharpar, the rivers of Damascus, better than all the waters of Israel?) (「열왕기하」 5장 12절)

충동이 파도처럼 일어나 티전스는 왼쪽, 그러니까 수로 위쪽으로 나아갔다. 두려움 때문이 아니었다. 그 어떤 종류의 두려움 때문이 아니었다. 티전스는 이등병 스미스-아인슈타인의 일에 짜증날 정도로 사로잡혀 있었다. 티전스는 유대인이자 사회주의자가 원하는 기회를 박탈해야 하는 현실에 대해 짜증이 났다. 자신이 전지전능했다면, 그렇게 하지 않았을 것이다. 그렇다면… 이 강한 충동은 무엇인가? … 그것은 제대로 된 지성을 찾을 수 있는 곳으로 가고자 하는 강한 욕망이었다. 휴식 말이다.

티전스는 갑자기 자신이 어떤 사실을 이해하게 되었다고 생각했다. 링컨셔 출신 선임상사에게 평화라는 단어는 언덕 위에 설 수 있다는 것을 의미하고 자신에게 그것은 말할 사람이 있다는 것을 의미한다는 것을 말이다.

5

대령이 말했다.

"이봐, 티전스, 250파운드만 빌려주게. 다들 자네가 엄청난 부자라고 하더군. 내 계좌엔 돈이 하나도 남아 있지 않네. 누가 그 빌어먹을 고소도 해왔고. 친구들도 모두 날 배신했어. 이제 고국에 돌아가면 특별조사위원회에 서야 할 것 같네. 이젠 기운도 없어. 난 이제 고국으로 돌아가야 하네."

대령은 이렇게 덧붙였다.

"아마 자네도 모두 알고 있겠지."

그에게 돈을 줘야 한다고 생각하자 갑자기 강렬한 혐오가 일어났다. 그 순간 티전스는 자신이 앞으로… 언덕 위에서 당당히 일어설 수 있게 되었을 때, 발렌타인 워놉과 같이 산다는 가정하에 모든 계획을 세우고 있었다는 것을 알게 되었다.

대령은 그의 지하실(그것은 진짜 지하실, 실제로 농가의 지하실이었다)에 있는 야전 침대 끝에 목이 열린 카키색 셔츠 차림으로 앉아 있었다. 그의 눈은 약간 충혈되어 있었고, 짧게 깎은 희끗희끗한 머리는 구불구불했으며, 흰색 콧수염 끝은 멋지게 뾰족했다. 은색 머리빗들과 작은 거울이 대령 앞에 있는 테이블에 놓여 있었다. 돌로 된 습기 찬 지하실을 약간 메스껍게 보이게 하는 머리 위에 걸린 램프의 불빛 아래에서 대령은 날카롭고, 깔끔하고, 단호해 보였다. 티전스는 대령이 대낮에는 어떻게 보일까 하고 생각해 보았다. 놀랍게도 대령을 낮에 본 적이 거의 없었던 것이다. 거울과 빗 옆에 채우지 않은 담배 파이프와 빨간 연필 그리고 티전스가 이미 읽은 영국 정부에서 온, 흰 간행 문서가 놓여 있었다.

대령은 날카롭고, 강인한, 충혈된 눈으로 티전스를 보며 말했다.

"자네가 이 대대를 지휘할 수 있다고 생각하나? 경험은 좀 있고? 내가 2개월간 휴가를 가는 게 좋겠다고 한 것 같은데 말이야."

티전스는 대령이 몹시 화를 낼 것이라고 예상했다. 심지어 협박까지 할 거라고 예상했다. 하지만 다 틀렸다. 대령은 뚫어지게 그를 주시했을 뿐, 그 이상은 아니었다. 대령은 팔꿈치까지 드러난 긴 팔을 넓게 벌린 무릎 위에 올려놓고 미동도 하지 않고 앉아 있었다. 대령은 자신이 떠난다면, 좌충우돌할 사람한테 부대를 맡기고 싶지 않다고 했다. 대령은 계속 엄하게 티전스를 노려보았다. 대령의 표현방식은 이런 시간, 이런 장소에서는 특이한 것이었다. 하지만 티전스는 이를 대령이 자기 대대의 규율이 엉망으로 되는 것을 원치 않는다는 의미로 이해했다.

티전스는 자신이 규율을 엉망으로 하지는 않을 거라고 대답했다. 대령이 말했다.

"자네가 어떻게 아나? 자네는 군인도 아닌데, 안 그런가?"

티전스는 자신은 전방에서 중대를 지휘했지만 그 중대는 거의 대대만큼 컸으며, 현재 병력의 딱 8배가 되는 부대였다고 했다. 그러곤 자신에 대해 그 누구도 불평하지 않았다고 생각한다고 말했다. 대령은 서릿발처럼 냉랭하게 말했다.

"난 자네에 대해 아는 바가 전혀 없네." 그러곤 이렇게 덧붙였다. "그저께 밤에 대대를 이동시킨 것은 제대로 한 것 같더군. 나는 그 일을 할 상태가 아니었네. 몸이 좋지 않았으니 말이네. 그러니 난 자네에게 빚을 진 셈이지. 그런데 병사들이 자네를 좋아하는 것 같더군. 병사들은 이제 날 지긋지긋해할 걸세."

티전스는 조바심이 났다. 이제 이 대대를 지휘하고 싶은 강한 욕망이 생겼던 것이다. 그것은 전혀 예상치 못한 일이었다. 티전스가 말했다.

"이동전을 하게 된다면, 경험이 많아야 하는 건지 모르겠습니다."

대령이 대답했다.

"내가 돌아오기 전까지는 이동전을 하진 않을 걸세. 만일 내가 돌아온다면…"

티전스가 말했다.

"지금도 이동전 같지 않습니까?" 정확한 대답을 듣게 될 거란 암묵적 믿음을 갖고 상관에게 물어본 것은 살아오면서 처음 있는 일이었다. 대령이 대답했다.

"아니네. 이건 단지 준비된 진지로 후퇴하는 것일 뿐이네. 바로 바다 쪽에 우리가 가기로 되어 있는 진지가 준비되어 있을 걸세. 참모가 일을 제대로 처리했다면 말일세. 그렇지 않다면 이 전쟁은 끝이 난 거네. 우린 끝난 거라고 모두 전멸해 더는 존재하지도 않게 될 걸세."

티전스가 말했다.

"그렇지만 이제 맹포격이 시작된다면… 사단에서 그렇게 말했습니다."

대령이 말했다. "뭐라구?" 티전스는 같은 말을 되풀이하고 나서 이렇게 덧붙였다.

"우리는 그다음에 준비된 진지 너머로 쫓기게 될지도 모르겠습니다."

대령은 다른 생각을 하다가 현 시점으로 돌아온 것 같았다.

"대규모 포격은 없을 거네." 그러고는 이렇게 덧붙였다. "사단은 이미…" 아주 커다란 쿵 하는 소리가 그들 뒤에 있는 언덕을 뒤흔들었다. 대령은 그다지 신경 쓰지 않은 채, 그 소리를 들으면서 앉아 있었다. 그는 침울하게 앞에 있는 종이뭉치를 바라보며 고개를 들지도 않고 말했다.

"그래, 난 내 대대가 좌충우돌하는 걸 원치 않네." 대령은 영국 정부에서 온 교신을 다시 읽기 시작하더니 이렇게 말했다. "자네도 읽어보았나?" 그러고는 이렇게 말했다.

"준비된 진지로 후퇴하는 것은 공공연하게 하는 이동과 같지 않네. 참호전에서 하는 것 이상은 할 필요가 없어. 자네가 나침반으로 방향을 알 거라고 생각하네만. 아니면 그걸 할 사람을 구하게."

또다시 쿵 하는 커다란 소리가 대지를 뒤흔들었다. 하지만 좀 더 먼 곳에서 들렸다. 대령은 영국 정부에서 온 교신을 뒤집었다. 그 교신 뒤에는 여단장이 개인적으로 적은 메모장이 핀으로 고정되어 있었다. 대령은 침울한, 하지만 놀랍지 않다는 표정으로 그것을 다시 읽었다.

"참 골치 아픈 일이야, 이 모든 것이." 그가 말했다. "자네도 읽어 봤나? 난 본국으로 돌아가 이 문제를 처리해야 하네."

대령이 소리쳤다.

"참 불운하군. 우리 대대에 대해 잘 아는 사람에게 맡기고 떠날 수 있으면 좋으련만. 자네가 잘 알 거라고는 생각지 않네. 어쩌면 그럴지도 모르고."

엄청난 양의 불타는 쇳덩어리들. 이 세상에 있는 모든 불타는 쇳덩어리가 그들 머리 바로 위로 떨어졌다. 그 소리가 메아리쳐 길게 이어졌다. 물론 메아리칠 수는 없었겠지만, 어쨌거나 그 소리는 반복되었다.

대령은 무관심하게 위를 쳐다봤다. 티전스가 나가 보겠다고 하자, 대령이 말했다.

"아니, 그러지 말게. 어떤 조치가 필요하다면 노팅이 우리한테 말을 할 걸세. 뭐 아무런 조치도 필요 없겠지만." 노팅은 옆 지하방에 있는 눈이 반짝반짝 빛나는 부관이었다. "1914년 8월[163]에 어떻게 은행 계좌 잔액이 모자라지 않게 관리할 수 있었겠나? 무슨 일이 있었는지 어떻게 기억할 수 있었겠어? 당시 나는 신병 훈련소에 있었는데!" 맥이 풀린 듯했지만, 화가 난 것은 아닌 것 같았다. "재수

---

[163] 1차 세계 대전은 1914년 7월 28일에 발발했다. 따라서 1차 세계 대전이 발발한 지 며칠 지나지 않는 시기다. 그래서 대령은 세계 대전이 도래한 가운데 어떻게 자신의 은행 계좌에 신경 쓸 수 있었겠냐고 푸념하고 있는 것이다.

옴 붙었군! …" 그가 말했다. "대대 안에서… 이런 꼴로!" 그는 손등으로 서류를 두드렸다. 그는 티전스를 올려다보았다.

"자네에 대한 평가를 나쁘게 해 자네를 쫓아낼 수도 있어." 그가 말했다. "그럴 수 없을 수도 있고… 캠피언 장군이 자네를 여기로 보냈으니 말이야. 사람들은 자네가 장군의 서자라고 하더군."

"그분은 제 대부입니다." 티전스가 말했다. "저에 대한 평가를 나쁘게 한다 해도 항의를 해선 안 되겠죠. 말하자면, 경험 부족을 근거로 댄다면 말입니다. 그러면 다른 일로 준장님을 만나야겠군요."

"그건 마찬가지네." 대령이 말했다. "내 말은 자네가 장군의 대자이건 사생아건 마찬가지란 의미네. 그리고 자네가 캠피언 장군의 서자라고 생각했다면, 난 그 말을 하지 않았을 거네… 아니, 자네에 대한 평가를 나쁘게 내리고 싶지 않네. 자네가 우리 대대에 대해 잘 모른다면 그건 내 잘못이지. 내가 자네를 대대 일에 관여하지 못하게 했으니 말이야. 사실 난 서류 정리 상태가 얼마나 엉망인지 자네가 아는 걸 원치 않았네. 사람들은 자네가 서류를 아주 잘 다룬다고 하더군. 정부 관청에서 일했다지, 그렇지 않은가?"

육중한 포가 규칙적으로 지하 대피소 양 옆 대지 위로 떨어졌다. 산처럼 거대한 체격의 권투 선수가 오른쪽, 왼쪽을 번갈아가며 묵직하게 주먹으로 때리는 것 같았다. 그 때문에 상대의 말소리를 알아듣기 어려웠다.

"빌어먹을" 대령이 말했다. "맥케츠니는 미쳤어. 완전히 돌았어." 티전스는 대령이 하던 말 중 몇 마디를 알아듣지 못했다. 티전스는 대령이 돌아오기 전에 대대 서류들을 정리해 놓을 수 있을 거라고 했다.

소음이 위에서 언덕 아래로 이어졌다. 마치 묵직한 구름처럼. 대령은 계속 이야기했지만 그의 목소리에 익숙하지 않은 티전스는 그의 말의 상당 부분을 놓쳤다. 그러나 틈틈이 그가 하는 말을 들을 수 있었다.

"미쳐서… 지휘할 수도 없는… 맥케츠니를 복귀시키기 위해 자네에 대한 평가를 나쁘게 하진 않을 걸세. 그러면 장군께 밉보이게 되기도 하겠고…"

소음이 다시 시작되었다. 대령은 그걸 듣더니, 머리를 한쪽으로 돌려 위를 올려다보았다. 자신이 들은 소리에 만족한 듯 보였다. 대령은 기마 근위대에서 온 편지를 다시 숙독하기 시작했다. 그는 연필로 단어에 밑줄을 긋고 연필 끝으로 종이를 한가롭게 콕콕 찍었다.

매순간 대령에 대한 티전스의 존경심이 커졌다. 적어도 이 사람은 자기 일을 잘 알고 있었다. 기관사나 화물선 선장이 자기 일에 대해 잘 아는 것처럼 말이다. 그의 신경은 엉망이 되었을지도 모른다. 아마 그럴 것이다. 대령은 진정제 없인 여기까지 오지 못했을지도 모른다. 지금도 진정제를 복용하고 있는지도 모른다.

모든 걸 고려해 보았을 때, 대령은 자신을 제대로 대우해주었기 때문에 대령에 관한 자신의 생각을 바꾸어야 했다. 그리고 대령이 자신을 싫어한다고 생각하도록 한 사람은 바로 맥케츠니라는 사실도 깨달았다. 하지만 대령은 아무 말도 하지 않았다. 대령은 군 생활을 오래했기 때문에 확실한 말을 해 티전스에게 빌미를 주지는 않았다… 대령은 회식 때 자신의 최고 보좌관에게 보여주는 그런 예의로 티전스를 대했다. 예를 들어 식사 시간에 식당 문을 통과하려 할 때 우연히 나란히 서게 되면, 대령은 티전스에게 먼저 가라고 손짓하고는, 티전스가 멈추었을 때 자연스럽게 그를 앞질러 갔다. 대령은 지금 차분하게 앉아 있었다. 가르칠 준비가 된 것처럼 말이다.

티전스는 마음이 평온치 않았다. 발렌타인 워놉 생각과 기총 소사가 시작되면 부대를 살펴야 한다는 생각에 몹시 골머리를 앓고 있었기 때문이었다. 물론 폭격 생각에도 골머리를 앓았다. 티전스가 손짓으로 한번 둘러보고 오겠다고 하자, 대령이 말했다.

"아니, 가만히 있게. 이건 맹포격이 아니네. 맹포격은 없을 거네. 이건 그저 여분으로 하는 작은 모닝 헤이트[164]일 뿐이야. 소리로 알 수 있어. 이건 겨우 4.2구경 포야. 진짜 중화기는 아니지. 진짜 중화기는 그렇게 빨리 도달하지 못하네. 그들은 이제 우스터 부대를 공격할 걸세. 우리에겐 30초 간격으로 포를 쏠 테고… 이건 그들의 놀이라네. 그것도 모른다면, 여기서 뭘 하겠다는 건가?" 대령은 이렇게 덧붙였다. "들리나?" 그는 집게손가락으로 지붕을 가리켰다. 소음이 이동했다. 마치 석탄 수레처럼 느리게 오른쪽으로 멀어져 갔다. 대령은 말을 이었다.

"여기가 바로 자네가 있을 자리네. 위에서 할 일은 그들에게 맡겨 두게. 필요하다면 그들이 와서 이야기할 걸세. 노팅은 최고의 부관

---

[164] Morning Hate: 날이 밝아올 때 군인들이 안개 속으로 기관총을 발사하거나 포탄을 투척하여 긴장을 푸는 행위를 지칭한다.

이야. 던도 아주 훌륭하네… 병사들은 모두 몸을 숨길 수가 있네. 병력을 300명으로 축소한 덕분이지. 모든 병사가 숨어 있을 대피소가 있으니 말이네… 하지만 여기는 자네가 있을 곳이 아니네. 내가 있을 곳도 아니고. 이건 젊은이들의 전쟁이야. 우린 나이 든 노인이지. 3년 반 동안 여기 있다 보니 난 파멸했네. 3개월 반이면 자네도 파멸하게 될 걸세."

대령은 앞에 있는 거울에 비친 자신의 모습을 침울하게 바라봤다.

"넌 한물갔어." 대령이 거울에 비친 자신에게 말했다. 그러고는 드러낸 하얀 팔을 쭉 뻗어 거울을 잡은 뒤 티저스 뒤에 있는 거친 돌벽을 향해 강하게 던졌다.

"7년 동안 불운이 닥치겠군[165]." 대령이 말했다. "신이 알아서 하겠지. 지난 7년보다 더 최악의 7년을 맞이한다면 그 말이 교훈이 되겠지."

대령은 분노에 찬 눈으로 티저스를 쳐다보았다.

"이보게!" 대령이 말했다. "자네는 지식인이니… 이 전쟁에서 무엇이 최악인가? 무엇이 최악인지 한 번 말해보게." 대령은 숨을 들이키면서 말했다. "그건 그자들이 우릴 가만 놔두지 않는다는 거야. 절대 가만 놔두지 않아! 우리 중 아무도! 가만 놔두기만 하면 우린 잘 싸울 수 있을 텐데. 하지만 아무도 우릴 가만 놔두지 않아! 대대와 관련된 그 지긋지긋한 서류뿐만이 아니네. 내가 문서를 잘 다루

---

[165] 서양에서는 고대 로마 시대부터 거울을 깨뜨리면 불행해진다는 미신이 있었다. 깨진 거울은 거울을 깨트린 사람이 7년 동안 아프거나 불운을 당할 징조로 여겨졌다.

진 못하지만 말이야. 난 서류를 잘 다루지 못했고 앞으로도 그럴 걸세. 내가 말하는 것은 본국에 있는 사람들을 말하는 거네. 바로 가족 말이야. 맙소사! 우리가 참호에 있을 때 그들은 우리를 가만둘 거라고 자네는 생각하겠지… 빌어먹을! 내가 병원에 입원해 있는 동안 사무 변호사에게서 가족 분쟁에 관한 편지를 받았네. 한번 상상해 보게! … 한번 상상해 봐! 난 장사꾼들의 빚 독촉을 얘기하는 게 아니네. 바로 가족 이야기를 하는 거라고! 심지어 내 아내는 맥케츠니 아내(사람들이 그러는데 자네 아내도 못됐다고 하더군)처럼 못되지도 않았네. 내 아내는 낭비벽이 좀 있고, 아이들도 사치스러워 걱정스럽긴 하네… 그런데 내 부친이 8개월 전에 돌아가셨네. 아버지는 건축업자인 숙부와 동업을 하셨는데, 아버지 토지를 사업 지분으로 처분하여 어머니에게 돈 한 푼 남기지 않으셨네. 내 형제자매들은 부친이 내 아내와 아이들에게 지출한 약간의 돈을 돌려받으려고 그 토지를 소송에 걸었고, 내 아내와 아이들은 내가 인도에 가 있는 동안 부친과 함께 살았어. 여기서도 같이 살았고… 내 변호사는 내 형제들이 생활비로 쓴 비용을 내 지분에서 받아갈 수 있을 거라고 했네. 변호사는 그걸 유증 철회의 원칙이라 부르더군. 유증 철회… 원칙… 차라리 내가 하사관일 때가 형편이 더 나았네." 대령은 침울하게 이렇게 덧붙였다. "그렇지만 사람들은 하사관을 그냥 내버려두지 않아. 항상 그들 뒤에는 여자들이 있어. 그게 아니면 하사관 부인들이 벨기에 놈들과 일을 저지르고, 하사관들은 그런 일에 관한 편지를 받게 되어 있다네. 'D'중대의 하사관 커트는 매주 자기 아내에 관한 익명의 편지를 받는다네. 그러니 그가 어떻게 자신의 직무를 다할 수 있겠나! 하지만 그는 해내고 있어. 이제까지 나도 그랬고…" 대령은 다시 격한 어조로 이렇게 덧붙였다.

"이보게, 자넨 지식인이야, 그렇지 않나? 책을 쓸 수 있는 사람이니 거기에 대해 책을 좀 써 보는 게 어떻겠나? 그것에 관해 논문도 쓰고. 그렇게 하는 게 여기에 있는 것보다 군에 더 도움이 될 거네. 난 자네가 훌륭한 장교라고 생각하네. 캠피언 장군은 영리한 지휘관이라 이런 일에 형편없는 장교를 붙이진 않았을 걸세. 자네가 장군의 대자이건 아니건 말이야… 게다가 난 자네에 대한 구설수를 믿지 않네. 장군이 자네에게 쉬운 업무를 맡기고 싶었다면 더 수월하고 수지맞는 자리를 주었겠지. 여기로 보내지는 않았을 거네. 그러니 내가 도와줄 테니 대대를 맡아주게. 자네가 나보다 대대에 대해 더 걱정하게 되지는 않을 걸세. 그 가엾은 글라모건 병사들에 대해서 말이네."

그렇게 해서 티젠스는 그의 대대를 지휘하게 되었다. 그는 크게 숨을 들이마셨다. 포탄으로 전선이 흔들리기 시작했다. 포탄이 산울타리를 날개로 두드려대는 황조롱이 같다는 생각이 들었다. 독일군은 정말 정확했다. 참호는 상당히 부수어졌을 것이다. 그 예쁜 분홍색이 감도는 자갈들이 사방으로 흩어져 수북이 쌓였을 것이다. 길을 만들기 위해 뿌리려고 공원에 쌓아둔 자갈처럼 말이다. 티젠스는 몽타뉴 누아르[166](신에게 감사하게도 그곳은 현재 군부대가 있는 곳

---

[166] Montagne Noire: 영어로 블랙마운틴즈(Black Mountains)라 불리는 프랑스 중남부의 산맥.

뒤에 아직도 있다)에서 자신의 상태가 어땠는지 기억해냈다. 왜 자신은 신에게 감사해 했는가? 자신은 군대가 어디 있는지 진짜 관심이나 있었나? 아마 관심은 있었을 것이다! 하지만 신에게 감사하다고 할 정도로 관심 있었을까? 아마 그럴 것이다. 그들이 그렇게 하는 한, 중요한 게 있을까? 다른 중요한 게 또 있을까? 중요한 것은 계속해 나간다는 것이다. 티젼스는 눈부시게 화창한 날 몽타뉴 누아르에서 우리 병사가 쏜 포탄이 저 멀리 전선에서 폭발하는 것을 보았다. 각각의 포탄은 하얀 연기가 되어 사라졌다. 아름답게, 전선을 따라 앞뒤로… 메시느 빌리지[167] 아래로. 아군의 포수들이 포를 잘 쏜다는 생각에 티젼스는 기분이 아주 좋았다. 언덕 위에 있는 독일군 들도 우리 참호 안에서 피어오르는 연기를 보고 기분이 좋았을 것이다. 하지만 자신은… 제기랄! 자신은 발렌타인 워놉과 같이 살기 위해 250파운드를 벌 것이다. 언덕에서, 아니 어디서든 정말로 일어 설 수 있을 때 말이다…

노팅 부관이 방안을 들여다보며 이렇게 말했다.

"여단에서는 우리가 피해를 입었는지 알고 싶어 합니다."

대령이 아이러니컬한 표정으로 티젼스를 살펴보았다.

"자네는 뭐라고 보고할 텐가?" 대령이 물었다. "티젼스가 나 대신 대대를 지휘할 걸세." 대령은 노팅에게 말했다. 노팅의 반짝이는 눈과 붉은 광택이 나는 볼엔 아무런 감정도 드러나지 않았다.

---

[167] Messines village: 서플랑드르 지방에 있는 벨기에 마을 메센(Mesen)의 프랑스어식 표기.

"여단에 전하게." 대령이 말했다. "우리는 바닷가에서 모래 장난 하는 소년처럼 행복하다고, 우린 '주님의 나라가 임할 때까지' 버틸 수 있을 거라고 말이야." 대령이 물었다. "우리 부대는 피해를 입지 않았지? 안 그런가?"

노팅이 대답했다. "네, 특별히 그렇지는 않습니다. 'C'중대는 자신들이 만든 멋진 방벽(防壁)이 폭삭 무너졌다고 불평하고, 그들의 대피호 옆에 있던 보초는 자갈길에 있는 자갈들이 거의 총알 파편처럼 됐다고 투덜거리기는 하지만요."

"그럼 여단에 내가 말한 것과 티전스 소령의 인사말을 전하게. 내 인사말은 말고. 티전스 소령이 이제 지휘하기로 됐으니."

"… 자네는 처음부터 밝은 인상을 주어야 하네." 대령은 티전스에게 이렇게 말했다.

그러고 나서 느닷없이, 이렇게 말했다.

"이보게, 250파운드만 빌려주게!"

대령은 익살맞고 짓궂게 수수께끼를 묻는 사람의 기묘한 태도로 티전스에게 시선을 고정하고 있었다…

티전스는 실제로 2, 3센티미터 뒤로 물러섰다. 대령은 자신이 혐오스러운 병에 걸렸다고 했다. 좀 지저분한 병이라고 했다. 혐오스런 병은 싸구려 여자를 통해서 걸리거나, 너저분한 정신 상태가 되었을 때 걸리는 것이라고 했다… 그리고 친구들이 자신을 배신했다고 했다. 그 친구들이 자신을 배신했다고 했다! 자신의 계좌는 모두 비었다고도 했다… 간단히 말해 자신은 자신에게 돈을 빌려준 사람에게 일종의 협잡꾼, 더러운 악당과 같은 사람이 되었다고 했다…

마치 뇌우가 칠 때의 천둥처럼 엄청난 굉음을 내며 수많은 자갈이 지하 계단으로 밀려왔다. 그 자갈들은 흔들거리는 문에 부딪쳤다. 노팅이 지하실에서 나와 누군가에게 삽으로 그 자갈을 원위치하라고 말하는 소리가 들렸다.

대령은 지붕을 올려다보며 포격으로 흉벽이 약간 무너졌다고 말했다. 그러고서 다시 티전스에게 시선을 고정했다.

티전스는 중얼거렸다.

"나는 겁을 먹고 있어… 캠피언 장군이 온다는 빌어먹을 소식에… 난 한심하고 우유부단한 놈이 되고 있는 거야."

대령이 말했다.

"난 남에게 빌붙는 기식자는 아니네. 이전엔 돈을 빌려본 적이 한 번도 없었네!" 대령은 숨을 들이켰다. 그의 가슴이 팽창했다가 다시 작아졌다. 그의 카키색 제복의 목 부분에 있는 공간이 작아졌다… 대령은 전에 돈을 빌린 적이 없을 수도 있을 것이다…

결국, 대령이 어떤 부류의 사람인가가 중요한 게 아니라, 티전스가 어떤 부류의 인간이 될 것인가의 문제였다. 티전스가 말했다.

"대령님께 돈을 빌려 줄 수는 없지만, 대령님이 거래하는 은행에 초과 인출을 250파운드까지 할 수 있도록 보증해 드리겠습니다."

티전스는 돈을 빌려주는 부류의 사람으로 남게 되어 기뻤다.

대령의 얼굴이 침울해졌다. 군인처럼 똑바로 세운 그의 어깨가 축 늘어졌다. 그는 유감스러운 듯이 소리쳤다.

"난 자네를 믿을 만한 사람이라고 생각했는데."

티전스가 말했다.

"같은 겁니다. 제가 실제로 대령님 계좌에 입금한 것처럼 대령님은 계좌에서 수표를 발행할 수 있습니다."

대령이 말했다.

"그럴 수 있다고? 그게 같은 거라고? 확실하나?" 그의 질문은 젊은 여자가 자기를 죽이지 말라고 부탁하는 애원처럼 들렸다.

대령은 분명 기식자는 아니었다. 재정적인 면에서 무지한 사람일 뿐이었다. 2주간의 휴가 후에 초과 인출을 보증 받게 된다는 게 무슨 의미인지는 18살짜리 부관도 아는 사실이기 때문이다… 티전스가 말했다.

"대령님은 거기 가만히 앉아서 실제로 돈을 손에 쥐게 되는 겁니다. 제가 편지만 쓰면 됩니다. 대령님의 은행 계좌를 담당하는 사람이 제가 선 보증을 거부할 순 없습니다. 만일 거부한다면, 제가 돈을 챙겨 직접 보내겠습니다."

티전스는 자신이 왜 과거에 그렇게 하지 않았는지 의아했다. 1년 전이라면 얼마가 됐든 자신의 계좌에서 주저하지 않고 초과 인출을 했을 것이다. 하지만 지금은 그렇게 하는 데에 견딜 수 없는 반감을 느꼈다. 증오라고 할 정도로 말이다!

티전스가 말했다.

"대령님 주소를 알려 주십시오." 정신이 약간 오락가락했던 티전스는 자신이 이야기를 너무 많이 했다는 생각이 들었다. "대령님이 루앙에 있는 넘버 나인 적십자사로 가 거기서 잠시 머무는 걸로 알고 있습니다만."

대령이 벌떡 일어났다.

"맙소사, 그게 무슨 소린가?" 대령이 소리쳤다. "내가… 넘버 나인으로."

티전스도 소리쳤다.

"절차가 어떤지는 잘 모릅니다. 대령님이 그렇게 말해서…"

대령이 소리를 질렀다.

"난 암에 걸렸네. 겨드랑이에 커다란 혹이 생겼단 말일세." 대령은 셔츠의 열린 부분으로 손을 팔꿈치까지 넣어 맨살을 더듬었다. "이런! 내가 친구들이 나를 배신했다고 말했을 때 자네는 내가 그들에게 도움을 부탁했다가 거절당했다고 생각했나보군. 난 친구들에게 부탁하지 않았네. 그들은 모두 죽었어. 그건 친구를 배신하는 최악의 방법이야. 그렇지 않은가? 자넨 남자들 언어를 이해하지 못하나?"

대령은 다시 침대 위에 펄썩 주저앉았다.

대령이 말했다.

"정말로, 자네가 돈을 빌려주겠다고 약속하지 않았다면, 난 물에 뛰어들어 자살하는 것 외엔 방법이 없었을 거네."

티전스가 말했다.

"이제 그런 생각은 하지 마십시오. 몸을 잘 돌보아야죠. 데리가 뭐라 하던가요?"

대령이 다시 격하게 말하기 시작했다.

"데리! 군의관 말이지… 자네는 내가 군의관에게 말했을 거라고 생각하는군! 보잘것없는 부관들에게 말이야? 아니면 다른 누군가에게라도 말했을 거라 생각하나? 자네는 이제 내가 왜 군의관이 준 그 끔찍한 알약을 먹지 않으려 했는지 이해하겠군. 그 약을 먹으면 어떻게 될지 어떻게 알겠나…"

다시 대령은 손으로 겨드랑이를 만졌다. 그의 눈에는 갈망과 뭔가 계산하는 듯한 표정이 어렸다. 그는 이렇게 덧붙였다.

"자네에게 돈을 빌려달라고 부탁하는 나로선 이 말을 하는 게 내 도리라고 생각하네. 난 자네에게 돈을 못 갚을 수도 있네. 그래도 자네 생각은 여전히 유효한가?"

축축한 땀방울이 대령의 이마에 맺혀 빛났다. 그의 몸은 땀으로 온통 젖어 있었다.

"대령님이 상의를 하지 않았다면" 티전스가 말했다. "돈을 구하지 못했을 겁니다. 저도 당장 제 상황부터 챙겨 봐야겠습니다. 그리고 제가 드린 제안은 아직 유효합니다!"

"오, 알았네." 대령이 잘 알겠다는 투로 대답했다. "우리 아버지도 암이셨지. 바로 이랬어. 그런데도 아버지는 돌아가시기 사흘 전까지 아무에게도 말씀하지 않았네. 나도 안 할 거고!"

"이 말은 드려야겠습니다…" 티전스가 말했다. "그건 자식들에 대한 의무이며 국왕에 대한 의무입니다. 대령님은 우리 군이 잃기에 너무도 훌륭한 군인입니다."

"그렇게 말해주니 고맙네." 대령이 말했다. "하지만 난 너무 오래 버텼어. 난 평결이 나오길 기다릴 수 없네."

더 나쁜 상황도 과거에 직면하지 않았느냐고 말해보았자 아무 소용 없을 것이다. 그는 안 그랬을 수도 있었을 것 같았다. 원래 그런 사람이니 말이다.

대령이 말했다.

"지금 내가 조금이라도 도움이 될 수 있으면 좋겠네!"

티전스가 말했다.

"지금 참호들을 살펴보아야 할 것 같습니다. 습한 곳이 있어서…"

티전스는 참호들을 살펴보기로 마음먹었다. 자신은… 그게 뭐더라… 하늘과 홀로 있을 곳을 찾아야 한다고 생각했다. 티전스는 또한 병사들에게 곡물 자루 같은 몸으로 자신이 어슬렁어슬렁, 하지만 주의를 살피면서, 걸어 다니는 모습을 보여주어야 한다고 생각했다.

한 가지 문제로 티전스는 골머리를 앓았다. 군사적인 문제에 있어서 대령이 효율적이었는지 의문을 제기하는 것 같아서 거론하지 않고 덮어두었지만 왼편과 오른편에 있는 부대와 연락을 유지할 특별한 방법과 메시지를 전달하는 방법을 대령이 알고 있는지 궁금했다.

그 문제는 티전스에게 일종의 강박 관념이 되었다… 만일 방법을 찾았다면 대대원들에게 밤낮으로 교신 훈련을 시켰을 것이다. 하지만 티전스는 이 부대가 그런 종류의 대비책을 강구했다는 사실을 전혀 발견할 수 없었다. 다른 부대도 마찬가지였다…

자신은 대령의 아킬레스건[168]을 건드린 것이다.

그건 이제 공개적으로 분명히 명백해졌다. 점점 더, 그리고 더 분명하게 명백해졌다! 캠피언 장군이 지휘권을 인계받을 거라는 소식에 티전스의 세상에 대한 전반적인 견해가 바뀌었다.

---

[168] heel of Achilles: 유일한 약점이란 의미를 갖고 있다. 『일리아드』에 나오는 불사신의 그리스 영웅 아킬레스는 유일한 약점인 발뒤꿈치에 화살을 맞고 죽었기 때문이다.

참호는 자신이 예상한 대로였다. 지하 대피소에서 예상한 모습과 거의 똑같았다. 참호들은 공원길을 만들기 위해 쌓아 놓은 붉은 자갈더미처럼 보였다. 대피호에서 나오는 것은 짐을 하역할 목적으로 방금 개조된 광차(鑛車)로 기어 올라타는 것 같았다. 몸을 숨기며 앞으로 나아가는 것은 병사들에게 참 힘든 일이다. 당연히 독일 저격병들이 그들을 지켜보고 있었으니 말이다. 우리의 과제는 낮 동안에 가능한 한 많은 참호를 구축하는 것이었고, 독일군의 과제는 가능한 한 우리 병사를 많이 죽이는 것이었다. 자신은 밤이 될 때까지 병사들이 몸을 잘 숨기도록 조처했고, 적의 지휘관은 가능한 많이 우리 병사를 총으로 쏘아 맞추는 데 열중했다. 티전스에겐 일급 저격수가 셋 있었다. 그들은 가능한 한 독일 저격수를 많이 맞추려할 것이다. 그건 정당방위다.

게다가 적군은 티전스가 맡고 있는 전선에 상당한 관심을 보일 것이다. 독일군 포병대는 이따금씩 포탄을 연속해서 쏘아댈 것이다. 그들은 자주 이런 식으로 포격을 하진 않는다. 그러면 우리 포병대의 관심을 끌게 되고 비용이 너무 많이 들게 될 테니 말이다. 그들은 다소 묵직한 고성능 폭약을 전선에 쏠 것이다. 독일군은 박격포라고 부르고 우리는 '소시지'라고 부르는 것을 말이다. 이것들이 공중으로 날아가는 게 보이면 망을 보는 우리 병사들은 때맞춰 숨으라고 경보를 보낸다. 하지만 독일군은 더 이상 이 무기를 사용하지 않았다. 폭약 비용이 너무 들고 효과는 별로여서 그랬을 것이다. 말하자면, 구멍은 크게 내지만 사상자는 많이 내지 못하기 때문일 것이다.

총알을 마구 쏘아대는 호퍼[169](이름처럼 마구 총알을 쏘아댄다)가

장착된 전투기가 이따금 참호 위를 따라 날아갔다. 자주 있는 일은 아니었다. 비용이 너무 들어 그럴 것이다. 유산탄이 그들 주변에서 터지는 동안, 그리고 참호 위로 총알이 날아가는 동안, 그들은 통상적으로 우리 참호 위를 여유롭게 맴돌며 폭탄을 투하했다. 그러면 플라잉 피그, 공중 어뢰, 다른 여러 발사체들이, 가령 지느러미 같은 모양이 달린 예쁘고 반짝이는 은색 발사체들이 창공을 날아가 대지에 떨어져 폭발하거나 땅에 묻힌 후 폭발했다. 실제로 그들의 폭탄은 끝이 없을 정도로 많았고, 거의 한 주 걸러 새로운 폭탄도 만들어냈다. 그들은 새로운 폭탄을 만들어내는 데 많은 돈을 들였지만, 새로 만든 많은 폭탄 대부분이 불발탄이었고, 성공적으로 발사된 미사일 대부분도 불발이 되었다. 그래서 독일군들은 정신적으로, 그리고 전쟁 도구와 관련해서 압박을 느끼기 시작하는 게 분명해 보였다. 따라서 이 지긋지긋한 곳에 있어야 한다면 그들보다는 우리 참호에 있는 게 나을 것이다. 우리 전쟁 도구는 상당히 훌륭했다!

  이건 소모전이다. 바보들의 게임이다! 사람을 죽이는 것에 관해 말하자면 얼간이들의 게임이지만, 햇빛을 받으며 광활한 풍경 위에 펼쳐지는 다양한 사람들의 싸움으로 생각한다면 그리 재미없는 일은 아닐 것이다. 그들은 많은 사람을 죽이지도 못하면서 무수히 많은 미사일과 생각을 탕진했다. 만일 납을 넣은 회초리와 벽돌이나 칼로 무장한 600만의 병사들을 똑같이 무장한 또 다른 600만

---

[169] hoppers: V자형 용기로 곡물, 석탄, 짐승 사료를 담아 아래로 내려 보내는 데 사용한다.

의 병사들과 싸우게 한다면, 3시간 후 한 편에선 400만이, 다른 한 편에서는 600만이 사망하게 될 것이다. 그러니 사람을 죽이는 것과 관련해 이야기하자면, 이건 진짜 천치들의 게임인 것이다. 이것이 바로 응용 과학자들에게 우리를 맡겨서 벌어진 일이다. 이 모든 것이 군인이 아니라, 확대경을 들여다보고 있는 덥수룩한 털에 안경을 낀 자들이 저지른 일이니 말이다. 물론 우리 편의 과학자들은 깨끗이 면도를 하고, 다른 것에 덜 정신이 팔렸을 수 있다. 그들은 수백만 명의 병사들을 이동시킬 수 있단 점에서 도살자로서 상당히 효율적이다. 칼만 가지고 있을 때는 그렇게 빨리 이동할 수 없을 테니 말이다. 반면 칼은 내리칠 때마다 한 사람의 목숨을 앗아 갈 수 있다. 하지만 이 전쟁에선 100만의 병사를 1,800미터 밖으로 배치하여 서로 소총으로 발포하도록 한다. 그런데 소총으로는 상대방을 잘 맞추지 못하니, 이 총이란 발명품은 상대적으로 비효율적이다. 그래서 전쟁은 오래 끌게 되는 것이다!

갑자기 지루해졌다.

독일군은 그들의 정보력을 전 세계에 펼치면서, 티전스의 병사 한두 명을 죽이는 데 온종일을 소모할 것이고, 티전스는 단 한 명의 사상자도 나지 않게 하려고 모든 주의를 기울일 것이다. 그래서 하루가 끝날 즈음에는 모두 녹초가 될 것이고, 가엾은 병사들은 부지런히 참호를 보수해야 할 것이다. 이것이 늘 하는 일과다.

자신은 이 일을 할 것이다… 'A'중대 지휘관을 불러 그가 할 잡역에 관해 이야기하게 했다. 사령부 오른편의 참호들이 왼편의 참호보다 덜 손상당한 것 같아 보였다. 별다른 위험 없이 많은 병사를 이동시킬 수 있을 것 같았다. 'A'중대의 지휘관은 놀랄 정도로 마른 50대의 대머리였다. 심한 대머리여서 철모가 그의 머리에서 이리저리 움직였다. 그는 작은 배의 선주였는데, 슬하의 남매가 각각 다섯 살, 일곱 살이라고 하니 상당히 늦은 나이에 결혼한 게 틀림없다. 그는 현재 하고 있는 사업으로 해마다 5만 파운드를 번다고 했다. 설령 그가 전사하더라도 그의 자녀들은 아무 부족함 없이 살아가게 될 거라는 생각에 티젠스는 흐뭇해졌다. 사람 좋고, 과묵하고, 능력 있는 그는 이야기할 때 멍하게 먼 곳을 바라보곤 했다. 두 달 뒤, 그는 총에 맞아 깔끔하게 전사했다.

티젠스는 일이 진행되지 않아 조바심이 났다. 독일군이 할 것이라고 알고 있던 맹포격은 어떻게 된 것일까?

티젠스가 말했다.

"그저께 밤에 우리 군에 항복해 온 독일군 중대 선임 하사관 기억하시오? 중대에서 훔친 돈으로 토튼햄 코트 로드[170]에 과자 가게를 열 거라고 말한 그 친구 말이오. 혹시 듣지 못했소?"

전투가 치열하게 벌어지는 동안 이곳으로 온 사람치고는 아주 말쑥한, 회청색 제복을 입은, 뭔가를 감추고 있는 듯한 표정의 독일 하사관의 모습이 떠올랐다. 그 순간 티젠스의 마음 깊은 곳에서 강렬한 불쾌감이 솟아났다. 티젠스가 가장 두려워하는 것은 포로가 되는 것이었다. 하지만 다른 사람을 통제한다는 것은 자신이 포로가 되는 것만큼이나 혐오스러웠다… 포로가 된다는 것은 자신의 의지

---

[170] Tottenham Court Road: 런던 중심부에 있는 주요 도로.

와는 상관없이 이루어지는 일인 반면, 포로를 통제하는 것은, 군 규율하에 하는 것이지만, 자신의 자유 의지가 개입되어 있기 때문이다. 따라서 그에게, 포로를 감시하는 일은 특히 역겨웠던 것이다. 비이성적인 이야기이지만, 포로들이 마치 구더기인 것처럼, 불결하다는 느낌이 들었다. 이치에 맞지 않지만, 포로를 만지면 구역질이 날 거라는 것을 알고 있었다. 그것은 분명 자유에 대한 토리주의자들의 생각에서 비롯된 것이다. 짐승과 인간을 구별하게 하는 것은 자유다. 자유를 빼앗길 때 인간은 짐승처럼 된다. 포로와 같이 있는 것은 짐승과 같이 사는 것과 같다. 마치 휘늠[171] 사이에 살고 있는 걸리버처럼 말이다.

게다가 이 더러운 친구는 탈영병이었다!

맹포격이 완전히 끝난 후, 새벽 3시에 탈영병을 사령부로 데려갔다. 그는 통상적인 공격 중에 건너온 것으로 보였다. 하지만 실제로 그는 포탄이 떨어져 생긴 구멍에 밤새 들어가 있다가, 주위가 잠잠해진 후, 우리 전선으로 기어들어 왔던 것이다. 출발 전 그는 중대의 돈과 손에 넣을 수 있는 모든 서류를 주머니에 가득 넣었다. 그 돈과 서류들 때문에 그 불유쾌한 시간에 그를 사령부로 데려간 것이다. 'A'중대는 이런 사안은 가능한 한 빨리 본부로 넘겨야 한다고 판단했던 것이다.

---

[171] Houyhnhnms: 18세기 영국의 소설가 조나단 스위프트(Jonathan Swift)가 쓴 『걸리버 여행기』 중에 나오는 이성적인 말(horse). 휘늠의 나라에는 인간과 똑같은 탐욕과 추잡함을 갖고 있는 야후(Yahoo)라는 종족이 사는데, 걸리버는 이 야후가 바로 인간이라는 사실을 깨닫고 경악한다.

지휘관, 맥케츠니, 정보 장교, 군의관, 그리고 티전스까지 모두 그곳으로 갔다. 그 좁은 공간은 악취를 풍겼고, 군용 럼주와 위스키 냄새가 코를 찔렀다. 독일군 탈영병이 나타나자 티전스는 거의 토할 뻔했다. 사실 티전스는 대대를 인솔하느라 이미 힘이 빠진 상태였다. 그의 관자놀이는 눈의 피로로 인해 생긴 일종의 신경통으로 고통스러웠다.

통상적으로 사단으로 보내기 전에 포로들을 심문하는 것은 승인되지 않았다. 하지만 탈영병은 일반 포로보다는 더 관심을 불러일으키는 법이다. 그때 당시 항명하고 싶었던 지휘관은 티전스에게 포로에게서 얻어낼 수 있는 것은 최대한 캐내라고 명령했다. 티전스가 독일어를 조금 할 줄 알았고, 독일어를 잘 아는 정보 장교는 전사했지만, 그를 대신해 일을 맡은 던은 독일어를 몰랐기 때문이었다.

뭔가를 감추고 있는 듯한, 깡마르고 까무잡잡한 피부의 포로는 몹시 불안한 표정으로 질문에 기꺼이 답했다. 그렇다. 독일군들은 전쟁에 질렸다. 군율을 유지하는 게 너무 어려워졌다. 그가 탈영한 이유 중 하나는 수하 병사들의 군율을 유지하는 것이 너무 힘들어서라고 했다. 식량도 모자랐다고 했다. 그래서 진군하던 병사들이 음식물 쓰레기더미 앞에서 멈추는 것을 막을 수 없었다고 했다. 게다가 맡은 일을 성공적으로 하지 못했다고 부당하게 비난받았다고도 했다. 탈영병은 자신을 비난한 죽은 독일군 장교들을 욕했다. 하지만 지휘관의 명령에 따라 티전스가 최근 독일군이 전선에 도입한 오스트리아 포(그 포는 엄청난 양의 고성능 폭약을 내장한 포탄을 발사하는데 그 포탄은 땅속을 파고 들어가 거기서 터지게 되어 있다)에 대해 질문하자, 그 독일군 병사는 양 발꿈치를 딸각대고는 이렇게 대답했다. "나인, 헤르 오피찌에, 다스 배레 란데스페라 퉁[172]!"… 그 질문에 대답하는 것은 자신의 조국을 배신하는 거라고 했다. 티젼스는 그의 심리를 파악하기 어려웠다. 그는 자신이 가져온 서류에 관해 몇 마디 영어를 사용해 할 수 있는 한 자세히 설명했다. 그것들은 대부분 독일 병사들에 대한 훈계와 연합군에 닥친 재앙과 사기 저하에 관한 회람장, 그리고 독감 환자의 통계치 같은 별 중요치 않은 보고서들이었다. 하지만 지금은 기억나지 않는 제목이 있는 타이핑한 서류를 그의 눈앞에 들이대자, 독일군 탈영병은 이렇게 소리쳤다. "아흐, 니히트 다스!"[173] 그러고는 티젼스에게서 그 서류를 낚아채려 하더니, 자신의 목숨이 달린 것을 깨닫고는 단념했다. 몹시 창백해진 그는 이해할 수 없는 문구들을 번역해 달라고 하자, 이를 거절했다. 모두 기술적인 용어라 티젼스가 하나도 이해할 수 없는 문구들이었다.

 티젼스는 그 서류에 일종의 이동 명령이 적혀있다는 것을 알았다. 하지만 이 일이 너무나도 역겨웠고, 서류에 담긴 정보는 참모들이 전선에 있는 사람들이 관여하지 않기 바라는 내용이라는 것을 알았기 때문에, 더는 독일군을 추궁하지 않았다. 경청을 했지만 무슨 일인지 이해할 수 없었던 대령과 소위 "친구들"은 당시 몹시 피곤함을 느꼈기 때문에, 티젼스는 정보 장교 책임하에 그 독일군 병사를 평

---

[172] Nein, Herr Offizier, das wäre Landesverratun: (독일어) '안 됩니다. 장교님. 그것은 조국을 배신하는 짓입니다'라는 뜻.
[173] Ach, nicht das: (독일어) '아, 그건 안 돼요'라는 뜻.

소보다 삼엄하게 호위를 하여 여단으로 보냈다.

그 사건과 관련해 티젠스의 기억에 남은 것은 티젠스가 탈영병에게 훔친 중대의 돈으로 무얼 할 거냐고 물었을 때 그가 한 말이었다. 그는 그 돈으로 토튼햄 코트 로드에 작은 과자 가게를 열려고 한다고 했다. 아니나 다를까, 그는 전쟁 전 올드 콤튼 스트리트[174]의 웨이터였던 것이다. 티젠스는 그가 어떻게 될지 막연히 생각해 보았다. 그들은 탈영병들을 어떻게 할까? 아마도 영국 정부는 그들을 억류할 것이다. 혹은 포로들을 관리하는 부대의 하사관으로 삼을지도 모른다. 그는 절대 독일로 돌아갈 수 없을 것이다… 그러한 사실이 티젠스에게 공포와 혐오감을 불러 일으켰다. 마치 그 일이 자신을 타락시키기라도 한 것처럼 말이다. 그래서 티젠스는 그 일을 마음에서 지웠다.

참모들이 보낸 온갖 긴박한 예고란 것이 바로 그 서류를 보고 내린 것이란 사실을 티젠스는 이제 깨달았다. 그 역겨운 독일군이 낚아채려 한 서류 말이다! 티젠스는 당시 너무도 역겨워서 그 독일군 병사에게 수갑도 채우지 않았다는 사실이 떠올랐다. 그 일은 많은 의문을 낳았다. 한 인간이 조국을 버리면서도 동시에 조국을 배신하기를 거부할 수 있는가? 그럴 수 있을 것 같기도 하다. 인간의 본성에는 모순되는 것이 끝이 없을 정도로 많으니 말이다. 지휘관을 한 번 봐라. 능력 있는 장교이지만 어떤 면에선 뒤죽박죽인 바보다. 심

---

[174] Old Compton Street: 런던의 웨스트 앤드에 있는 소호(Soho)를 동서로 가로지르는 거리.

지어 군대 생활에서도 그렇다!

한편으로 생각해보면 이 모든 것이 독일군의 함정일 수도 있다. 그 이동명령 서류는 우리 육군 사령부에 도달되도록 의도한 것일 수도 있다. 중요한 이동명령서는 보통은 중대 사무실에 굴러다니지 않는 법이니 말이다. 보통은 그렇지 않다. 전선 이쪽 부분에 우리를 주목하게 한 뒤, 독일군은 다른 곳에서 진짜 공격을 하려고 했는지도 모른다. 하지만 그럴 거 같지는 않다. 가엾은 퍼플 장군은 본토의 힘 있는 사람들에게 인기가 없기 때문에 그가 맡고 있는 전선은 너무도 취약하게 되어, 독일 사령부가 독일 병사들에게 다른 곳을 공격하게 한다면, 독일군들이 몹시 화를 낼 것이기 때문이다. 게다가 프랑스군의 대규모 병력이 거기로 곧장 서둘러 가고 있었다. 그렇다면 그는 영웅일지도 모른다. 하지만 영웅처럼 보이진 않았다!

이런 복잡한 일들이 요즈음엔 피곤해졌다. 한때는 이런 문제들에 대해 고심하고, 정확한 수치로 그 요인을 계산하여 문제를 해결하는 것이 기뻤지만 말이다. 하지만 이제 이런 문제에 대해 자신이 느끼는 유일한 감정은 다행히 자신의 일이 아니라는 데서 오는 안도감이었다. 독일군은 쳐들어올 것 같지 않았다.

결국 맹포격이 없을 것 같아 유감스러웠다. 믿을 수 없는 일이다. 직접적인 죽음의 위험에 처하지 않은 게 어떻게 유감스러울 수 있겠는가?

키 크고 삐쩍 마른 'A'중대 중대장이, 철모를 코까지 앞으로 기울어지게 쓴 채, 한스러운 어조로 앞으로의 일을 예견하듯 이렇게 말했다.

"독일군이 쳐들어오지 않을 것 같아 유감이오."

그는 독일군이 쳐들어오지 않아 유감인 모양이다. 독일군들이 쳐들어오면, 그 포로가 제공한 정보가 맞는 게 되고, 그러면 그 포로를 잡았던 그의 공로가 인정받게 될 것이다. 그러면 휴가를 신청할 때 그가 우선권을 갖게 될 수도 있으니 말이다. 그는 휴가를 원했다. 그는 아이들이 보고 싶다고 했다. 지금까지 2년 동안 아이들을 보지 못했다고 했다. 5살과 7살짜리 아이들은 2년 동안 상당히 변했다고 한다. 그는 투덜거렸다. 사사로운 동기를 드러내는 것을 부끄러워하지 않고 말이다. 그는 아주 평범한 남자였다! 하지만 존경받을 만했다. 그의 목소리는 몹시 귀에 거슬리는 흉성이었다. 티젠스는 그가 아이들을 다시 만나지 못할 것이라는 생각이 들었다.

티젠스는 이러한 예감이 들지 않기를 바랐다. 이따금 사람들의 얼굴을 쳐다보고 있자면 이 사람 혹은 저 사람이 곧 죽겠구나 하는 생각이 들었다. 티젠스는 이런 습관이 없어지길 바랐다. 바람직하지 못한 것이니 말이다. 하지만 대개 그의 예감은 적중했다. 여기서 자신이 본 사람 대부분은 분명 전사할 것이다… 자신만 빼고 말이다. 자신은 오른쪽 쇄골 바로 뒤 연약한 부분에 부상을 입게 될 것이다.

티젠스는 맹포격이 그날 아침에 시작되지 않아 유감이었다. 만일 독일군이 쳐들어 왔다면, 자신이 그 냄새나는 참호에서 취조한 포로가 제공한 정보가 맞다는 증거가 되기 때문이다. 그러면 그의 부대가 그 독일 병사를 잡았기 때문에 자신은 지금 글라모건셔 9대대의 임시 지휘관으로 사령부 전표에 서명하고 있을 것이다. 그리고 자신은 현명하게도 그 독일군 포로를 그 귀중한 서류와 함께 즉각 여단으로 이관했기 때문에 여단 사령부는 자신을 호의적으로 기억하여, 이 대대의 임시 지휘를 맡겼을 수도 있다. 만일 그들이 그렇게 해준 다면 티젠스는 부대 지휘를 잘 해서 자신의 대대를 갖게 될 수도 있었을 것이다.

티젠스는 몹시 놀랐다. 'A'중대 중대장도 자신과 똑같은 생각을 하고 있었기 때문이었다!

티젠스가 말했다.

"참 현명하군요. 그 포로의 중요성을 알아보고 서둘러 내게 보내 주다니." 'A'중대 중대장의 엄숙한 얼굴이 붉어졌다. 티젠스 자신도 언젠가 모자 주위에 빨간 띠를 두른 어떤 작자의 말에 기뻐서 얼굴 이 붉어질지도 모른다.

티젠스가 말했다.

"독일군이 오지 않는다 해도, 그 정보가 도움이 되었을 거요. 오 히려 더 도움이 되었을 수도 있소. 그들을 저지하는 방편이 될 수도 있으니 말이오." 우리가 그들의 이동 명령서를 입수했다는 사실을 알게 되면, 독일군이 계획을 바꿀 수도 있기 때문이다. 그러면 그들 은 불편함을 겪게 될 것이다. 하지만 그럴 것 같지는 않았다. 우리가 이동 명령서를 입수했다는 사실이 그들의 총지휘관의 귀에 들어갈 시간이 아직 없었기 때문이다. 하지만 가능은 하다. 그런 일이 실제 로 생겼었다.

아랑헤스와 일병이 햇빛을 받으며 움직이지 않고 아무 말 없이 서 있어서, 붉은 참호에서 떨어져 나간 파편처럼 보였다. 참호에 깔 린 붉은 자갈이 여기서부터 이회토와 섞이기 시작하여, 뒤쪽 참호

바닥에는 충적토만 남게 되었다. 그보다 더 뒤에 있는 참호의 바닥은 젖은 흙으로 덮여 마치 유사 같았다. 한마디로 늪이 된 것이다. 티전스가 사이펀과 같은 작용을 하는 배수관으로 물을 빼내면서 무너진 참호를 다지려 한 곳이 바로 그곳이었다. 그때 자신이 지휘하는 부대가 전선 맨 끝에 있다는 사실이 떠올랐던 티전스는 이렇게 물었다.

"바로 옆 부대와 교신을 유지하는 방법에 대해 알고 있소?"

엄숙한 표정의 중대장이 말했다.

"전쟁 초기에 훈련소에서 배운 정도요. 입대할 때 말이요. 그때는 상당히 철저하게 배웠지만, 지금은 거의 다 잊어버렸소."

티전스가 아랑헤스에게 말했다.

"자네는 통신장교지. 양쪽에 있는 부대와 교신을 유지하기 위해 어떻게 해야 하는지 알고 있나?"

아랑헤스는 얼굴을 붉히고 더듬거리면서, 경적과 신호에 대해 안다고 했다. 티전스가 말했다.

"그건 단지 참호용이지, 전부. 하지만, 이동 중에 말이네. 장교 교육단에서 이동 중인 군대들이 서로 교신을 유지하는 법에 대해 훈련시키지 않던가?"

그들은 장교 교육단에서 그런 훈련을 받지 못했다. 애초 프로그램 안엔 그 훈련이 있었지만, 다른 훈련, 가령 총류탄 훈련, 수류탄 투척 훈련, 스토크스 건 훈련 때문에 항상 밀려났다. 부대를 이동하기 어려운 지역, 가령 모래 언덕과 같은 어려운 지역으로 이동시키는 일을 제외하고는 그들은 온갖 종류의 기계 훈련을 받았다. 부대와 부대간에 연락을 취하고, 부대가 나뉠 경우엔 연결 부대를 남겨야 한다는 것을 귀에 못이 박히도록 말하면서도 말이다.

무슨 일이 있어도 인근 부대와 연락을 취해야 한다는 것은 티전스를 지배하는 생각, 그가 전쟁을 통해 얻게 된 주요한 생각이었다. 후에 막대한 규모의 독일군 포로들의 호송을 지휘해야 했을 때, 티전스는 피로와 병으로 떨어져 나간 호송대의 병사들이나 하사관, 심지어 장교들을 위해(이런 일들로, 날이 저물어 새 캠프에 도착했을 때 호송을 담당할 병사가 거의 남지 않는 경우가 있었다. 가령 3,000명의 포로를 호송해야 하는데 30명의 호위 병사만 남는 경우도 있었다) 많은 연락 부대를 남겨놓아야 한다는 생각을 여러 번 했다. 호송대의 임무는 포로의 탈출을 막는 것이기에 그런 목적으로 연락 부대를 유지하는 게 좋겠다는 생각이 들었다. 하지만 티전스는 독일군이 포탄을 쏜 경우를 제외하고는 단 한 명의 포로도 탈출하게 하거나, 단 한 명의 낙오자도 만들지 않았다.

티전스는 'A'중대 중대장에게 이렇게 말했다.

"'A'중대에서 이 문제를 처리해주시오. 난 가능한 한 빨리 중대장을 우리 부대 오른쪽에 있는 부대로 이속하도록 하겠소. 병사들이 아무 것도 하지 않으면 중대장이 직접 이 사항에 관해 알려주시고, 지시에 따르도록 모든 일병과, 분대장 그리고 나이 든 이등병에게 아주 심각하게 이야기해 주시오. 그리고 우리 오른편에 있는 윌트셔 부대 지휘관과 즉시 교신을 취하시오. 하루 이틀이면 참호전이 끝날 것이오. 그러면 독일군이 우리를 북해로 몰아내든가, 아니면 우리가 그들을 뒤로 밀어낼 것이오. 그때 가면 독일군은 사기가 저하될 터이니 우리는 신속하게 움직여야 할 거요. 아랑헤스 소위, 자네는 깁스 대위가 소속 중대원들에게 말할 때 옆에 있다가, 대위가 한 말을 다른 중대에 가서 반복해서 말하게."

티전스는 몸 상태가 좋았을 때처럼 빠르고 분명하게 이야기했다. 그리고 의도적으로 격식을 갖추어 말했다. 독일군 공격이 임박한 상황에서 장교 회의를 소집할 수는 없었다. 하지만 자신이 중대장, 통신장교, 중대 사무실 일병 앞에서 이 말을 한다면, 대대에 있는 모든 병사에게 자신이 한 말이 전달될 것이라고 확신했다. 자신이 이런 하찮은 일에 너무 신경 쓴다는 소문이 돌 것이지만, 하사관들은 병사들이 이 문제에 신경 쓰도록 할 것이다. 장교들도 마찬가지일 것이다. 이것이 지금으로서 할 수 있는 전부였다.

티전스는 깁스 뒤에서 참호를 따라 걸었다. 참호의 이 지점은 전혀 손상당하지 않았고 상태도 좋았다. 참호를 따라 난 붉은 자갈길은 점차 이회토로 된 길로 바뀌었다. 티전스는 깁스에게 전쟁 정책에 개입하여 군인들을 현 상태에 처하게 한 그 빌어먹을 민간인들을 저지하기 위해 이런 식으로 무엇인가 할 수 있다고 말했다. 민간인이 개입하여 전쟁에 졌다는 데에 깁스도 침울한 어조로 동의했다. 민간인들은 정규군을 너무 미워해, 어떤 민간인은 진흙탕 싸움에서 (이들은 우리 병사들이 그 진흙탕 싸움에 빠지길 바란다) 정규 훈련의 흔적을 발견할 때마다, 각기 다른 이름으로 신문사에 100통의 편지를 보냈다. 그러면 육군상은 100개의 표를 얻기 위해 즉시 조치를 취했다. 깁스는 그날 아침 본국에서 발행된 신문을 읽었다.

티전스는 이렇게 말하면서 스스로 놀랐다.

"우리가 그자들을 꺾을 수 있을 거요!" 그것은 실현 불가능한 낙관적인 생각이었다. 티전스는 거의 범죄 행위를 자행하는 민간인들의 방해에도 불구하고 육군 지휘관들이 선전(善戰)하여, 그들의 게임을 중단시키기 시작했다고 말함으로써, 앞에서 한 자신의 말을 정당화시키려 했다. 그리고 캠피언 장군이 온 것은 전쟁을 수행하는 데 있어서 군인들이 발언권을 갖기 시작했다는 증거이며, 그것은 곧 단일 지휘 체계를 의미한다고 했다. 이에 깁스는 말은 하지 않았지만 만족스러워했다. 프랑스가 단일 지휘권을 갖게 된다면, 프랑스군이 전선을 인수하게 될 것이고, 그렇게 되면 틀림없이 그는 집에 돌아가 아이들을 볼 수 있을 것이기 때문이었다. 그리고 사단 병력 전체는 전선에서 철수해 재조직되고 병력은 증강될 것이다.

티전스가 말했다.

"하던 이야기를 계속해 봅시다… 중대장께서 병사들을 파견하여 월트셔 부대와 연락을 유지하고, 그들도 똑같이 한다면, 그리고 서로 알아보기 위해 오른팔과 왼팔에 각각 손수건을 두른다면…그렇게 한다면…"

"독일군은" 깁스 대위가 침울하게 말했다. "특별히 그들을 겨냥할 것이오. 그놈들은 특히 배지 같은 걸 단 사람을 골라 총을 쏠 것이오. 그러면 상황이 더 나빠지게 될 거고."

티전스는 깁스의 요청으로 깁스의 참호를 살펴볼 작정이었다. 중대 본부에서는 깁스에게 그의 참호에서 기관총 실연을 할 수 있도록 준비하라고 지시했다. 하지만 그는 그렇게 할 수 없었다. 그의 참호가 사라졌기 때문이다. 아무것도 없었다. 그는 새로운 오스트리아 포 때문일 거라고 생각했다. 아마 새로운 포 때문일 것이다. 그런데 왜 오스트리아 포일까? 오스트리아인들은 평소에 고성능 폭약엔 거의 관심이 없었다. 하지만 이번 것은 땅속에 들어가 터지는데 놀라울 정도로 소음이 작고 진동도(하마처럼 단지 몸을 들썩거릴 정도로) 작았지만, 지구의 반을 날려 보낼 정도로 강력했다. 깁스는 아무것도 눈치 채지 못했다. 지뢰가 어디 매설되었는지 눈치 채지 못하듯이 말이다. 그래서 병사들이 와 거기에서 지뢰가 터졌다고 말했을 때, 그는 그들의 말을 믿지 않으려 했다… 하지만 지뢰가 물체를 여기저기 날린 것처럼 정확히 그렇게 보였다. 작은 지뢰가 말이다. 하지만 여전히 지뢰 같았다…

무너진 참호 끝에서 6명이 한 조를 이룬 작업반이 곡괭이와 삽을 들고 한 번에 두 조씩 작업을 했다. 그들은 진흙과 돌을 넣은 다음 삽으로 두드렸다. 그리고 틈새를 밟아 다지고 나서 진흙과 돌을 더 넣었다. 어디로 흘러가는지 알 수 없는 물이 여기저기서 새어 나왔다. 거기에 샘이 있는 게 틀림없었다. 그 언덕 중턱엔 벌집 모양처럼 샘이 무수히 많으니 말이다…

누군가는 거기에 지뢰가 있었다고 분명히 말했을 것이다. 우리가 전진하고 있었다면, 그것은 우리를 즐겁게 하기 위해 독일군이 매설한 작은 지뢰일 수도 있을 것이다. 하지만 우리는 늘 있었던 곳으로 돌아갔으니 그건 지뢰일 수가 없다.

그 포탄은 또한 대지를 앞으로 뒤로, 그리고 측면으로 약간 이동시켰다. 그 바람에 그 포탄에 의해 생긴 깊은 구멍은 보통의 둥근 포탄구멍보다는 초창기의 수갱(竪坑)으로 들어가는 입구와 그 모양이 흡사했다. 티전스의 참호와 'B'중대 참호 사이엔 그 너머를 볼 수 없을 정도로 상당히 높은 둔덕이 하나 있었다. 프림로즈 힐[175]의 모형처럼 보이는 그 둔덕은 아주 컸다. 이 둔덕은 플라잉 피그나 다른 발사체에 의해 생긴 그 어떤 것보다 훨씬 컸다. 어쨌든 이 둔덕은 높았기 때문에 티전스는 적의 눈에 띄지 않고 이곳을 돌아 'B'중대 기지로 갈 수 있었다. 티전스는 깁스에게 이렇게 말했다.

"우리는 기관총을 배치할 자리를 살펴봐야 할 거요. 더 이상 날 따라오지 마시오. 독일군이 흙더미를 좀 더 날려 보낼 것 같으면, 병사들이 머리를 숙이고 진지로 돌아가도록 하시오."

---

[175] Primrose Hill: 영국 런던의 레전드 파크(Regent's Park) 북쪽에 있는 언덕.

6

티전스는 햇볕을 받으며 커다란 둔덕 반사면(反斜面) 위에 누웠다. 그는 자신의 감정 상태와 기관총에 대해 생각하기 위해 혼자 있을 필요가 있었다. 자신은 부대 일에서 배제되어 있었기 때문에 기관총이나 심지어 자신을 보좌해야 하는 병사에 대해서도 아는 게 전혀 없다는 사실이 갑자기 떠올랐다. 볕에 그을린 커다란 코와 헤벌린 입을 한, 얼이 나간 것 같은 코브라는 신병이 있었다. 그의 얼굴을 보면 그가 자신이 맡은 일을 감당할 정도로 똑똑해 보이지 않았다. 하지만 누가 알겠는가?

티전스는 허기가 졌다. 전날 저녁 7시 이후로 실제로 아무것도 먹지 못했고 게다가 그 시간 대부분을 서 있었기 때문이었다.

티전스는 더켓 일병을 'A'중대 참호로 보내, 샌드위치와 럼주를 넣은 커피를 얻을 수 있는지 물었다. 그리고 아랑헤스 소위를 'B'중대로 보내 자신이 병사들과 막사를 둘러보러 가겠다고 전하게 했다. 현재 'B'중대 지휘관은 장교 교육단을 갓 나온 아주 젊은 친구였다. 'B'중대 전 지휘관이었던 콘스탄틴이 그저께 밤에 전사했기 때문이었다. 철조망에 매달려 있는 것이 그의 유해라고 다들 말들 하지만 그게 정말 콘스탄틴인지는 의심스러웠다. 그가 자기 중대를 이끌고 갔다면 그렇게 멀리 왼쪽으로 가지 말아야 했다. 여하튼 베넷이라는 이 어린 청년 이외엔 콘스탄틴을 대체할 사람이 없었다. 착한 청년이었다. 너무나 수줍음을 타 열병식 때 구령을 내리지도 못했지만 똑똑한 친구였다. 게다가 경험이 많은 원조 글라모건셔 부대 출신의 선임상사를 휘하에 두고 있었다. 선택의 여지가 없었다! 그날 아침 'B'중대는 바깥세상에서 맹위를 떨치고 있는 독감 감염자가 5명 있다고 보고했다. 이는 이 급조된 부대가 바깥 세상에 감사해야 할 일이다! 그들은 바깥세상을 버렸다. 그러니 진정한 의미에서 그들은 은둔자다. 그런데 바깥세상이 그들에게 이런 짓을 했다. 왜 바깥세상은 그들이 은둔 생활에 몰두하도록 놔두지 않는 걸까?

역겹고 불쾌한 독일군들조차도 독감에 걸렸다. 사단 회보에 따르면 독일군은 아주 심한 독감에 걸려, 사단 전체가 전투를 제대로 할 수 없다고 한다. 그건 우리 군의 사기를 북돋을 목적으로 한 거짓말일 수도 있다. 하지만 사실일지도 모른다. 독일군은 분명 식량이 몹시 부족한 상태였고, 대체 식량으로 지급받는 것도 영양분을 골고루 갖추지 못했다. 탈영병이 가져온 서류에는 독감 확산을 막기 위해 모든 조치를 취할 필요성을 긴급히 촉구하는 글이 적혀 있었다. 또 다른 회람장에는 일반병이 민간인이나 장교단만큼 잘 먹고 있다고 힘주어, 그러면서도 눈물겹게 기술되어 있었다. 분명히 모종의 추문이 있었을 것이다. 티전스가 시간이 없어 다 읽지 못한 회람장 말미엔 이런 문구가 적혀 있었다. "장교단이 명예롭다는 사실이 입증되었다!"

비참한 뇌를 혼란에 빠트릴 굶주림을 겪고 있는 수백만 병사들로 채워진 광활한 땅을 생각하면 끔찍했다. 그들은 이제까지 존재한 인류 중 가장 비참한 사람임이 틀림없다. 우리 영국군의 삶도 지옥이다. 하지만 그들의 삶은… 생각하기조차 견디기 어렵다.

그 지역 거주민에 대한 증오가 어떻게 교전중인 전장으로 이어지는지 생각해 보면 참 기이하다. 병사들이 진짜 증오하는 사람들은 바로 민간인들과 그들의 통치자들이었다. 지금 그 탐욕스러운 돼지 같은 인간들이 참호 안에 있는 불쌍한 병사들을 굶주리게 하고 있다!

독일군은 정말 진저리가 난다. 독일 병사들, 그리고 그들의 정보부와 참모들은 진짜 지겹고 기괴하다. 끝없는 골칫거리들이다. 독일군이 자신의 멋지고 깨끗한 참호를 엉망진창으로 만든 걸 생각하니 티전스는 몹시 짜증이 났다. 그것은 마치 개를 응접실에 놔두고 1시간 동안 외출 갔다가 돌아와 보니, 소파 쿠션이 모두 엉망진창이 된 것을 보았을 때 드는 것과 같은 기분이었다. 그때 그 개를 때려눕히고 싶은 마음이 들 것이다… 마찬가지로 독일군도 때려눕히고 싶을 것이다. 하지만 그들에게 진짜 큰 피해를 입히고 싶지는 않다. 매일 악몽을 꾸면서 굶주림 속에서 그 지옥과도 같은 곳에서 살아야 하는 것만큼 끔찍한 것은 없으니 말이다! 그래서 자연히 그들은 독감 때문에 죽는 것이다.

어쨌든, 독일인들은 독감으로 쓰러질 수 있는 부류의 사람들이다. 그들은 따분한 사람들이다. 늘 전형적이니 말이다. 그들의 말도 안 되는 회람장을 읽으면 구역질이 나다가도 웃음이 나온다. 그 회람장은 스스로에 대한 풍자다. 그들은 끊임없이 히스테리를 부리는…

건강 염려증 환자다… 장교단… 오만한 독일 군대… 영광스러운 각하… 전능한 업적… 그들에게 급조된 군대의 모습은 없다. 언제나 끊임없이 샘솟는다… 그들의 건강 염려증 말이다!

우리같이 급조된 군대는 그렇게 심하게 독감에 걸릴 것 같지는 않다. 자신의 정신적, 신체적 맥박을 재지 않기 때문이다. 그런데 이곳 'B'중대에는 독감이 돌았다. 아마 그저께 밤 독일군에게서 옮았을 것이다. 독일군들이 'B'중대로 뛰어들어 육탄전을 벌였다. 그것은 성가신 일이었다. 'B'중대도 골칫거리다. 'B'중대는 전선 중에서 가장 축축한 저지대에 있는데, 'B'중대 참호는 지붕에서 물이 떨어지는 우물 같다는 보고도 있었다. 'B'중대가 이런 참호에 배정된 것은 … 그들 막사에서 물을 제거하는 것 말고는 그들의 불운을 쫓아내기 위해 무엇을 해야 할지 모르겠다. 하지만 무엇인가 해야 한다. 티전스는 그들의 막사로 가서 질책을 할 것이다. 하지만 그예의 바르고 젊은 중대장에게 참호를 정돈할 기회를 주려고 아랑헤스를 먼저 보내 자신의 방문을 알렸던 것이다.

그 빌어먹을 독일군들! 독일군들이 자신과 발렌타인 워놉 사이를 막고 있다. 만약 고국으로 돌아간다면, 자신은 발렌타인과 오후 내내 앉아서 이야기를 나눌 수 있을 것이다. 그것이 젊은 여자가 존재하는 이유다. 우리는 젊은 여자와의 대화를 끝내기 위해 젊은 여자를 유혹한다. 그런데 같이 살지 않고는 그렇게 할 수가 없다. 또 유혹하지 않고는 같이 살 수도 없다. 그건 부산물인 것이다. 요점은 그 이외의 방법으론 대화를 할 수 없다는 것이다. 거리 모퉁이에서, 박물관에서, 심지어 응접실에서도 우리는 대화를 끝낼 수 없다. 여자가 그런 마음이 들 때 우리는 그럴 마음이 들지 않을 수 있다. 친밀한 대화는 영혼간의 궁극적 교감을 의미하기 때문이다. 최종적인 친밀한 대화를 하기 위해선 1주, 1년, 혹은 평생을 기다려야 할지도 모른다… 그러다 완전히 지치게 될 수도 있다. 그래서…

사실 그것은 사랑이다. 사랑은 놀라운 것이다. 사랑이란 단어는 자신의 어휘에 거의 존재하지 않았다. 사랑, 야망, 부에 대한 욕망. 이 단어들은 자신의 내부엔 존재할 수 있다고 생각해본 적이 없는 것들이다. 여태까지 자신은 막내아들로 태어나, 빈둥거리고, 남을 얕보고, 한가하게 명상이나 하는 삶을 살았다. 하지만 누군가의 죽음으로 상황이 그렇게 되면 가장의 지위를 떠맡을 준비는 되어 있다. 자신은 일종의 영원한 부지휘관이니 말이다.

지금 자신은 대체 누구인가? 참호의 햄릿[176]! 아니, 맹세코 자신은 햄릿이 아니다. 행동할 준비가 완벽히 되어 있으니 말이다. 대대를 지휘할 준비 말이다. 아마도 자신은 사랑에 빠진 사람일지도 모른다. 사랑에 빠진 사람은 대대를 지휘하는 것과 같은 일을 한다. 아니면 더 나쁜 일을 할 수도 있다!

그녀에게 편지를 써야 한다. 대체 그녀는 자신에 대해 어떻게 생각할까? 그녀에게 부적절한 제안을 한 뒤, 꽁무니 빼면서 "안녕!" 아니 심지어 "안녕."이라는 말도 하지 않고 떠나버리고는 무려 2년

---

[176] Hamlet: 셰익스피어의 비극 <햄릿>(Hamlet)에 나오는 덴마크의 왕자 햄릿은 생각이 너무 많아 결정을 내리지 못하는 우유부단한 인물로 간주된다. 여기서 티젼스는 자신을 생각만 많고 행동을 하지 못하는 햄릿에 잠시 비유했으나 곧 이를 부인한다.

동안이나, 편지 한 장, 심지어 그림엽서 한 장도 보내지 않은 자신을 말이다! 그래 햄릿이 맞다! 아님 돼지 같은 인간이든지!

자, 이제 그녀에게 편지를 써야 한다. 편지에다 이렇게 말해야 한다. "이 쇼[177]가 끝나는 즉시 당신과 같이 사는 것을 제안하오. 전쟁이 끝나면 즉시 당신을 내게 맡길 준비를 해주시오. 서명. 크리스토퍼 티전스, 글라모건셔 9부대 지휘관 대행." 적절한 군대식 편지다. 그녀는 자신이 대대를 지휘하고 있는 것을 알면 기뻐할 것이다. 아니 기뻐하지 않을 수도 있다. 그녀는 친독주의자이니 말이다. 그녀는 내 소파 쿠션을 갈가리 찢어놓은 그 지긋지긋한 놈들을 좋아한다.

그 말은 옳지 않다. 그녀는 반전주의자다. 그녀는 이런 일들이 유해하고 아무 목적이 없다고 생각한다. 이런 일들이 아무 목적이 없게 보일 때가 있다. 그 깔끔한 자갈길이 어떻게 되었는지 한번 보라. 그리고 이회토도 어떻게 되었는지 보라. 그것은 자신이 앉아 쉴 수 있도록 하는 목적을 갖고 있었는데 말이다. 그것도 햇볕을 받으며. 수많은 종달새들과 함께. 누군가가 이렇게 적었다.

> 무수히 많은 종달새가 그녀에게 한 목소리로 노래하고, 날아오르더니 사라졌다![178]

---

[177] 전쟁을 지칭.
[178] 독일에서 태어난 영국 출신의 19세기 여류 시인 마틸드 블라인드(Mathilde Blind, 1841~1896)의 시 「사랑-삼부곡」(Love-Trilogy)에 나오는 구절.

이건 진짜 황당한 말이다. 종달새들은 한 목소리로 노래할 수 없다. 종달새들은 두 개의 코르크를 서로 문지를 때 나오는 것 같은 냉혹한 소리를 낸다… 어떤 이미지가 마음속에 떠올랐다. 수년 전, 맥스 요새 아래에 있었을 때의 일이니까, 아마도 포병이 그 뚱뚱한 독일군을 괴롭혔던 일이 있었던 이후였을 것이다… 태양은 지금도 분명히 버머튼에서 빛나고 있을 것이다! 자신은 결코 시골 목사가 될 수 없을 것이다. 발렌타인 워눕과 함께 살 것이니 말이다! … 수년 전 기분 좋게 둔덕 반사면을 내려가고 있었다. 독일군 포병들이 찾으려고 하던 감시 초서를 벗어났기 때문이리라. 성큼성큼 걸어 내려가는 중 엉덩이에 엉겅퀴 윗부분이 스쳤다. 엉겅퀴에는 분명히 파리들을 끄는 뭔가가 있는 것 같았다. 무수히 많은 제비가 주위를 선회하며 따라다녔다. 제비들의 날개가 몸에 닿았다. 거의 20미터를 가는 동안 제비들의 날개가 내 몸과 엉겅퀴 윗부분에 닿았다. 푸른 하늘이 푸른 제비 등에 비친 것 같았다. 제비들의 등이 바로 눈앞에 있었기 때문이다. 내 자신이 마치 바다를 활보하는 그리스 신처럼 느껴졌다…

종달새는 감흥을 덜 준다. 종달새는 독일군의 포를 능욕하고 있다. 어리석게, 그리고 계속해서, 종달새들은 욕설을 퍼붓고 협박을 한다. 종달새들은 지금까진 상대적으로 많지 않아 보였다. 하지만 포격이 2킬로미터 정도 떨어진 곳에서 시작되니, 하늘은 온통 종달새로 뒤덮였다. 수백만 개의 코르크가 일시에 맞부딪쳐 소리가 나는 것 같았다. "한 목소리"가 아니다. "그에게 노래하고, 날아오르더니 사라졌다!"… 그것은 독일군들이 다시 포탄을 쏠 거라는 징조다.

247

전지전능한 신이 저 작은 동물의 가슴속에 넣어준 놀라운 "본능"이리라! 게다가 그 본능은 정확할 것이다. 포탄이 다가오면 올수록, 대지는 흔들리고, 둥지에 있는 어린 새들은 혼란에 빠지게 된다. 그래서 종달새들은 하늘로 날아올라 소리치는 것이다. 아마도 서로에게 경고를 해주기 위해서일 것이다. 아니면 포에 대한 단순한 저항일 수도 있다.

이제 난 발렌타인 워놉에게 편지를 쓸 것이다. 전에 그녀에게 편지를 쓰지 않은 것은 서투른 머저리의 책략이었다. 그녀를 유혹하려 했었지만, 실제로 아무것도 하지 않았고, 게다가 아무 말도 없이 떠났다… 내가 뭐 대단한 사람이라도 되는 듯 말이다!

티젠스가 말했다.

"먹을 것 좀 가져왔나, 일병!"

경사진 둔덕 위에 있는 일병은 티젠스 앞에서 몸의 균형을 잡고 있었다. 그는 얼굴을 붉힌 채 오른발 밑창으로 왼발의 발등을 비비고 있었다. 그의 오른손에는 작은 통조림 캔과 컵이 들려 있었고, 그의 왼손에는 작은 큐브 모양의 물건이 담긴 깨끗한 수건이 들려 있었다.

티젠스는 샌드위치를 먹기 전 식욕을 돋우기 위해 럼주를 넣은 커피를 우선 마실까 아니면 커피 맛을 즐기기 위해 샌드위치부터 먹을까 생각 중이었다… 발렌타인 워놉에게 편지를 쓰는 건 역겨운 짓일 것이다. 그건 냉혈한 유혹자의 행동이다. 아주 역겨운! … 무엇을 먼저 먹을지는 샌드위치 안에 무엇이 들어 있느냐에 달려 있다. 아래 쪽 흉골 밑에 있는 내장 기관을 채우는 것은 기분 좋은 일일 것이다. 하지만 음식으로 먼저 채울 것인가? 아니면 따스한

음료수로 먼저 채울 것인가?

　일병은 참 능숙했다… 그는 커피 캔과 컵 그리고 수건을 돌무더기 사이에서 삐져나온 편평한 돌 위에 올려놓았다. 그리곤 식탁보 대용으로 수건을 펼친 뒤 멋진 샌드위치 세 개를 올려놓았다. 샌드위치를 자르면서 그는 자신이 따뜻한 양고기 반 캔과 강낭콩을 먹었다고 말했다. 샌드위치에 들어간 육류는 푸아그라[179]였다. 여기에 버터 대용으로 마가린을 넣어 페이스트[180]로 만든 통조림용 쇠고기, 캔에 들은 안초비[181] 페이스트와 절인 다진 양파, 우스터소스로 간을 한 소금에 절인 소고기가 들어 있었다… 이 모든 것을 그는 마음대로 먹을 수 있다!

　티전스는 상을 차리는 이 어린 청년을 바라보며 웃었다. 티전스는 그가 진짜 셰프가 틀림없을 거라고 말했다. 그러자 일병이 대답했다.

　"셰프는 아닙니다, 아직까지는요!" 그는 자신의 엉덩이 뒤쪽에 있는 참호 파는 도구에 야전의자를 걸어 놓았다. 그는 사보이[182]에서 주방장 조수였다고 했다. 파리에 갈 참이었다고도 했다. "요리사 조수였습니다!" 이렇게 말하곤 그는 평평한 바위 앞쪽의 땅을 참호 파는 도구로 편편하게 파냈다. 그러곤 편편해진 땅 위에 야전의자를 올려놓았다.

---

[179] foie gras: 오리의 간(肝)으로 만든 요리.
[180] paste: 빵에 발라 먹거나 요리를 하기 위해 고기·생선 등을 으깨어 반죽같이 만든 것.
[181] anchovy: 지중해산(産) 멸치류의 작은 물고기.
[182] Savoy: 프랑스 동남부의 지방.

티전스가 물었다.

"자넨 흰 모자와 흰 요리사 작업복을 입었었나?"

그는 발렌타인 워놉을 닮은 이 금발의 청년이 홀쭉한 흰옷을 입고 있는 모습을 상상해 보고 싶었다. 일병이 말했다.

"이제는 달라졌습니다!" 티전스 옆에 서 있을 때, 일병은 늘 발등을 다른 발로 문질렀다. 그는 요리를 예술이라고 생각한다고 했다. 그런데 사실 자신은 화가가 더 되고 싶었지만, 어머니가 돈이 넉넉지 않아서 화가가 될 수 없었다고 했다. 그런데 전쟁 통에 보급원이 말랐다고 했다… 전쟁이 끝난 뒤 자신을 추천해 주면 좋겠다고 했다… 전쟁이 끝난 뒤 일자리를 얻는 게 쉽지 않다는 것을 알고 있다고도 했다. 제대한 별 볼 일 없는 친구들과 수송대원들, 통신병들에게 우선적으로 기회가 주어질 거라고 했다. 흔히 이야기하듯 전선에서 멀면 멀수록 급료도 좋고, 일자리를 얻을 기회도 많을 거라고 했다!

티전스가 말했다.

"분명히 자네를 추천해 주겠네. 자네는 직업을 얻을 걸세. 난 자네가 만들어 준 샌드위치를 절대 못 잊을 걸세." 티전스는 4월의 어느 언덕 중턱, 푸른 하늘 아래서 먹은 샌드위치의 강하고 깔끔한 풍미와 럼주를 넣은 달콤한 커피의 따스함을 절대 잊지 못할 것이다. 흰 수건에 올려놓은 음식들의 가장자리가 반짝거려 그 모습이 선명하게 보였다. 어린 청년의 얼굴도 반짝거렸다! 그의 신체가 반짝거렸다는 것은 아니다. 티전스 역시 아주 편안히 숨을 쉬고 있었다. 순수한 공기를 마시고 있었다! 발렌타인 워놉에게 편지를 쓸 것이다. "내게 당신을 맡겨주시오. 서명…" 역겹다! 아니 그 이상이다! 아버지의 오랜 친구분의 자식을 유혹해서는 안 된다. 티전스가 말했다.

"전쟁이 끝나면 나도 일자리를 얻기 힘들게 될 거네!"

이건 젊은 여자를 유혹하는 것만이 아니라 자신과 위태위태한 삶을 같이 살자고 제안하는 것이다. 하지만 아직 그렇게 하진 않았다!

일병이 말했다.

"말도 안 됩니다! … 소령님은 그로비 가문의 티전스이시잖아요!"

그는 일요일 오후에 그로비에 종종 다녀왔다고 했다. 그의 어머니는 사우스뱅크의 미들즈브러 출신이라고 했다. 그는 그래머스 쿨[183]에 다녔었는데, 더럼 대학교[184]에 진학할 작정이었다고 했다… 그런데 보급원이 중단되었다고 했다. 1914년 8월 9일에…

요크셔 노스 라이딩[185] 출신의 남자를 웰쉬 전통을 고수하는 부대에 배치해서는 안 된다. 그건 잘못된 것이다. 하지만 그렇지 않았더라면 티전스는 불쾌한 기억을 떠올리게 하는 이 어린 청년을 만나지 못했을 것이다.

어린 청년이 말했다. "그로비에 있는 우물은 그 깊이가 96미터나 되고, 집 한가운데에 있는 삼나무는 160년이나 되었다고 하던데요!" 그는 자신이 종종 그 우물에 돌을 떨어뜨린 후 귀를 기울여보았다

---

[183] Grammar School: 영국의 중등 학교.
[184] Durham University: 영국 잉글랜드 북동부 더럼 카운티(county)의 더럼시에 있는 대학교.
[185] North Riding: 영국 잉글랜드 북부, 요크셔주의 한 행정 구분.

고 했다. 그러면 우물에서는 놀랄 정도로 크고 긴 소리가 들렸다고 했다. 미친 메아리처럼 길게 들렸다고 한다. 그의 어머니는 그로비에서 일하는 햄스워스라는 요리사를 알고 있었는데, 자신도 종종… 이 순간 그는 발작적으로 발목을 아주 세차게 문질렀다… 티전스의 부친과 티전스, 그리고 마크, 존, 미스 엘리노어를 보곤 했다고 했다. 한번은 미스 엘리노어가 떨어뜨린 말채찍을 들어서 건네준 적도 있다고 했다.

티전스는 절대로 그로비에서 살지 않을 것이다. 더 이상 봉건 시대의 분위기를 누릴 수는 없을 것이다! 그는 법학원의 네 개의 방이 있는 꼭대기 층에서 살 것이다. 발렌타인 워놉과 같이. 발렌타인 워놉 때문에 거기서 살 것이다!

티전스는 어린 청년에게 말했다.

"독일군들이 포를 다시 쏠 것 같네. 깁스 대위에게 가서 포 사격이 끝날 때까지 작업반들에게 몸을 숨기도록 하라고 하게!"

그는 홀로 하늘과 마주하고 싶었다… 럼주를 약간 탄 달콤하고 따뜻한 커피를 비웠다… 숨을 깊이 들이마셨다. 응축된 우유와 럼주를 넣어 달콤하게 만든 따뜻한 커피를 마신 뒤 만족스럽게 깊은 숨을 내쉬는 모습을 상상해 보라! … 역겹다! 식도락의 관점에서 역겹다! … 클럽에서는 자신에 대해 뭐라고 할까? … 하지만 이제는 클럽에 가지 않을 것이다! 클럽에 있는 클라레[186]는 그리워할 것 같다! 진짜 훌륭한 클라레니 말이다! 그리고 시원한 사이드보드도

---

[186] claret: 프랑스 보르도산 적포도주.

그리울 것이다![187]

그리고 한번 상상해 보라. 독일군들이 포탄을 발사하고, 이만 개의 코르크가 서로 부딪쳐 머리 위에서 소음을 내는 상황에서, 대대를 지휘하는 자신은 맑은 공기를 마시며 경사면에 누워있다는 사실에 만족해하며 깊은 숨을 내쉬는 모습을 말이다!

그들은 아마도 신형 오스트리아 포를 실험하고 있는 중인 모양이다. 체계적이고 아주 철저하게 말이다. 진짜 신형 오스트리아 포가 있다면 말이다. 하지만 없을 수도 있다. 사단에서는 이런 무기에 관해 몹시 흥분한다. 모든 사람에게 그 무기와 관련된 정보를 얻어내라고 명령이 떨어졌다. 그 무기는 고성능 폭약을 발사할 수 있다고 알려져 있다. 그래서 깁스 대위는 기관 단총을 쏠 총좌(銃座)를 박살낸 것이 바로 그 새로운 포라는 결론을 금방 내렸던 것이다. 그렇다면 그들은 아주 철저하게 실험을 하고 있는 것이다.

실제의 포 소리는 (그들은 매 3분마다 포를 발사했다. 이는 포가 하나밖에 없고 재장전 하는 데 3분 걸린다는 의미다) 아주 크고, 톤도 높았다. 티전스는 실제로 포탄이 터지는 소리를 듣지 못했다. 멀리서 나서 소리가 아주 작게 들렸기 때문이리라. 떨어진 포탄은 놀라울 정도로 땅속 깊숙이 박힌 뒤, 시한 신관(信管)으로 터진다고 한다. 목숨에는 별로 위협적이지 않을지도 모른다. 하지만 전선에 쏟아 부을 정도로 많은 포와 고성능 폭약을 그들이 갖고 있다면, 그리고 깁스 대위의 참호를 무너뜨린 것처럼 그들이 쏜 포탄이 효율

---

[187] sideboard: 주방에서 상에 내갈 음식을 얹어 두는 작은 탁자.

적이라면, 연합군 쪽에선 더 이상 참호전을 벌일 수 없게 될 것이다. 하지만 그들에게는 충분한 포도, 충분한 고성능 폭약도 없을 것이다. 그리고 포도 다른 토양에 박힐 경우엔 덜 효율적일 것이다. 십중팔구 그들은 지금 시험 중일 것이다. 그들이 지금 하나의 포만 발사하고 있다면, 몇 회를 돌면 포가 더 이상 작동하지 않나 알아보기 위해 시험하고 있는지도 모른다. 혹은 지금 그들은 단지 지구전 게임을 벌이려고 하는지도 모른다. 참호를 부수어, 참호를 보수하려고 나온 병사들을 저격하려고 그러는지도 모른다. 종종 그런 식으로 몇몇 병사를 죽일 순 있으니 말이다. 물론 비행기로도 죽일 순 있다… 이런 식으로 죽일 방법은 무수히 많다! 우리 비행기가 적군의 포를 찾아낼 수도 있을 것이다. 그러면 적군의 포격은 중단될 것이다!

혐오스럽다… 티전스는 콧방귀를 뀌었다. 클럽의 규칙을 따르지 않는다면, 클럽에서 쫓겨나게 된다. 바로 그거다! 그로비의 부지휘관 자리에서 물러나면, 대대의 퍼레이드에 참여할 필요도 없게 된다… 자신은 황당한 말다툼을 구실로 마크 형의 돈을 받지 않으려 했다. 하지만 실제로 마크 형과 말다툼을 한 건 아니었다. 냉소적인 두 사람 중 누가 더 고집이 센지 겨루어 본 것뿐이었다. 하지만 소작인들에게는 정결함과 침착함, 정직성의 모범을 보여야 한다. 안 그러면 그들에게서 돈을 받지 못한다. 또한 그들에게 최상의 캐나다산 종자용 옥수수를 제공해야 하고, 토양에 적합한 작물법도 알려주어야 한다. 그리고 대리인보다 자신이 위에 있다는 것도 보여주어야 하고, 그들의 집이 망가지면 고쳐주어야 한다. 그리고 그들의 아들들을 도제로 보내주어야 하고, 그들의 딸들이 곤란한 일을 당하게 되면 돌보아주어야 한다. 그리고 늘 영지에 거주해야 한다. 반드시 영지에 거주해야 한다. 이 불쌍한 자들의 호주머니에서 나오는 돈은 모두 땅으로 돌아가게 해야 한다. 그래야 영지와 영지에 있는 모든 사람, 심지어 허가받은 걸인까지, 점점 더 부자가 될 수 있기 때문이다. 그래서 자신은 일부러 마크 형과 황당한 말다툼을 벌였던 것이다. 자신은 발렌타인과 살 것이기 때문이다. 그로비에서 발렌타인과 같이 산다면 발렌타인은 그로비에서 살아가기 위해 필요한 다른 사람들과의 친교를 가질 수 없기 때문이다. 하인 방[188]에 하녀를 데려와 정부로 삼을 수도 있다. 그러면 그 정부는 자신의 자리를 탐하는 다른 하녀들과 싸우고, 몇 킬로미터 떨어져 있는 목사들을 분개하게 할 것이다. 소작인들은 나름대로의 냉소적인 태도로 그렇게 하는 것을 인정할 것이다. 그러는 것이 전통이며 라이딩 구(區)[189]에서는 모두 그렇게 하니 말이다. 하지만 부친의 절친한 친구의 딸인 레이디를 정부로 삼는 것은 받아들이지 않을 것이다! 그들은 명문가의 여자는 명문가 사람으로 남길 바란다. 그들은 가지고 있던 모든 돈을 창녀에게 써서, 영지 내에 갖고 있던 재산을 모두 탕진하여 결국 파멸하게 될 것이다. … 그래서 자신은 형한테 한 푼도 받지 않았던 것이다. 그리고 그로비를 인수한다 해도 한 푼도 받지 않을 것이다. 다행히 그로비를 상속할 사람이 있다… 그렇지 않다면 자신은 그

---

[188] servants' hall: 저택에 근무하는 하인들이 공용으로 사용하는 방.
[189] Riding: 과거 요크셔를 이스트 라이딩(East Riding), 웨스트 라이딩(West Riding), 노스 라이딩(North Riding) 세 구역으로 나눴을 때, 그 한 구를 가리키던 명칭.

여자와 떠날 수 없을 것이다!

　두 가지 고통스러운 생각이 떠올랐다. 그의 아들이 한 번도 편지를 하지 않았다는 것과 발렌타인이 육군성의 사무관과 결혼했을지도 모른다는 것이었다. 반발로 결혼할 수도 있을 것이다! 육군성 사무관은 자신과 아주 대조적인 사람일 테니 말이다! … 하지만 아들이 편지를 보내지 않은 것은 아내가 못하게 해서일 것이다. 자신과 같은 처지에 있는 사람들에게 사람들은 그렇게 한다. 연대장이 말한 것처럼 말이다! 자신의 말에 귀 기울이던 발렌타인 워놉은 이제 다른 사람과 친밀하게 대화를 나누려 하지 않을 것이다. 자신들의 교감은 확고부동했으니 말이다!

　그래서 자신은 그녀에게 편지를 쓸 것이다. 주근깨투성이의, 몸을 꼿꼿이 세우고 다리를 넓게 벌리고 똑바로 서서, 언제든지 "집어치워요 이디스 에텔!"이라고 외칠 준비가 되어 있는 그녀에게 말이다. 그녀는 나의 태양이다!

　안 된다! 그녀에게 편지를 쓸 수가 없다! 내가 총에 맞거나, 정신 이상이 된다면… 그녀에 대한 내 사랑이 깊고 불변이라는 것을 그녀가 안다는 것은 너무나도 끔찍하지 않을까? 그것은 상황을 훨씬 더 나쁘게 만들 것이다. 지금쯤 그녀의 열정도 수그러져 고통을 덜 느낄 수도 있고, 또한 그럴 가능성이 있으니 말이다! … 하지만 자신은 그녀가 자신의 뜻에 따라주기를 계속 바랄 것이다. 오스트리아 포가 쏜 포탄에 의해 생긴 둔덕을 지나야 하건, 바다를 건너서건 말이다. 난 이제 하고 싶은 것을 할 것이고 얻을 수 있는 것을 가질 것이다!

티전스는 자신이 거대하고 우스꽝스러운 조각상, 혹은 진흙탕에 놓인 곡물 자루 더미 같다는 생각을 하며 오른쪽 어깨를 비스듬히 기대고 앉았다. 입고 있던 기이한 짧은 바지 아래엔 진흙 묻은 자신의 무릎이 보였다… 그 모습은 마치 미켈란젤로[190]가 조각한 메디치가[191]의 묘에 있는 인물 중 한 사람 혹은 미켈란젤로가 그린 <아담>[192] 같았다… 발아래 흙이 조금 움직이는 것이 느껴졌다. 독일군들이 마지막으로 쏜 포탄이 아주 가까이서 터진 게 틀림없었다. 하지만 자신은 포탄이 터지는 소리를 의식하지 못했다. 포탄이 너무도 규칙적으로 터져서였다. 하지만 땅이 흔들리는 것은 보았다…

역겹다! 그는 말했다. 제발 우리 역겹게 굴자! 그리고 이제 끝내자! 우리는 군사상의 도덕의 장단점을 따지는 독일군 전략가는 아니지 않는가!

티전스는 왼손으로 바위에 놓여 있던 컵을 잡았다. 자그마한 체구의 아랑헤스가 둔덕을 돌아왔다. 티전스는 커다란 바위에 그 컵을 던졌다. 그리곤 뭔가 묻는 듯한 아랑헤스의 눈을 바라보며 이렇게 말했다.

"이보다 더 가치 없는 건배는 하지 않기 위해서네!"

아랑헤스는 숨을 헐떡이며 얼굴을 붉혔다.

"그렇다면 소령님은 사랑하는 분이 계시군요!" 그는 영웅을 숭배

---

[190] Michelangelo Buonarroti(1475~1564): 이탈리아의 조각가, 건축가, 화가.
[191] Medici: 문예부흥 시대의 이탈리아 피렌체의 귀족 일가로 교양과 예술 애호가로 많은 예술가를 후원했다.
[192] 미켈란젤로가 그린 시스티나 성당의 천장화(天障畵)에는 <천지창조>가 있었는데 이것의 일부로 <아담의 창조>(Creation of Adam)가 있다.

하는 듯한 어조로 말했다. "바이웰에 사는 제 여자친구 낸시 같은 분인가요?"

티전스가 말했다.

"아니네, 낸시 같지 않네… 어쩌면 낸시와 좀 비슷하겠군!" 티전스는 낸시 같지 않은 사람도 사랑받을 수 있다는 말을 하여 이 어린 청년의 기분을 상하게 하고 싶지는 않았다. 티전스는 이 젊은 친구가 앞으로 부상을 입게 되리란 전조를 느꼈다. 아니면 이미 부상당했는지도 모른다.

어린 청년이 말했다.

"그렇다면 소령님은 그분을 얻게 되실 겁니다. 분명히 얻게 되실 거예요!"

"그래, 그럴 것 같네" 티전스가 말했다.

일병도 역시 둔덕을 돌아왔다. 그는 'A'중대 병사들이 모두 몸을 숨겼다고 했다. 그들은 함께 둔덕을 돌아 'B'중대가 있는 참호로 미끄러지듯 갔다. 그 참호는 급격히 경사진 곳에 있었다. 그곳은 몹시 축축했고, 참호 아래쪽은 실제로 작은 늪과 같았다. 그다음에 있는 대대에는 모래주머니로 쌓은 몇 미터가량 되는 흙벽이 있었다. 그 대대는 플랑드르 부대였다. 그곳은 늪지 같아서 개인 용품을 제대로 건사하기 어려웠다. 티전스는 여기에 타일로 만든 사이펀 같은 배수관을 꽂아 많은 물을 빼냈다. 젊은 중대장은 이 늪지 같은 곳에 사이펀 같은 배수관을 설치하기 전까지는 참호 바닥에 있는 물을 퍼내야 했다고 말했다. 그들은 삽으로 물을 퍼냈다. 잔나무로 만든 방벽에 두 개의 삽이 세워져 있었다.

"삽을 그렇게 아무 데나 놓으면 안 되네!" 티전스는 소리쳤다. 그는 자기가 만든 사이펀 같은 배수관이 잘 작동되어 상당히 만족스러웠다. 그사이 아군이 포 공격을 엄청나게 하고 있었다. 압도적이었다. 몇 미터 떨어진 곳에 블러디 메리가 있는 것 같았다. 포가 발사되었다. 아군의 비행기가 오스트리아 포의 위치를 알려 준 것 같았다. 아니면 적군이 포를 철수하도록 아군이 그들의 진지를 맹공격하고 있는지도 모른다. 그것은 마치 마스토돈[193]끼리 싸우고 있는 것을 구경하는 난쟁이가 된 것 같은 기분이었다. 너무 소음이 많아 어두워진 것 같았다. 정신적으로 어두워졌다는 말이다. 아무 생각도 할 수 없었다. 암흑시대 같았다! 땅이 흔들렸다.

티전스는 상당히 높은 곳에서 아랑헤스를 보고 있었다. 그는 멋진 광경을 즐기고 있었다. 아랑헤스의 얼굴은 뭔가에 홀린 듯한, 시를 쓰고 있는 사람의 표정이었다. 진흙이 공중으로 퍼졌다. 위로 던진 검은 팬케이크처럼. 티전스는 이렇게 생각했다. "그 여자에게 편지를 쓰지 않아 다행이다. 우리는 포탄에 날아가는 중이야!" 땅은 피곤한 하마처럼 뒤틀렸다. 그 옆에 누워있던 더켓 일병의 얼굴 위로 흙이 떨어졌다. 그러더니 땅은 천천히 파도처럼 출렁거렸다.

그것은 느리게, 느리게, 아주 느리게 돌아가는 영화 같았다. 땅이 무한한 시간 동안 느리게 움직이는 것 같았다. 그는 공중에 매달려 있는 것 같았다. 흰색 도료를 칠한 닭 볏같이 생긴 물체 앞에 있고 싶어서 허공에 매달린 것 같았다. 기막힌 우연이다!

---

[193] mastodons: 고생대 3기(紀)의 큰 코끼리 비슷한 동물.

그의 발아래에 있는 땅이 천천히, 평온하게 빨려 들어갔다.
땅은 그의 장딴지와 허벅지를 감쌌다. 그는 허리까지 땅속에 묻혔다. 하지만 그의 팔은 묻히지 않아 구명 용품을 차고 있는 사람처럼 보였다. 땅이 그를 서서히 움직이게 했다. 땅은 어느 정도 단단했다.
푸른색이 감도는 흰자위와 커다란 눈동자를 가진 자그마한 체구의 아랑헤스가 저 둔덕 아래에서 티전스를 바라보고 있었다. 끈적끈적한 진흙에 묻혀 머리만 나온 그는 큰 쟁반에 올려진 머리 같았다. 티전스는 그의 입술을 보고 "살려 주세요."라고 간청한다는 것을 알 수 있었다. 티전스는 "우선 나부터 여기서 빠져나와야겠네!"라고 말했지만, 자신의 말소리를 들을 수 없었다. 소음이 믿을 수 없을 정도로 컸기 때문이었다.
병사가 그를 굽어보았다. 티전스의 얼굴과 그의 혁대가 같은 높이에 있었기 때문에, 그는 무척 커 보였다. 하지만 사실 그는 콕숏이라는 작은 체격의 런던내기 병사였다. 그는 티전스의 양팔을 잡아당겼다. 티전스는 발로 차려고 했지만 그러지 않는 게 더 나을 거라는 것을 깨달았다. 그는 빠져나왔다. 만족스럽게 말이다. 두 사람이 그를 당겼다. 잠시 뒤 상등병이 와 도와주었다. 그들 셋은 모두 웃고 있었다. 티전스는 미끌미끌한 흙을 따라 아랑헤스에게로 미끄러지듯 다가갔다. 창백한 그의 얼굴을 보고 티전스는 미소 지었다. 그는 많이 미끄러졌다. 티전스는 목, 정확히 말해 귀밑과 귀 뒤에 몹시 뜨거운 느낌이 들었다. 그곳을 손으로 만져보니 손가락 끝에 진흙과 약간 분홍색의 뭔가가 있었다. 여드름이 터진 것 같았다. 티전스는 최소한 두 사람은 죽지 않았다는 생각이 들었다. 그는 흥분한 듯이 병사들에게 신호를 보냈다. 그는 땅을 파라고 손짓했다. 그들은 삽을 가지러 갔다.

티전스는 진흙 가장자리에 서서 아랑헤스를 내려다보았다. 티전스는 자신이 땅속에 들어갈지도 모른다는 생각이 들었다. 하지만 들어가지는 않았다. 군화 위까지는 들어가지 않을 것이다. 그는 자신의 다리가 거대하고 아직 몸을 지탱할 힘이 있다고 느꼈다. 티전스는 무슨 일이 벌어졌는지 알았다. 아랑헤스는 참호 바닥을 늪처럼 만든 샘이 솟는 구멍에 빠졌던 것이다. 그것은 마치 엑스무어에 있는 것 같았다. 티전스는 형언할 수 없는 표정의 자그마한 얼굴 위로 몸을 숙였다. 티전스는 몸을 더 낮게 숙이고는 손을 진흙 속으로 넣었다. 그는 손과 무릎을 사용해 일어나야 했다.

분노가 치밀었다. 저격을 당했던 것이다. 고통을 느끼기 전에 요란한 소음 가운데서 윙윙거리는 친숙한 소리를 들었다. 미친 듯이 서둘러야 할 이유가 있었다. 아니다… 그들은 지금 움푹 들어간 곳에 있다. 게다가 넓은 구멍 속에 들어가 있다. 미친 듯이 서두를 필요는 없다. 특히 손과 무릎으로만 움직여야 하는 상황에선.

그의 손은 진흙 속에 있었다. 팔뚝도 그랬다. 미끈미끈한 옷 아래로 손을 힘겹게 넣었다. 미끈미끈한 옷 안으로 넣었다. 미끈미끈한 게 아니라, 끈적끈적했다! 손을 바깥쪽으로 밀었다. 어린 청년의 손과 팔이 그 모습을 드러냈다. 이제 좀 쉬워질 것 같았다. 자신의 얼굴이 이제 아랑헤스의 얼굴과 아주 가까워졌다. 하지만 아랑헤스가 말하는 소리를 들을 순 없었다. 아랑헤스는 의식을 잃은 것 같았다. 티전스는 중얼거렸다. "내가 이렇게 힘이 센 게 참 다행이군!" 티전스는 처음으로 자신이 힘이 센 것에 대해 감사한 마음이 들었다. 티젼스는 아랑헤스의 양쪽 팔을 들어 자신의 어깨 위에 올리곤 양손으로 자신의 목 뒤에서 잡았다. 아랑헤스의 팔은 끈적거려 불쾌한 감촉이었다. 티젼스는 숨이 차서 헐떡였다. 어린 청년은 좀 더 모습을 드러냈다. 그는 분명 기절한 상태였다. 그래서 끄집어내는 데 협조할 수 없었다. 진흙은 더러웠다. 이처럼 힘이 센 자신이 이전에 한 번도 그 힘을 쓸 필요가 없었다는 사실은 문명의 저주라는 생각이 들었다. 티젼스는 자신이 곡물 자루를 모아놓은 것처럼 보인다고 생각했다. 그리고 최소한 카드 한 팩을 반으로 찢을 수 있는 힘이 있다고 생각했다. 폐에 이상만 없다면 말이다…

콕숏과 상등병이 참호 흉벽에 세워두지 말아야 했을 두 개의 삽을 들고 그의 옆에 있었다. 티젼스는 몹시 짜증이 났다. 티젼스는 삽으로 파서 꺼내야 할 사람은 더켓 일병이라고 손으로 신호하였다. 하지만 더 이상 더켓 일병이 아닐 수도 있다. 지금쯤 시신이 되었을지도 모른다. 그러면 자신은 결국 병사 하나를 잃게 되는 셈이다!

콕숏과 상등병은 아랑헤스를 진흙에서 끄집어냈다. 아랑헤스는 모래에서 갯지렁이가 나오듯 아주 힘들게 나왔다. 아랑헤스는 서지 못하고 다리가 꺾였다. 진흙탕에 심은 꽃처럼 그의 몸이 기울어졌다. 아랑헤스의 입술이 움직였지만 그가 하는 말을 알아들을 수 없었다. 티젼스는 양팔로 아랑헤스를 부축하고 있던 두 명의 병사에게서 아랑헤스를 넘겨받고는 둔덕 위로 조금 올라가 아랑헤스를 눕혔다. 그는 상등병의 귀에 이렇게 소리쳤다.

"더켓! 가서 더켓을 파내게! 서두르게!"

티전스는 무릎을 꿇고 아랑헤스의 척추를 더듬어 보았다. 척추가 손상됐을 수도 있기 때문이었다. 하지만 아랑헤스는 전혀 움찔거리지 않았다. 그래도 척추가 손상됐을 수 있다. 아랑헤스를 이곳에 내버려두면 안 된다는 생각이 들었다. 들것이 있으면 들것을 가져오라고 지시할 수 있을 테지만, 들것을 가지고 오다가 저격당할 수도 있다. 자신이 아랑헤스를 데리고 갈 수도 있겠다는 생각이 들었다. 폐가 버텨준다면 말이다. 그렇지 못하다면 아랑헤스를 끌고 갈 수도 있을 것이다. 티전스는 아랑헤스에게 어머니와 같은 따스한 마음을 느꼈다. 아랑헤스를 이곳에 내버려두는 게 더 나을지도 모른다. 그건 아무도 모른다. 티전스가 물었다. "자네 부상 입었나?" 포 소리가 대부분 멈추었다. 티전스는 아랑헤스의 몸에서 피가 나는 것을 볼 순 없었다. 아랑헤스는 "아닙니다."라고 속삭이듯 대답했다. 그렇다면 아랑헤스는 단순히 힘이 없는 것일 수 있다. 전쟁 신경증 때문에 그럴 가능성이 많다. 전쟁 신경증이 무엇인지, 그게 어떤 영향을 미치는지는 알 수 없다. 아니면 포격으로 인한 단순한 우울증일 수도 있다.

여기 가만있을 수는 없다는 생각이 들었다.

티전스는 둘둘 만 담요처럼 아랑헤스를 겨드랑이에 꼈다. 그의 어깨를 손으로 잡고 나아가면 저격당하기 쉬운 높이기 때문이었다. 티전스는 다리가 너무 무거워 아주 빨리 걸을 수가 없었다. 아랑헤스가 있던 샘 쪽으로 몇 걸음 급히 나아갔다. 거기엔 물이 더 많았다. 샘이 그 파인 곳을 채웠기 때문이었다. 아랑헤스를 그곳에 내버려둘 수는 없었다. 아랑헤스의 몸이 그 샘구멍을 막았는지도 모른다는 생각이 들었다. 티젼스는 이와 비슷한 샘이 있는 고향에 온 기분이 들었다. 황야에서, 오소리를 찾으려 땅을 판 적이 있었다. 땅에 도랑을 판 적도 있었다. 오소리가 사는 굴은 건조했다. 그로비 저택 위에 있는 황야에 온 것 같았다. 4월의 태양 아래. 밝은 햇볕과 수많은 종달새가 있었다.

티젼스는 둔덕을 올라갔다. 몇 미터 정도는 다른 길이 없었기 때문이었다. 포탄에 의해 생긴 수직 공간에 다다랐다. 왼쪽으로 방향을 잡았다. 오른쪽으로 가면 참호까지 더 빨리 갈 수는 있었지만 저격수와 자신들 사이에 놓인 둔덕이 있는 곳으로 가고 싶었기 때문이다. 거칠게 숨을 내쉬었다. 더 많은 햇살이 자신들을 비추었다.

정확했다! … 피웅!, 피웅! 피웅! … 400미터 떨어진 곳에서 들려오는 소리… 총알이 머리 위로 윙하고 날아와 긴 소리를 내며 사라져갔다. 저격수가 아니라 대대의 병사들이 쏜 총소리였다. 운이다! 피웅! 피웅! 피웅! 총알이 머리 위로 윙 소리를 내며 날아갔다. 병사들은 어떤 것이든 간에 달려가는 것에 총을 쏠 때면 흥분한다. 그들은 목표물 위로 쏜다. 방아쇠를 당겨야 한다는 압박감 때문이리라. 저번에 달려갔던 것은 어떤 뚱뚱한 독일군이었다. 그들은 증오심으로 혹은 재미로 총을 쏘았다! 아마 증오심에서 쏘았을 것이다. 독일군들은 재미가 무엇인지도 잘 모른다.

숨쉬기가 어려웠다. 양다리는 고통을 겪고 있는 받침대 같았다. 두 걸음만 걸으면 몸을 수평으로 유지할 수 있을 것이다… 그래 걸어보자! … 이제 몸이 수평이 되었다. 흙덩어리 위로 올라갔다. 심호흡을 해야 했다. 왼발 아래에 있는 흙이 무너졌다. 오른쪽 겨드랑이에 아랑헤스를 끼고 최대한 힘을 주어 그의 몸을 붙들고 있었지만 왼발이 땅속으로 들어가는 바람에 넘어졌다. 넘어진 자신의 몸 위로 아랑헤스도 넘어졌다. 커다란 흙덩어리는 단단하긴 했지만 그 안에 틈이 있었다. 구멍이 있었던 것이다.

아랑헤스는 발버둥치며, 비명을 지르면서 일어났다… 어떤 곳으로 가고 싶은 듯이 그랬다! 그의 비명소리는 마구간에 불이 났을 때 말이 지르는 소리 같았다. 아랑헤스는 얼굴에 손을 갖다 댄 채 뛰었다. 그는 원뿔 모양의 둔덕을 돌아 사라졌다. 티전스는 바닥에 배를 대고 기었다. 만족스러웠다.

티전스는 기었다. 엉덩이와 팔꿈치를 땅에 대고 몸을 끌 듯 기었다. 포복을 하는 정통법이 있을 것이다. 하지만 자신은 그것을 모른다. 흙더미가 친근하게 느껴졌다. 바닥에 있던 흙이 둔덕 위로 올라가 그리 시큼한 냄새가 나진 않았다. 이 땅을 경작하거나 이 땅에서 풀이 자라게 하는 데는 오랜 시간이 걸릴 것이다. 농업의 관점에서 이야기하자면 이 지역은 농사짓기에 오랫동안 적합한 상태는 아닐 것이다…

티전스는 자신의 몸 상태에 대해 만족스러웠다. 부지휘관으로 지내다 보니 두 달 동안 이렇다 할 운동을 하지 않아 현재의 자신의 몸 상태를 유지할 수 있을 거란 기대도 하지 않았다. 아마도 정신력이 크게 작용했기 때문이리라! 분명히 자신은 지금 몹시 겁을 먹고 있을 것이다. 그건 당연하다. 독일군들이 불운한 사람을 사냥하고 있다는 생각만 해도 기분이 좋지 않기 때문이리라. 아주 기분 좋지 않은 일이다. 하지만 우리도 그들과 똑같이 한다… 그 어린 친구도 몹시 겁을 먹은 게 틀림없다. 갑작스럽게 말이다. 그 친구가 두 손을 얼굴에 댄 것을 보면 무엇인가 보기가 무서웠나 보다. 그래도 그 친구를 비난할 수는 없다. 여자애 같은 사람은 전쟁에 보내지 말아야 했다. 그 친구는 여자아이 같다. 하지만 아랑헤스는 티전스가 총에 맞지 않도록 남아 있어야 했다. 왼쪽 다리가 자꾸 쳐지는 것으로 봐선 총에 맞았을 수도 있겠구나 하는 생각이 들었다. 그 친구는 야단을 좀 맞아야겠다. 가볍게 말이다.

콕숏과 상등병은 참호 파는 데 사용하는 손잡이가 짧은 삽으로 넙죽 엎드려 땅을 파고 있었다. 그들은 둔덕 뒤쪽에 있었다.

"찾았습다, 소령님." 상등병이 말했다. "다 묻히뿟네요. 발삐 안 보임다. 삽은 쓰도 몬하겠습다. 반퉁 짤리뿔까봐요!"

티전스가 말했다.

"자네 말이 맞을 걸세! 삽을 이리 주게!" 콕숏은 포목상 조수였고 상등병은 우유 장수였다. 그러니 삽질은 잘하지 못할 것이다.

티전스는 온갖 종류의 삽질을 어린 시절부터 해왔다. 더켓은 원뿔 모양의 둔덕 옆에 수평으로 묻혔다. 그의 다리가 삐져나왔지만 그의 몸은 어떻게 놓여 있는지 알 수 없었다. 왼쪽이나 오른쪽에 몸통이 있을 수도 있고 위쪽으로 있을 수도 있을 것이다. 티전스가 말했다.

"위쪽에서 삽질을 계속하게. 하지만 나도 삽질할 수 있게 좀 비켜주고."

발가락이 위를 향하고 있기 때문에 몸통이 아래쪽으로 향할 확률은 거의 없을 것이다. 티전스는 그 발아래에 서서 그 발보다 50센티미터 아래를 삽으로 강하게 내리쳤다. 흙을 파내는 일은 즐거웠다. 이 부분의 흙은 다행히 좀 말랐다. 흙이 둔덕을 타고 흘러내렸다. 이 친구는 10분 전에 흙에 매몰된 것 같았다. 더 오래 전일 수도 있지만, 덜 오래 전일 수도 있다. 어쨌든 시도는 해 봐야 한다. 물속보다는 흙속이 호흡하는 데 더 나을 테니 말이다. 티전스는 상등병에게 이렇게 말했다.

"자네 인공호흡 할 줄 아나?" "물에 빠진 사람한테 하는?"
콕숏이 말했다.
"압니다. 전 이즐링턴[194] 수영대회 챔피언이라예!" 콕숏은 참 대단한 친구다. 그의 부친은 1866년인가에 글래드스턴[195]을 저격하려던 사람의 팔을 내리쳤다고 했다.

삽질을 한 번 하니, 다행히도 흙이 잔뜩 쏟아졌다. 더켓 일병의 벌어진 가느다란 두 다리가 드러났다. 그의 무릎이 축 늘어졌다.
콕숏이 말했다.
"인자 발목을 문지르지는 않는갑습다!"
상등병이 말했다.
"중대장님이 죽었다 캅니다. 머리에 총 맞아가!"
머리에 부상을 입은 또 다른 사람이 있어서 티전스는 괴로웠다. 자신도 거기서 벗어날 수 없을 것이다. 하지만 이런 일로 괴로워하는 것은 어리석은 일이다. 참호 안에서 입는 대부분의 부상은 머리

---

[194] Islington: 런던 북부에 있는 자치구.
[195] William Ewart Gladstone(1809~1898): 60여년의 정치 생활을 해온 영국의 정치인으로 네 번에 걸쳐 수상을 역임한 영국의 정치인.

부상이기 때문이었다. 하지만 신은 좀 더 상상력을 발휘할 수 있지 않겠는가. 한 사람에게 호의를 베풀기 위해서라도 말이다. 티젠스는 더켓이 죽기 바로 전, 삽을 아무 데나 놓았다고 야단을 친 게 생각나 괴로웠다. 야단을 맞아 삼십분 동안 이 어린 청년은 기분이 좋지 않았을 것이다. 아마도 그게 그가 살면서 저지른 마지막 잘못이었는 지도 모른다. 그래서 그는 우울한 가운데 죽었으리라… 신이 그에게 보상을 해주시길!

티젠스는 상등병에게 말했다.

"그리 가겠네." 더켓의 왼손과 팔뚝이 보였다. 허벅지와 나란히 있는 그의 축 쳐진 손은 믿을 수 없을 정도로 깨끗했다. 그의 몸 전체 윤곽이 보였다.

상등병이 말했다. "인자 게우 22살임다. 지랑 같은 나임다. 소령님 소총 청소용 줄에 신경 마이 썼슴다."

1분 뒤 그들은 더켓의 다리를 잡고 끌어냈다. 돌이 그의 머리에 올려져 있을지도 모른다. 그 경우 그의 얼굴이 손상당했을 것이다. 하지만 그렇지는 않았다. 그의 얼굴은 검게 되었지만 잠을 자고 있는 듯했다… 발렌타인 워놉이 쓰레기통에서 쉬고 있는 것처럼. 티젠스는 더켓에게 인공호흡을 해 주라고 콕숏에서 명령했다.

티젠스는 병사가 아니라 장교를 잃어 오히려 만족스러웠다. 만족스럽다는 표현은 군사적 관점에서 정확한 표현은 아니다. 그렇게 말을 해도 아무도 피해를 입지 않으니 괜찮다고 할지는 모르겠지만 말이다. 티젠스는 병사에 대해 늘 더 큰 책임감을 느꼈다. 병사들은 덜 자발적으로 이곳으로 왔기 때문이리라. 동물을 잔인하게 대하는 것이 어린 아이 이외에 사람들에게 잔인하게 대하는 것보다 더 혐오스러운 죄악이라고 느끼는 것과 같은 이치일 것이다. 물론 이렇게 생각하는 게 불합리하게 보이겠지만 말이다.

소모사로 된 왕관 모양의 계급장을 비롯해 여러 계급장을 단 아주 깨끗한 바바리 레인코트를 입은 호리호리한 사람이 연결 참호 안에 있는, 흰 도료로 크게 'A'라고 쓰여 있는 골함석에 몸을 기대고 서 있었다. 그는 아주 멋진 철모를 쓰고 있었는데, 그 철모에는 사냥용 회초리 모양과 박차 모양의 돌기물이 달려 있었다. 장군이 온화하게 말했다.

"자넨 여기서 지금 뭐하고 있나?" 그러더니 짜증 섞인 어조로 말했다. "도대체 이 대대를 지휘하는 장교는 어디에 있나? 왜 지휘관이 안 보여?" 그리곤 이렇게 덧붙였다. "자넨 진짜 지금 몸이 더러워. 검둥이 같아. 이 상황을 한번 설명해보게."

캠피언 장군은 몹시 화가 나서 티전스에게 이렇게 말했다. 티전스는 허수아비처럼 차려 자세를 취하며 말했다.

"제가 지금 이 대대를 지휘하고 있습니다. 부지휘관으로서 지금 임시로 대대를 지휘하고 있습니다. 제가 흙속에 묻혀 있어서 못 보셨을 겁니다. 잠시지만요."

장군이 말했다.

"자네가? … 맙소사!" 캠피언 장군은 입을 딱 벌리곤 한 발짝 뒤로 물러서더니 말했다. "난 방금 런던에서 돌아왔네!" 그러곤 다시 말을 이었다. "내가 여기 부대를 모두 떠맡은 뒤부터는 자네가 이 대대를 계속 지휘하게 될 걸세!" 그리고 이렇게 말했다. "다들 이 대대가 가장 똘똘한 대대라고 이야기하더군." 장군은 흥분해서 코를 씩씩거리며 말했다. "내 부관과 레빈 대령이 자네를 찾아다녔지만 찾지 못했다고 하더군. 그런데 자네가 저기서 호주머니에 손을 넣고 어슬렁어슬렁 오는 게 보였지 뭔가!"

포 소리가 멈추고, 종달새도 잠시 노래를 부르지 않자, 정적이 흘렀다. 티젠스는 숨을 쉴 때마다 자신의 폐에서 가릉가릉 하는 소리가 작게 나는 사이사이에 자신의 심장이 뛰는 소리를 들을 수 있었다. 묵직한 심장 박동은 아주 빨라졌다. 공포스러워서 그런 것 같았다. 티젠스는 중얼거렸다.

"장군이 런던에 갔다 온 게 무슨 상관이야?" 그런 다음 이어서 이렇게 중얼거렸다. "장군은 실비아와 결혼하고 싶은 거야! 분명 실비아와 결혼하기 위해 거기 갔던 거야!" 그것이 장군이 런던에 갔다 온 이유를 설명할 수 있을 것이다. 그것은 티젠스를 사로잡고 있는 생각이었다. 그래서 놀라고 흥분했을 때 그가 맨 먼저 하는 말이었던 것이다.

장군이 찾아올 때 그들은 언제나 완전한 정적의 시간을 갖는다. 양쪽의 작전 참모들이 서로를 위해 그렇게 하기로 한 모양이다. 아니면 독일군이 포 사격을 멈추었으면 하는 우리의 생각을 우리의 포가 성공적으로 전달한 모양이다. 즉 가톨릭에서 말하는 "특별한 목적"을 갖고 우리가 포를 쏘고 있다는 사실을 독일군 측에 알린 모양이다. 독일군들은 우리 쪽에 뭔가 있다는 것을 아는 것 같다. 그래서 그들은 우리를 화나게 하지 않으려고 포를 멈춘 것 같다. 티젠스가 말했다.

"찰과상을 입은 것뿐입니다. 그래서 응급 처치 할 것을 찾느라 호주머니를 뒤진 겁니다."

장군이 말했다.

"자네 같은 친구는 부상당할 수 있는 곳에 있는 게 옳지 않네. 자네가 있을 곳은 통신부야. 내가 자네를 여기 보낼 때 난 화가 났었네. 이제 자네를 돌려보내야겠어."

그러곤 이렇게 덧붙였다.

"해산하게. 자네 도움이나 정보는 필요 없네. 여기 지휘관이 아주 똑똑하다고 하더군. 난 그 지휘관을 봐야겠네… 이름이… 이름이… 그건 중요치 않아. 자, 해산…"

티전스는 참호를 따라 무겁게 발걸음을 옮겼다. 머리에 어떤 생각이 떠올라 중얼거렸다.

"여긴 희망과 영광의 나라다[196]!" 그러곤 이렇게 소리쳤다. "이 문제를 총사령관에게 이야기해야겠어. 아니, 필요하다면, 국왕에게 이 문제에 관해 이야기할 거야. 꼭 그렇게 할 거야!" 티전스는 장군이 자신에게 그런 식으로 말할 순 없다고 생각했다. 그건 개인적인 악감정을 군복무와 연결시키는 것이니 말이다. 티전스는 여단에 보낼 편지 내용에 대해 생각하였다. 그때 노팅 부관이 참호를 따라 걸어왔다. 그가 말했다.

---

[196] "Land of Hope and Glory": 이는 에드워드 엘가(Edward Elgar)가 작곡한 곡에 벤슨(A. C. Benson)이 1902년에 가사를 붙인 것이다. 애국심을 고취하는 이 노래는 제1차 세계 대전 때 많이 애창되며 영국인들의 애국심을 고취했다.

"캠피언 장군님이 보시자고 합니다. 장군님은 월요일에 군대 지휘권을 인계 받으실 겁니다." 그러곤 이렇게 덧붙였다. "참 위험한 지역에 계셨군요. 부상을 입지는 않으셨죠!" 노팅이 이러는 것은 평상시 보기 어려운 수다에 해당한다.

티전스는 중얼거렸다.

"이 부대를 5일 동안 지휘하게 되겠군. 이곳 지휘권을 갖기 전에 날 쫓아낼 순 없을 테니 말이야." 그 전에 독일군들이 쳐들어 와 5일간 전투가 벌어질 것이다! 됐다!

티전스가 말했다.

"이미 장군을 만나 뵈었네… 그리고 난 괜찮아. 몸이 아주 더러워진 것 말고는!" 노팅의 반짝이는 두 눈에 고뇌의 흔적이 보였다. 그가 말했다.

"소령님이 총에 맞으셨다는 이야기를 들었을 때 전 미치는 줄 알았습니다. 소령님 없이는 이 어려운 상황을 헤쳐 나갈 수 없습니다!"

티전스는 장군이 이곳 지휘권을 인계한 뒤에 여단에 편지를 써야 하나, 혹은 그 전에 편지를 써야 하나를 놓고 생각에 잠겼다. 노팅이 말했다.

"군의관 말에 따르면 아랑헤스 소위가 이겨낼 거랍니다."

티전스는 개인적인 편견을 이유로 장군이 그런 조처를 취했다고 진정하는 것이 낫겠다는 생각이 들었다. 노팅이 말을 이었다.

"물론 아랑헤스 소위는 눈을 잃게 될 겁니다. 사실상… 지금 눈이 없습니다. 하지만 이겨낼 겁니다."

제3부

1

건물로 둘러싸인 마당에 들어가는 것은 갑자기 죽는 것 같았다. 너무도 조용하고 정지된 세계로 들어가는 것 같았기 때문이다. 수많은 군중에 의해 떠밀리고 끊임없는 고함에 귀가 먹어버릴 것 같은 삶을 살아온 사람에게 그것은 너무도 조용하고 정지된 세계로 들어가는 것 같았다. 외침은 너무도 오래 지속되어서 굳건하면서도 변하지 않는 삶의 모습과도 같았다. 그렇기에 적막은 죽음처럼 느껴졌다. 지금 자신은 가슴에 죽음을 품고 있다. 자신은 지금 아무것도 없는 집에 있는 미친 남자를 만나러 가는 중이다. 그 빈 집은 텅 빈 사각형 마당을 둘러싼 집 중 하나인데, 나머지 집들도 모두 18세기 풍의 은회색에, 완고하고 조용한 분위기를 풍겨, 지금 가는 집처럼 역시 텅 비어 있고, 죽거나 미친 사람만 있을 것 같았다. 이것이 내가 여기에 온 목적인가? 세상 사람들은 모두 즐거워 미칠 것만 같은데? 가구를 모두 처분해 버리고, 수위도 못 알아보는, 즐거워서가 아니라 그냥 미친 것 같은 사람을 위해 곰 사육사[197] 노릇을 해야

---

[197] bear-ward: 티전스는 덩치가 크고 회색 옷을 자주 입어 워놉은 그를 회색 곰 혹은 곰에 자주 비유한다.

하다니!

 현실은 자신이 생각한 것보다 처참했다. 자신은 천장이 높은, 텅 빈 방의 문손잡이를 돌리게 될 거라 생각했다. 덧문이 내려져 어두침침한 공간에서 뭔가 이상한 일을 벌이고 있는 회색 오소리 혹은 회색 곰 같은 그가 군복을 입은 채 고개를 돌려 의심스러운 듯 자신을 쳐다보는 모습을 상상했다. 하지만 자신에겐 마음의 준비를 할 시간조차 주어지지 않았다. 마지막 순간 믿지 못할 정도로 마음을 단단히 먹겠다고 생각했다. 자신은 전후 신경증 환자를 돌보는 냉정한 간호사가 되어야 하기 때문이었다.

 하지만 그런 마지막 순간은 없었다. 그는 자신을 향해 달려들었다. 노출된 공간에서. 마치 사자처럼. 빛나는 회색 머리칼이 군데군데 있는 그는 온통 회색이었다. 그는 계단을 뛰어 내려와 현관문을 거세게 닫았다. 그의 몸은 한쪽으로 기울어져 있었다. 그는 모형 가구 하나를 겨드랑이에 끼고 있었다.

 너무도 갑작스러웠다. 마치 경련이 일어난 것 같았다. 집이 흔들렸다. 그는 자신을 물끄러미 봤다. 그는 볼품사납게 활보를 하다가 갑자기 걸음을 멈춘 것 같았다. 하지만 자신은 집이 흔들거려 이를 보지 못했다. 분홍색과 흰색이 감도는 그의 무표정한 얼굴에 있는 청회색 눈이 눈에 띄었다. 분홍색 부분은 너무도 분홍색이었고, 흰색 부분은 너무도 하얗다. 건강하다고 보기엔 너무도 심했다. 그는 회색 수직물을 입고 있었다. 그는 수직물이나 회색 옷을 입으면 안 된다. 덩치가 더 크게 보이니 말이다. 그도 …처럼 보일 수 있을 텐데… 그래, 이를테면, 근사한 사람 말이다!

그는 무엇을 하고 있던 걸까? 볼품없는 바지 호주머니 속을 더듬으면서 그가 큰 소리로 말했다. 발렌타인은 약간 거슬리면서 조금은 헐떡이는 그의 목소리에 몸을 떨었다.

"난 이걸 팔러 갈 거요… 여기 좀 있으시오." 그는 현관 열쇠를 꺼냈다. 그는 내 옆에서 거칠게 숨을 헐떡이고 있었다. 그러곤 계단을 올라갔다. 그는 내 옆에 있었다. 내 옆에. 내 옆에. 이 미친 남자 옆에 있는 게 끝없이 슬펐다. 그리고 끝없이 기뻤다. 그가 제정신이었다면 자신은 그의 옆에 있지 못했을 것이기 때문이다. 그가 미쳤다면 그가 자신을 알아보지 못하는 상태에서, 자신은 그의 곁에서 오랫동안 함께할 수 있을 것이다. 마치 자신의 아이를 돌보듯.

그는 열쇠 구멍에다가 작은 열쇠를 미친 듯이 쑤셔대고 있었다. 그는 과거에도 그러곤 했다. 그건 정상이다. 그는 열쇠 구멍을 쑤셔대는 서투른 부류의 남자였으니 말이다. 그가 다르게 하길 바라진 않았다. 하지만 그가 옷 입는 것만은 챙길 것이다. 발렌타인은 중얼거렸다. "나는 계획적으로 이 사람과 오랫동안 살 준비를 하고 있었던 거야!" 거기에 대해 한번 생각해 봐! 발렌타인이 그에게 말했다.

"나를 오라고 했나요?"

그는 문을 열었다. 그는 헐떡이며 말했다. 그는 폐가 안 좋다!

"아니요."라고 하더니, "들어가시오. 나는 막 나갈 참이었 …"이라고 그는 말했다.

자신은 그의 집에 있다. 아이처럼… 그는 자신에게 오라고 부르지 않았다… 마치 어둡고 광활한 동굴 문턱에서 머뭇거리는 아이처럼 말이다.

그곳은 어두웠다. 판석이 깔려 있었다. 고정된 가구들이 치워진 자리엔 긁혀서 연분홍색이 된 폼페이 빨강색[198] 벽이 있었다. 여기가 내가 살 곳인가?

그는 숨을 헐떡이며 발렌타인의 등 뒤에서 말했다.

"여기서 좀 기다리시오!" 조금 더 많은 빛이 홀 안으로 들어왔다. 그가 현관에서 나갔기 때문이었다.

그는 계단을 뛰어 내려갔다. 그의 신발은 엄청 컸다. 겨드랑이에 모형 수납장을 끼고 있었기 때문에 몸이 한쪽으로 기운 상태로 그는 계속 어기적어기적 걸었다. 그는 정말로 기괴했다. 하지만 그의 곁에서 걸을 때, 수직물을 입은 그에게서 기쁨이 발산되는 것이 느껴졌다. 솟아나온 기쁨은 자신을 감쌌다… 전기 히터에서 나오는 열기처럼. 그렇다고 울고 싶게 하거나 기도를 하고 싶게 하진 않았다. 오만한 바보다.

아니, 그 사람은 오만하지 않다. 그렇다면 사람들을 대하는 데 서투른 것뿐이다! 하지만 서투르지도 않다… 발렌타인은 그를 따라갈 수 없었다. 분홍색 귀와 은색 머리칼을 한 그는 밝은 광채 같았다. 18세기 가옥들 앞에 있는 난간을 따라 그는 쿵쾅거리며 걸어갔다. 그래, 그는 18세기 사람이다… 그런데 18세기는 결코 미치지 않았다. 미치지 않은 유일한 시대다. 프랑스 혁명[199]이 일어나기 전까진 말이다. 프랑스 혁명은 미치지 않았고, 18세기도 미치지 않았다.

---

[198] Pompeian red: 회색빛이 도는 빨강으로 폼페이의 건물 벽색과 비슷한 데서 이런 이름이 붙여졌다.
[199] French Revolution(1789~1799): 전제 정치에 봉기하여 시민들이 일으킨 혁명.

자신은 하릴없이 그늘 속으로 걸어 들어갔다. 그리곤 다시 빛이 드는 곳으로 하릴없이 돌아왔다… 길게 늘어진 텅 빈 소리가 들려왔다. 저 멀리서 오우, 오우, 오우 하는 소리가 파도 소리처럼 들어왔다. 정전이다. 오늘은 정전한 날이다. 자신은 까마득히 잊고 있었다. 정전한 날에 이런 데 갇히게 되다니. 갇힌 게 아니다! 난 이곳에 갇힌 게 아니다. 내 사랑하는 이는 나의 것이고, 난 그의 것이다! 하지만 일단 문을 닫는 게 좋겠다!

발렌타인은 그의 입술에 키스하듯 조심스럽게 문을 닫았다. 그것은 일종의 상징이다. 오늘은 정전의 날이다. 자신은 떠나야 한다. 하지만 그 대신 발렌타인은 문을 닫았다… 정전의 날에는 아니다! 변한다는 것은… 어떤 것인가!

아니다! 떠나선 안 된다! 자신은 떠나선 안 된다! 절대 떠나선 안 된다! 그가 기다리라고 했다. 자신은 갇혀있는 것이 아니다. 여기는 세상에서 가장 흥분되는 곳이다. 수녀처럼 사는 것은 자신의 운명이 아니다. 자신은 미친 남자 곁에서 밤낮을 같이 보낼 것이다. 정전의 날에! 이날 밤은 무수히 많은 세대가 바뀌어도 기억될 것이다. 정전의 날을 겪은 사람은 이런 질문을 받게 될 것이다. 당신은 정전의 날에 무엇을 했습니까? 내 사랑하는 이는 나의 것이었고, 난 그의 것이었다고 난 말할 것이다.

커다란 돌계단에는 카펫이 깔려 있지 않았다. 그 계단을 오르는 것은 마치 행렬에 참가하는 것 같을 것이다. 홀은 현관에서 바로 이어졌다. 방에 들어가려면 오른쪽 모퉁이를 돌아야 했다. 희한한 배치다. 18세기에는 외풍에 신경을 쓰느라 식당 문이 현관문 가까이 있는 걸 좋아하지 않았나 보다… 내 사랑하는 이는… 왜 이 우스운 말을 반복하는 걸까? 게다가 이건 "솔로몬의 노래[200]"에 나온 거다. "찬송가 중의 찬송가![201]" 이걸 인용하는 것은 신성 모독일 것이다. 이런 경우엔… 아니야, 기도의 본질은 자신의 의지다. 신성 모독의 본질도 의지고. 자신은 그 말을 인용하고 싶지 않았다. 용기를 내어 그 말을 한 것이다. 두려웠다. 자신은 지금 텅 빈 집에서 미친 남자를 기다리고 있다. 텅 빈 계단 위로 무엇인가 속삭였다!

자신은 파티마[202] 같다. 텅 빈 방의 문을 열어젖히고 그가 자신을 죽이러 돌아올지도 모른다. 성도착증으로 발현된 광기는 종종 살인 성향을 띤다고 하니 말이다… 당신은 정전의 날에 무엇을 했습니까? "나는 텅 빈 방에서 살해당했습니까?" 틀림없이 그는 자신을 자정이 될 때까진 살려둘 것이다.

하지만 그에게는 성도착증이 없을지도 모른다. 그에게 성도착증이 있다는 일말의 증거도 없으니 말이다. 그에겐 성도착증이 없다! 분명히, 그에겐 성도착증이 없다. 그는 항상 신사였다.

그들은 전화기는 남겨 두었다. 창문엔 제대로 덧문이 쳐졌지만, 덧문 틈 사이로 새어 나온 어스레한 빛을 받으며 니켈은 하얀 대리

---

[200] "Song of Solomon": 구약 성서의 한 편으로 「아가(雅歌)서」라고도 한다. 서정적인 사랑의 시(詩)로 이루어졌는데, 전통적으로는 솔로몬이 쓴 것이라고 여겨진다.
[201] Canticle of Canticles: 두에이 성서에서는 「솔로몬의 노래」를 '찬송가 중의 찬송가'(Canticle of Canticles)라고 부른다.
[202] Fatima(606~632): 무하마드(Muhammad)의 딸로 4대째 칼리프 알리(Ali)의 아내. 후세에 이상적인 여성으로 간주하게 되었다.

석 위에서 반짝거렸다. 양의 머리가 새겨진 기둥이 파로스(Paros) 섬에서 나는 대리석으로 만든 벽난로 선반을 떠받치고 있었다. 아주 정결했다. 천장과 천장을 두르는 직사각형의 쇠시리[203]들은 복잡한 대칭을 이루고 있었다. 그것들도 마찬가지로 정결했다. 18세기적이다. 하지만 18세기는 정결하지 않다… 그는 18세기적이다.

어머니에게 전화를 해야 한다. 보라색 드림이 달린 검은 옷을 입고 근엄하게 걷는 예하(猊下)[204]에게 그녀의 딸이 앞으로 심각한 일을… 하게 될 것이란 사실을 알리기 위해서 말이다…

그 예하의 딸은 무엇을 하려고 하나?

자신은 이 빈 집에서 뛰쳐나가야 한다. 그가 자신을 죽이러 집으로 돌아올지도 모른다는 생각에 공포로 몸서리쳐야 한다. 하지만 자신은 그렇지 않다. 자신은 지금 어떠한가? 환희에 전율하고 있나? 그런 것 같다. 그가 온다는 생각에 말이다. 그가 자신을 죽여도… 할 수 없는 일이다! 그래도 자신은 환희에 전율하고 있었다. 어머니에게 전화를 해야 한다. 어머니는 자신이 어디에 있는지 알고 싶어 할 지도 모른다. 하지만 어머니는 단 한 번도 자신이 어디에 있는지 알고 싶어 하지 않았다. 자신은 분별이 있어서 장난을 칠 수 있는 사람이 아니다! … 거기에 대해 생각하자!

하지만 이런 날엔 어머니도 알고 싶어 할지 모른다. 남동생이 이제는 정말 무사하다는 사실에 기쁨을 같이 나누어야하니 말이다.

---

[203] mouldings: 벽·문 등의 윗부분에 돌·목재 등을 띠처럼 댄 장식.
[204] 위놉의 어머니를 지칭. 예하(猊下)는 가톨릭의 추기경을 주로 칭하는 말이나 여기서 발렌타인은 자신의 어머니가 유명 소설가이므로 이런 표현을 썼다.

그리고 다른 사람들도 무사하다는 사실에 대해서도 말이다. 보통 자신이 전화를 하면 어머니는 짜증을 냈다. 지금 어머니는 일을 하는 중일 것이다. 어머니가 일하는 모습을 보면 놀랍다. 어쩌면 어머니가 일하는 모습을 다시는 보지 못하게 될 지도 모른다. 그렇게 종이를 널브러지게 놓은 꼴이라니. 그 작은 방에서 말이다. 정말 작은 방이다. 어머니는 절대 큰 방에서 작업을 하려 하지 않았다. 큰 방에서는 돌아다니고 싶어지는데 그렇게 돌아다닐 시간적 여유가 없기 때문이리라.

어머니는 지금 두 권의 책을 동시에 집필하고 있다. 소설이다… 그 소설이 무슨 내용인지 모른다. 어머니는 집필이 끝날 때까지 자신이 작업하는 소설이 무슨 내용인지 알려주지 않았다. 전쟁에 대한 한 여인의 기록과 한 여인이 쓴 여성들에 대한 기록일 것이다. 어머니는 우회할 공간마저도 남겨 놓지 않을 정도로 큰 탁자에 지금 앉아 있을 것이다. 흰 머리에, 몸집이 큰 어머니는 사람 좋아 보이는 얼굴에 피곤한 기색으로, 탁자 한쪽에 있는 종이 뭉치들을 뒤적거리고 있거나, 소설을 쓰다가 자리에서 일어나면서 코안경을 떨어뜨리고 있는지도 모른다. 혹은 전쟁에 대한 여자의 기록을 보기 위해 탁자 가장자리와 벽 사이로 탁자를 밀고 있을지도 모른다. 어머니는 한 작품에 10분, 25분, 혹은 1시간 작업을 하고 나서는, 다른 작품에 한 시간, 30분, 혹은 45분 동안 작업을 하곤 했다. 어머니 머릿속은 얼마나 복잡할까!

조금 떨면서 전화기를 들었다. 진작 그랬어야 했다. 어머니에게 먼저 알려줘야 크리스토퍼 티전스와 함께 살 수 있다. 어머니에게

딸의 마음을 돌릴 기회를 주어야 한다. 사랑하는 사람을 영원히 떠나기 전, 마지막 기회를 줘야 한다고들 하지 않는가. 어머니에게는 더욱 그런 기회를 주어야 한다. 그래야 공정하다.

귀에다가, 전화기에다가 한 약속을 어긴다[205]! … 이렇게 하려는 순간, 셰익스피어를 인용하는 것은 신성 모독일까? … 아마 나쁜 취향일 뿐일 것이다. 하지만 셰익스피어도 결점이 없지는 않다. 다들 그렇게 말한다… 기다려라! 기다려! 살면서 우리는 얼마나 많은 시간 동안 기다리면서 보내는가… 하지만 이 전화기는 먹통이다. 아무런 소리도 들리지 않는다. 수화기를 걸었다 났다 했는데도 전화기의 신호음이 나지 않는다… 전화가 끊어진 것 같다. 전화 요금을 내지 않아 전화를 끊었는지도 모른다. 아니면 자신의 목을 졸라 죽이고 있는 동안, 자신이 비명을 질러 경관이 올까 봐 전화선을 끊었는지도 모른다. 어쨌든 전화가 끊어졌다. 정전의 날 밤, 그들은 세상에서 차단되었다… 영원히 차단될지도 모른다!

터무니없는 생각이다. 그는 자신이 올 거라는 걸 알지 못했다. 그는 자신에게 와달라고 요청하지도 않았다.

그렇기에 천천히, 천천히, 발렌타인은 그 거대한 돌계단을 걸어 올라갔다. 그녀 앞에서 속삭이는 듯한 소리가 들려왔다… "그렇기

---

[205] It broke the word of promise to the ear: "귀에다 한 약속을 어긴다." 이 말은 셰익스피어의 <맥베스>(Macbeth) 5막 8장에서 최후의 결전을 치르기 전, 맥베스가 자신을 유혹해서 왕위를 찬탈하게 한 마녀들에 대하여 한 말을 변형시킨 것이다. 원작에서는 맥베스가 마녀들을 두고 "우리 귀에 약속의 말을 하고는 희망을 갖는 우리에게 그 약속을 깬다."(That keep the word of promise to our ear, And break it to our hope)라고 말한다.

에, 천천히, 천천히 그녀는 계단을 오르며 천천히 자신의 주변을 둘러보았다. 이제부터는 추락을 훈계로 삼을 것이다." 훈계로 삼을 필요는 없을 것이다. 자신은 바바라 앨런[206]처럼 추락하지 않을 것이기 때문이다. 오히려 그 반대일 것이다!

그는 자신을 부르지 않았다. 그는 이디스 에텔에게 자신에게 전화를 걸어달라고 부탁하지도 않았다. 그렇다면 수치스러워해야 할 것이다. 하지만 자신은 수치스럽지 않았다. 사실 아주 자연스러웠다. 모자도 쓰지 않고, 겨드랑이에 모형 수납장 하나 끼고 몸을 한쪽으로 기울인 채, 뛰쳐나가는 그는 눈에 확 띌 정도로 미쳤다. 눈에 띌 정도로 말이다! 그는 지금 그런 상태다. 그는 절대로 사람들이 많은 곳을 지나갈 수 없을 것이다! … 이디스 에텔의 말처럼 그는 가구를 모두 처분했다. 수위도 제대로 알아보지 못했을 것 같다. 그가 자신의 가구를 팔러 나가는 것을 보았다. 정신 나간 듯이 팔러 달려갔다. 제정신이라면 가구를 팔러 갈 때 그렇게 달려가지는 않는다. 어쩌면 이디스 에텔은 그가 머리에 탁자를 이고 달려가는 모습을 보았을 수도 있다. 그가 자신을 알아보았는지도 확실히 모르겠다!

그러니까 이디스 에텔이 전화한 것은 나름대로 정당화될 수 있을지도 모른다. 하지만 자신과 헤어진 이유를 생각해 보면 그건 상대

---

[206] Barbara Allen: 17세기 스코틀랜드 민요에 나오는 여자로 자신을 사랑하던 남자의 죽음에 너무도 슬퍼 쓰러져 죽게 된다. 후에 사랑하는 남자와 나란히 무덤에 묻히게 되는데, 각각의 무덤에서 피어난 장미와 들장미는 하나로 엉켜 두 사람의 결합을 암시한다.

방에게 실례되는 일이다. 바로 이 남자의 아이를 가졌다고 이디스 에텔이 자신을 비난했다는 사실을 생각해 본다면 말이다! 티전스가 가구를 들고 저택에 둘러싸여 있는 마당을 달리고 있는 것을 본다고 해도, 그리고 도와줄 사람이 달리 없다 하더라도, 자신에게 전화를 한 것은 정말 화나는 일이다… 에텔은 그 비참한 쥐새끼 같은 자기 남편을 그에게 보냈어야 했다. 그건 변명의 여지가 없다!

여전히 자신이 할 수 있는 일은 달리 없다. 따라서 수치스럽게 느낄 이유도 없다. 지금처럼 이 남자를 좋아하지 않았다 해도 자신은 여기 왔을 것이다. 그리고 그의 상태가 아주 나쁘다면, 여기 그의 곁에 있을 것이다.

그는 자신을 부르지 않았다! 이 남자는 한때 자신에게 사랑을 제안하고는 한 마디 말도 없이 떠나버렸다. 그러곤 그림엽서 한 장 보내지 않았다! 서투르면서도 오만한 사람이다. 그 사람에게 이보다 더 잘 어울리는 표현이 있을까? 있을 수 없다. 그렇다면 자신은 수치스러워야 하는데 그렇지 않다.

잔뜩 겁을 먹으며 커다란 계단을 올라 커다란 방에 들어갔다. 정말 커다란 방이었다. 온통 하얀데, 아래층과 마찬가지로 물건들을 치우고 난 벽에는 얼룩이 있었다. 이 집에서 18세기 느낌을 받았다. 하지만 붉은 굴뚝은 약간 화려했다… 잔뜩 겁을 집어먹고 사방을 살펴보았다. 끔찍할 정도로 무서웠다. 이 방에는 사람이 살았다. 마치 들판에 있는 것처럼, 이 넓은 방에는 야전… 흔히 말하면, 일반 장교참모들이 사용하는 야전 침대가 있었다. 그리고 십자 모양으로 놓은 흰색 나무 널판 위에, 녹색 캔버스 천으로 만든 도구와 로프

손잡이가 달린 양동이, 세숫대야, 그리고 탁자가 있었다. 침대는 갈색 양모로 된 침낭으로 덮여 있었다. 끔찍할 정도로 무서웠다. 집 안 깊숙이 들어갈수록 자신이 그의 손아귀에 놓여 있다는 사실을 깨닫게 되었다. 자신은 올라오지 말고 아래층에 있어야 했다. 자신은 지금 그를 염탐하고 있는 중이다.

여기 물건들은 끔찍할 정도로 지저분하고 버려진 물건처럼 보였다. 그는 왜 이것들을 방 한가운데에다 두었을까? 왜 벽 쪽에 붙여두지 않았을까? 베개를 받쳐둘 만한 것이 없다면 침대 머리는 보통 벽에 붙여둔다. 그러면 베개가 미끄러져 떨어지지 않으니 말이다. 침대 위치를 바꾸려다 그만두었다. 그가 침대를 방 한가운데 옮겨다 놓은 것은 그 침대가 누구의 드레스가 스쳤던 벽에 닿는 것을 원하지 않았기 때문이리라… 그 여자에 대한 나쁜 것을 떠올려선 안 된다!

그것들은 지저분하고 버려진 것처럼 보이지 않았다. 오히려 검소해 보였다. 그리고 영예로워 보였다! 허리를 굽혀 침대 위쪽의 침낭을 걷어내고 베개에 입을 맞추었다. 그에게 리넨으로 된 베개를 줄 것이다. 이젠 리넨을 구할 수 있을 것이다. 전쟁이 끝났으니 말이다. 거대한 전선을 따라 사람들은 일어설 수 있을 것이다!

방 위쪽에는 연단이 있었다. 사각 판자로 만든 상자 같은 것으로, 화가의 스튜디오에 있는, 모델을 앉히는 대좌처럼 생겼다. 물론 그 여자는 왕족처럼 손님들을 연단 위에서 맞이하지는 않았을 것이다. 그 여자는 그럴 수 있었겠지만… 하지만 그렇게 해서는 안 된다… 아마도 그 연단은 피아노를 올려놓는 곳이었을 것이다. 어쩌면 그녀는 연주회를 열었을지도 모른다. 하지만 지금 이 방은 서재로 사용되고 있었다. 연단 뒤편 가장자리에 있는 송아지 가죽으로 장정된 책들이 벽에 기대어 있었다. 그가 어떤 책들을 읽었는지 보려고 가까이 갔다. 그가 프랑스에서 읽은 책들이 틀림없다. 이 남자가 프랑스에서 읽은 책이 무엇인지 알아낸다면 그가 무슨 생각을 하는지 알 수 있을 것이다. 그가 싸구려 면 홑이불을 덮고 잤다는 걸 알 수 있었다.

검소하고 영예로운 사람이다. 그는 그런 사람이다! 그는 자신과 사랑을 나누기 위해 이 방을 꾸몄을 것이다. 자신이 그렇게 꾸며달라고 부탁했을지도 모를 방이다. 가구들… 알케스티스[207]는 절대… 자신, 그러니까 그의 숭배자 역시 검소한 사람이니 말이다. 그의 영광을 비추는… 이런! 자신이 점점 감상적이 되어 가는 것 같았다. 그런데 그와 자신의 취향이 어떻게 맞는지 궁금했다. 그는 오만하지도 서투르지도 않았다. 그는 자신에게 진심으로 찬사를 보냈었다. 그는 자신에게 "당신의 마음은 내 마음과 꼭 맞아 나를 이해할 거요."라고 말했었다.

책들은 정말이지 잡동사니 같았다. 벽에 붙여놓은 책의 윗면들은 마치 들쭉날쭉한 언덕같이 고르지 않았다. 어떤 책은 송아지 가죽으로 된 두꺼운 2절판 책이었는데, 책 제목이 눌러 찍혀 있었지만 아주 희미했다. 나머지는 프랑스 소설들과 붉은 표지의 군사 교본들이

---

[207] Alcestis: 테살리아의 왕 아드메토스의 아내. 죽게 될 운명에 처한 남편 아드메토스 대신 자신의 목숨을 내놓았지만, 그녀의 목숨을 거두러 온 죽음의 신을 헤라클레스가 물리쳐 죽음을 면하게 된다.

었다. 키가 높은 책의 제목을 읽으려고 연단 위로 몸을 수그렸다. 그 책이 허버트가 쓴 『시들』이나 『시골 사제』일 거라고 생각했다… 그 사람은 시골 목사가 되었어야 했다. 하지만 지금은 절대 될 수가 없다. 자신이 교회에서… 명석한 수학자를 빼앗아갈 것이니 말이다. 그 책의 제목은 『비르, 옵스퀴르』[208]이었다.

왜 자신은 그와 자신이 같이 살 거라고 당연시 했을까? 그가 그러고 싶다고 공식적으로 이야기하지도 않았는데 말이다. 자신은 대화를 나누길 원했다. 하지만 함께 살지 않으면 대화를 나눌 수가 없다. 연단을 따라 아래로 움직이자, 눈에 종이에 적힌 글이 들어왔다. 어지럽게 널려 있는 여섯 쪽 정도의 타이핑된 종이 가운데 어떤 단어들이 눈에 들어왔다. 그것은 크고, 분명하게 연필로 쓰여 있었다. 그 글들은 연필로 쓰여 있어서 두드러져 보였다. 내용은 이러했다.

"남자라면 끔찍스런 언덕 위에서도 일어설 수 있다!"

심장이 멎는 듯했다. 몸 상태가 좋지 않은 게 분명했다. 제대로 서 있을 수가 없었지만 기댈 곳이 없었다. 자신도 모르게 타이핑된 글도 읽었다.

"티전스 부인은 선생이 자기 것이라고 주장할 거라 믿는 바스 출신의 바커가 제작한 모형 수납장은 남겨 둘겁니다."

필사적으로 편지에서 눈을 돌렸다. 그 편지를 읽고 싶지 않았다. 하지만 고개를 돌릴 수 없었다. 자신이 죽어간다고 생각했다. 절대 사람은 즐거움 때문에 죽지는 않는다… 하지만 두렵게 할 수는 있

---

[208] Vir. Obscur: 라틴어로 '비밀'이란 의미.

다! 두렵게 말이다! 우리 사이를 막는 것은 이제 아무것도 없다. 이미 서로의 팔에 안겨있는 것 같았다. 분명히 그 편지 나머지 부분엔 그의 부인이 가구를 모두 치워버렸다는 내용이 있을 것이다. 그리고 그의 대답은 (발렌타인이 막 생각한 단어들을 놀라울 정도로 떠올리게 했다) 바로 자신은 일어설 수 있다는 것이었다. 하지만 그것은 조금도 놀랍지 않았다. 내 사랑하는 이는 나의 것이다… 우리는 같은 생각을 했던 것이다. 그러니 조금도 놀랍지 않았다. 우리는 이제 언덕 위에 함께 설 수 있다. 작은 단칸방에 들어갈 수도 있다. 영원히. 그리고 대화도 나눌 수 있다. 언제까지고. 편지 나머지 부분은 읽으면 안 된다. 확신하게 되면 안 된다. 확신하게 된다면… 보존할 희망도… 그리고 … 로 남아 있을 희망도 없게 된다. 움직이기가 두려웠고 또 움직일 수도 없었다. 그러면 자신은 파멸하게 될 것이다[209]. 창문 건너편에 있는 집 정면을 애원하듯 바라보았다. 그것들은 친근했다. 자신에게 위안이 될 것이다. 18세기이다. 냉소적이지만 악의적이지 않은. 자리에서 벌떡 일어섰다. 이제 움직일 수 있었다. 경련은 이제 사라졌다.

 바보. 겨우 전화였다. 벨 소리가 계속해서 울렸다. 띠리링. 띠리링. 띠리리링. 벨소리는 발아래에서 들렸다. 아니다. 연단 아래에서 들렸다. 수화기가 연단 위에 있었다. 전화가 먹통이라고 생각했기에 전화 소리를 제대로 알아채지 못했던 것이다. 누가 먹통인 전화에 신경이나 쓰겠는가?

---

[209] 처녀성을 상실한다는 의미.

자신은 그의 귀에 대고 말하는 것처럼 말했다. 자신은 그처럼 티전스 생각으로 가득 찼던 것이다. 발렌타인이 말했다.

"여보세요?"

전화 올 때마다 전화를 다 받는 것은 아니지만, 대개는 반사적으로 받는다. 자신은 이 전화를 받으면 안 되었다. 지금 자신은 외간 남자의 집에 있기 때문이다. 전화한 사람은 누구 목소리인지 알았을지도 모른다. 알아채라지. 발렌타인은 자신이 티전스의 집에 있다는 게 알려지길 바랐다! 당신은 정전의 날에 무엇을 했습니까?

묵직한 나이 든 목소리가 들려왔다.

"거기 있구나, 발렌타인…"

발렌타인은 소리쳤다.

"아, 어머니… 그런데 여기 그 사람 없어요." 발렌타인은 말을 계속했다. "그 사람과 같이 있지 않아요. 지금 기다리는 중이에요." 그리곤 이렇게 덧붙였다 "집에 아무도 없어요!" 발렌타인은 비밀스럽게 말했다. 집이 무언가 속삭이는 것 같았기 때문이었다. 발렌타인은 집이 자기가 하는 말을 듣지 않기를 바라듯, 어머니에게 구해 달라고 속삭이듯 말했다. 이 집은 18세기다. 냉소적이지만 악의적이진 않다. 이 집은 그녀가 파멸[210]되기를 바란다. 사실 이 집은 여자들이… 파멸되기를 바란다는 것을 알고 있다.

한참 뒤에 그녀의 어머니가 말했다.

"꼭 그래야 하니? … 우리 딸 발렌타인… 내 사랑하는 발렌타인!"

---

[210] 파멸이란 여자가 순결을 잃는 것을 의미한다.

어머니는 흐느끼지는 않았다.

발렌타인이 말했다.

"네, 그래야 해요!" 그녀는 흐느꼈다. 그러다 갑자기 울음을 그쳤다.

발렌타인은 얼른 말을 이었다.

"어머니, 전 아직 그 사람과 이야기를 나누지도 않았어요. 심지어 전 그 사람이 제정신인지 아닌지도 몰라요. 그런데 제정신이 아닌 것 같아요." 발렌타인은 어머니를 빨리 안심시켜 주고 싶었다. 발렌타인은 가능한 한 빨리 어머니를 안심시켜주기 위해 말을 빠르게 했다. 하지만 그런 뒤, 이렇게 덧붙였다. "난 그 사람과 같이 살 수 없다면 죽어버릴 거예요."

발렌타인은 천천히 그 말을 했다. 어머니에게 진실을 알려주려고 노력하는 어린아이처럼 되고 싶었다.

발렌타인은 말했다.

"저는 너무 오래 기다려왔어요. 몇 년 동안이나요." 발렌타인은 자신이 그런 애처로운 어조를 갖고 있다는 사실을 깨닫지 못했다. 그녀는 어머니가 자신의 말 한 마디 한 마디 들을 때마다, 생각에 잠겨 먼 곳을 바라보고 있다는 것을 알 수 있었다. 나이 들고 머리는 희끗희끗, 또 위엄 있고 자상한… 어머니의 목소리가 들려왔다.

"나도 때때로 그럴 것 같다는 생각은 했다. 애야… 오래되었니?" 생각하느라 둘 다 말이 없었다. 그녀의 어머니가 말했다.

"어떻게 빠져나올 방법은 없겠니?" 어머니는 한참 생각에 잠겼다. "너도 다 생각해 봤으리라 믿는다. 너는 똑똑하고 착한 아이니 말이야." 무언가 스치는 소리가 들려왔다. "나는 요즘 사람들 생각을 따라갈 수가 없구나. 하지만 뭔가 해결책이 있다면 기쁘겠다. 너희가 서로를 기다릴 수 있다면 좋겠구나. 아니면 합법적인 방법을 찾는…"

발렌타인이 말했다.

"어머니, 울지 마세요!… 어머니, 전 할 수가… 아, 갈게요… 어머니가 오라고 한다면 돌아갈게요." 입을 열 때마다 발렌타인의 몸은 파도에 흔들리듯 움직였다. 발렌타인은 사람들이 연극할 때만 그럴 거라고 생각했었다. 발렌타인의 눈은 그 글을 읽고 있었다.

"선생님께,"

"저희 고객, 클리블랜드 그로비의 크리스토퍼 티전스 여사님…"

이렇게 쓰여 있었다.

"…에 있는 기지에서 일어났던 일 이후에"

이렇게 쓰여 있었다.

"…소용없다고 생각합니다."

발렌타인은 어머니의 목소리를 듣고 괴로웠다. 전화기는 반음 낮은 '미' 음으로 웅웅거렸다. '시' 음이 되었다가 다시 낮은 '미' 음으로 바뀌었다. 발렌타인의 눈에 그 글이 들어왔다.

"그로비로 이사할 때 제안하셨습니다…"라고 두껍게 파란색 글씨로 타이핑되어 있었다. 발렌타인은 고통스러운 듯 소리쳤다.

"어머니, 돌아오라고 말해주세요. 그렇지 않으면 너무 늦을 거예요…"

발렌타인은 아무 생각도 하지 않는 듯 시선을 떨구었다… 사람들이 전화기 앞에 서 있을 때 그러는 것처럼 그랬다. 아래를 보면서

"소용없습니다."라는 말이 있는 문장을 끝까지 읽는다면, 너무 늦게 될 것이다! 그의 아내가 그 사람을 포기했다는 사실을 알게 될 테니 말이다.

운명의 목소리처럼 어머니의 목소리가 들려왔다.

"아니다. 그럴 수 없다. 생각 중이다."

발렌타인은 연단에 발을 올렸다. 아래를 보자 자신의 발이 편지를 가리고 있다는 것을 알았다. 그녀는 신에게 감사했다. 어머니의 목소리가 들려왔다.

"그 사람과 같이 살지 못하면 죽을 것 같다는데, 돌아오라고 할 수는 없다." 어머니로서의 권위를 이용하지 않는 것 같으면서도 실상 그 권위를 이용할 적당한 구실을 필사적으로 찾으려는 후기 빅토리아 시대 지식인의 모습을 어머니에게서 느낄 수 있었다. 어머니는 교과서처럼 말하기 시작했다. 위엄 있는 빅토리아 시대의 책인 몰리의 『글래드스톤의 삶』에 나와 있는 것처럼 그랬다. 그건 합당하다. 어머니는 그런 책을 썼으니 말이다.

어머니는 그들 둘 다 좋은 집안의 훌륭한 사람들이라고 했다. 따라서 양심에 따라 행동한다면, 옳은 일일 거라고 했다. 하지만 어머니는 그들이 확실히 양심에 따라 그렇게 한 것인지 신을 두고 한번 생각해 보라고 했다. 어머니는 교과서처럼 말할 수밖에 없었다!

발렌타인은 대답했다.

"이 일은 양심과는 상관없는 일이에요." 이 말은 냉정해 보였다. 발렌타인은 무슨 말을 인용해야 할지 몰랐다. 인용할 말을 찾지 못했다. 남의 말을 인용하면 긴장이 완화된다. 발렌타인은 이런 인용문이 떠올랐다. "인간은 눈 먼 운명에 이끌린다!" 그리스 시대 격언이다. "제단 위의 희생양처럼 난 두렵다. 하지만 따르겠노라!"… 에우리피데스[211]가 한 말인 것 같다. 아니 알케스티스가 한 말 같다! 이 말이 라틴 작가가 한 말이면 그 구절이 라틴어로 떠오를 것이니 말이다. 어머니와 같이 있으면 책처럼 이야기하게 된다. 어머니는 교과서처럼 말했다. 나도 그랬다. 그럴 수밖에 없었다. 그렇지 않았다면, 비명을 질렀을 것이다… 하지만 우리는 영국의 숙녀. 학자처럼 생각하는 습관이 있다. 그건 끔찍하다. 어머니가 말했다.

"그게 바로 양심과 같은 것일 거야!" 어머니는 자신들이 하려는 어리석고 재앙이 뒤따를 것 같은 행동을 하라고 촉구할 수는 없던 것이다. 어머니는 모범이 될 만한 이례적인 남녀의 결합과 정식 결합이지만 비참한 사례를 너무도 많이 알고 있다고 말했다… 어머니는 용기 있는 사람이다. 양심상 평생 가르쳐온 것을 따르지 말라고 할 순 없었겠지만 그렇게 하고 싶었을 것이다. 아주 절실하게! 발렌타인은 어머니가 지친 머리를 짜내느라고 안간힘을 쓰고 있다는 것을 느낄 수 있었다. 하지만 어머니는 자신이 한 말을 철회할 수 없었다. 어머니는 크랜머[212]도, 잔다르크[213]도 아니었으니 말이다. 그렇기에 그녀의 어머니는 계속 반복해 말했다.

---

[211] Euripides: 그리스의 비극 시인.
[212] Thomas Cranmer(1489~1556): 영국의 종교 개혁 지도자로 영국의 헨리 8세의 이혼 문제에 대해서 국왕에게 유리한 제언을 해서 신교도로는 최초의 캔터베리(Canterbury) 대주교가 되었다.
[213] Joan of Arc(1412~1431): 100년 전쟁에서 프랑스군을 이끌고 영국군에 대항한 프랑스의 성녀.

"네가 그 남자와 같이 살지 못하면, 네가 죽거나 정신적으로 심각한 상처를 입게 될 거라고 확신하는지 꼭 한번 생각해보기 바란다. 네가 그 남자 없이도 살 수 있거나, 그를 기다릴 수 있다고 생각한다면, 혹은 정신적으로 심각한 상처를 입지 않고 나중에 결합할 수 있는 희망이 있다고 생각한다면, 내가 정말로 네게 부탁하겠다…"

어머니는 차마 말을 맺지 못했다… 인생에 있어서 결정적인 순간에 위엄 있게 행동하는 것은 훌륭하다. 그건 필요하고도 적절한 것이다. 그렇게 하는 것이 여태까지 어머니가 갖고 있던 철학을 정당화할 수 있을 것이다. 하지만 이건 교활하다. 너무도 교활하다!

어머니는 이내 이렇게 말했다.

"우리 딸! 사랑하는 우리 딸! 지금까지 넌 이 어미를 위해 네 인생을 희생했고 이 어미의 가르침을 따르느라 네 인생을 희생해 왔어. 그런데 이제 와서 어떻게 내가 너에게 내가 가르친 것을 포기하라고 할 수 있겠니?"

그러고는 이렇게 말을 이었다.

"네가 영원히 불행하게 될지도 모를 길을 따르라고 널 설득할 수가 없구나!"… 그 "할 수가 없다."는 말은 고뇌로 가득 차 있었다!

발렌타인은 몸을 떨었다. 어머니의 그 말은 잔인하게 자신을 압박했다. 어머니는 의심할 바 없이 어머니로서의 의무를 다하고 있었다. 하지만 그 말은 자신을 잔인하게 압박했다. 너무나도 차가운 말이었다. 11월은 차가운 달이다. 계단을 올라오는 발걸음 소리가 들려왔다. 발렌타인은 몸을 떨었다.

"그 사람이 오고 있어요. 그 사람이 오고 있다고요!" 발렌타인은 소리쳤다. 발렌타인은 "절 구해주세요!"라고 말하고 싶었지만, 실제로는 이렇게 말했다. "끊지 마세요! 제발… 끊지 마세요!" 네가 사랑하는 남자가 너에게 무슨 짓을 하겠는가? 미친 사람이라도 말이다. 그는 마대를 짊어지고 있었다. 그가 문을 열 때 발렌타인의 눈에 처음 들어온 것은 바로 그 마대였다. 그는 이미 반쯤 열려 있던 문을 젖혀 열었다. 미친 사람이 마대를 들고 다니는 것은 끔찍해 보였다. 그것도 빈 집에서. 그는 마대를 벽난로 재받이돌 위에 팽개쳐 놓았다. 그의 오른쪽 이마에는 석탄재가 묻어 있었다. 그건 아주 묵직한 마대였다. 푸른 수염[214]이라면 그 마대 안에 그의 첫 번째 아내의 시신이 들어 있을 것이다. 보로[215]에 따르면 집시들에게는 "머리가 흰 남자는 절대 믿지 마라!"라는 말이 있다고 한다. 그의 머리는 단지 반쯤 희었고, 단지 반쯤 젊었다. 그는 숨을 헐떡였다. 무거운 마대를 옮기다가 잠깐 쉬고 있는 게 틀림없었다. 그는 물고기처럼 헐떡였다. 수조 안에 꼼짝 않고 있는 커다란 잉어처럼 그랬다.

그가 말했다.

"밖으로 나가고 싶을 것 같은데. 혹 그러고 싶지 않다면 여기에 불을 좀 피워야겠소. 불을 피우지 않고는 여기에 있을 수 없을 것

---

[214] Bluebeard: 1697년에 출간된 샤를 페로(Charles Perrault, 1628~1703)의 동화집에서 유래된 말이다. 동화의 주인공 기사 라울(Chevalier Raoul)은 Bluebeard(푸른 수염)라 불렸는데, 그는 여섯 차례나 아내를 맞아들여 죽이고 그 시체를 비밀의 방에 숨겨두었다. 일곱 번째 아내에게 비밀이 들켜 그 아내 역시 죽이려 했으나 오히려 아내의 형제들에게 살해되었다는 이야기다.

[215] George Borrow: 19세기 영국의 작가이자 여행가.

같소." 바로 그때 발렌타인의 어머니가 말했다.

"크리스토퍼가 왔으면, 이야기를 좀 나누었으면 한다."

발렌타인은 수화기에서 입을 떼며 이렇게 말했다.

"네, 나가요. 나가… 정전한 날인데… 어머니가 통화하셨으면 하네요." 발렌타인은 자신이 갑자기 런던내기 여점원이 된 듯한 기분이었다. "남자들을 조심하세요."라고 외치는 걸스카우트 같은 복장을 입은 여점원이 된 것 같았다. 당연히 자신은 커다란 잉어로부터 방어할 수 있다! 발렌타인은 어깨 너머로 그를 던져버릴 수도 있을 거라고 생각했다. 그 정도의 주짓수[216]는 할 줄 아니 말이다. 상대방이 공격을 예측하는 상태에선 주짓수를 수련한 사람이라도 몸집이 작으면 주짓수를 배우지 않은 덩치 큰 일반인을 제압할 수 없다. 하지만 상대가 예측하지 않는 상태에서라면 가능하다.

티전스는 오른손으로 발렌타인의 왼쪽 손목을 잡았다. 그는 발렌타인을 향해 헤엄치듯 나아가 왼손으로 전화를 받았다. 창문 유리 하나가 너무 오래되어 불룩해졌고, 자주색을 띠었다. 그런 창문이 또 하나, 아니 여러 개 있었다. 하지만 처음 본 창문이 가장 자줏색을 띠었다. 그가 말했다.

"크리스토퍼 티전스입니다!" 그는 이 말 이외에 할 수 있는 말을 더 이상 생각해 낼 수 없었다. 정말 말을 못 하는 사람이다! 발렌타인의 손목을 잡은 그의 손은 차가웠다. 발렌타인은 가만히 있었지만 환희가 흘러넘쳤다. 환희란 말 이외에 달리 표현할 말이 없었다. 따

---

[216] Ju Jitsu: 일본의 무술로 유도의 원형.

뜻한 넥타르[217]가 담긴 욕조에서 나왔을 때, 몸에서 환희가 증기처럼 뿜어 나오는 것처럼 말이다. 그의 손이 닿자 발렌타인의 마음은 평온해졌고 환희로 가득 찼다.

그는 발렌타인의 손목을 아주 천천히 놓았다. 손목을 잡은 것이 일종의 포옹이었음을 보여주기 위해서였다. 이것은 그들의 첫 번째 포옹이었다!

발렌타인은 티전스에게 전화기를 건네주기 전 어머니에게 이렇게 말했다.

"그 사람은 몰라요… 아, 그 사람이 아무것도 모른다는 것을 명심하세요!" 발렌타인은 방의 다른 쪽 구석으로 가서 그를 보며 서 있었다.

그는 수화기에서 나오는 소리를 들었다.

"크리스토퍼, 몸은 어때? 이제부턴 괜찮을 거야." 그 말을 듣고 티전스의 마음은 편치 않았다. 이 사람은 자신이 유혹하려는 여자의 모친이다. 그가 말했다.

"아주 좋습니다. 몸이 좀 약해진 것뿐입니다. 이제 막 병원에서 퇴원했으니까요. 나흘 됐습니다." 그는 다시는 그 빌어먹을 쇼 같은 전쟁터로 돌아가지 않을 작정이었다. 그의 주머니 속에는 제대 신청서가 있었다. 전화기에서 목소리가 들려왔다.

"발렌타인은 자네가 아주 아프다고 생각하더군. 아주 많이 아프다고. 그래서 거기로 간 거야." 이 말에 티전스는 자신이 아프지 않

---

[217] nectar: (그리스·로마 신화) 신들이 마시는 불로장생주.

앉다면 발렌타인은 오지 않았을 거란 생각이 들었다. 물론 오지 않으려 했을 것이다. 그렇지만 발렌타인은 자신과 같이 정전의 날을 보내길 원했을지도 모른다. 그랬을지도 모른다! 실망감이 들었다. 낙심했다. 자신은 몹시 거칠어졌다. 이게 다 그 못된 캠피언 장군 때문이다! 하지만 그처럼 거칠어서는 안 된다. 티젼스는 공손하게 말했다.

"몸이 아니라 정신적으로 좀 그렇습니다. 폐렴을 좀 앓기는 했지만요." 티젼스는 전선에서 생포한 독일군 포로 호송을 캠피언 장군이 자신에게 지휘하도록 했다고 했다. 그런데 자신은 짐승 같은 교도소장 노릇을 하는 게 참을 수 없어서 미칠 지경이었다고 했다.

아직도 티젼스의 눈에는 자신을 둘러싸고 있는 회색 유령 같은 형체가 보였다. 그 형상은 기이한 순간에, 몹시 기이한 순간에 혐오감을 불러일으키며 그에게 나타났다. 아무런 기미도 없이 갑작스럽게 그의 눈앞에 그 회색의 형태가 떠올랐다. 다 먹고 남은 기름 덩어리가 든 캔을 바닥에 내려놓고선, 신문이라고도 할 수 없는 신문 쪼가리를 들고, 뒤집어 놓은 양동이 위에 앉아 있던 수천 명의 포로들 모습이 떠올랐다. 회색빛 날에. 그들은 모두 티젼스 주변에 있었다. 자신은 그들의 교도소장이었다. 티젼스는 이렇게 외쳤다. "참 더러운 일이었습니다!"

워놉 부인의 목소리가 들려왔다.
"그래도, 그래서 살아 돌아온 거잖아!"
티젼스는 이렇게 대답했다.
"때때로 그렇지 않았으면 하고 바랐습니다!" 그는 자신이 그런

299

말을 했다는 데에 놀랐다. 또한 자신의 비통한 목소리에 놀랐다. 티전스는 말을 이었다. "물론 나쁜 뜻으로 한 말은 아닙니다." 그리고 그는 또 한번 자신이 공손하게 말하고 있다는 사실에 놀랐다. 의자에 앉아 있는, 아주 저명한, 나이 지긋한 여사를 향해 하는 것처럼 그는 실제로 고개를 숙였다. 이 나이 든 여사의 딸에게 어떤 의도를 품고 있는 상태에서, 그 여사 앞에서 고개를 숙인다는 것이 그에게는 불쾌한 위선으로 느껴졌다. 워놉 부인이 말했다.

"어이구, 자네… 내 아들 같은…"

티전스는 공포스러웠다. 그녀의 어조가 의미하는 것을 모를 순 없었다. 그는 고개를 돌려 발렌타인을 보았다. 그녀는 두손을 서로 꽉 쥐려는 듯 두 손을 모았다. 그녀는 고통스러운 듯 그의 얼굴을 유심히 살펴보면서 말했다.

"제발, 우리 어머니에게 친절하게 말씀하세요. 친절하게요…"

그렇다면 다 알려진 것이다. 그들 사이의… 친밀함이라고 하진 못하겠지만!

티전스는 발렌타인이 입은 걸스카우트 같은 복장을 좋아하지 않았다. 그는 발렌타인이 하얀색 스웨터에 옅은 황갈색 짧은 치마를 입었을 때가 제일 좋았다. 발렌타인은 쓰고 있던 모자를 벗었다. 그녀는 머리를 잘랐다. 금발머리를.

워놉 부인이 말했다.

"난 자네가 우리를 구해주었다고 생각해… 오늘, 난 자네가 우리를 구해주었다고 생각해… 그리고 자네가 겪은 그 모든 것에 대해."

그녀의 느릿느릿한 말은 침울하면서도 기품 있었다.

강렬하면서도 분명치 않은 반향이 집을 가득 메웠다. 티전스가 말했다. "아무것도 아닙니다. 이젠 끝났습니다. 거기에 대해 생각하실 필요 없습니다."

그녀의 귀에도 분명 그 반향이 들린 것 같았다. 그녀가 말했다. "잘 안 들리네. 꼭 천둥이 친 것 같아."

다시 조용해졌다. 그가 말했다.

"제가 겪은 고통에 대해 생각하지 말라고 말씀드리고 있었습니다."

그녀가 말했다.

"기다려줄 수 없겠어? 자네랑 발렌타인 말이네? 다른 아무런…" 반향이 다시 시작되었다. 그 소리가 그치자 그녀가 하는 말이 다시 들렸다.

"… 자식에게 일어난 이런 뜻하지 않은 일에 대해 생각해야 했다네. 시대의 추세를 거스르는 건 아무 소용 없는 일이지. 하지만 내가 바랐던 것은…"

아래층에서 누군가가 세 번 노크를 했다. 그 노크 소리의 잔향이 길게 이어졌다. 티전스는 발렌타인에게 말했다.

"술 취한 사람이 문을 두드리는 것 같소. 하긴 사람들 절반이 술에 취해 있을 거요. 다시 한 번 두드리면, 내려가서 돌려보내주시오."

발렌타인이 말했다.

"다시 문을 두드릴지 혹시 모르니 미리 내려가 있을게요."

방을 나갈 때 발렌타인은 그가 하는 소리를 들었다. 발렌타인은 그 말이 끝날 때까지 기다리지 않을 수 없었다. 어머니와 자신이 사랑하는 사람이 나누는 저 괴로운 대화를 가능한 한 다 들어야 한다. 여기서 가야 한다. 아니면 미쳐버릴 것이다. 자신이 제정신이라고 말해보았자 아무 소용없을 것이다. 사실 발렌타인은 제정신이 아니었다. 그녀의 머릿속에는 두 개의 실이 달린 두 개의 공이 들어 있는 것 같았다. 어머니가 한쪽 끝에 있는 공을 당기고, 다른 한쪽에선 그가… 그의 말이 들려왔다.

"잘 모르겠습니다. 사람에겐 절실한 욕구가 있는 것 같습니다. 말하고 싶은 욕구 말입니다. 저는 2년 동안 말을 할 사람이 진짜 없었습니다!" 사랑스러운 사람! 발렌타인은 티전스가 계속 말을 이어가는 걸 들었다.

"절망적이라는 건 그런 겁니다. 제가 겪은 일을 하나 말씀 드리죠. 저는 어린 친구 하나를 안고 이동했습니다. 총알이 빗발치는 와중이었습니다. 그런데 그 친구의 눈이 빠졌습니다. 그 친구를 원래 있던 곳에 그냥 두었다면 눈이 빠지지 않았을 수도 있었을 겁니다. 나중에 확인해 보니 물이 그렇게 높이까지 차진 않았으니까요. 그러니까 그 친구가 눈을 잃은 건 다 제 책임이었습니다. 그래서 그 일은 제게 일종의 편집증이 되었습니다. 보시다시피 저는 지금도 그 이야기를 하고 있으니까요. 그리고 앞으로도 계속하게 될 겁니다. 그것도 오롯이 혼자서 감당하면서 말입니다…"

커다란 계단을 내려가고 있던 발렌타인은 더 이상 두렵지 않았다. 티전스와 어머니의 대화가 속삭이듯 들려왔다. 발렌타인은 자신이 흡사 평온한 파티마가 된 것 같았다. 발렌타인에게 티전스는 앤 수녀이자 형제와 같았다. 그녀의 적은 두려움이었다. 그러니 두려워하면 안 된다. 그가 자신을 두려움에서 구해주었다. 한 남자의 눈을 망가뜨렸다는 자책감에서 도망쳐 피할 곳은 바로 여자다.

발렌타인은 내장이 뒤틀리는 것 같았다. 그는 포화 속에 있었다! 회색 오소리, 몸을 숙이고 전화기를 들고 있는 자상하고, 자상한 회색 오소리는 그런 포화 속에 있지 않을 수도 있었다. 그는 공손하게 이런저런 일들을 설명하고 있었다. 그가 어머니에게 말하는 모습이 정말 보기 좋았다. 그들 셋이 함께 있다면 얼마나 보기 좋겠는가! 하지만 어머니는 자신들을 떼어놓으려 한다. 어머니가 자신에게 말한 것처럼 티젠스에게 똑같이 말하고 있는 거라면, 자신들을 갈라놓을 유일한 방법으로서 저렇게 이야기하고 있는 것이다.

하지만 그걸 알 수는 없다. 발렌타인은 그가 하는 말을 들었다. 그는 몸이 괜찮다고 했다… "하나님 감사합니다!"… 좀 약해진 것뿐이라고 했다… "아, 그러면 그를 보살필 기회가 생긴 것이다!"… 그는 병원에서 막 퇴원했다고 했다. 나흘 전에 말이다. 그는 폐렴도 앓았었다고 했다. 하지만 그의 문제는 육체적인 것이 아니라 정신적인 것이라고 했다…

전쟁에서 정말 무서운 것은 육체적이 아니라 정신적인 고통에 있다. 하지만 사람들은 거기에 대해선 생각하지 않는다… 그는 포화가 떨어지는 곳에 있었다. 발렌타인은 그의 모습을 떠올릴 때 항상 기지 안에서 생각하고 있는 그를 상상했다. 만약 그가 전사했다면 그것은 그에게 그리 끔찍한 것은 아니었을 것이다. 하지만 지금 그는 강박증과 정신적 문제들을 안고 돌아왔다… 그래서 그는 자신의 여자가 필요한 것이다. 그 점이 바로 그에게 끔찍한 것이다. 그는 정신적 고통을 겪었지만, 안타깝게도 그의 고통을 보상해 줄 여자를 멀리해야 하니 말이다.

여태까지 자신은 전쟁을 육체적인 고통을 주는 것으로만 생각해 왔다. 하지만 이제는 전쟁을 오로지 정신적 고통을 주는 것으로만 보게 되었다. 어두운 마음속에 뻗어 있는 고통. 그런 고통은 늘 남아 있다. 언덕 위에서 일어설 수도 있을 것이다. 하지만 그렇다고 정신적 고통이 사라지는 것은 아니다.

발렌타인은 남은 계단을 갑자기 뛰어 내려가 현관문 빗장을 더듬었다. 그녀는 빗장을 다루는데 좀 서툴렀다. 발렌타인은 이후에도 계속될 그 끔찍한 대화에 대해 생각하고 있었다. 노크 소리를 멈추게 해야 한다. 문을 두드리던 사람은 성질 급한 사람치고는 참고 오랫동안 기다리며 서 있었다. 어머니는 자신들이 상대하기엔 너무도 교활했다. 침입자가 자기 새끼에게서 멀리 떨어지도록 유인하기 위해, 어미 야생 오리가 침입자 바로 앞에서 날개가 부러져 비틀거리는 척하듯, 교활했다. 길버트 화이트의 말을 빌리자면, 이것이 바로 스토르게다! 집에 앉아 몸서리치고 있는 그 교활하고, 사랑스러운, 희끗희끗한 머리의 저명인사를 생각하면서, 자신은 티전스와 입을 맞출 수는 없을 것이다… 하지만 반드시 할 것이다!

발렌타인은 문을 여는 장치를 찾았다. 뭐가 뭔지도 모르겠지만, 백년이나 된 것 같은 색칠된 낡은 장치 중에서 세 번째로 시도한 것이었다. 그 문은 뭔가 좌절한 듯한 소리를 내며 열렸다. 노크용 문고리를 잡고 있던 남자가 끌려오듯 앞으로 다가왔다… 자신은 티전스가 생각을 제대로 할 수 있도록 해주었다. 노크하는 사람의 방해만 없다면 티전스는 어머니가 교활한 수를 부린다는 사실을 알아

챌지도 모른다. 그들은 교활하다. 위대한 빅토리아 시대 사람들 말이다… 아, 불쌍한 우리 어머니!

군복을 입은, 움푹 들어간 얼굴에 끔찍하게 생긴 남자 하나가 날카롭고 우묵 들어간 검은 눈으로 자신을 혐오스럽게 바라보았다.

"티전스란 자를 만나봐야겠소. 그런데 당신은 티전스가 아니군!" 마치 발렌타인이 자신을 속이기라도 한 듯 그는 이렇게 말했다. "급한 용무요. 소네트에 관한 것이오. 난 어제 군대에서 쫓겨났소. 캠피언이 한 짓이오. 그자 부인의 애인 말이오!"

발렌타인은 강한 어조로 대답했다.

"그 사람은 지금 바빠요. 만날 수 없어요. 그 사람을 보시려거든 기다리세요!" 발렌타인은 티전스가 저런 짐승 같은 사람과 관련이 있었다는 사실에 공포를 느꼈다. 그는 면도도 하지 않았고, 시커멨다. 그리고 증오심으로 가득 찼다. 그는 목소리를 높여 말했다.

"나는 맥케츠니오. 제9대 맥케츠니 대위란 말이오. 라틴어 부총장상도 탔소! 그리고 '오랜 친구들'의 멤버 중 한 사람이오!" 그는 말을 이었다. "티전스는 '오랜 친구들'에 억지로 끼어들었지만 말이오!"

발렌타인은 학자의 딸로서 그 라틴어 수상자란 자에 대해 경멸감을 느꼈다. 티전스가 저런 무리 속에 있었다는 걸 생각해보면 아드메토스[218]와 함께 있던 아폴로가 느낀 혐오감은 별 것 아닐 거란 생

---

[218] Admetus: 아폴로(Apollo) 신은 상체는 여자, 하체는 뱀의 모습을 한 괴물인 델피네(Delphyne)를 죽인 벌로 1년 동안, 아드메토스(Admetus)의 가축지기로 일했다.

각이 들었다.

발렌타인이 말했다.

"소리 지를 필요 없어요. 들어와서 기다리세요."

어떤 일이 있어도 티전스는 방해받지 않고 어머니와의 대화를 끝내야 한다. 발렌타인은 그를 홀 모퉁이로 안내했다. 무선으로 방사하는 무언가를 통해 위층의 대화가 들리는 것 같았다. 발렌타인은 위쪽 벽을 통해, 그런 다음엔 수직 파장으로 천정을 통해 그들의 대화가 이어지는 것을 인지하고 있었다. 그들의 대화는 발렌타인의 머릿속에서 이루어지는 것 같았다. 마치 파도처럼 그녀의 마음을 휘저으면서.

발렌타인은 오른쪽 모퉁이에 있는 빈 방의 덧문을 열었다. 그녀는 어두운 곳에서 혼자 이 증오에 찬 남자와 함께 있고 싶지 않았다. 그렇다고 해서 위로 올라가 티전스에게 이를 알리지도 못했다. 어떠한 일이 있어도 그는 방해받아서는 안 되기 때문이었다. 어머니 행동을 교활하다고 말하는 것도 공정하지 않다. 그것은 소위 말해 전지전능한 하나님이 어머니의 가슴에 심어 놓은 본능이기 때문이다… 하지만 그것은 초기 빅토리아 시대 사람들의 본능이다! 그 자체로 소름 끼치도록 교활한 본능이다.

이 밉상스러운 남자는 툴툴대고 있었다.

"이제 보니 그자가 전 재산을 다 팔아 치웠구먼. 그러니까 마누라를 장군들에게 팔아치운 게지. 승진하려고 말이야. 치졸한 족속이구만. 하지만 제 꾀에 지가 넘어갔어. 캠피온이 약속을 어겼으니까. 하지만 캠피온도 똑같이 제 꾀에 넘어갔어…!"

발렌타인은 창밖 너머의 푸른 마당을 바라다보았다. 햇살이 기분 좋게 느껴졌다. 빛이 있을 때 더 깊이 숨을 쉴 수 있다… 초기 빅토리아 시대 사람들의 본능이다! 빅토리아 중기 사람들은 스스로에 대한 구속을 완화해야 한다. 그러니 빅토리아 중기의 사고방식의 선두에 서기 위해선 어머니는 "비정규적인 결합"도 받아들여야 할 것이다. 그 비정규적인 결합이 고결하다는 조건 하에서 말이다. 하지만 고결한 사람은 비정규적인 결합을 하지 않는다. 그래서 어머니의 책에 나오는 고결한 인간들은 정신적으로나 심정적으로만 비정규적인 결합을 이루지, 필연적인 결론으로까지 가진 않았던 것이다. 어머니 책 속의 인물들은 윤리 문제에 있어서 개방적으로 생각할지 몰라도 실제로는 그렇지 않았다. 그들은 윤리 문제에선 토끼처럼 자유롭게 달렸지만, 기독교라는 사냥개에 늘 쫓겨 다녔다… 하지만 어머니는 자신의 딸에 관한 일이라 해서 자신이 내세운 전제를 철회할 수는 없을 것이다!

발렌타인이 그에게 물었다.

"지금 뭐라고 했어요?" 하지만 그는 계속 이야기하고 있었다.

"그자들은 너무 교활하오. 그자들은 자기들 꾀에 스스로 넘어간 거요!" 발렌타인은 정신이 산만해졌다. 그녀는 지금 그가 무슨 말을 하고 있는지 몰랐다. 그가 한 말을 기억하고 있지만, 그 말이 무슨 뜻인지는 이해하지 못했다. 발렌타인은 초기 빅토리아 시대의 사고방식에 대한 생각에 몰두하고 있었기 때문이었다. 발렌타인은 이디스 에텔 두쉬민과 그 자그마한 몸집의 빈센트 맥마스터가 오랫동안 간통한 것을 기억하고 있다. 이디스 에텔이 비치지 않는 크레이프로 된 천으로 몸을 감싸고, 건물로 둘러싸인 사각형 마당 건너편에 있는 바로 저 울타리를 따라 미망인처럼 아주 천천히(빅토리아 중기 영국의 나지막한 갈채를 받으면서) 그 고결한 간통을 저지르러 가는 모습 말이다. 에텔은 너무도 용의주도하고 옳았다! … 그래, 에텔은 자신의 마음을 다잡았다. 스스로를 잘 통제했다!! … 그래, 잘 인내해왔다.

남자는 괴로워하며 말했다.

"그 추악한, 빌어먹을, 야비한 삼촌, 빈센트 맥마스터. 빈센트 맥마스터 경! 그리고 티젼스란 이 자식. 모두 한 통속이 되어서 나에게 대적하였소… 캠피언도 마찬가지고… 하지만 그자는 제 꾀에 지가 넘어 갔소… 어떤 자가 티젼스의 아내 침실에 들어갔지. 그것도 기지에서. 그래서 캠피언은 그자를 전선으로 보냈던 거요. 가서 죽어 버리라고. 그 여자의 애인을 말이오. 알겠소?"

발렌타인은 그의 말에 귀를 기울였다. 최대한 신경을 쓰면서 귀를 기울였다. 발렌타인은 할 수 있기를 바랐다. 하지만 자신이 무엇을 할 수 있기를 바라는지 알지 못했다. 남자가 말했다.

"에드워드 캠피언 소장. 빅토리아 십자 무공 훈장을 받은 성 미카엘·성 조지 상급 훈작사, 고교회파(高敎會派)[219], 어쩌고저쩌고 기타 등등. 그자는 너무 교활해. 너무도 교활한 작자야. 티젼스도 가서 죽으라고 전선으로 보내버리고, 나도 보냈지. 우리 세 사람 모두 말

---

[219] 고교회파(High Church)는 성공회를 비롯해 루터교의 가톨릭주의 전통을 강조하는 신학조류로, 영국의 토리주의자들이 주로 고교회파다. 캠피언도 티젼스처럼 토리주의를 신봉하는 인물이다.

이요. 그래서 나랑, 티전스, 그리고 티전스 아내의 정부가 유개대차를 타고 전선에 있는 사단으로 갔소. 티전스가 그 빌어먹을 얼간이의 고해성사를 들어 주었지. 사제처럼 말이오. 그리고 그자에게 이렇게 말했소. 죽을 때, 그러니까 '인 아르티쿨로 모르티스'[220] – 이 말이 무슨 뜻인지 당신은 모르겠지만! – 임종 시에는 신체 기능이 너무 무감각해져 고통도 두려움도 느끼지 못할 거라고 말이오. 결론적으로 그자는 죽음이 마취제일 뿐이라고 했소. 그랬더니 벌벌 떨면서 징징거리며 울던 그자는 그 말에 귀를 기울이더군… 지금도 그들의 모습이 보이오. 좁은 도로 위, 차 안에 있던 그들의 모습이."

발렌타인이 말했다.

"전쟁 신경증에 걸렸나요? 이제 보니 전쟁 신경증에 걸렸군요!"

그는 먹이를 잽싸게 무는 오소리처럼 재빨리 말했다.

"아니 걸리지 않았소. 하지만 못된 마누라는 있지. 티전스처럼 말이오. 하지만 내 마누라는 최소한 못되진 않았소. 그냥 성욕이 있어 성욕을 충족시켰을 뿐이오. 그래서 그들이 날 군대에서 쫓아낸 것이오. 하지만 최소한 난 마누라를 장군들에게 팔아넘기진 않았소. 에드워드 캠피언 소장, 빅토리아 십자무공 훈장과 상급 훈작사, 기타 등등의 타이틀이 있는 장군들에게 말이오. 나는 이혼하려고 이혼 휴가를 받았지만 이혼하지 못했소. 그래서 두 번째로 이혼 휴가를 신청해 받았지만 역시 이혼하지 못했소. 그건 내 신념에 위배되었기 때문이었소. 마누라는 대영 박물관에서 근무하는 고생물 학자와 같

---

[220] in articulo mortis: (라틴어) '임종 시에는'의 의미.

이 사는데, 그자가 직장을 잃은 거요. 나는 당시 티젠스에게 170파운드를 빌렸소. 두 번째 이혼 휴가에 쓰려고 말이오. 하지만 나는 그 돈을 갚을 수가 없소. 이혼도 하지 못했는데 돈도 다 써버렸소. 내 마누라와 마누라 애인에게 말이오. 내 신념에 따라 말이오!"

 그는 지칠 줄 모르고 빠르게 말을 쏟아내는데다가 주제도 너무 빨리 바뀌어서 발렌타인이 할 수 있는 일이라고는 그저 그가 내뱉는 말들을 듣고 있는 것뿐이었다. 발렌타인은 그가 하는 말들을 듣고 담아두었다가 그중 한 가지 중요한 주제를 잡아냈다. 그렇지 않았다면 아무 생각도 하지 못했을 것이다. 발렌타인은 맞은편 집들의 프리즈 장식[221]을 물끄러미 바라보았다. 그의 말을 듣고 발렌타인은 티젠스가 포화 속에서 두 사람이나 구했는데도 캠피언 장군에 의해 부당하게 부대에서 쫓겨났다는 사실을 알게 되었다. 맥케츠니는 캠피언 장군을 욕하기 위해, 마지못해 티젠스의 영웅적 행동을 인정했던 것이다. 그의 말에 따르면 캠피언 장군은 자신이 원하는 실비아를 얻기 위해 티젠스를 가장 치열한 전투가 벌어지는 전선으로 보냈다는 것이다. 하지만 티젠스는 전사하지 않았다. 그는 불사신이었던 것이다. 그건 장군을 화나게 하려는 신의 뜻이었던 것이다. 하지만 마찬가지로 자기 아내의 정부를 위로하는 (그렇게 하는 것은 더러운 일이다) 멍청한 티젠스도 신의 마음에 들지 않았던 것 같았다. 티젠스가 전장에서 멀쩡히 살아 있으니, 장군은 전선으로 직접 와 그를 볶아대고 몰아세웠다고 한다. 발렌타인은 그 이유를 알 수 있

---

[221] frieze: 방이나 건물의 윗부분에 그림이나 조각으로 띠 모양의 장식을 한 것.

을 것 같았다. 캠피언 장군은 티전스가 파면되기를 원했다. 그래야 그의 아내를 취하면서도 덜 욕을 먹을 수 있을 테니 말이다. 하지만 그는 제 꾀에 제가 넘어갔다. 총알이 빗발치는 와중에 사람을 구했는데, 장군의 뒤나 핥아주지 않았다고 해서 파면시킬 수는 없는 노릇이니 말이다. 그래서 장군은 자신의 명령을 철회하고 티전스에게 뒤치다꺼리나 하는 더러운 일을 맡겼다고 한다. 그래서 티전스가 빌어먹을 교도소장 같은 일을 맡게 된 것이다!

발렌타인은 한창 대화가 진행되고 있는 위층으로 그가 뛰어올라가지 못하게 하려고 출입구에 서 있었다. 창문 너머의 풍경이 발렌타인에게 위로가 되었다. 발렌타인은 티전스가 정말 끔찍한 정신적 고통을 겪었다는 사실을 알게 되었다. 그는 분명 정신적 고통을 겪었을 것이다. 발렌타인이 실비아 티전스나 장군에 대해 아는 것은 그들이 멋진 외관을 갖고 있다는 것뿐이었다. 티전스는 엄청난 정신적 고통을 겪은 게 틀림없다. 정말 끔찍한 고통을 말이다!

그의 말을 듣고 있는 것이 몹시 싫었다. 어떻게 견뎌낼 수 있을지 몰랐다! 하지만 견뎌야 한다. 어머니와 이야기 중인 티전스에게 가지 못하게 붙들어 두어야 하니 말이다.

그리고… 만약 그의 아내가 행실 나쁜 사람이라면, 그것이…

창문이 위안이 되었다. 체구가 작고 피부가 검은 어린 장교가 창문 쪽을 올려다보면서 저택 난간을 지나가고 있었다.

맥케츠니는 혼자 떠들다가 목이 쉬었다. 그는 기침을 했다. 그는 자신의 삼촌인 빈센트 맥마스터 경이 자신을 외무부에 소개해주지 않았다고 불평하기 시작했다. 그는 이날 아침 이미 맥마스터의 집에서 소란을 피웠다. (야생의 암매와 같은) 레이디 맥마스터가 맥마스터가 신경 쇠약을 앓고 있다면서 만나지 못하게 했기 때문이라고 했다. 그는 갑자기 이렇게 말했다.

"이제 이 소네트에 관한 것인데, 최소한 이 친구한테 보여주려…" 한 명은 키가 작고, 다른 하나는 키가 큰 장교 둘이 창가를 지나갔다. 그들은 웃으며 소리쳤다. "내가 그보다 더 라틴어를 잘하…"

발렌타인은 홀로 달려갔다. 문에서 또다시 천둥치는 것 같은 노크 소리가 났다.

밖에 서 있는 자그마한 체구의 젊은 장교는 옆에 있는 여자 쪽으로 고개를 돌려 무슨 이야기를 듣고 있는 것 같았다. 그의 옆에는 키가 아주 크고 마른 여자가 있었다. 계단 아래에는 웃고 있는 두 명의 장교가 있었다. 소년 같은 장교는 발렌타인을 바라보며 (아마 딱 보기에도) 수줍은 듯 부드러운 목소리로 소리쳤다.

"저희는 티젠스 소령님을 뵈러 왔습니다… 이쪽은 낸시라고 합니다. 바이웰 출신입니다!" 그는 여자 쪽으로 고개를 더 돌렸다. 키가 큰 여자는 이상할 정도로 마르고 얼굴은 핼쑥했다. 남자보다 훨씬 더 나이 들어 보이는 여자는 비우호적인 표정이었다. 색조 화장을 많이 한 게 틀림없었다. 자주색으로 말이다. 검은 옷을 입고 있는 그 여자는 약간 구부정하게 서 있었다.

발렌타인이 말했다.

"죄송하지만… 지금 바쁘셔서…"

어린 남자가 말했다.

"하지만 소령님은 우릴 만나려고 하실 겁니다. 이쪽은 낸시에요!"

장교 중 한 명이 말했다.

"티전스 소령을 만나러 왔다고 말씀드렸는데…" 그는 팔이 하나밖에 없었다. 발렌타인은 당황스러웠다. 어린 남자는 모자에 파란 띠를 두르고 있었다. 발렌타인이 말했다.

"하지만 정말로 급한 용무 중이라…"

어린 남자는 애원하듯 발렌타인을 바라보았다.

"하지만…" 그가 말했다. 발렌타인은 거의 넘어질 뻔하며 뒤로 물러섰다. 그의 한쪽 눈구멍엔 아무것도 없었다. 붉은 흉터만 있었다. 그 때문에 아무것도 바라보지 않는 것처럼 보였던 것이다. 한쪽 눈이 없어서 다른 쪽 눈이 있는지도 몰랐다. 그는 동양식의 간청하는 목소리로 이렇게 말했다.

"소령님이 제 목숨을 구해주셨습니다. 저는 소령님을 꼭 만나야 합니다!" 이때 팔이 하나밖에 없는 장교가 큰 소리로 말했다.

"우리는 티전스 소령을 보러 왔다고 말씀드렸습니다… 루앙에 있는 술집에서…" 이때 어린 장교가 말을 이었다.

"전 아랑헤스라고 합니다! 아랑헤스…" 그는 자신이 지난주에 결혼했으며, 내일 인도에 있는 부대에 갈 예정이어서 티전스 소령과 함께 정전의 날을 보내야 한다고 했다. 소령이 없으면 아무것도 되지 않는다고 했다. 그리고 홀번에 있는 식당에 자리도 하나 마련해 두었다고 했다.

세 번째 장교는 피부가 아주 검은, 부드러운 목소리를 지닌 젊은 소령으로 지팡이에 몸을 지탱하면서 천천히 계단을 올랐다. 그는 검은 눈으로 발렌타인의 얼굴을 응시했다.

"그러니까 만나기로 약속을 했습니다!" 그가 말했다. 그는 비단결 같은 목소리와 당찬 눈빛을 지녔다. "오늘 티전스 소령 집에서 만나기로 약속이 되어 있었습니다… 정전이 되면, … 우리 모두. 루앙에서 한 약속입니다. 2대대에 있던 사람 모두."

아랑헤스가 말했다.

"대대장님도 거기 오실 겁니다. 그런데 사실 날이 얼마 남지 않아 티전스 소령님이 없으면 안 됩니다…"

발렌타인은 그에게서 등을 돌리고 섰다. 그의 간절한 목소리와 자그마한 손 때문에 눈물이 났기 때문이었다. 그때 티전스가 머뭇거리면서 천천히 계단을 내려오고 있었다.

2

전화를 받으며 서 있는 동안 티전스는 상대방이 자신의 딸을 위해서 정치적 달변으로 애원하고 있는 한 명의 어머니라는 사실을 깨닫게 되었다. 그 부분에 대해선 의심할 여지가 없었다. 그런데 어떻게 해서 자신은 계속… 이런 목소리로 말하는 사람의 딸에게 어떤 의도를 품을 수 있을까? 하지만 자신은 그랬다. 어쩔 수 없었다. 자신은 그랬다. 어쩔 수 없었다. 자신은 그랬다… 애원해서 자연을 내쫓아도… 타멘 우스퀘 레쿠르.[222] … 날이 바뀌기 전에 그녀는 틀림없이 자신의 품에 안길 것이다. 머리를 잘라서 그녀의 얼굴이 한층 더 길어 보였다. 한없이 매력적이었다. 세련되었으면서도 덜 단도직입적이다. 우울한 표정이다! 뭔가 갈망하는 표정이다! 사람은 위안을 받아야 한다.

감상적인 기조를 유지하려는 어머니에게는 대답할 말이 없다. 자신은 발렌타인 워놉을 데리고 멀리 가버리고 싶을 정도로 그녀를

---

[222] tamen usque recurret: 'naturam expellas furca, tamen usque recurret'라는 라틴어 문구의 일부분이다. 라틴어로 이 말은 '갈퀴로 내쫓아도 자연은 언제나 되돌아온다'라는 의미다.

원했다. 그것이 앞 세대의 진보적인 작가인 워놉 부인의 궤변을 압도할 만한 대답이다. 남자가 일어설 수 있을 때, 이 말은 여전히 그 질문에 대한 대답이다. 하지만 나이 지긋하고, 저명하고, 논리적 오류도 있는 이 부인을 그런 대답으로 압도할 수는 없었다. 그래서 그렇게 말하지 않았다.

티전스는 장황한 사실들을 나열하면서 그녀의 질문을 회피했다. 입지가 약해진 워놉 부인은 이렇게 물었다.

"합법적으로 해결할 방법은 없는 거야? 와노스트로흐트는 자네 아내가…"

티전스가 대답했다.

"저는 아내와 이혼할 수 없습니다. 제 아내는 제 아이의 엄마입니다. 전 아내와 같이 살 수 없지만 이혼할 수도 없습니다."

워놉 부인은 그 이야기는 그만두고 본래의 노선을 다시 견지했다. 워놉 부인은 티전스가 현재 상황을 알고 있으니 그의 양심이 어쩌고 하는 식으로 말했다. 하지만 이 일을 조용히 해결할 수 있을 거라고 믿는다고 말했다. 티전스는 기계적으로 아래를 내려다보면서 그녀의 말을 들었다. 그는 아래에 있는 종이에 적힌 글을 읽었다. "저희 고객, 클리블랜드 그로비의 크리스토퍼 티전스 여사께서는 프랑스 기지에서 마지막에 있었던 일 이후로 귀하와 미래를 함께하는 것에 대해 심사숙고하는 건 소용없다고 생각한다는 사실을 귀하에게 알려드리라고 했습니다." 티전스는 일련의 사실들에 대해 이미 충분히 생각했다. 캠피언 장군은 휴가 동안 그로비에 머물렀다. 티전스는 실비아가 그의 정부가 되었다고는 생각하지 않았다. 그것은 있을 수 없는 일이다. 생각할 수도 없는 일이다! 장군은 주 의원에 입후보할 수 있는 전망을 타진해 보려고, 티전스의 동의하에 그로비로 간 것이기 때문이다. 다시 말해, 10개월 전에, 티전스는 장군에게 지난 수년간 그랬듯이, 그로비를 그의 총사령부로 삼으라고 말했다. 하지만 그와 참호에서 이야기를 나누고 있을 때 캠피언 장군은 티전스에게 자신이 그로비에 있었다는 사실을 말하지 않았다. 그는 단지 '런던'이라고만 했다.

그것은 간통을 저지른 사람이 갖는 죄의식일지도 모르지만, 그것보다 장군은 자신이 실비아의 영향하에 있다는 사실을 티전스가 아는 걸 원치 않았을 가능성이 더 많다. 대대장에게 명령하는 총사령관의 자격을 넘어, 장군은 앞뒤 가리지 않고 티전스를 공격했다. 물론 참호 속에 있다는 사실과 총공격이 퍼부어지는 지역 가까이에서 기다려야 한다는 사실에 겁을 먹어서 그런 건지도 모른다. 그래서 장군은 중압감을 떨쳐내려고 티전스를 공격했는지도 모른다. 하지만 그보다는 실비아의 말을 듣고 혼란스러워진 장군이 티전스가 정말 악당 같은 놈이어서 이 땅을 더럽히도록, 특히 자신이 지휘하는 참호를 더럽히도록 내버려두면 안 되겠다는 생각에 그렇게 했을 가능성이 더 많아 보였다.

캠피언은 티전스를 기품 있게 꾸짖으면서 자신이 내린 명령을 철회했다. 한술 더 떠 그는 티전스가 훈장을 받을 자격이 있지만, 현재 수여할 수 있는 훈장이 한정되어 있어서, 그 훈장이 좀 더 도움이 되는 다른 사람에게 주어지기를 티전스도 바랄 것이라고 생각한다고 말했다. 그리고 자신과 너무 가까운 장교에게 훈장을 추천하고 싶지 않다고도 했다. 장군은 이 말을 자신의 참모장교들 앞에서 했다… 레빈을 비롯한 몇몇 참모장교 앞에서 말이다… 장군은 또한 티전스를 책임감과 세세함이 상당히 요구되는 업무에 배치하겠다고 다소 거창하게 말했다. 그러더니 중앙 정부로부터 전쟁 포로 관리를 절대적으로 신뢰할만하고 높은 사회적 지위가 있는 장교에게 맡기라는 요청을 받았다고 했다. 그것은 포로들이 자신들이 받은 대우가 포로들의 학대를 금지한 헤이그 조약[223]에 위배된다고 항의한 사실을 고려한 결과라고 했다.

그래서 티전스는 결국 훈장을 받을 모든 기회, 지휘 수당, 쾌활함, 심지어 평정심마저 잃어버렸다. 그리고 (꼴사납게 진흙에서 뒹군 것을 포화 속에서 사람을 구한 것이라고 할 수 있다면) 포화 속에서 사람을 구한 확실한 증거들도 잃어버렸다. 신정(神政)이 도래할 때까지[224] 그는 실비아 때문에 영원히 명예가 실추되는 삶을 살 수밖에 없게 될 것이다. 자신이 교도소장 같은 사람이 되었다는 불명예스러운 사실만을 제외하고는 보여줄 수 있는 게 하나도 없을 테니 말이다. 영악한 노장군이다! 아주 훌륭한 대부님이시다!

티전스는 캠피언이 실비아와 간통을 저질렀다는 증거가 조금이라도 있다면 그를 죽여 버리겠다고 혼잣말을 했다는 사실에 깜짝 놀랐다. 물론 그것은 터무니없다. 총사령관을 죽일 수는 없다. 게다

---

[223] the Hague: 1899년 제1회 헤이그 평화 회의에서 체결되었고, 다시 1907년의 제2회 평화 회의에서 개정된 조약. 이 조약엔 포로들에 대한 인권을 존중해야 한다는 규정이 있다.
[224] '영원히'란 의미.

가 그는 훌륭한 장군이다. 그는 군대를 깔끔하게 재편성했다. 그 이후에 이어진 전투에서 군대를 통솔하는 그의 솜씨도 나무랄 데 없을 정도로 훌륭했다. 사실상 캠피언 장군은 모든 군인의 이상형이었다. 그것 하나만으로도 그는 국가에 도움이 되는 인물이었다. 또한 장군은 정치적 행동을 통해 정부가 단일 명령 체제를 수용하도록 하는데도 기여했다. 장군은 그로비에 갔을 때 클리블랜드주와 단일 명령 체제냐, 복수 명령 체제냐 하는 정치적 문제를 놓고 자신은 싸울 준비가 되어 있다는 사실을 널리 알렸다. 실비아도 그를 위해 분명 선거 운동도 했을 것이다.

게다가 엄청난 미 병력이 오는 바람에 영국 총리는 서명할 수밖에 없었다. 서부 전선에서 군인을 철수시키는 것은 이젠 더 이상 불가능하게 된 것이다. 정부 청사에 있는 그 돼지 같은 작자들의 음모는 이제 완전 무산되었다. 캠피언은 훌륭한 사람이다. 그는 자신이 하는 일에 있어서 나무랄 데가 없었다! 따라서 그가 국가로부터 상을 받는 것은 당연하다. 그런데도 캠피언 장군이 자신의 아내와 간통을 저질렀다는 증거가 있다면, 그를 불러내 결투를 벌일 것이다. 그건 아주 적절한 조처이다. 18세기 군인들의 전통에 따른 것이니 노장군도 그 전통을 거부할 수는 없을 것이다. 그도 18세기 전통을 따르는 사람이니 말이다.

워놉 부인은 와노스트로흐트에게서 자신의 딸이 티젠스에게 갔다는 소식을 들었다고 티젠스에게 말하고 있었다. 워놉 부인은 티젠스가 제정신이 아니거나 경제적으로 곤궁하다면 발렌타인이 그를 돌보는 것은 타당하기에 처음엔 수긍했다고 말했다. 하지만 와노스트로흐트는 계속해서 자신이 레이디 맥마스터에게서 들었다면서 티전스와 워놉 여사의 딸이 수년 동안 정을 통하고 있었다고 워놉 부인에게 말했다고 한다. 그리고… 워놉 부인은 잠시 말을 멈추었다… 발렌타인이 와노스트로흐트에게 자신은 티전스와 함께 살 생각이라고 말했다는 사실을 와노스트로흐트가 전했다고 했다. "부부로서" 와노스트로흐트는 그렇게 표현했다고 한다.

그 말은 워놉 부인이 자신에게 한 말 중에 티전스의 가슴에 깊이 와닿는 유일한 단어였다. 사람들은 떠들어댈 것이다. 그에 대해서. 그것이 그의 운명이다. 그리고 그건 발렌타인의 운명이기도 하다. 소설가로서 워놉 여사는 그들의 닮은 점에 흥미를 느낄 것이다. 소설가들은 사람들이 쑥덕거리는 이야기를 먹고 사니 말이다.

"부부로서!"라는 말이 푸른 섬광처럼 전화기에서 튀어나왔다! 세련된 얼굴에 긴 머리를 한 여자가 … 바로 그 여자가, 자신이 그 여자를 갈망하듯, 자신을 갈망하고 있다. 그러한 갈망으로 그녀의 얼굴은 미려하게 되었다. 티전스는 자신이 위안을 받아야 한다고 생각했다…

티전스는 아래층에서 오랫동안 누군가가 계속 중얼대고 있다는 것을 알고 있었다. 일관되게 하나의 목소리가 계속 중얼거렸다. 발렌타인이 그토록 오랫동안 누구에게 말을 하는 것일까? 아니면 누군가가 계속 그렇게 이야기를 하는 것일까? 이때 티전스의 뇌리에 스치는 이름은 맥마스터뿐이었다. 맥마스터라면 발렌타인에게 해를 가하진 않을 것이다. 티전스는 발렌타인과 자신이 어떤 기류를 통해 연결되고 있다는 느낌을 받았다. 그는 항상 발렌타인은 자신과 어떤 기류를 통해 연결되는 것처럼 느꼈다. 바로 오늘이 그날이다! 전쟁을 겪으면서 그는 남자가 되었다! 전쟁이 그를 거칠고 단단하게 만들었다. 전쟁 말고는 달리 설명할 길이 없다. 전쟁 때문에 그는 참을 수 없는 것들을 더는 견디지 않아도 되는 지점에 이르게 되었다. 어쨌든 그와 동등한 사람이 저지르는 부당한 행위는 더는 참지 않을 것이다. 그는 캠피언 장군을 자신과 동등한 사람으로 생각했다. 물론 일부 다른 사람들도 마찬가지다. 그리고 그가 원하는 것을 가질 준비가 되어 있다. 그가 과거에 어떤 사람이었는가는 신만이 알고 있다. 둘째 아들? 만년 부지휘관? 하지만 지금 세상은 변했다. 봉건제는 끝났다. 봉건제의 마지막 흔적마저 사라졌다. 봉건제의 세상에선 그가 있을 곳이 없다. 이제 그는 자신의 자리를 만들 것이다⋯ 남자라면 이제 언덕 위에 설 수 있다. 그래서 그와 발렌타인은 그 어떤 누추한 곳이라도 들어가 살 수 있을 것이다!

티전스가 말했다.

"아, 궁핍하지는 않습니다. 단지 오늘 아침 수중에 돈이 한 푼도 없었을 뿐입니다. 그래서 밖으로 나가 존 로버트슨 경에게 모형 수납장을 하나 팔았습니다. 그런데 전쟁이 나기 전에는 저에게 140파운드에 사겠다고 해놓고는 오늘은 겨우 40파운드를 주겠다고 하더군요. 제 행실이 나빠서 그렇다고 하면서요." 실비아는 그 늙은 가구 수집가를 완전히 자신의 수중에 넣은 것이다. 티전스는 말을 이었다. "정전이 너무도 갑작스럽게 이루어졌습니다. 그래서 저는 이 날을 발렌타인과 함께 보내기로 마음먹었습니다. 내일 수표를 받게 될 거라고 예상하고 있습니다. 제가 판 책들에 대한 대금으로 말입니다. 존 경은 곧 시골로 내려갈 겁니다. 저는 오래된 평상복을 입었지만 일반인이 쓰는 모자는 없습니다." 이때 현관문에서 뭔가 울리는 소리가 들려왔다. 티전스는 진지하게 말했다.

"워놉 부인… 발렌타인과 제가 할 수 있다면, 우린 그렇게 할 것입니다… 하지만 오늘은 오늘입니다! … 그렇게 할 수 없다 해도, 같이 들어가 살 작은 집 정도는 구할 수 있을 겁니다… 바스 근처에 골동품점이 있다고 들었습니다. 고가구를 판매하는 데에는 특별히 정규적인 삶을 살아야 할 필요는 없습니다. 우리는 아주 행복할 겁니다! 그뿐만 아니라 저는 부영사직에 지원하라는 권유도 받았습니다. 제 기억이 맞다면 툴롱[225] 영사관이었습니다. 전 현실적으로 살아갈 수 있습니다!

모든 정부 부서는 (당연히 비전투원들로 구성된) 자신의 부서에서 복무한 사람들을 다른 부서로 전출하고 싶어 했다. 통계청도 그를 전출하려고 할 것이다…

아래 계단에서 여러 사람의 목소리가 들려왔다. 티전스는 발렌타인을 그 많은 목소리와 싸우도록 내버려둘 수 없었.

티전스는 말했다.

"이만 끊어야겠습니다!" 워놉 부인의 목소리가 들려왔다.

"그러게. 나도 아주 피곤하네."

티전스는 천천히 계단을 내려갔다. 그리곤 웃으며 큰 소리로 말했다.

---

[225] Toulon: 프랑스 남부 지중해 연안에 있는 항구 도시.

"올라오게, 친구들. 자네들을 위해 술을 준비했어!" 그에겐 왕족의 풍모가 보였다. 뭐든 다할 수 있을 것 같아 보였다. 그들은 발렌타인을 밀치고 계단에 있는 티전스를 지나 위로 올라갔다. 그들은 모두, 심지어 지팡이를 짚은 사내도 계단을 뛰어 올라갔다. 팔이 하나밖에 없는 사내는 달릴 때 왼팔을 흔들었다. 그들은 열광적으로 소리쳤다… 축하 행사를 할 때 위스키를 언급하면, 여왕 폐하의 장교들은 소리를 지르며 계단을 뛰어오른다. 그건 아주 합당하다. 그러니 오늘은 얼마나 더 그렇겠는가!

홀에는 그들만 남았다. 티전스는 발렌타인과 나란히 서 있었다. 그는 발렌타인의 눈을 들여다보았다. 그리고 미소 지었다. 그는 예전에 발렌타인에게 미소 지은 적이 없었다. 그들은 늘 진지하기만 했으니 말이다. 티전스가 말했다.

"우리 축하합시다! 하지만 난 미치지 않았소. 궁핍한 것도 아니오!" 티전스는 발렌타인과 함께 축하할 돈을 구하기 위해 뛰어 나간 것이라고 했다. 그리고 원래 발렌타인을 데려오려고 했었다고 했다. 오늘을 함께 축하하기 위해서 말이다.

발렌타인은 이렇게 말하고 싶었다. "당신 발밑에 엎드릴 거예요. 내 팔로 당신 무릎을 감싸 안을 거예요!"

하지만 실제로 발렌타인은 이렇게 말했다.

"오늘 함께 축하연을 하는 건 괜찮다고 생각해요!"

발렌타인의 어머니 덕분에 그들은 함께할 수 있었다. 그렇기에 그들은 서로를 오래도록 바라보았다. 그들의 눈에 무슨 일이 생긴 걸까? 그들의 눈은 마치 향유로 목욕한 것 같았다. 그들은 마주보고 있었다. 한 사람이 바라보면 다른 사람이 교대로 그 시선을 외면하지 않았다. 발렌타인의 어머니는 두 사람이 나눌 이야기를 대신 해준 것이다. 그들은 자신들에 대해서 이야기하지 않았을지도 모른다. 그들은 자신들이 몇 년 전에 이미 결합했다고 확신하게 되었다… 따스했다. 그들의 심장은 조용히 뛰었다. 그들은 이미 몇 년 동안 같이 살았던 것 같았다. 그들은 동굴 같은 곳에서 조용히 살고 있었던 것 같았다. 폼페이식 붉은 벽돌이 그들을 굽어보고 있었다. 계단에서 소리가 점점 올라왔다. 그들은 이제 함께할 것이다. 영원히!

발렌타인은 티전스가 "당신을 품에 안고, 그대 이마에 입 맞추겠소. 그대 가슴을 아플 정도로 안을 것이오!"라고 말하고 싶어 한다는 걸 알았다.

하지만 티전스는 이렇게 말했다.

"식당에 누가 있소? 거긴 거실로 사용했는데!"

발렌타인은 순간 끔찍한 공포를 느끼며 이렇게 말했다.

"맥케츠나라고 하는 사람이에요. 가지 마세요!"

티전스는 어슬렁어슬렁 위험을 향해 걸어갔다. 발렌타인은 그의 소매를 잡을 수도 있었지만, 시저의 아내는 시저만큼 대담해야 한다는 생각에 그만두었다. 발렌타인은 조용히 앞장섰다. 발렌타인은 지도리대[226], 그러니까 켄트식 좁은 문 앞에 있는 그를 지나갔다. 그녀가 말했다.

"티전스 대위님 오셨어요!" 발렌타인은 티전스가 대위인지 아니

---

[226] hanging-stile: 여닫이 창이나 문을 붙이는 창의 선대.

면 소령인지 몰랐다. 누군가는 그를 대위로 불렀고, 또 누구는 소령이라고 불렀기 때문이었다.

맥케츠니는 투덜대기만 하는 것 같았다. 누굴 죽일 듯이 그러는 것은 아니고, 그냥 투덜대고 있었다.

"이봐요. 그 돼지 같은 우리 삼촌이, 그러니까 당신 친구가 날 군대에서 파직시켰소!"

티전스가 말했다.

"그만하게. 정부 일로 소아시아에 파견될 예정이기 때문에 부대에서 내보낸 걸 자네도 알지 않는가. 와서 축하주나 들게." 맥케츠니는 지저분한 봉투를 하나 들고 있었다. 티전스가 말했다. "아, 그래. 소네트군. 여기 발렌타인 양이 보는 앞에서 번역해 보게. 발렌타인은 영국에서 라틴어를 가장 잘 한다네!" 티전스가 말했다. "맥케츠니 대위, 이쪽은 미스 워놉이네!"

맥케츠니는 발렌타인과 악수를 했다.

"이건 공평하지 않소. 당신이 그렇게 정말 라틴어를 잘…" 그는 투덜거렸다.

"우리랑 함께하기 전에 자넨 면도부터 해야겠어!" 티전스가 말했다.

세 사람은 함께 계단을 올라갔지만, 이 두 사람은 별개였다. 티전스와 발렌타인은 신혼여행을 떠날 것이다… 발렌타인은 그런 생각을 하면 안 된다고 느꼈다. 그건 어쩌면 신성 모독이니 말이다. 코케이드 휘장[227]을 단 하인과 함께 깔끔하게 빛나는 쿠페형 마차[228]를 타고 떠날 것이다!

티젠스는 방을 재배치했다. 그는 확실하게 방을 재배치했다. 그는 화장실 비품들을 녹색 캔버스 천으로 싸서 다른 곳으로 치웠다. 그리고 지금 세 명의 장교가 앉아 있는 야전 침대는 벽 쪽으로 붙였다. 이것은 그의 사려 깊은 행동에서 나온 것이었다. 그는 발렌타인이 자신과 같이 여기서 잤다는 인상을 갖지 않기를 바랐던 것이다… 그런데 그러면 왜 안 되는 것인가? 아랑헤스와 비우호적인 표정의 깡마른 여자는 연단 위에 있는 녹색 캔버스 천으로 만든 쿠션을 깔고 앉았다. 녹색 캔버스 천을 덮은 탁자 위에는 술병들이 놓여 있었다. 그들은 모두 잔을 들고 있었다. 그들은 모두 다섯 명의 영국군 장교들이었다. 그들은 어디 출신일까? 세 개의 마호가니 의자가 있었다. 녹색 레프천[229]으로 된 의자의 앉는 부분은 두툼했고 스프링이 들어가 있었다. 벽난로 선반 위에는 잔이 놓여 있었다. 마르고 비우호적으로 보이는 여자는 암적색 술이 든 잔을 서툴게 들고 있었다.

그들은 모두 일어나 소리쳤다.

"맥케츠니! 맥케츠니!" "와! 맥케츠니!" "맥케츠니!" 그들은 입을 한껏 벌려 있는 대로 소리 질렀다.

불현듯 발렌타인은 강한 질투를 느꼈다.

맥케츠니는 고개를 돌리며 말했다.

"친구들! 오랜 친구들!" 그는 눈물을 글썽였다.

---

[227] cockade: 계급을 나타내기 위해 모자에 다는 표지.
[228] coupé: 2인승 사륜 유개 마차.
[229] rep: 씨실 방향으로 이랑진 직물.

소리 지르던 한 장교가 야전 침대(그것은 발렌타인의 첫날밤을 위한 침대이기도 하다!)로 뛰어올랐다. 장교 세 명이 자신의 첫날밤을 위한 침대 위에서 뛰어다니는 걸 보고는 마음이 좋을 수가 있겠는가? 자신은 알케스티스 같은 여자다! 발렌타인은 달콤한 포트와인을 조금 마셨다. 검은 피부에 목소리가 부드러운, 팔 하나가 없는 소령이 발렌타인의 손에 쥐여준 것이었다! 소리를 지르던 장교가 티전스의 등을 세게 치고는 이렇게 소리쳤다.

"여자 하나를 주었소… 진짜 섹시한 여자요!"

발렌타인의 질투심이 누그러졌다. 눈꺼풀이 차갑게 느껴졌다. 눈꺼풀에 맺혀있던 땀이 식었던 것이다! 물론 거긴 소금기가 있었다! … 발렌타인은 자신이 이 부대에 소속되어 있다고 느껴졌다! 자신은 티전스에게 배속되어 있고… 배급과 훈련을 맡고 있다고 생각했다. 그러니 자신은 이 부대에 배속된 셈이라고 생각했다. 오, 행복한 날! 행복한 날! … 이런 가사가 있는 노래가 있다. 이런 광경을 보게 되리라곤 전혀 예상하지 못했다. 전혀 예상하지 못했다…

자그마한 체구의 아랑헤스가 다가왔다. 그의 두 눈은 사슴의 눈처럼 부드러웠고, 그의 목소리와 자그마한 손은 애무하는 듯하였다… 아니, 그에게는 눈이 하나뿐이었다! 아, 끔찍하다! 그가 말했다.

"소령님이 사랑하시는 분이군요… 소령님은 소네트를 2분 30초 만에 지으셨어요!" 그러곤 그는 티전스가 자신의 목숨을 구해주었다고 말하려 했다. 그때 발렌타인이 말했다.

"그랬다니, 놀랍네요! 그런데 왜 그랬죠?"

아랑헤스가 말했다.

"소령님은 뭐든 할 수 있습니다! 뭐든지요! … 그분은 정말…"

외알박이 안경을 낀 신사 풍모의 장교가 두리번거리며 들어왔다… 물론 현관문은 열어놓은 채 있었다. 그는 아주 품위 있는 목소리로 말했다.

"안녕한가, 소령! 안녕, 몬티… 친구들 잘들 있었는가!" 이렇게 말하곤 그는 벽난로 선반 쪽으로 걸어가 선반 위에 놓인 잔을 들었다. 그들 모두 소리쳤다. "여어, 오리발… 어이, 철면피!" 그는 품위 있게 잔을 들고는 이렇게 말했다. "앞날을 위해 건배! … 동료들을 위해!"

아랑헤스가 말했다.

"우리 중에 유일하게 십자무공 훈장을…" 발렌타인은 불현듯 질투심을 느꼈다.

아랑헤스가 말했다.

"제 말은… 그러니까…" 착하고! 사랑스러운! 사랑스러운 내 동생! … 지금 동생은 어디 있을까? 앞으로 자신은 동생과 서로 연락도 하지 않고 지내게 될 지도 모른다는 생각이 들었다. 주변의 모든 사람들이 야단법석을 떨고 있는 중이다. 그래서 자신들도 지금 최선을 다해 여기서 야단법석을 떠는 중이다. 시대의 조류가 조용한 이곳까지 밀려오고 있는 것이다!

연단 위에 있는 검은 옷을 입은 마른 여자는 그들을 보고 있었다. 그녀는 치마를 끌어올렸다. 아랑헤스는 자신의 작은 손을 들었다. 마치 애원하듯 그녀의 가슴에 올려놓으려는 듯 말이다. 그런데 왜 애원하듯이 그러는 것인가? … 그 여자에게 자신의 끔찍한 눈구멍을 잊어달라고 간청하는 것이리라. 그가 말했다.

"멋지지 않습니까… 낸시가 나 같은 사람이랑 결혼했다는 것 말입니다 … 우리는 모두 그런 친구가 될 겁니다."

그 마른 여자는 발렌타인의 눈길을 끌었다. 그녀는 전혀 움직이지 않은 채 치마를 아까보다 한층 더 끌어당기는 듯했다. 그녀가 그런 것은 자신이 티전스의 연인이기 때문일 거라고 발렌타인은 생각했다… 국립 미술관에 <티치아노의 연인>[230]이라는 그림이 있다… 그 여자는 발렌타인에게 미소 지었다. 괴로울 정도의 억지 미소였다. 정전의 날이니까… 발렌타인은 자신이 그들의 울타리 밖에 있다고 생각했다. 휴일이나 국경일을 제외하고는…

발렌타인은 자신의 왼쪽이 허전하다는 느낌이 들었다. 아니나 다를까 티전스가 옆에 없었다. 그는 맥케츠니를 면도시키려고 데려갔다. 외알박이 안경을 쓴 남자는 시끄럽게 떠들어대는 방 주위를 찬찬히 둘러보았다. 그는 발렌타인에게 시선을 고정하고는 다가왔다. 그리곤 다리를 넓게 벌린 채 꼿꼿이 선 다음 이렇게 말했다.

"안녕하시오! 워놉 양을 여기서 만날 거라고 어떻게 생각이나 했겠소? 우린 프린셉의 집에서 만난 적이 있지요. 독일인 친구의 친구인 프린셉의 집에서 말이오." 그가 말했다.

---

[230] Titian's Mistress: 티티안은 티치아노 베첼리오(Tziano Vecellio, 1488~1490)가 본명으로 영국에서는 티탄(Titan)으로 불린다. 그는 북이탈리아 피에베 디 카도레에서 출생한 이탈리아의 전성기 르네상스 시대에 활약한 화가로 그의 작품에는 <티탄의 연인>(1560)이 있는데 이 작품에 나오는 여자는 한쪽 가슴을 드러내고 있다.

"아랑헤스, 자네! 괜찮은가?"

그건 마치 고래가 새우에게 말을 건네는 것 같았다. 하지만 그보다는 삼촌이 사랑하는 조카에게 말하는 것 같았다! 아랑헤스는 기뻐서 얼굴을 붉혔다. 그는 엄청난 고관대작 앞에서 경외심을 느끼는 사람처럼 물러섰다. 그에게 있어서 발렌타인 역시 고관대작 같은 사람이다. 자신의 목숨을 구해준 영웅의… 여인이니 말이다!

십자무공 훈장을 받았다는 그 사람은 정치에 관해 이야기하고 싶어 하는 것 같았다. 그는 항상 그랬다. 발렌타인은 프린셉에서 가진 저녁 식사 자리에서 그를 두 번 만났다. 발렌타인은 그가 낀 외알박이 안경 때문에 그를 알아보지 못했던 것이다. 훈장 리본을 달면서 외알박이 안경도 쓰게 된 것이 틀림없을 것이다. 이를 본 발렌타인은 너무 놀라서 숨이 막힐 지경이었다. 이전에 없던 빛을 받아 반짝이는 핏방울을 볼 때처럼 말이다.

그가 말했다.

"사람들 말로는 워놉 양이 티전스의 손님을 맞는다고 하더군요! 누가 그럴 거라고 생각이나 했겠소? 워놉 양은 친독주의자고 티전스는 토리주의자인데다, 그로비의 영주인데 말이오."

그가 말했다.

"그로비를 아시오?" 그는 방 주위를 안경 너머로 흘낏 봤다. "…엉망진창이구만. <파리인의 생활>[231]과 <핑크 언>[232]에 나오는 것

---

[231] The Vie Parisienne: 자크 오펜바흐(Jacques Offenbach)가 작곡한 4막짜리 오페라로 파리인의 환락적인 삶을 묘사하고 있다.
[232] Pink'Un: 노리치 시티 풋볼 클럽(Norwich City football club)과 관련된 내용

같군… 가재도구를 모두 그로비로 옮긴 것 같은데, 이제부턴 그로비에서 살겠구료. 전쟁도 끝났으니까!"

그가 말했다.

"하지만 워놉 양과 토리주의자인 티전스가 같은 방에 있다니… 하여튼 이제 전쟁도 끝났으니… 사자가 새끼 양과 함께 누워있는 것은 거기에 비하면 아무것도 아닐 거요…" 그러곤 이렇게 소리쳤다. "아, 이런! 아, 이런, 이런 젠장… 내 말은… 그런 뜻이 아니라… 울지 말아요. 미스 워놉. 난 늘 미스 워놉을 최고라고 생각하고 있소. 그러니 절대…"

발렌타인은 말했다.

"전 그로비 때문에 우는 거예요… 오늘은 울어도 되는 날이잖아요… 당신은 참 좋은 사람이에요. 정말로!"

그가 말했다.

"고맙소! 고마워! 포트와인을 좀 더 들구려! 티전스는 참 좋은 친구요. 게다가 훌륭한 장교지!" 그러고는 이렇게 덧붙였다. "포트와인 더 듭시다!"

발렌타인이 저항하지 못하는 사람에 대해 비난했을 때, 그는 "우리의 국왕과 우리나라를 어떻게 그런 식으로 말하느냐."라고 하면서 충격받고, 분노에 차 말도 제대로 하지 못하던 그런 바보 같은 사람이었다… 그런데 그는 이제 그녀의 자상한 형제가 되었다!

그들은 모두 함께 소리쳤다.

을 주로 다루는 주간지.

"티전스! 멋진 뚱보 친구! 전쟁 전에 있던 술이군! 티전스나 되니까 이런 술을 구했을 거야! 뚱보 티전스만한 사람은 아무도 없어!"
티전스는 문 쪽에서 서성거리고 있었다. 편안하게, 친절한 미소를 지으며. 지금 그는 군복을 입고 있었다. 그게 더 나아 보였다. 격분한 아메리칸 인디언처럼 소리를 지르던 한 장교는 티전스의 어깨를 세게 때렸다. 티전스는 미소 지으며 비틀거리면서 방 한가운데로 걸어왔다. 한 장교가 발렌타인을 살며시 방 가운데로 밀었다. 발렌타인은 티전스와 마주했다. 군복을 입은 그들은 발렌타인과 티전스를 둘러쌌다. 그들은 대부분 손을 맞잡고 소리를 지르며 깡충거리며 뛰었다. 나머지 사람들은 술병을 흔들며 술잔을 발아래 던져서 깼다. 집시들이 결혼식 날 술잔을 깨는 것처럼 그랬다. 침대는 벽에 붙어 있었다. 발렌타인은 침대가 벽에 붙어 있는 게 싫었다. 그 벽은 누구 옷으로 쓸린 적이 있었을 테니 말이다…

다함께 소리 지르며 그들은 발렌타인과 티전스 주위를 빙글빙글 돌았다.

"이쪽이요! 팡 팡! 이쪽이요! 팡팡!

바로 그 말이오, 바로 그 말이오. 이쪽이요…"

적어도 그들은 저쪽에 있지는 않았다! 그들은 폴짝폴짝 뛰고 있었다. 그들 주변에 있는 모든 사람들이 소리를 지르고 빙글빙글 돌면서 뛰고 있었다. 그들은 끝도 없이 소리를 지르는 무리의 중심에 있었다. 외알박이 안경을 쓰고 있는 남자는 다른 쪽 눈에 반 크라운짜리 동전을 끼웠다. 그는 좋은 뜻으로 그런 말을 한 것이었다. 그는 형제 같았다. 발렌타인에게는 십자 무공 훈장을 받은 형제가 생긴 것이다. 모두 한 가족이다.

티전스는 허리에서 두 손을 뻗었다. 알 수 없는 행동이었다. 그는 자신의 오른손을 발렌타인의 등 뒤에 대었고, 왼손으로는 그녀의 오른손을 잡았다. 발렌타인은 두려웠다. 깜짝 놀랐다. 그래 본 적이 있었던가! 그는 천천히 몸을 흔들었다. 이 코끼리 같은 남자가! 그들은 춤을 추었다! 아랑헤스는 전신주에 매달린 아이처럼, 그 키 큰 여자에게 매달려 있었다. 섹시한 여자를 하나 주웠다고 말한 장교는… 진짜 그랬다! 그는 달려 나가 자신이 말한 여자를 데려왔다. 하얀 면장갑과 꽃으로 장식된 모자를 씌운 인형이었다. 그 인형은 "오…" 하는 소리를 냈다. 아주 멋진 목소리를 가진 사람이 있었다. 그가 춤을 추도록 이끌었다. 축음기보다 더 나았다. 더 나았다…

작은 꼭두각시 인형, 퐁! 퐁! 퐁! …

코끼리를 타고, 사랑스러운, 곡물 자루 같은 코끼리를 타고 발렌타인은 이제 여행을 시작할 것이다…

지은이 **포드 매독스 포드**

포드는 1873년 영국에서 출생하여 1939년에 사망한 영국의 소설가이자 시인, 비평가이다. 본명은 포드 매독스 휴이퍼(Ford Madox Hueffer)였지만 자신의 이름이 독일인 이름처럼 들려서 1919년 포드 매독스 포드(Ford Madox Ford)로 개명했다.
대표적인 소설로는 『훌륭한 군인』(The Good Soldier)과 『퍼레이즈 엔드』(Parade's End)가 있다.

1915년 군대에 지원해 프랑스로 파병.
      이때의 경험을 『퍼레이즈 엔드』의 티전스를 통해 제시. The Good Soldier 출판.
1908년 ≪잉글리쉬 리뷰≫(The English Review)를 창간.
1924년 현대문학에 지대한 영향을 미쳤던 ≪트랜스아틀란틱 리뷰≫(The Transatlantic Review)를 창간.

옮긴이 **김일영**

성균관 대학교 영문과를 졸업하고 University of Georgia 영문학 석사 학위, University of South Carolina 영문학 박사 학위를 취득했다. 한국 영어영문학회 연구이사, 한국 18세기 영문학회 회장, 한국 근대영미소설 학회 회장을 역임했고, 현재 성균관 대학교 영문과 교수로 재직 중이다.

논문: 「로렌스 스턴의 축소와 확대의 미학」, 「광대의 웃음: 『트리스트람 샌디』에 나타난 스턴의 샌디이즘과 스턴의 탈(반) 도그마적 사고」, 「선정소설에 나타난 여성의 광기와 빅토리아 사회: 오드리 부인의 비밀을 중심으로」, 「필딩의 새로운 글쓰기와 이중적 재현: 조셉 앤드류즈를 중심으로」, 「레베카에 나타난 금지된 지식/실재의 귀환과 가부장제의 비밀」, 「House of Words and Home of Friday」, 「『속죄』에 나타난 트라우마적 오독/"놓친 읽기"와 트라우마에 대한 (미완의) 증언으로서의 글쓰기」, 「Stoker's Dracula as a figure of pharmakos/scapegoat」 외 다수
역서: 『업둥이 톰 존스 이야기』, 『주석달린 드라큘라』 외 다수
저서: 『18세기 영국소설 강의』, 『영미소설 해설 총서: 로렌스 스턴』, 『영국소설과 서술기법』, 『상처와 치유의 서사』, 『기억과 회복의 서사』, 『공포와 일탈의 상상력』 외 다수

한국연구재단 학술명저번역총서 서양편 · 779

퍼레이즈 엔드 3

1판 1쇄	2019년 1월 30일	
원 제	Parade's end	
지은이	포드 매독스 포드(Ford Madox Ford)	
옮긴이	김일영	
편집교정	정지영	
펴낸이	김진수	
펴낸곳	**한국문화사**	
등 록	1991년 11월 9일 제2-1276호	
주 소	서울특별시 성동구 광나루로 130 서울숲IT캐슬 1310호	
전 화	02-464-7708 / 3409-4488	
팩 스	02-499-0846	
이메일	hkm7708@hanmail.net	
홈페이지	http://www.hankookmunhwasa.co.kr	
블로그	http://blog.naver.com/hkm2012	

책값은 뒤표지에 있습니다.

잘못된 책은 구매처에서 바꾸어 드립니다.
이 책의 내용은 저작권법에 따라 보호받고 있습니다.

ISBN 978-89-6817-702-6 04840
ISBN 978-89-6817-699-9 (전4권)

이 도서의 국립중앙도서관 출판예정도서목록(CIP)은 서지정보유통지원시스템
홈페이지(http://seoji.nl.go.kr)와 국가자료공동목록시스템(http://www.nl.go.kr/kolisnet)에서
이용하실 수 있습니다.(CIP제어번호: CIP2018039050)

'한국연구재단 학술명저번역총서'는 우리 시대 기초학문의 부흥을 위해
한국연구재단과 한국문화사가 공동으로 펼치는 서양고전 번역간행사업입니다.